어^魚^神
신을
찾
아
서

문학과지성사

魚神

어신을 찾아서

장웨이 소설집

최창륙 옮김

장웨이 소설집

어신을 찾아서

펴낸날 2023년 10월 27일

지은이 장웨이
옮긴이 최창록
펴낸이 이광호
주간 이근혜
편집 김은주
마케팅 이가은 허황 최지애 남미리 맹정현
제작 강병석
펴낸곳 ㈜문학과지성사
등록번호 제1993-000098호
주소 04034 서울 마포구 잔다리로7길 18(서교동 377-20)
전화 02) 338-7224
팩스 02) 323-4180(편집) / 02) 338-7221(영업)
대표메일 moonji@moonji.com
저작권 문의 copyright@moonji.com
홈페이지 www.moonji.com

ISBN 978-89-320-3536-9 03820

차례

어魚신神을 찾아서

비록 나이가 들었지만 나는 기억력이 좋은 편이다.

요즘 들어서는 어린 시절을 돌이켜 80여 년 전 이야기를 하는 것이 좋은 소일거리가 됐다……

산속의 외딴집

우리 집은 큰 산 깊은 곳에 있었다. 돌덩이들로 쌓은 집이었는데 마을에 있는 것이 아니었다. 평지가 거의 없는 첩첩산중이었기 때문에 마을이 들어설 수 없었다. 산자락을 따라가며 집들이 서로 멀리 떨어져 있어, 다른 집으로 가자면 산을 넘어야 할 때가 많았다.

그래서 어린 시절 나는 '마을'이 무엇인지 모르고 자랐다. 다만 우리 집이 '산속'에 있다는 것만을 알고 있었다. 이웃도 없었고 집을 나서봤자 사람을 만날 리도 없었다. 오로지 산과 나무가 있을 뿐이었고, 그 나무들조차 별로 많거나 크지가 않았다. 그리고 고양이나 개도 보이지 않았다.

나는 고양이와 개, 그리고 소와 양을 좋아했지만 그런 가축들조차 모두 아주 먼 곳에 있었기 때문에, 우리가 사는 곳까지 올 리 없었다. 다섯 살이 되던 해, 나는 드디어 고양이를 한 마리 기르게 되었다. 그야말로 큰 경사였다. 얼마 지나지 않아 고양이와 단짝이 되었다. 우리는 함께 짓궂은 장난을 쳤으며 그 것을 부모님께는 비밀로 하곤 했다.

매일 함께 붙어 다니다 보니 우리는 차마 떨어질 수 없는 친구가 되었다. 그러나 아쉽게도 그런 즐거움도 단 이태뿐, 아빠와 엄마는 내가 다른 일을 시작할 것을 요구했다. 나로서는 너무나도 두려운 일이었으나 그렇다고 거절할 수도 없는 노릇이었다. 무릇 산속의 아이들은 누구 하나 빠짐없이 겪는 재수 없는 일이었기 때문이다.

그것은 바로 학교에 가는 것이었다. 반드시 학교를 다녀야 한다는 것은 어느 이상한 사람이 발명한 짓인지 도통 이해가 가지 않았다.

마을이 없는 곳이었으므로 학교가 가까이 있을 리 없었으나, 그래도 우리는 학교를 다녀야만 했다. 산사람들은 나름 지혜가 있어 무엇이든 하고 싶은 일이 있으면 반드시 이루어내곤 했다. 아빠가 나 대신 책 주머니를 메고 나를 학교로 데리고 갔다.

그때만 해도 '책가방'이라 부르지 않고 '책 주머니'라고 했다. 학교에 갈 때만 메고 다니는 주머니였다. 내 주머니는 금불초로 엮은 것이었는데, 뽕나무 껍질을 꼬아 가방끈을 만들었으며 마분지 한 묶음과 빨간색 연필이 한 자루 들어 있었다.

그리 높지 않은 고개를 두 개 넘으니 강줄기가 있는 골짜기가 나타났다. 비록 강물이 반쯤 말라들고 없었으나 강의 굽이 돌이였기 때문에 아주 대단한 장소가 되었다. 신기하게도 골짜기 한쪽에 파란 물결이 찰랑이는 못이 있었고 강가에 작은 평지가 있었기 때문이었다. 그곳에는 검푸른 측백나무가 몇 그루 자라고 있었고 측백나무 아래에 두 칸짜리 초가집이 있었다. 그 초가집이 바로 우리 학교였다.

이곳은 나무와 물이 있을 뿐더러 작은 평지도 있었기 때문에 아마 사람들의 눈에 들었을 터였다. 그리고 많은 오솔길이 나 있어 산속의 여러 인가들과 이어져 있었다.

돋보기를 낀 사팔눈 노인이 우리 선생님이었다. 그는 그 초가집의 안방에서 살고 있었는데, 안방에는 구들과 부뚜막이 있었고 돌로 널빤지를 고여 만든 대가 있었다. 늙은이가 글을 쓰고 책을 읽는 자리였다.

바깥방은 조금 더 컸다. 앉기에 맞춤한 돌들이 스무 개 남짓 있었고, 벽에는 문짝이 하나 걸려 있었는데 까맣게 칠하여 분필로 글씨를 쓸 수 있게 했다. 선생님은 우리를 그 돌 의자에 앉게 한 뒤 수업을 시작했다. 그는 우리에게 종이 노끈으로 마분지를 묶어 만든 교과서를 한 권씩 나눠 주었는데, 큰 글씨와 비뚤비뚤 그린 그림들이 새겨 있었다. 나는 낫, 곡괭이, 해와 달, 그리고 고양이와 개를 그린 그림들을 봤다. 무엇보다 기뻤던 것은 물고기 그림이, 그것도 아주 큰 물고기 그림이 있다는 것이었다.

나는 몇 번이고 그 물고기를 들여다보았다. 길고 납작한 놈이었는데, 비늘과 지느러미가 있었고 눈이 컸다. 비록 검은 먹으로 그린 것이었지만 나는 그놈이 마냥 붉은빛이라는 생각이 들었다.

그놈이 당장 뛰쳐나오기라도 한다는 듯이, 나는 교과서를 코앞까지 당겨 들여다보다가는 다시 멀리 밀어놓고 보곤 했다. 내 뒤에 있던 아빠도 물고기에 온 정신이 팔려 내내 그것을 들여다보면서 거친 숨을 몰아쉬었다.

초가집에 모인 도합 열여섯 명의 어린이가 학생 전부였다.

수업은 교과서를 따라 하지 않았다. 선생님은 흑판에 글씨를 쓰기도 하고 그림을 그리기도 했다. 대체로 먼저 그림을 하나 그린 뒤, 그 아래에 명칭을 적어두고서는 나무 막대기로 힘껏 그 글자들을 두드리며 우리에게 큰 소리로 따라 읽게 했다.

그래서 나는 선생님이 되려면 그림 그리는 재주가 있어야 한다는 사실을 깨달았다. 물론 그가 그린 그림은 정말 보기가 흉했지만, 그래도 안간힘을 다해 들여다보면 마침내 무엇인지 알아볼 수 있었다. 첫 며칠 동안 아빠는 줄곧 나와 함께 등교했다. 나를 혼자 이곳에 두는 게 마음이 놓이지 않았기 때문이었다.

아빠는 그 사팔눈 노인을 '먹보'라면서 별로 좋아하지 않았다. 그가 늘 먹을 것을 탐내고 많이 먹기도 한다는 뜻이었다.

사실이었다. 그에게 잘 보이기 위해 학부모들은 늘 고구마며 땅콩, 감자와 토란 등을 가져오곤 했다. 언젠가는 구수한 냄새가 코를 찔러 살펴보았더니 부뚜막에 손바닥만 한 두부가 한 모 놓여 있었다. 아빠와 나는 너무 놀라 기절할 정도였다.

두부를 먹을 수 있다니 정말로 대단한 늙은이였다. 보나마나 어느 학부모가 보내온 것이었다.

선생님은 급여가 없는 대신 학부모들에게서 먹을 것을 받곤 했다. 가끔은 베천을 받기도 했는데 그것으로는 옷을 지어 입었다. 배불리 먹으나 입을 옷이 없다면 그것 또한 우스꽝스러운 일이었기 때문이다.

아빠는 자주 늙은이의 얼굴을 눈여겨보곤 했다. 얼굴이 다른 산사람들보다 크고 살쪄 있었기 때문이었다. 그것도 그가 '먹보'임을 보여주는 증거였다.

등교 첫날, 아빠는 대부분의 시간을 나와 함께 교실 안에서 지냈다. 그러나 나중에는 심심했는지 잠깐 밖으로 나가 주변을 돌았다. 휴식 시간이 되자 아이들은 모두 밖으로 달려 나가 즐겁게 뛰어놀았다. 그들은 초가집을 에워싸고 돌기도 하고 측백나무에 기어오르기도 했다. 다만 두셋 아이들만이 울상을 짓고 있었는데, 그들은 강제로 학교에 끌려왔기 때문에 종일 눈물이 마르지 않았다. 물론 나도 기분이 별로였지만 울지는 않았다.

교실 밖으로 나온 나는 아빠를 찾아 여기저기 헤매다가 나중에야 가파른 돌 비탈 아래에 있는 아빠를 발견했다. 아빠는 파란 물결이 찰랑이는 못가에 웅크리고 앉아 못을 들여다보고 있었다. 내가 아빠가 있는 곳으로 달려가자 늙은이도 따라왔다. 그는 돋보기를 벗어 들고 물가에 있는 아빠를 바라보더니 얼굴에 노기가 어렸다.

아빠가 손을 털며 일어서더니 돌계단을 기어 올라왔다.

늙은이는 잠시 입꼬리를 실룩였으나 입을 열지는 않았다. 아빠가 비위를 맞추려는 듯 선생님을 향해 웃으며 말했다. "아이고 선생님."

"거긴 왜 내려갔소? 뭐가 있다고." 늙은이가 말했다.

아빠가 주변을 둘러보더니 다시 고개를 돌려 그 못을 바라보며 말했다. "혹시……물고기가 있을지도 모릅죠."

아빠는 분명히 그리 말했다. 나는 그 말을 두 귀로 똑똑히 들었다. 한데 늙은이는 수염을 쭈뼛하고 세우더니 "터무니없는 소리! 물고기가 어디 있다고!"라고 호통을 쳤다. 몸을 돌이킨 늙은이는 화가 잔뜩 난 듯 중얼거렸다. "터무니없는 소리……"

집으로 돌아오는 길에 아빠가 "물가에 한참 웅크리고 앉아 보았는데, 분명 물고기가 있어 보였어. 큰 놈은 아니지만, 분명 물고기가 있을 거야"라고 했다.

그날 밤, 나는 줄곧 그 못에 대해서만 생각했다. 생각할수록 아빠의 말이 옳았다. 그곳에는 물고기가 있을 터였다. 만약 정말 그렇다면 얼마나 좋은 일인가! 나는 물고기를 어떻게 잡을지까지 모두 생각해두었다……

아빠는 엄마에게도 그 못에 대해 얘기했다. 아빠는 사람들이 참 명당자리를 골랐다면서 입에 침이 마르도록 칭찬하더니, 그 사팔뜨기 선생님이 참으로 복이 많은 사람이라고 했다. 그곳에는 나무와 물이 있을뿐더러, 물고기가 있을지도 모르기 때문이었다. "만약 정말 물고기라도 있다면, 그 늙은이가 횡재한 셈이지. 그 늙은이 혼자서 물고기를 모두 차지할 것 아니오." 아빠는 입을 쩝쩝 다셨다.

"혹시 족장님과 사이가 좋은 게 아닐까요? 그게 아니라면 어찌 그리 좋은 일자리가 차려졌겠어요? 그런 명당자리에서 살 수도 없었을 거고요." 엄마가 말했다.

실은 아빠와 엄마가 다른 것보다 물고기를 부러워하는 것임을 나는 알고도 남았다.

'족장님'에 대해서도 나는 얼마간 알고 있었다. 나이가 엄청 많으며 아주 먼 곳의 어디엔가 살고 있는데, 이곳 산지대 사람 모두를 다스리는 사람이었다. 무릇 산사람치고 그를 보았든 못 보았든 그의 말을 따르지 않는 사람이 없었다. 아빠는 "어디든지 다스리는 사람이 있어야 하는 법이지. 우리 이곳 산속은 족장님이 다스리는 것이야"라고 했다.

내 마음속의 '족장님'은 기골이 장대하고 얼굴에 위엄이 어려 있으며, 사람은 물론 산속의 모든 살아 있는 것들이 두려워 벌벌 떠는 존재였다.

나는 아빠에게 "족장님은 물고기를 자주 먹나요?"라고 물었다.

"아무렴. 그러나 매일 드시지는 못할 거다."

나는 아빠의 말을 믿었다. 우리가 사는 이곳 산지대는 일

년에 반 이상 가물었기 때문에 땅에 물이 고이지 않았다. 그러다 보니 물고기가 있을 리 만무했다. 내 기억에 물고기를 먹은 적은 단 두 번뿐이었다. 그것도 손가락만 한 길이의 미꾸라지였다.

처음 물고기를 먹은 것은 어느 여름이었다. 밖에 나갔던 아빠가 기분이 날 듯하여 돌아왔다. 아빠는 집에 들어서자마자 호주머니를 뒤져 엄지보다 조금 긴 검은 것을 꺼내더니 엄마의 코앞에 대고 흔들며 말했다. "물고기요!"

그 미꾸라지는 아빠가 마른 개울을 지나다가 말라붙은 흙덩이 위에서 주운 것이었다. 모두 세 마리였는데 바짝 말라 있었기 때문에 썩지 않았던 것이다.

엄마는 좋아서 어쩔 줄 몰랐다. 엄마는 야채 잎을 씻어 질그릇에 펴더니 그 위에 마른 미꾸라지를 놓고 소금을 쳤다. 그리고 다시 그 위에 더 많은 야채 잎을 덮었다. 질그릇을 솥에 넣고 찌기 시작하자 방 안에 흰 김이 자욱이 서렸다. 우리는 셋 모두 코를 벌름거리며 냄새를 맡기 시작했다. 나는 큰 소리로 외쳤다. "물고기다!"

그 비릿한 냄새를 나는 평생 잊을 수가 없었다.

개코와 비린내

아빠와 엄마는 자주 "네 코는 개코구나!" 하고 나를 칭찬하곤 했다. 물론 코 모양을 얘기하는 것이 아니라 내 코가 아주 영민하다는 뜻이었다. 엄마는 내 코가 고양이 못지않다고 했다. 실로 고양이 코는 대단했는데, 보기에는 별로 크지 않지만 참으로 영민하여 무엇이든지 다 맡아내곤 했다.

나 역시 무엇이든 맡아낼 수 있었다. 나는 한데 섞여 있는 다양한 냄새들을 분간할 수 있었기 때문에 무릇 냄새가 나는 물건은 어디에 감추어 두든지 다 찾아낼 수 있었다. 물론 가장 익숙한 것은 땅콩, 고추, 고구마 냄새였다. 그러나 집 안에 새로운 물건이 들어오기만 하면, 나는 아무리 찾기 힘든 곳에 숨겨져 있다 하더라도 냄새를 맡을 수 있었다. 이제껏 본 적 없는 물건 냄새를 처음 맡을 때면, 나는 그 이름은 알 수가 없었으나 어디에 있는지만큼은 맞출 수 있었다.

고양이도 그런 재주가 있었다. 언젠가 고양이가 방 안에서 어슬렁거리더니 나를 힐끔힐끔 올려다보면서 울음소리를 냈다. 무엇인가 냄새를 맡은 것이었다. 고양이가 문을 뛰쳐나가는 순간 나는 뒤늦게 깨달았다. 쥐 한 마리가 방에 들어왔던 것이다.

고양이는 쥐 냄새에 가장 민감했고 그다음으로 물고기 냄새에 민감했다. 나는 고양이와 달리 물고기 냄새에 가장 민감했다.

물론 나중에 나는 아빠와 엄마는 물론 내가 아는 모든 사람들이 물고기 냄새에 민감한 것을, 그것도 지나칠 정도로 민감하다는 것을 깨닫게 되었다.

그날도 학교의 작은 못에 물고기가 있는 것을 발견한 아빠가 괜히 선생님에게 말했다가 노여움을 사고 말았다. 나중에

내가 아빠에게 "물고기를 아빠 눈으로 직접 본 거예요?"라고 묻
자 아빠는 고개를 가로저었다.

"그럼 어떻게 안 거예요?"

"물결무늬를 보고서…… 확실치는 않아. 하여간 물에서
흙 비린내 같은 것이 났단 말이야. 보나마나 그곳에 물고기가 있
어."

"물가는 어디나 흙 비린내가 나잖아요?"

"아니다. 다르단 말이야." 아빠가 대답했다.

아빠의 말을 알 것만 같았다. 그것은 형용하기 어려운 것
이었다. 아빠에게 있어 '흙 비린내'는 여러 종류일 것이며, 그
냄새가 아빠의 콧구멍에 스며드는 순간 아빠는 그것을 한 오리
씩 참빗으로 빗듯이 가려내 그 속에서 무엇인가 특별한 것을 찾
아냈을 것이다.

아빠가 틀렸을 리는 없으므로 기다려보면 알 것이었다.

그 후로 나는 그 파란 못을 특별히 유의하여 관찰하곤 했
다. 물이 얼마나 좋은지 몰랐다. 잔잔하고 어두운 녹색이었는데
가끔 찰진 검은색을 띠며 일렁이기도 했다. 바람이 불면 물결무
늬가 잦아지고 바람이 멈추면 거울처럼 고요했다…… 가끔은
'첨벙' 하는 소리와 함께 수면 위에 수많은 동심원의 물결무늬
가 그려지곤 했다.

아빠도 그 물결무늬를 보았던 것이라는 생각이 들었다.

가끔 나는 눈 한 번 깜빡하지 않고 못을 들여다보곤 했으
나 아무것도 발견하지 못했다.

나는 아빠처럼 물가에 웅크리고 앉았다. 그냥 들여다보기만 한 것이 아니라 눈을 감고 냄새를 맡아보기까지 했다. 조심스레, 콧구멍을 파고드는 모든 냄새를 자세히 맡아보았다. 흙이물에 잠기면서 생긴 냄새와 풀잎이 물속에서 썩으면서 나는 냄새가 비렸다. 그리고 그 외에도 다른 비린내가 코를 간질였다. 끈적거리는 것 같기도 하고 뜨거운 것 같기도 한 그 비린내는말로 형용하기가 힘들었다. 그것이 물고기 몸에서 나는 냄새가아닐까 하는 생각이 들었다.

고개를 들어보니 돋보기를 낀 사팔뜨기 늙은이가 못가에서서 나를 지켜보고 있었다. 그 눈길이 아빠를 볼 때의 눈길과닮아 있었다. 나는 얼른 위로 기어올랐다.

"물에 들어가서는 안 되니라!" 그가 말했다.

"날씨가 이리 추운데 누가 물에 들어가겠어요?"

"설사 날씨가 더워도 안 된다! 그 누구도 안 된단 말이다…… 족장님이 아시면 가랑이를 찢어 산속에 던지게 할 것이야!"

늙은이는 무섭게 야단쳤다. 세상에는 '족장님'이란 세 글자에 떨지 않을 사람이 없었다. 늙은이의 말대로라면, 한 건장한 사내가 어린아이의 두 다리를 잡고서 젖 먹던 힘을 다해 찌익 찢을 것이었다. 아이는 고통스럽게 울부짖을 것이며 그 소리를 들은 산짐승들이 사면팔방에서 모여들 것이었다……

아빠의 말로는 우리가 사는 이곳에는 이리가 별로 많지않다고 했다. 그보다는 오소리와 스라소니가 가장 많고 여우도 가끔 있는데, 그것들은 보통 사람을 해치지 않는다고 했다. 이리가 줄어든 것은 오래전 족장님의 한 수하가 이리에 물려죽자 족장님이 이리를 잡아 없애라는 명을 내렸기 때문이라는 것이었다.

그러고 보면 사팔뜨기 늙은이는 너무나도 지독했다.

그러나 나는 그 못을 포기할 수가 없었다. 그래서 남몰래 살펴보곤 했다.

남풍이 불어오면서 교실 안에도 그 특이한 비린내가 풍겨왔다. 그래서 도무지 차분하게 앉아서 강의에 집중할 수가 없었다. 늙은이는 고양이를 그려놓고 힘주어 흑판을 두드리며 외쳤다. "고양이! 고양이!" 우리들도 따라서 외쳤다. 그렇게 외치다가 기운이 진하면 다시 물고기를 그려놓고서 흑판을 힘주어 두드려대며 "물고기! 물고기!" 하고 외치곤 했다.

늙은이는 물고기를 그릴 때 유난히 신경을 썼다. 얼마나 크게 그렸는지 지느러미가 날개와도 같았다. 한 아이가 바보 같은 질문을 했다. "선생님, 물고기도 날 수 있나요?" 늙은이는 흥, 하고 콧방귀를 뀌더니 "물고기가 날아? 그럼 요정이라도 된 거냐?"라고 했다. 우리는 모두 웃음을 터뜨렸다.

집으로 돌아가는 길에 아빠에게 그 일을 얘기했더니 아빠가 "웃을 일이 아니지. 날 줄 아는 물고기도 있다더라. 지붕만큼 높이 솟았다가 휙 날아 다시 물속에 떨어지는데, 작어(雀魚)라고 한다는구나"라고 대답했다.

그날 나는 유난히도 안절부절못했다. 단지 남풍에 실려

오는 비린내 때문만은 아니었다. 처음에는 원인을 몰랐으나 나중에 깨닫게 되었다. 돌 의자에 앉는 순간부터 무엇인가 이상한 느낌이 들었으나 무엇인지 확실치가 않았던 것이다. 나는 가볍게 몸을 흔들거리며 자기도 모르게 힘주어 냄새를 들이켰다. 그러자 고개가 옆으로 돌아갔다.

늙은이가 나를 쳐다보았다. 나는 흠칫 놀라 얼른 흑판을 향해 고개를 돌렸다. 그러나 코 때문에 도무지 정신을 집중할 수가 없었다. 정말이었다. 코가 군침이 돌도록 구수한 냄새를 맡고 말았던 것이다. 그냥 구수한 냄새였다면 별일이 아니었다. 늙은이의 안방에서는 언제나 여러 구수한 냄새가 새어 나오는 법이었기 때문에 자주 우리 주의력을 분산시키곤 했다. 우리들은 하나같이 영민한 코를 지니고 있었기 때문에 냄새를 킁킁 맡으면서 고개가 그쪽으로 돌아가기 마련이었다. 사팔뜨기 늙은이도 별수 없었다. 그의 안방이 강의 집중에 큰 방해가 된다는 것은 그도 알고 있었기 때문이다.

나는 그 구수한 냄새에 끌려 하마터면 정신 줄을 놓을 뻔했다. 모든 것을 잊고 몸을 일으킬 뻔했기 때문이다. 물고기 냄새였다. 맹세코 늙은이가 물고기를 먹은 것이다.

나는 늙은이를 뚫어지라 쳐다보았다. 그의 기색에서 무엇인가 읽어내고 싶었다. 오늘따라 늙은이의 목소리는 굵고 우람찼다. 막대기로 흑판을 두드릴 때 기운도 평소보다 셌다. 수염도 올올이 일어선 것이 포악해 보였다. 한마디로 평소와는 달라 보였다.

중간 휴식 시간이 되었으나 나는 교실 밖으로 나가지 않았다. 교실이 텅 비고 늙은이 혼자서 안방으로 들어갔다. 나는 줄에라도 매여 끌려가듯 늙은이 뒤를 졸졸 따라가다가 안방 문어귀에서 멈추어 섰다.

거리가 가까워지자 그 달콤하고 끈적끈적한 비린내가 더욱 짙어졌다. 그 냄새는 무럭무럭 나의 콧구멍을 비집고 들어왔다. 늙은이는 거리낌이 없었다. 전혀 감출 생각이 없는 듯했다. 나는 기침을 했다.

안에서 왱댕그랑 소리가 나더니 늙은이가 나왔다. "뭐냐?" 그는 수염을 치켜세우면서 물었다.

"그게……" 나는 우물쭈물했다. 문득 우리 집 고양이가 떠오르면서 내가 고양이라면 얼마나 좋을까 하는 생각이 들었다. 그렇다면 전혀 애먹을 것 없이 손쉽게 숨어들어 물고기를 찾아낼 수 있을 것이었다. 물고기는 분명 큰 놈 하나에 작은 놈 하나일 터였다.

"고양이가……이리로 달려 들어간걸요." 나는 떠듬거렸다.

"허튼 소리! 고양이가 어디 있다고……"

나는 말이 나온 김에 계속해 거짓말을 꾸며댔는데 갈수록 황당해져 나 스스로도 가소로웠다.

"우리 집에 큰 고양이가 있는데 어디서 두 뼘이나 되는 큰 물고기를 잡아 왔는지, 매일 물고기를 먹어요……"

"어허!" 늙은이의 눈이 휘둥그레졌다. "두 뼘이라? 그리 크단 말이냐? 그런 걸 고양이가 먹어서야 쓰겠나?"

"우리 아빠 엄마가 그 물고기를 빼앗으려 했으나 어쩔 방법이 없었어요. 이리 뛰고 저리 솟구치고 하면서 물고기를 입에 문 채 내려놔야죠. 집 안에서 뱅뱅 도는데 아무도 잡을 수가 없었어요……"

"그럼 나중에 어찌 되었냐?" 늙은이가 내 말을 끊었다.

나는 김빠진 가죽 공처럼 고개를 푹 숙이며 말했다. "물고기를 물고서 창밖으로 달아났지 뭐예요."

'눈요기 요리'와 '목어'

아무렇게나 둘러댄 물고기 이야기가 내 마음을 씁쓸하게 했다. 워낙은 늙은이가 군침을 흘리게 하려고 꺼낸 얘기였는데, 결국엔 나 자신이 군침을 흘리고 말았다. 두 뼘이나 되는 물고기라, 얼마나 멋진 물고기인가 하는 생각이 머릿속을 떠나지 않았다.

늙은이가 결말을 듣고 나더니 연이어 한숨을 내쉬었다. "어이구, 어이쿠! 그럼 끝인 게야. 그놈이 그 물고기를 다 먹기 전에는 집에 들어오지 않을걸!"

"예. 그럼요. 그놈은 밖에서 반나절이나 있다가 나중에야 혀로 입술을 핥으며 돌아왔어요……"

"뼈다귀라도 남기지 않았더냐?"

"다 먹어치우고 돌아온걸요. 고양이처럼 게걸스러운 놈이 없잖아요. 게다가 유난히 비린 것을 좋아하니……"

늙은이는 담배쌈지를 꺼내더니, 다시 두터운 쇳조각을 꺼내 들었다. 담뱃불을 붙일 때 쓰는 '부시'라는 것이었다. 늙은이는 부시로 하얀 차돌을 부지런히 쳐댔다. 불꽃이 튀어 대통에 내려앉으면서 연기가 일기 시작했다. 그는 힘주어 담배를 한 모금 빨며 말했다. "그것 참. 아쉽게 되었구나. 큰 물고기가 통째로 사라지다니. 한데 그놈이 어디서 그걸 물어 온 거지? 알아봤느냐?"

나는 고개를 가로저었다.

"그리 큰 물고기는 아주 귀한 것이란다. 붕어건 백련어건 잉어건 모두 귀한 거야. 예전 같으면 두 뼘 크기의 큰 물고기는 고양이가 물어 가는 건 고사하고 우리가 먹어서도 안 되는 것이었단다. 아무렴 안 되었지."

나는 몹시 놀랐다. "그럼 어찌해야 하는 건데요?"

"족장님에게 가져다 드려야 하는 거지. 별걸 다 물어보는군. 당연히 족장님에게 바쳐야 하는 것이란다."

나는 잠자코 큰 물고기와 족장님에 대한 생각에 빠지고 말았다. 왜 큰 물고기는 반드시 족장님에게 바쳐야 하는지 이해할 수가 없었다. 정말 이상한 일이었다.

집에 돌아온 뒤, 나는 족장님에 대해 물어봤다. 큰 물고기를 왜 그에게 바쳐야 하는지 도통 이해가 가지 않아 화가 나 있었다. 친척도 웃어른도 아닌데 왜 그리 큰 물고기를 공짜로 바쳐야 하는 걸까? 차라리 고양이가 먹어치우게 내버려두는 것이

나을 것 같았다.

뜻밖에도 아빠는 '족장님'이란 세 글자를 듣자마자 얼굴
이 굳어지며 물었다. "설마 선생님 앞에서 족장님에 대해 험담
을 한 건 아니지?"

"아니에요! 난 그냥 큰 물고기가 아깝다는 생각이 들었을
뿐이에요. 어렵사리 잡은 것을 어떻게……"

아빠는 안도의 숨을 내쉬며 말했다. "그럼 되었다. 족장님
이 달라고 하지는 않는단다. 산사람들이 스스로 원해서 가져다
드리는 거지. 그분은 큰 물고기를 사당으로 가져가 조상님들 제
사상에 놓는 거란다."

"그러고는요?"

"그러고 나서야." 아빠는 고개를 가로저으며 말했다. "나
도 모르지."

"아빠는 족장님을 본 적이 있나요?"

아빠는 다시 고개를 저었다. "산사람 중에서 그분을 정말
뵌 적이 있는 사람은 몇 되지 않는단다. 그러나 그분을 모르는
사람은 없지. 족장님이 하명하면 누구나 다 받드는 거란다. 족
장님은 이곳 산지대 한가운데 살고 계시는데, 우리가 사는 이곳
과는 완전히 다른 곳이란다. 외딴집들이 따로따로 떨어져 있는
것이 아니라 세 채씩 이어진 집이 두 줄이 된단다. 그러니깐 큰
집 여섯 채가 한데 모여 있고 그중 한 채를 족장님이 쓰는 거란
다. 그 집들은 모두 오래된 소나무로 지어서 겨울에는 따뜻하고
여름에는 서늘하지. 평소에 족장님은 둥그런 팔걸이의자에 앉

아서, 석 자가 넘는 옥석 물부리 장죽으로 담배를 태우신단다. 그리고 족장님이 분부를 하면 다른 다섯 채에 사는 사람들이 그걸 아래로 전달하고 산사람들 모두가 그 말을 따르는 거란다."

나는 속으로 많이 놀랐다. 아니, 여섯 채나 되는 집들이 한데 이어져 있다니! 그리고 둥그런 팔걸이의자라니! 또 석 자가 넘는 옥석 물부리 장죽이라니! 이 세 가지만 봐도 아주 대단한 사람이라는 생각이 들었다…… 나는 아빠에게 "그럼 왜 직접 가서 만나보지 않는 거예요?"라고 물었다.

"나야 가보고 싶지. 한데 너무 멀어서 한번 다녀오기가 쉽지 않단다. 그리고 빈손으로 찾아갈 수는 없지 않니. 젊었을 적 일인데, 꿈에 세 뼘 넘는 큰 물고기를 잡은 적이 있었어. 그래서 그걸 들고 족장님을 뵈러 갔지. 깨어나서도 얼마나 기쁘던지. 마치 정말로 그분을 만난 것처럼 말이야…… 그래서 그렇게 큰 물고기를 한 마리 잡으려고 온갖 궁리를 다했단다. 그러나 어른이 되어서도 성공하지 못했단다. 차차 나이가 들면서 동작도 굼떠지고, 이젠 다시 큰 물고기를 잡을 기회가 없는 거지. 그래서 포기했단다. 이번 생에는 족장님을 만나지 못할 것 같구나."

나는 아빠가 측은했다.

그날 밤, 아빠와 큰 물고기 얘기를 나누고 나자 도무지 잠들 수가 없었다. 아빠는 계속 물고기에 대한 이야기들을 했고 그럴수록 잠이 오지 않았다.

아빠는 우리가 사는 산지대는 큰물이 고이지 못하는데, 물이 모두 산 아래 구릉이나 평원으로 흘러가고 말기 때문이라고 했다. 물이 없으면 물고기도 없는 법인지라 더군다나 큰 물고기가 있을 리는 없었다. 그러나 우리 산지대에는 구석진 곳이 많기 때문에 곳곳에 물웅덩이나 시냇물들이 숨어 있었다. 그래서 물고기가 전혀 없는 것은 아니었다. 다만 재주가 있어야만 잡을 수 있다는 것이었다. 그러나 산사람들은 모두 먹고사는 데만 바빴다. 주로 고구마 말랭이를 먹었으며 한 해에 두어 번 정도 밀을 먹을 수 있었는데, 흔히 추석이나 설을 쇠는 동안인 섣달그믐과 정월 초하루 이틀간뿐이었다.

"정월 초하루가 되면, 부잣집들에서는 상에 큰 물고기를 한 마리 올린단다."

아빠는 다시 말이 '큰 물고기'에 이르자 입부터 쩝쩝 다셨다. 나도 흥분되어 구들을 힘껏 디디면서 물었다. "야호, 큰 물고기라니! 다 함께 먹는 거죠? 그건 어떻게 해 먹죠?" 내 생각에는 그런 큰 물고기라면 절대로 질그릇에 담아 야채 잎이나 덮어 쪄먹을 것 같지는 않았다.

엄마가 옆에서 조리법을 자세히 설명해주었다. "두 뼘 넘는 큰 물고기는 정말로 조심해서 다루어야 한단다. 작은 비늘은 그대로 두고, 큰 비늘도 버리기는 아깝지. 잘못하면 물고기 살이나 껍질을 상하게 하거든. 그래서 잘만 조리하면 비늘도 먹을 수가 있단다. 보통은 먼저 물고기를 깨끗이 씻어 손질한 뒤에 소금을 충분히 뿌리고 나서 고구마 가루 반죽을 바른단다. 그리고 칼로 물고기 몸통을 그어 작은 칼집을 내고서는 양념을 친 뒤에 마지막으로 기름에 튀긴단다. 집집마다 작은 기름 단지가 하나씩 있는데, 이럴 때 쓰는 거지. 솥의 기름이 끓으면 한 손으로는 물고기 대가리를, 다른 한 손으로는 물고기 꼬리를 쥐고서 천천히 기름에 넣어야 한단다…… 그렇게 기름에 튀기면 물고기는 대가리와 꼬리 양쪽이 둥글게 휘고, 지느러미도 바짝 일어선단다. 그래서 살아 있을 때보다도 더 커 보이고 금빛으로 번쩍번쩍 빛나게 되는 거란다. 그 향기며 빛깔이며, 설이 설다운 거지……"

나는 듣는 것만으로도 너무 신이 나 어쩔 줄 몰랐다. 몇 번이고 어깨를 들썩이며 구들에서 뛰어 일어나려 했으나 그때마다 아빠 엄마가 붙들어 다시 자리에 눕히곤 했다. 아빠가 "그 기름에 튀긴 큰 물고기는 정월 초하루부터 정월 대보름까지 줄곧 집안 식구들과 함께 명절을 쇠는 거란다"라고 했다. 나는 어리둥절해서 "아니, 물고기 한 마리를 그리 오래 먹는단 말예요?" 하고 물었다.

엄마가 나를 토닥이며 말했다. "어이구 우리 바보! 그걸 아까워서 어떻게 먹는단 말이니. 그건 그냥 상에 올려놓고 보는 거란다. 집안 식솔들은 물론이고 손님으로 오는 친척들도 그걸 먹어서는 못 쓰지. 큰 물고기 요리는 상 위에 멀찌감치 놓아두고 누구도 젓가락을 대지 않는 거란다. 설음식이지만 경사스러운 것이기도 하니 그냥 먹어치울 수가 없는 거지. 그래서 정월 대보름까지 두는 거란다."

"그럼 보름이 지나면 먹을 수 있겠네요."

"응 그건." 아빠가 말을 받았다. "보름이 지나서도 먹어서는 안 된단다. 날이 추운 데다 소금을 많이 쓰고 기름에 튀기기까지 했으니 물고기가 상하지는 않지만 말이다. 그러나 남겨두면 쓰임이 많단다. 뉘 집에 귀한 손님이 오면 그 큰 물고기 요리를 빌리러 오지. 물론 그들도 먹어서는 절대 안 된다. 그냥 '눈요기 요리'이기 때문에 손님이 돌아가면 바로 그 물고기를 주인 집으로 돌려보내야 하지. 산사람들은 그렇게 큰 물고기 한 마리를 서로 돌려가며 쓰는데, 돌려줄 때도 빌려갈 때 모습 그대로여야 한단다. 그래서 그걸 가져갈 때나 돌려줄 때 모두 나무로 된 함 한가운데 고이 모신단다……"

나는 숨을 죽이고 이야기를 들었다.

그런데 왜 우리 집은 설을 쇨 때도 그런 큰 물고기 요리가 없는 걸까 하는 생각이 들었다. 정말로 그랬다. 나는 이제껏 상에서 대가리와 꼬리가 활처럼 휜 기름에 튀긴 금빛 물고기를 본 적이 없었다.

엄마가 내 마음을 알아챈 듯 "그런 큰 물고기는 어느 집에나 다 있는 게 아니란다. 그건 돈 있는 집에서나 가능한데, 그것도 운 좋게 사허(沙河) 장터에서 마침 물고기를 파는 사람과 마주쳐야만 하는 거란다. 큰 물고기가 너무 비싸서 보통은 '목어(木魚)'로 대신 하기도 하지……"라고 했다.

"'목어'는 또 뭐예요?"

"'목어'란 바로 나무로 만든 물고기란다. 두 뼘 정도 길이 나무에 목수가 비늘과 지느러미를 새겨 넣은 것이지. 쟁반에 올려놓고 간수를 부어두는데, 명절 때 손님이 오면 상에 올려놓는단다. 역시 '눈요기 요리'지. 손님은 간수를 찍어 맛보는 게 고작인데, 그럼 물고기를 먹은 셈이 된단다."

"그럼 우리 집에 나무 물고기는 있는 거예요?" 나는 다시 다그쳐 물었다.

엄마가 "너희 아빠가 만들어 오지 않은 거지. 아빠는 꿈이 커서, 기왕 놓을 바엔 진짜 물고기를 놓는단다. 반드시 진짜 물고기를 한 마리 구해 온다 해놓고서는 한 해가 가고 두 해가 가도록, 지금까지도 구해 오지 못한 거지…… 너희 아빠야 꿈이 야무져서"라고 했다.

아빠가 겸연쩍게 허허 웃으며 말했다. "언젠가 사허 장터에서 이리 큰 물고기를 보지 않았겠니?" 아빠는 손으로 그 크기를 흉내 냈다. "값을 물어보았더니 어찌나 비싸던지. 고구마 말랭이 마흔 근을 달라더구나. 차마 그럴 수는 없어서 그냥 손을 비비다가 집에 돌아오고 말았지."

나는 자리를 박차고 일어나 앉았다. "장터의 큰 물고기는 어디서 난 거예요?"

"어디서 나긴? 잡은 거지! 산에 이리 많은 사람이 살고 있는데, 큰 재주를 지닌 사람도 있을 것이 아니냐. 물론 어느 산골짜기에서 잡은 것인지는 모르지만 그들은 범상한 사람들이 아니란다. 대단한 재주를 지녔기 때문에 평생 먹을 걱정, 입을 걱정이 없단다. 부족함 없이 사는 거지." 아빠는 물론 나나 엄마도 너무나 부러웠다.

그래서 나는 "그 사람들이 큰 물고기를 잡을 수 있다니,

우리도 언젠가는 잡을 수 있겠죠?"하고 말했다.

아빠가 어둠 속에서 헛기침을 하더니 "그러게 말이다. 나도 그리 생각했기에 그때 장터에서 그 큰 물고기를 사지 않았지. 그러나 생각도 중요하지만 정말로 큰 물고기를 잡으려면 재주와 운도 따라야 한단다. 난 평생 그러한 재주와 운이 따라주지 않는구나"라고 했다.

그날 밤, 나는 마음이 석연치 않았다. 아빠의 이루지 못한 꿈을 생각하면 더욱 그랬다. 창문 너머의 하늘 가득한 별들을 바라보며 도무지 잠들 수가 없었다. 더 묻고 싶은 것이 있었으나 아빠와 엄마가 이미 잠든 뒤였다. 나는 자지 않고 있다가 부모님이 깨어나기를 기다려 다시 묻기로 했다. 나는 무엇이든 한꺼번에 다 알아내고야 마는 성미였다. 이윽고 아빠가 몸을 뒤척이더니 뭐라고 중얼거렸다. "물고기……"라고 하는 것 같기도 했다. 나는 아빠를 흔들어 깨웠다. "도대체 어떻게 해야 큰 물고기를 잡을 수 있는 거예요?" 아빠가 흐리멍덩하여 겨우 눈을 뜨더니 다시 한번 내 물음을 듣고서야 하품하며 대답했다.

"먼저 물이 있는 곳을 찾은 뒤 다시 물고기를 찾아야지. 그리고 수를 써서 물고기를 잡는 거란다."

일리 있는 말이었다. 그러나 하나 마나 한 말이기도 했다. 물이 없으면 물고기가 있을 리 없고 물고기가 없는데 무엇을 잡는단 말인가?

큰 뜻을 세우다

우리가 사는 산지대는 너무나도 가물었다. 아빠 엄마는 산속에 요괴가 있기 때문이라고 했다. 그 요괴의 이름은 '한발(旱魃)'*인데, 그것이 이곳에 소굴을 정한 뒤부터 산에 큰비가 내리지 않는다고 했다. 나는 "큰비가 내린 적이 있잖아요. 언젠가 집 앞 산골짜기에 물이 가득 찼던 기억이 나요. 비가 적지 않았는걸요"라고 반박했다. 그러자 아빠가 "그건 한발이 한동안 자기 소굴을 떠나 있었기 때문이란다. 그놈은 여름이 되어야 잠깐 소굴을 떠나 친척 집에 다녀오는데, 그래서 그때가 되어야 비다운 비가 한 번씩 내린단다. 워낙 게으른 놈인지라 평소에는 소굴에서 한 발짝도 떠나기 싫어하지"라고 대답했다.

가을이 왔다. 아빠는 내가 학교를 빠지고 산비탈의 감자와 고구마를 거두는 일을 돕도록 했다. 엄마도 일을 도왔고 고양이조차 밭으로 나왔다. 그렇게 세 식구가 종일 바쁘게 돌아쳤지만 수확이라고는 고작 감자와 고구마 두 광주리뿐이었다. 고구마는 여위고 작았지만 불그스레한 것이 먹음직스러웠으며, 감자는 거위 알이나 계란만 했다.

집에 돌아오니 날이 완전히 어두워지고 말았다. 엄마는 분주히 밥을 짓기 시작했고 아빠와 나, 그리고 고양이는 식사 시간만 기다렸다. 아빠는 엄마를 돕지 않았다. 그것은 지금까지

---

*   중국 신화에 나오는 가뭄의 신으로 푸른색 옷을 입은 여신이다.

엄마의 몫이었기 때문이다. 이윽고 솥이 끓기 시작하면서 흰 김이 서렸다. 나는 감자와 고구마가 솥에 누워 있는 모습을 상상할 수 있었다. 조금만 지나면 구수한 저녁밥이 차려질 것이었다. 나는 한참 세수하던 고양이에게 말을 걸었다.

"너도 어디 가서 큰 물고기나 한 마리 잡아 오려무나."

고양이가 세수를 하다 말고 나를 바라보더니 입을 쫑긋거렸다. 아빠가 "그놈이 그런 재주가 있어야지. 전에 다른 집 고양이가 정말로 한 뼘 넘는 물고기를 잡은 적이 있단다. 그놈이 푸드덕거리는 물고기를 입에 물고 지붕 꼭대기로 기어오르는 걸 온 집안이 지켜만 보았다는구나……"라고 했다.

"그 집은 물에서 가까운 곳에 사나 봐요."

"딱히 그런 것도 아니란다. 고양이는 먼 길을 잘 다녀오기 때문에 야행도 20리쯤은 식은 죽 먹기란다. 천방지축으로 돌아다니는 놈이니 어디서 물을 찾은 것인지 알 수 없지."

두 칸짜리 초가집 옆에 있던 물이 떠올랐다. 그 못은 우리집 구들의 대여섯 배는 족히 되었다. 그날 내가 맡았던 냄새를 다시 떠올리며 나는 "그 늙은이가 분명 물고기를 먹은 거야"라고 말했다.

"직접 보았니?"

"냄새를 맡았어요."

아빠는 잠자코 있다가 한참 지나서야 "우리 아들이 틀릴 리야 없지. 필시 그 늙은이가 집 아래에 있는 못에서 물고기를 잡았을 거야. 내가 봐서는 적어도 이만 한, 반 뼘 정도는 되는 물고기가 있을 거야"라고 했다.

"우리도 그 늙은이랑 함께 물고기를 잡을 수 있으면 좋겠어요." 나는 안절부절못했다.

"그 늙은이가 다른 사람이 알 게 할 리 없지. 아마 너희들이 다 집에 돌아가고 나면 어구를 찾아낼 거다. 그때만큼은 기분이 날 듯해서 말이다."

"'어구'가 뭐예요?"

"물고기를 잡을 때 쓰는 도구를 말하지. 딱히 어떤 것이라 하기보다는 그가 뭘 쓰나 봐야지. 그물이나 낚시, 또는 다른 무엇이겠지. 물고기를 잡는 도구는 한두 가지가 아니란다. 그 늙은이가 어떤 방법을 쓰는지 우리야 알 도리가 없지. 그러나 그 도구를 어디엔가 감추어두었을 게 분명해……"

나는 아빠의 말을 명심했다. 호기심에 안달이 난 나는 그 늙은이의 비밀을 어떻게 하면 밝혀낼 수 있을까 궁리하기 시작했다.

가을이 반쯤 지나자, 아이들은 잇따라 학교로 돌아왔다. 그사이 늙은이의 돋보기에 금이 하나 가 있었다. 그러나 그는 예전이나 다름없이 큰 소리로 고함을 지르면서 나무 막대기로 있는 힘껏 흑판을 두드렸다. "개, 개, 고양이, 고양이! 사람, 손, 발, 칼, 자! 물고기!……" 나는 늙은이가 '물고기'라고 외칠 때, 유난히 힘을 준다는 생각이 들었다.

그러던 어느 날, 중간 휴식 시간이 되자 아이들이 모두 밖으로 뛰쳐나가고 늙은이도 나가고 없었다. 아마도 볕을 쬐려는 것이었다. 밖으로 나온 나는 잠깐 섰다가 다시 날렵하게 집 안으로 돌아와 고양이처럼 살금살금 늙은이가 자는 안방으로 들어갔다. 재빨리 주변을 훑어보았다. 부뚜막, 사발, 한쪽 귀퉁이가 너덜거리는 대바구니, 녹슨 낫, 남색 이불, 해어진 신발 등이 보였다…… 그러나 '어구' 같은 특별한 것은 보이지가 않아 적이 실망스러웠다.

저녁이 되어 집으로 돌아가는 길에 다리가 천근처럼 무거웠다. 나는 걸음을 멈추고 잠깐 머뭇거리다가 몸을 돌려 학교 방향으로 내달리기 시작했다. 세 그루 측백나무가 점점 가까워졌다. 나는 고양이처럼 걸음을 가볍게 옮겼다. 사위가 조용했다. 조금만 더 지나면 해가 서산에서 질 것이었다. 초가집이며, 나무며, 물이며, 그 모든 것이 노을에 붉게 물들고 있었다.

초가집은 저녁 연기가 나지 않았다. 아무리 찾아봐도 늙은이의 그림자가 보이지 않았다. 나는 길을 에돌아 초가집 다른 한쪽에 이르러 경사진 돌벼랑을 향해 이동했다. 그곳에서는 못 전체를 바라볼 수가 있었기 때문에, 나는 앞이 확 트인 바위에 엎드려 아래를 내려다보았다. 늙은이가 보였다. 하마터면 맙소사 하고 소리를 지를 뻔했다. 늙은이가 물가의 돌에 웅크리고 앉아 손에 대나무 장대를 하나 들고 있었기 때문이다.

가슴이 쿵쿵 뛰었다. 나는 늙은이가 무엇을 하고 있는지 바로 알아챘다. 바위에 바싹 엎드려 그의 동작을 하나라도 놓칠세라 눈여겨보았다.

늙은이가 손에 든 대나무 장대는 별로 길지 않았는데, 끝에 세 가닥 가는 밧줄이 매여 있었다. 반 시진쯤 지나자 줄곧 장대를 들고 있던 늙은이가 갑자기 힘주어 장대를 들어올렸다. 좌르르 물 새는 소리와 함께 한쪽 귀퉁이가 너덜거리는 대바구니가 수면 위로 올라왔다. 바구니 안에는 은빛으로 반짝이는 작은 물고기들이 네댓 마리 팔딱이고 있었다. 그것들은 손가락 길이만 했다. 작은 물고기 한 마리가 팔딱팔딱 뛰더니 대바구니를 벗어나 물속으로 튕겨 들어가고 말았다……

나는 그만 소리를 지르고 말았다. 급기야 손으로 입을 틀어막았으나 이미 늦은 뒤였다.

나는 화를 면치 못했다. 늙은이는 화가 머리끝까지 나 있었다. 나중에 아빠에게 일의 경위를 일러바치면서 나를 살인범이나 다름없이 묘사했다. "내가…… 물이 얼마나 깊은가 보고 있는데, 자네 애가 갑자기 소리를 지르는 바람에 하마터면 물에 빠져 죽을 뻔했네. 간발의 차이였지……"

아빠가 대신 사죄했다. 그러나 늙은이는 손을 내저으며 "말 말게. 화나면 족장님한테 일러바칠 걸세"라고 했다.

아빠는 너무 놀라 얼굴이 새하얗게 질렸다. 맞잡은 두 손을 들어 올리며 읍을 하더니 나를 끌고 집으로 돌아왔다. 나는 너무나도 억울하여 늙은이가 어떻게 물고기를 잡고 있었는지를 몇 번이고 되풀이하여 아빠에게 알려주었다…… "괜찮다. 알 만해." 아빠가 내 말을 끊으며 말했다.

결국 나는 퇴학당하고 말았다. 워낙 학교에 가는 게 별로이긴 했지만, 그래도 이렇게 쫓겨나게 되자 속이 많이 언짢았다. 그 후로 종일 고양이하고 놀고만 있을 수는 없어, 가끔 아빠를 따라 산비탈로 일하러 가곤 했다. 그곳에는 늘 끝없는 일거리들이 기다리고 있었다. 돌을 줍는 것만 해도, 밭에는 영원히 다 주워 던질 수 없는 올망졸망한 돌멩이들이 수없이 많았다. 우리 집 밭은 열 몇 뙈기 정도였는데, 가장 작은 밭은 겨우 우리집 구들만 했다. "내년 봄에도 비가 내리지 않으면 감자건 고구마건 아무것도 거두지 못할 것 같구나." 아빠가 말했다.

나는 이 모든 것이 '한발'의 짓임을 알고 있었다. 족장님을 이해할 수가 없었다. 왜 산사람들을 이끌고 그 요괴를 물리치지 않는 것일까. 만약 그 요괴를 물리치기만 한다면 우리 산사람들도 감자, 고구마와 땅콩을 실컷 먹을 수 있게 될 뿐만 아니라 밀도 맛볼 수 있을 것이었다. 그리고 그보다는 물고기를, 그것도 아주 큰, 두 뼘 또는 세 뼘은 족히 될 큰 물고기를 먹을 수 있으련만……

나는 족장님에 대한 실망과 원망을 아빠에게 털어놓았다. 그러나 아빠는 "족장님도 사정이 있으시겠지"라고 했다.

아빠는 일을 하면서 생각에 잠기곤 했다. 아빠가 염려하는 것은 내 장래였다. "산비탈 일이야 아무리 해도 끝이 없는 것이지. 네가 학교를 그만둔 건 나쁜 일만은 아니다. '사람, 손, 발, 칼, 자' 이런 것들과 아빠 엄마와 자기 이름을 쓸 줄 알면 된 거다." 아빠의 말에 나는 고개를 끄떡였다. "그럼요. 되고말고요." 그러자 아빠가 "기왕 이렇게 되었으니, 다른 것이라도 좀 해야겠다"라고 했다.

그러나 그 다른 것이 무엇인지 아빠는 말이 없었다. 아직 생각 중이었던 것이다.

나도 궁리 중이었다. 밤이건 낮이건 나는 줄곧 그 생각에 빠져 있었다. 고양이조차 나에게 지장을 줄까 봐 살금살금 걸어 다니곤 했다. 그렇게 사흘이 지나 나는 거의 생각을 마무리했다. 나흘째 되는 날도 나는 아빠와 함께 산비탈에서 돌멩이를 주우며 생각을 이어갔다. 나중에 나는 일손을 멈추며 아빠에게 "난 이미 생각을 끝냈어요"라고 말했다.

아빠는 알 만하다는 듯 전혀 놀라지 않았다. 아빠는 손에 들고 있던 돌멩이를 던지더니 "그래? 그럼 말해보려무나"라고 했다.

"큰 물고기를 잡는 사람이 될래요."

아빠가 코를 벌름거렸다. 아빠는 무엇엔가 골몰해 있을 때면 늘 그러곤 했다. 아빠는 나의 눈을 들여다보며 말했다. "좋지. 만약 네가 정말 그런 사람이 된다면야 너무나 대견스러운 일이지. 사허 장터에서 큰 물고기를 파는 사람이 내 아들이라니!"

아빠는 주먹을 들어 자기 손바닥을 내리쳤다. 많이 흥분되었던 것이다.

"큰 물고기를 잡으면 맨 먼저 집으로 가져갈 거예요."

그 말에 줄곧 희색이 만면하던 아빠의 표정이 굳어졌다. "제일 먼저 잡은 큰 물고기는 족장님께 가져다드려야 한단다."

나는 내키지 않았으나 반박하지는 않았다. 어떻게 반박해야 좋을지 몰랐기 때문이었다.

아빠의 꿈

아빠는 무엇을 배우든 우선 좋은 스승을 모셔야 한다고 했다. 사람이 얼마나 큰일을 해낼 수 있을지나 얼마나 출세할지는 어떤 스승을 모시냐에 달렸다는 것이었다. "나는 좋은 스승을 만나지 못했어. 그래서 이리 사는 거야." 아빠는 무릎을 치면서 못내 안타까워했다.

아빠도 소년 시절에는 큰 꿈이 있었다. "한동안 솥을 때우는 기술을 배워 땜장이가 되고 싶었는데, 그러자면 적지 않은 도구들을 갖추어야 했지. 멜대에 땜인두며 숫돌 등을 가득 지고 다녀야 하는데, 집안 형편이 어렵다 보니 그걸 갖출 수가 없었단다. 그래서 생각을 바꾸어 시계 수리공이 되고 싶었는데 그것도 나중에는 그만두었지. 산사람들은 열에 아홉이 시계가 없으니 그걸로 먹고살려면 이 고장을 뜰 수밖에 없었기 때문이란다. 그거야 안 될 일인지라 다시 대장장이가 되고 싶었는데, 공교롭게도 스승을 찾고 있던 참에 대장장이 하나가 족장님에게 붙잡히고 말았다는 소문을 들었지. 강도들의 칼과 창을 벼려준 게 죄가 된 것이었어. 난 겁에 잔뜩 질려, 대장장이라는 게 아무나 할 수 있는 일이 아니라는 걸 알게 되었단다……"

아빠의 이야기에 빠져 있던 나는 갑자기 떠오르는 것이

있어 물었다. "그럼 고기잡이를 배울 생각은 해보지 않았나요?"

"생각뿐이었겠니, 실행도 한걸. 산사람치고 그것이야말로 큰 생업인 걸 모르는 사람이 없지. 그러나 큰 생업일수록 큰 재주가 따라야 하는 법, 타고난 소질이 있어야 하는 거란다. 그래서 스승이 제자를 받을 때는 먼저 총명한지, 될지 말지부터 가늠해본단다."

"어떤 타고난 소질이 있어야 하는 거예요?"

아빠는 내 머리를 어루만지더니 입술을 깨물며 먼 곳을 바라보았다. "그거야 스승만이 알 수 있는 거지. 아빠가 보기엔 자맥질도 할 줄 알아야 하고, 머리도 영민해야 하고, 눈치도 빨라야 하고. 그러나 그런 것들이 가장 중요한 것 같지는 않구나……"

"그럼 무엇이 중요한가요?"

"스승이 한 얘기가 아니라 내 생각일 뿐인데, 가장 뛰어난 고기잡이꾼이 물고기를 잡는 걸 옆에서 가만히 지켜보고 나서 절로 든 생각인데, 난 그런 타고난 재주가 없었지……"

"대체 어떤 재주이기에 그러세요?" 나는 소리를 높여 물었다.

아빠가 고개를 가로저었다. "말해주기 싫어서가 아니라, 뭐라고 해야 좋을지 몰라서 그런다. 말로 할 수가 없거든. 가장 소문난 고기잡이꾼들은 눈을 감고서도 물고기들이 머무는 곳을 찾아낼 수가 있단다. 코로 냄새를 맡은 것인지, 아니면 '심산법(心算法)'으로 맞춘 것인지, 하여튼 큰 물고기가 있는 곳을 찾아내서는 다른 사람들이 없을 때 그걸 잡는단다……"

너무나 허황된 얘긴지라 믿기지가 않았다. "'심산법'으로 물고기를 찾아내다니요? 점이라도 치는 건가요?"

"그런 셈이지! 유명한 고기잡이꾼들은 모두 각자의 셈법이 있단다. 모든 산과 물에 대해 손금 보듯 훤히 알고 있는데, 계절마다 언제 비가 내리고 바람이 부는지, 날씨는 언제 덥고 추운지, 물고기는 어디에 숨어 있는지 다 알고 있는 것이야. 그 방법이야말로 모두 할 수가 없는 것이니 보통 사람은 평생 가도 깨달을 수가 없지."

나는 더는 말을 하지 않았다. 정말 그럴지도 몰랐다. 그러나 내 생각에는 코가 더 중요했다. 코로 물고기의 냄새를 맡아낼 수 있기 때문이었다. 고양이도 그러한 재주가 있고 나 또한 그러한 재주가 있었다. 물론 아빠도 마찬가지였다. 엄마가 "너희 아빠는 코가 정말 영민하단다. 넌 아빠를 닮은 거야"라고 말한 적도 있었다. 나는 코가 가장 중요한 것 아니냐고 물었다. 아빠는 바로 고개를 끄떡였다.

"당연히 코가 중요하지. 큰 물고기를 잡는 사람은 코가 고양이 못지않단다. 그래서 냄새를 맡느라 늘 코를 벌름거리곤 하지. 냄새만 맡고도 무엇이 어디에 있는지, 얼마나 멀리에 있는지 다 아는 거란다. 내가 보기엔 그때마다 '심산법'을 이용해 계획을 세우는 것 같아 보였어……"

아빠 말에 적이 동감이 되었다. 나는 내가 꼭 큰 물고기를 잡는 사람이, 대단한 사람이 될 거라는 자신감이 들었다.

한편 나는 코가 영민한 아빠가 왜 중도에 포기하고 말았는지, 우리 산지대에서 가장 대단한 생업인 큰 물고기를 잡는 사람이 되지 못했는지 의아하고 안타까웠다. 아빠가 안쓰러웠다. 그리고 나 자신도 그러한 유감을 남기게 될까 봐 걱정이 앞섰다…… 나는 절대로 아빠의 전철을 밟지 않으리라 작심했다.

그러자면, 먼저 아빠가 어디서부터 잘못되었는지 알아야만 했다.

아빠처럼 옆길로 새지 말고 바른길을 따라 내처 앞으로 나아가야 했다. 그래서 나는 아빠에게 거듭 어찌해야 할지 물었다.

아빠는 자신이 스승을 찾아 나서던 경위부터 다시 돌이키더니 갑자기 목청을 높였다.

"먼저 '어신'부터 찾아야 한다!"

아빠를 올려다보며 나는 입을 딱 벌리고 말았다. 나는 귀가 의심스러워 오로지 코만을 믿기라도 한다는 듯이 힘주어 몇 번씩이나 코를 벌렁거렸다. 그러나 아빠는 다시 방금 전 말을 곱씹었다.

"'어신'은 사람이에요?"

"그냥 사람이 아니라 대단한 사람이지!"

양미간이 푸들거리더니 송골송골 땀방울이 돋아났다. "어디에 살죠? 우리랑 얼마나 멀리 떨어져 있죠?"

아빠는 한숨을 내쉬더니 다시 목청을 낮췄다. 그리고는 오래전 일들을 구구절절 늘어놓았는데, 듣는 사람이 답답했다. 실패담이었고 이야기 속의 아빠는 가엾은 사람이었다.

"나도 너만 할 때는 뜻이 큰 소년이었단다. 뭐든지 재간을 하나 익히려 했으나 너도 알다시피 어느 하나 이루지 못했지. 그러나 본시 쉽게 물러서는 성미가 아닌지라 이번에는 더 큰 뜻을 세웠단다. 아예 큰 물고기를 잡는 사람이 되려 했던 것이지. 그러나 우리 산지대에는 그런 재주를 가진 사람이 가물에 콩 나듯 하는 것이고, 누구나 다 그런 재주를 갖고 싶어 하면서도 결국엔 손을 털고 나앉기 마련이었지. 그리만 된다면 아무 때나 족장님을 만날 수 있단다. 그리고 먹을 걱정 입을 걱정 전혀 없는 부귀한 사람이 되는 거란다……"

"'어신'이 되면 그리 되는 건가요?"

"'어신'은 그보다도 더 대단한 거란다. 모든 고기잡이꾼들의 스승이지. 사허 장터에 나가 물고기를 팔 필요도 없고 족장님도 그분만큼은 함부로 대하지 못한단다. 그분은 혼자 지내지, 신선처럼 말이다."

"우아, 참으로 대단하군요! 한데 그분은 어디 사시나요?"

"아빠는 반평생 그분만을 찾아 헤맸는데, 지금도 가장 후회스러운 것이 사람을 제대로 봐내지 못한 것이란다. '어신'을 스승으로 모셔야만 큰일을 이룰 수 있다는 건 알고 있었지만 대체 누가 '어신'인지 알 수가 없었지. 그건 스스로 벽에 부딪쳐봐야 조금씩 깨닫게 되는 건데, 깨닫고 나서 돌이켜보면 이미 때를 놓치고 만 것이지……"

"혹시 산속에 숨어 사나요?"

"그냥 보기에는 보통 사람이나 다름없기 때문에 찾기가

더 어렵단다. 자기가 '어신'이라고 떠벌리는 사람들은 흔히 남의 돈이나 뜯어먹으려는 사기꾼에 지나지 않는단다. 그런 사람들은 어렵사리 큰 물고기를 한 마리 잡으면 사허 장터에 내다 팔거나 족장님에게 가져다 바치는데, 고작 재주가 그뿐이란다. 진정한 '어신'은 종래로 자신을 내세우는 법이 없지. 오히려 '어신'이라는 말을 듣기만 하면 손사래를 친단다. 마치 불이나 물을 피하듯이 말이다……"

"아빠도 그래서 기회를 놓친 거예요?"

"십중팔구 그렇다고 봐야지. 결국 아무것도 배우지 못하고 나이만 드니, 그만 마음을 접고 산비탈에 돌아와 조용히 고구마나 심고 사는 거지."

"어떻게 기회를 놓치고 만 거예요?"

"내가 마지막으로 그분을 봤을 때만 해도 그분은 그리 늙지는 않았단다. 다들 십중팔구 그분이 '어신'일 것이라 했지. 물고기를 잡는 재주가 대대로 물려받은 것이었거든. 우여곡절 끝에 찾아내어 선물을 준비해 찾아갔는데, 그분은 오히려 많이 기분 상해하며 '함께 물고기를 잡으면 될 것을, 어신은 또 무엇이오? 난 아니오'라고 했지. 그리 말씀하니 어리둥절해지더구나. 살펴볼수록 별로 어신 같아 보이지 않아 결국 그분 곁을 떠나고 말았단다."

"그 뒤로도 다시 찾아가본 거예요?"

"몇 년 지나 찾아가보았지. 그분은 자주 이사했는데, 이사할 때마다 더 깊은 산속으로 옮기더구나. 주변 십여 리에 인가

라고는 없는 곳으로 말이다. 그래서 더군다나 '어신'일 리 없다
는 생각이 들었지. 만약 어신이라면 사허 장터 가까이에 살지
혼자 숨어 살 리 없다는 생각이 들었던 것이지. 가족도 없이 혼
자 지내는데, 겉보기엔 가난뱅이 같았지. 아무리 봐도 어신 같
지가 않았어…… 그 후로 다시 그분을 찾지는 않았단다. 게다
가 내 나이도 남의 제자로 들어가기에는 이미 늦어서, 그분이
'어신'인지 아닌지가 더는 중요치 않았지. 그런데 나이가 들수
록 밤에 잠이 오지 않거나, 산비탈에서 일을 하다가 쉴 참이 되
거나 하면 내 삶을 처음부터 다시 돌이켜보게 되는구나. 그분이
떠오를 때마다 그분이 바로 '어신'이었다는 생각이 드는구나.
만약 그분이 '어신'이 아니라면 '어신'에 관한 전설은 처음부터
거짓이었던 게야……"

가마우지의 후손

　　그분이 바로 '어신'이었다는 판단은 아빠에게 있어 중차
대한 일이었다. 나이가 들수록 아빠는 더욱 확신을 갖게 되었던
것이다. 아빠로서는 큰 모험이기도 했다. 젊은 시절의 실수가
평생의 한이 되었는데, 이제 다시 한번 실수를 하게 되면 당신
의 후대에게도 마찬가지로 실패한 삶을 가져다줄 것이기 때문
이었다.
　　아빠는 더는 실패해서는 안 된다고 했다.

"숨이 붙어 있는 한, 너랑 함께 '어신'을 찾아내고야 말 테다."아빠는 자신감이 넘쳤다. "곰곰이 생각해보면 그분이야말로 진짜 '어신'이기 때문에 사람들에게 발각될까 봐 두려워한 거 아니겠니. 그게 아니라면 굳이 고구마나 먹고 사는 사람처럼 꾀죄죄하게 차리고 다닐 필요도 없었겠지. 그건 눈가림이었던 것이야. 일부러 사람들이 알아채지 못하게 말이다. 그러나 이리 많은 산사람들의 눈을 모두 속일 수는 없는 거지. 사람들 말로는 '어신'은 평소에 나른해 있다가도 물에 들어서기만 하면 완전히 딴사람이 된다는구나. 물속에서 숨을 쉬지 않고서도 반나절이나 견디는데, 큰 가마우지가 환생한 것이라지. 그래서 정수리에 곱슬곱슬한 새의 깃털이 나 있지. 기호인 셈이란다……"

"예? 그 곱슬머리를 아빠가 본 거예요?"

"본 적은 없지. 그러나 그분이 물에 들어가는 걸 본 적은 있단다. 옷을 벗을 때 보니 손발이 굼뜨더구나. 다른 산사람들이나 마찬가지로 몸이 바짝 마른 것이 별로 살이 붙어 있지 않았지. 물에 들어서더니 추워하는 것 같아 보였어…… 내가 괜히 의심을 했겠니. 그분의 정수리를 눈여겨보았는데 곱슬곱슬한 깃털 같은 것은 없었단다…… 그래서 나는 속고 만 거야. 그분은 일부러 머리를 짧게 깎고 행동을 굼뜨게 한 거지. 다른 사람을 뿌리치려고 말이다……"

나는 아빠의 말을 몇 번이고 곱씹어 보았다. 이제 남은 일은 어떻게 그분을 찾아내느냐와, 어떻게 나를 제자로 받아들이

게 하느냐 하는 것이었다. 아빠는 만약 그분이 아직 살아 계신다면 여든 정도는 되었을 것이라 했다.

"나이가 그리 많은데 물고기 잡는 법을 가르쳐줄 기력이 있을까요?"

"아무리 나이가 많다손 쳐도 가마우지의 후손이 아니더냐?"

며칠간 의논을 하더니 아빠와 엄마는 나를 멀리 떠나보내는 데 뜻을 모았다. 엄마는 고구마 가루로 길에서 먹을 라오빙*을 부쳤고 아빠는 '어신'에게 줄 선물을 준비했다. 나는 속으로는 흐뭇했으나 입을 꾹 다물고 있었다. 큰일에 맞닥뜨릴 때마다의 습관이었다. 아빠가 나를 학교에 보내기 전에도 나는 입을 꾹 다물고 있었다. 그때 아빠는 작은 소리로 엄마에게 "우리 애는 보통이 아니오"라고 했다.

엄마는 고구마 라오빙 외에 생파도 두어 줌 묶어두고** 호리병박에 물도 가득 채워두었다. 길에서 없어서는 안 될 것들이었다. 아빠는 큰 주머니 하나 가득 땅콩과 가장 좋은 고구마 말랭이를 담더니 다시 붉은 강두와 알이 굵은 강낭콩을 작은 주머니에 하나 담았다. 평소 아껴 먹던 것들인데, 이번에 깡그리 스승님에게 가져다드리려는 것이었다.

---

* 기름을 바른 솥에 반죽을 부쳐 만든 중국식 떡이다.

** 산둥(山東) 지역 사람들은 라오빙이나 전병을 먹을 때 생대파를 함께 먹는 것을 즐긴다.

만반의 준비를 갖추었으므로 이제 길을 나서기만 하면 되었다. 엄마는 나를 가까이 부르더니 "길에서 아빠 말 잘 듣고, 항상 몸조심해야 한다. 나쁜 놈이나 들짐승들도 조심하고. 그분을 찾기만 한다면 나머지 일들이야 잘 풀리겠지. 절대 집 걱정일랑은 하지 말고"라고 당부했다. 나는 고개를 끄덕였다. 하마터면 눈물을 흘릴 뻔했다. 아빠는 자신만만하여 묵묵히 모든 차비를 하였다. 각반과 칼도 한 자루 찾아냈다.

날이 희붐히 밝아올 때, 나와 아빠는 집을 나섰다.

우리는 그 두 칸짜리 초가집을 지났다. 오랜만에 보는 모습인지라 그냥 지나칠 수가 없었다. 나는 그 파란 못가에 오래 서 있었다. 익숙한 흙 비린내가 코를 찔렀다. 아빠가 나를 잡아당기면서 말했다. "가자꾸나."

세 그루 측백나무를 지나면 먼 길이 시작되는 셈이었다. 우리는 산기슭에 난 오솔길을 따라 걸었다. 가끔 집이 한 채 또는 두 채씩 나타나곤 했다. 모두 돌로 쌓은 것들이었다. 산속의 집들은 우리 집이나 다름없이 외로웠다. 만약 그 외딴집에서 어린이가 하나 나온다면 필시 나와 같은 모습일 것이었다.

낮이 될 무렵, 우리는 이미 아주 먼 곳에 와 있었다. 우리는 제대로 된 늪조차 보지 못했다. 기껏해야 작은 물굽이이거나 그리 크지 않은 물웅덩이를 보았을 뿐이었다. 아빠는 그런 곳에는 물고기가 없다고 했다.

그 뒤로는 외딴집들조차 보이지 않았다. 나는 대담한 상상을 했다. 이러다가 족장님이 사는 큰 집을 지나게 되지는 않을까? 그러나 아빠는 그럴 리 없다고 했다. 소문뿐이지 실제로 족장님이 어디에 사는지는 누구도 본 적이 없기 때문이었다.

날이 어두워질 무렵, 우리는 사허 장터에 이르렀다. 그곳에는 마른 강줄기가 있을 뿐이었다. 비록 넓긴 했으나 모래만 있을 뿐 아무것도 없었다. 아빠는 음력 보름이 되면 많은 사람들이 이곳에 모여 물건을 사고파는데, 없는 물건이 없다고 했다. 특히 큰 물고기를 사고파는데, 돈 많은 부자들이나 큰 명절을 위한 것이라고 했다.

우리는 사허 장터를 지나 나지막한 산에 올랐다. 그곳 양지바른 비탈에서 하룻밤을 지내기로 하고 아빠는 마른 풀들을 모아 크고 푹신푹신한 잠자리를 마련했다. 우리는 서로 몸을 맞대고 잠자리에 들었다. 하늘 가득 별들이 반짝였고 달도 떠올랐다. 그다지 덥지도 춥지도 않은 밤이었다. 작은 산짐승들이 우리 곁을 획획 지나는 느낌이 들었다. 아빠에게 이리나 스라소니가 있으면 어쩌나 물었더니 아빠는 그것들이 여기까지 올 리 없으니 걱정 말라고 했다.

잠들기 전에 나는 줄곧 '어신'에 대해 생각했다. 가마우지의 후손이자, 정수리에 깃털 모양의 머리카락이 있는……

아빠는 오래된 기억을 더듬으며 오솔길을 찾아 나섰다. 아빠는 산봉우리 사이로 나를 데려가더니 키 작은 파란 대숲을 가리키며 말했다. "저길 봐봐. 바람을 등지고 대가 있잖니. 워낙 저기 대숲 옆에 작은 돌집이 있었지. 그분이 살던 곳이란다……"

그러나 그곳은 무성한 잡초가 나 있는 돌무지였다. 연기에 거멓게 그을린 돌덩이 몇 개가 눈에 띄었다. 누군가 밥을 지은 흔적이었다. 나는 오래도록 거멓게 그을린 돌덩이들을 쓰다듬었다. 떠나기가 아쉬워 주변을 살펴보았으나 돌덩이 외에는 아무것도 보이지가 않았다. 물도 없었다. 어찌 이곳이 '어신'이 살던 곳이란 말인가? 그러나 아빠는 바로 이곳이라고 했다. 내가 "물이 없잖아요"라고 했더니 아빠가 고개를 가로저으며 말했다. "그분이 여기서 물고기를 잡은 건 아니란다. 일부러 물을 피해 살았던 거지."

"물을 피해 살아요? 물이 있어야 물고기가 있는 거잖아요."

"그래. 바로 그렇기 때문에 자신이 '어신'이라는 걸 숨기려 했다는 거지." 아빠는 대숲 북쪽의 작은 산비탈을 가리켰다. "저기가 그분이 고구마를 심던 곳이란다. 우리처럼 뙈기밭을 일구어 곡식을 심어 먹었던 거지. 신통히 산사람처럼 지냈는지라 다들 그분에게 속은 거지."

나는 대숲 주변을 둘러보며 저도 모르게 우러나오는 탄성을 가까스로 눌렀다. 얼마나 신기한 분인가! 어제까지만 해도 그분이 이곳에 머물러 있던 것만 같았다.

우리는 계속하여 산길을 따라 앞으로 갔다. 아빠가 마지막으로 '어신'을 본 것은 그분이 예순 남짓할 때였는데, 머리가 반백이었고 거처도 여러 번 옮긴 뒤였다고 한다. 그분은 점점 외딴 곳으로 옮겼고 한동안 낡은 동굴 속에서 지내기도 했다는 것이었다. "그 동굴은 누가 얼마나 오래전에 뚫었는지도 알 수 없는 황폐한 동굴이었지. 그것을 '어신'이 수습하고 머문 거란다."

사흘째 되는 날, 나와 아빠는 끝내 그 동굴을 찾아냈다. 풀이 사람 키보다 더 높이 자라 동굴 어귀를 반쯤 가리고 있었는데, 동굴 속에서 큰 새 몇 마리가 날아 나왔다. 아빠는 한동안 고개를 떨어뜨리고 있더니 "정말 후회되는구나. 그때 내가 여기 남기만 했어도 오늘 이 꼴로 살지는 않았을 텐데. 그때만 해도 너희 엄마나 네가 없이 홑몸이었지. 그분이 나더러 가라기에 그냥 떠나버렸지"라고 했다.

음산한 동굴 앞에 서 있으려니 조금 두려웠다. 그때 아빠는 하마터면 이곳에 남을 뻔했으며, 정말 그리했다면 엄마를 만나지 못했을 것이고, 나라는 아들도 없었을 것이었다.

이해가 가지 않는 것은 그 노인이 혼자서 동굴에서 지내다가 병이라도 들면 어찌했을까 하는 것이었다. 이웃도 없고 밭도 없는데 어떻게 지낸 걸까? 나는 그 의혹을 아빠에게 털어놓았다. 아빠가 날 다독이더니 "나도 그때 그리 생각했단다. 우리야 달리 생각할 수가 없지. 그러나 그분이 가마우지의 후손인 걸 깜빡한 거지……"라고 했다.

"그야 전설일 뿐인데요."

"바로 그거야. 나도 그걸 전설로만 생각했거든. 이곳에서 남쪽으로 10여 리 내려가면 인가가 있는데 사람들이 이곳 산골짝에 나무를 하러 오곤 했지. 그들은 매같이 생긴 큰 새 한 마리가 여기서 날아가는 걸 여러 번 보았다는구나. 그 새는 산꼭대기를 넘어서 안개 속으로 사라졌다가는 나중에 입에 은빛으로 번쩍이는 큰 물고기를 물고서 돌아오곤 했다는구나. 새가 물굽이에 갔다 온 거지. 그걸 본 사람이 한두 사람이 아니란다. 그러니 누가 그걸 '전설'이라고만 하겠니."

아빠는 '어신'이 가마우지의 후손이라는 것을 의심치 않고 있었다.

그러나 나는 내가 그런 노인과 함께 살게 된다면 어떻게 지내야 할지 막막했다. 어떤 일이 생길지, 아빠가 날 그냥 맡기고 떠나버리는 것은 아닐지 걱정스러웠다. 나는 가슴이 두근거려 잠시 머뭇거렸다. 그러나 망설일 수는 없었다. 더군다나 겁쟁이가 될 수는 없었다. 나는 내가 세운 큰 뜻을 잊어서도, 내가 사내대장부라는 것을 잊어서도 안 되었다.

나는 "만약 정말로 가마우지의 후손이라면 남에게 들키는 걸 싫어하겠지요?" 하고 아빠에게 물었다.

"당연하지." 아빠가 단정하며 말했다.

"그럼……" 나는 아빠를 흘깃 쳐다보며 물었다. "그럼 남에게 정체가 발각되면 그 사람을 해치지는 않을까요?"

아빠는 잠시 숨을 멈추고서 침묵하고 있더니, 나의 머리를 쓰다듬으며 말했다. "그러지는 않을 거다. 그분은 좋은 사람과 나쁜 사람을 분명히 가릴 거다. 내 말인즉, 그분은 대단한 사람이라는 거지……"

"그분은 사람이 아니라, 가마우지의 후손이잖아요."

"가마우지의 후손이지. 그러나 사람이지."

형형한 눈빛

얼마나 많은 산봉우리들과 산골짝을 지났는지 몰랐다. 만약 이번 기회가 아니었다면 나는 우리가 사는 산지대가 이러한 모습인지 꿈에도 상상하지 못했을 것이었다. 끝도 가도 없이 산맥이 펼쳐져 있었다. 산속 인가들은 이곳저곳 멀리 떨어져 있었으며 종일 가도록 인가가 한 집도 나타나지 않을 때도 있었다. 그 외딴집들을 볼 때마다 집 생각이 나곤 했다. 집으로 돌아가는 길을 찾지 못할까 봐 걱정되었던 것이다. 몇 번 물을 만난 적도 있었다. 가늘고 옅은 물들이 알 수 없는 곳으로 흐르고 있었다. 물을 만날 때마다 나는 너무 기뻐 그 자리에 멈춘 채 걸음을 떼지 못했다. 아빠는 이런 물에는 물고기가 없다며 기껏해야 작은 새끼들뿐이라고 했다. 내가 "작은 물고기도 어느 한곳에 숨어서 크는 거죠?"라고 물으니 아빠는 "물론이지. 그것들이 어디서 크는지 찾아내는 게 고기잡이꾼들의 재간이 아니겠니"라고 대답했다.

첩첩산중에서 '어신'을 찾아낸다는 것은 모래사장에서 바늘 찾기나 다름없었다. 그러나 아빠는 인내심을 갖고 계속 탐문하다 보면 꼭 찾아낼 수 있을 거라고 했다. "산사람인 척 꾸미고 살지만 그래도 뭔가 남다른 데가 있지. 게다가 너무 외롭게 살지 않니. 지나치게 외로운 사람은 남의 눈길을 끄는 법이란다." 며칠 뒤 아빠의 말이 옳다는 것이 증명되었다.

동굴에서 남쪽으로 하루를 걷고 나서 우리는 다시 동쪽으로 돌아섰다. 왜 빙빙 돌아야 하는지 아빠도 몰랐다. 아빠는 나무꾼들이나 외딴 집을 만나면 홀로 사는 노인을 본 적 없냐고 묻곤 했다. 내가 "만약 그분이 이젠 다른 사람이랑 함께 살면 어떡해요?"라고 물었으나 아빠는 "그럴 리가!" 하고 부인했다.

동굴을 떠난 지 닷새째가 되는 날 우리는 아주 깊고 긴 골짜기에 들어섰다. 이곳은 푸른색이 짙고 눅눅한 것이 새들도 많았다. 우리를 본 새들은 소란스레 지저귀더니 누구에게 알리기라도 하려는 듯 더 깊숙한 곳으로 날아가버리곤 했다. 골짜기가 차차 넓어지더니 산굽이에 이르러서 널찍하고 높다란 평지가 나타났는데, 그곳에는 작은 흑갈색 집 한 채가 있었다.

그 집은 돌로 쌓았지만 나뭇가지와 풀로 이엉을 얹었기 때문에 멀리서 보기에는 갈색 초가집 같아 보였다. 아빠는 굳게 닫혀 있는 문을 똑똑 두드렸다. 한참 뒤 문이 빠끔히 열리더니 형형히 빛나는 눈동자가 문틈으로 우리를 바라보았다. 아빠가 길 가던 손님인데 물이나 좀 마시자고 하자 문이 마저 열렸다.

여든은 넘어 보이는 무척 야윈 노인이었다. 듬성듬성한 머리카락이 몽땅 하얗게 세어 있었다. 동그란 눈이 무척 빛났는데, 지나치게 광채가 나서 마주 보는 사람이 겁먹을 정도였다. 그는 아무 말 없이 나와 아빠를 바라보았다.

배낭끈을 잡고 있던 아빠의 손이 부들부들 떨렸다. 아빠는 입술을 바르르 떨면서 입을 벌리더니 앞으로 한 걸음 내딛다 말고 급히 멈추어 섰다. "스승님! 끝내 이렇게 뵙습니다. 제가…… 제가 아들놈을 데리고 왔습니다!" 급기야 아빠의 목청이 갈렸다.

노인은 눈을 내리깔았다. 전혀 놀라는 눈치가 아니었다.

나는 가슴이 콩닥콩닥 뛰었다. 나는 속으로 '찾은 것인가? 정말 찾은 건가? 그러나……' 하면서 놀라움을 금치 못했다. 꿈인지 생시인지 분간이 가지 않았다. 그래서 아빠의 떨리는 몸에 바짝 붙어 섰다.

"찾는 데 열 며칠이 걸렸습니다. 마냥 길을 빙빙 에돌기만 했지만요. 저나 아이나 지칠 대로 지쳤답니다……"아빠는 땅에 털썩 주저앉고 말았다.

노인이 안방으로 들어가더니 물을 한 사발 떠다 주었다.

아빠는 물을 마실 생각도 하지 않고 그냥 입술을 감빨며 노인만 쳐다보았다. 나는 너무 목이 마르던 차라 고개를 숙여 꿀꺽꿀꺽 물을 반 사발이나 들이켰다. 물맛이 달고 시원하기 그지없었다. 나는 남은 반 사발의 물을 아빠에게 건넸다. 아빠는 물을 마시면서도 노인의 몸에서 눈을 떼지 않았다.

"제가 그만 때를 놓치고 말았지요. 이젠 나이가. 다만, 제발 이 아이만은 받아주십시오……"아빠가 사발을 내려놓으며 말했다.

노인은 아무 말 없이 사발을 받아 들고 안방으로 들어가더니 문을 닫고 나오지 않았다. 아빠가 샛문을 두드렸으나 꼭 닫힌 문은 열리지 않았다. 날이 어두워지도록 노인은 나오지 않았다. 노인이 우리를 싫어한다는 눈치를 챈 나는 속이 바질바질 탔다. 아빠를 쳐다보았다. 그만 떠나야 하는 것인지 아니면 남아 있어야 하는지 알 수가 없었다. 아빠는 창밖을 내다보더니 몸을 돌려 출입문을 닫고서는 등에 진 짐들을 내려놓았다. 아빠는 아궁이에 불을 지피고 솥의 물을 저어보더니, 배낭에서 쌀을 꺼내 죽을 쑤기 시작했다. 나는 아빠의 행동에 깜짝 놀랐다. 나는 아빠를 쳐다보다가 다시 몸을 돌려 꼭 닫힌 샛문을 쳐다보았다. 아빠가 김이 물물 나는 뜨거운 죽을 떠서 나에게 주며 먹으라 했지만, 먹을 엄두가 나지 않았다. 그러자 아빠는 혼자서 후딱 한 그릇을 비웠다.

그날 밤, 아빠와 나는 아궁이 앞바닥에 자리를 깔고 누워 바로 깊은 잠에 빠지고 말았다.

동틀 무렵, 수탉이 회를 쳤다. 나는 그것이 신기해 밖에 나가보려 했으나, 아빠가 손을 잡고 놓아주지 않았다. 줄곧 샛문만을 지켜보던 아빠가 안방에서 동정이 있자 바로 나를 일으켜 세웠다. 노인이 안방에서 나왔다. 노인은 형형한 눈빛으로 먼저 아빠를 바라보더니 다시 오래도록 나를 살펴보았다.

"스승님, 이번에는 이 못난 놈이 아니라, 제 아들놈을 부탁드리는 겁니다." 아빠가 나의 손을 잡고서 엉거주춤 일어선 채 말했다.

노인의 시선이 오래도록 나의 얼굴에 머물자 나는 차츰 두려움이 가셨다.

이윽고 노인은 부뚜막에서 무언가를 찾아 들더니 출입문 밖으로 나갔다. 수탉에게 모이를 주려는 것인지도 몰랐다.

집 안으로 돌아온 노인이 다시 안방으로 들어가려 하자

미처 샛문이 닫히기 전에 아빠가 나를 잡아끌며 바람처럼 문을 막아섰다. 노인은 잠시 망설이더니 아빠 한 사람만 자기를 따라 안방에 들도록 했다.

나는 샛문 앞에 서서 엿들었다. 말이 잘 들리지 않았으나 아빠가 뭐라고 낮은 소리로 애원하는 듯했다. 아빠가 불쌍했다. 보나마나 근 몇 년의 일들과 당신의 평생 유감을 처음부터 모두 털어놓고 있을 터였다. 아빠가 말을 멈추자 노인이 뭐라고 했으나 잘 들리지가 않았다. 노인은 짤막하게 말하곤 했는데 노인이 무엇인가를 물으면 아빠가 대답하는 것 같았다. 그렇게 일문일답에 시간이 퍽이나 흘렀다.

점심때가 되자 두 사람은 안방에서 나왔다. 아빠는 얼굴이 땀에 흠뻑 젖은 채 조신하게 행동했다. 노인은 곧장 부뚜막께로 가더니 밥을 짓기 시작했다. 아빠는 돕고 싶어 했으나 거들 수가 없었다. 노인의 조리 솜씨는 엄마보다도 훨씬 숙련되어 있었다. 물을 붓고 장작을 보태는가 하면 올망졸망한 단지 안의 식자재들을 한 줌씩 꺼내거나 부지런히 국자를 저었는데, 보는 사람이 경탄을 금치 못하게 했다. 얼마 지나지 않아 구수한 밥 향기가 집 안에 가득 찼다.

점심은 너무나도 훌륭했다. 옥수수 쌀밥과 짭짤한 죽, 그리고 검은색이 나는 짠지가 한 접시 올랐다. 나는 너무 신났으나 처음에는 마음 놓고 먹지 못하다가 나중에야 양껏 먹기 시작했다. 나는 단숨에 큰 그릇으로 밥을 한 사발 비우고, 다시 짠지를 곁들여 죽을 마셨다. 검은색이 도는 짠지는 아주 향기로웠는데, 전에는 맛본 적 없는 별미였다.

음식을 거의 다 먹어갈 때, 창문이 흔들리더니 검은색과 흰색이 섞인 알락꼬리고양이 한 마리가 들어왔다. 낯선 사람들을 본 고양이는 머뭇거렸다. 노인이 다가가 고양이를 품에 그러안더니 "밤새 어디로 사라졌던 게냐?"라고 했다. 노인이 고양이를 쓰다듬으며 아래턱을 그것의 머리 위에 고였다. 그 고양이는 우리 집 고양이보다 훨씬 컸는데 살이 찌고 털이 반지르르했다. 고양이는 파란 눈동자로 나를 쳐다보더니 만족스럽다는 듯 눈을 내리감았다.

점심 식사를 마친 뒤, 노인은 고양이를 안고서 안방으로 들어갔다. 이번에도 아빠가 뒤따라 들어갔다. 나는 문밖에서 귀를 기울였으나 여전히 잘 들리지 않았다. 노인이 그만 떠나라고 한 것 같았고 아빠가 다시 애원하기 시작했다. 아빠는 노인이 이미 연로한 데다가 슬하에 자식도 없으니 누군가 옆에 두는 것이 좋지 않겠냐고 권하는 듯싶었다. 노인은 잠깐 말을 멈추었다가 다시 언성을 조금 높여 말했다. 평생 홀로 지내니 이미 외로운 데 습관이 되었다는 것이었다. "아이에게 어떻게 물고기 잡는 법을 가르친다고 이러는가? 자네도 보았지만 이곳엔 물조차 없지 않은가?" 그것은 내가 거의 유일하다시피 똑똑히 들은 말이었다. 아빠는 "그냥 애가 한동안만이라도 곁에 있게 해주세요. 나중에 맘에 드시면 계속 거두셔도 되고, 싫으시면 집으로 돌려보내십시오. 제자로 받으셔도 좋고, 양자로 들이신다면 더 좋고요……"라고 했다.

그 뒤로는 말들이 제대로 들리지 않더니 반 시진이 지나서야 문이 열렸다. 아빠가 나를 안으로 끄잡아 당겼다. "어서 스승님이라 불러라. 아니다. 아버님이라 불러야지. 어서……" 나는 얼굴이 화끈화끈 달아올랐으나 허리를 깊숙이 숙여 절을 하면서 "스승님, 간바!"* 하고 불렀다.

노인은 떨리는 손으로 나의 머리를 쓰다듬어줬다.

그날 저녁도 우리는 맛난 음식을 먹었다. 점심보다 반찬이 몇 가지 더 올랐는데, 서로 종류가 다른 콩장 같은 것들이었다. 식사를 하던 중 노인이 몸을 일으켜 밖으로 나가자 고양이도 쫓아 나갔다. 얼마 지나지 않아 노인과 고양이가 돌아왔다. 그들이 집 안에 들어서는 순간 아주 특이한 냄새가 확 풍겨왔다. 나와 아빠는 거의 동시에 입놀림을 멈췄다. 나는 하마터면 "물고기……" 하고 소리를 지를 뻔했다. 아빠도 손에 들고 있던 사발과 젓가락을 내려놓았다.

우리가 지켜보는 가운데 노인은 접시를 하나 내려놓았다. 접시에는 양념 비슷한 것이 담겨 있었다. 아빠가 바로 "젓갈이군요……"라고 했다. 나로서는 지금껏 맛본 적 없는 너무나도 훌륭한 식사였다. 아마 아빠도 마찬가지였을 것이다. 밥을 먹고 나니 내심 이곳을 떠나기가 싫어졌다. 아마 아빠도 마찬가지였을 것이다.

---

* 양아버지를 지칭하는 용어로서, 중국에서는 가까운 지인을 양부모로 모시는 관습이 있다.

그러나 아빠는 떠날 수밖에 없었다. 엄마만 혼자 집에 남겨둘 수는 없는 일이었다.

결국 아빠는 집으로 돌아갔다. 떠나기에 앞서 아빠는 나에게 여러 일들을 신신당부했다. 아빠는 스승님이 당신보다도 훨씬 중요한 사람이므로 온갖 정성을 다해서 시중을 들어야 하며, 말을 잘 듣고, 반드시 재주를 잘 배워야 한다고 했다.

재주를 잘 배워야 한다는 말에 노인은 언짢아하며 얼굴을 굳혔다. "가르쳐줄 만한 재주를 가진 게 없네. 한동안 여기서 지내다가 집을 그리워하면 바로 돌려보내겠네."

나는 아빠가 일러주기도 전에 얼른 큰 소리로 말했다.

"전 전혀 집이 그립지 않아요."

고양이와 '간바'

얼마 지나지 않아 아빠 엄마 생각이 간절해졌다. 우리 집 고양이와, 자잘한 돌멩이가 가득한 비탈 밭도 떠올랐다. 그러나 그리움을 드러낼 수는 없었다. 밤에 몰래 운 적은 있었으나 '사내대장부'라는 말을 떠올리며 얼른 눈물을 거두곤 했다.

나의 '스승님'이자 '간바'인 그 노인은 말수가 적었다. 노인은 형형한 눈빛으로 나를 바라보곤 했는데, 그것으로 수많은 말들을 대신하곤 했다. 나는 늘 노인의 눈빛을 통해 그분이 하고자 하는 말을 추측하곤 했다. 그러던 어느 날, 나는 그분의 눈빛에서 "날 '간바'라고 불러다오" 하는 간절함을 읽었다. 그래서 나는 나지막하게 "간바" 하고 불렀다. 노인은 가까이 다가오더니 머리를 쓰다듬어줬다. 아빠의 손길과 닮아 있었다.

고양이와 가까워지는 데는, 딱 스승님과 익숙해지고 친근해지는 데 걸린 시간만큼이 소요됐다. 그놈은 신통하게도 주인과 마찬가지로 나를 대했다. 스승님이 나의 머리를 쓰다듬어준 이후로 그놈은 내 품속에 뛰어들어 안겨서는, 내 아래턱에 몸을 비벼댔다. 나는 고양이와 단둘이 있을 때, 목소리를 낮춰 물어봤다. "간바가 널 데리고 물고기를 잡으러 간 적이 있는 거지?"

고소한 물고기 비린내가 늘 내 코를 간질였다. 군침이 돌게 하는 그 젓갈이야말로 이곳에서 가장 대단한 물건이었다. 젓갈은 물고기로 만든 것이자 물고기 그 자체이기도 했다. 그러니 이곳에서는 매일 물고기를 먹는다고 할 수 있다. 정말로 경이로운 일이었다. 산사람들로서는 꿈도 꿀 수 없는 일이었으나 나는 애써 속으로 놀라움을 감추며 아무 일도 없는 척했다. 태연히 눈앞의 모든 것을 관찰하며 이곳에서의 생활을 즐겼다.

스승님이 사는 돌집은 겉보기에 나지막해 보였으나 정작 집 안에 들어서면 높고 널찍했다. 집이 지하로 반쯤 내려가 있었기 때문이다. 집은 작은 샛문을 통해서 헛간과 역시 돌로 쌓은 지하창고와 이어져 있어, 마치 재미난 미궁과도 같았다. 지하창고에는 항아리와 단지들이 올망졸망 놓여 있었고, 갖가지 맛있는 음식들이 담겨 있었다. 헛간에는 고추타래와 마늘타래, 약초 꾸러미, 그리고 가죽끈과 헝겊 조각 등 잡동사니들이 매달려 있었다. 헛간과 지하창고에는 밖으로 통하는 입구도 있었으나 눈가림으로 덮어둔 장작과 풀단을 치워야만 그 입구를 찾을 수 있었다.

고소한 젓갈은 옅은 녹색 단지에 담겨 있었는데, 마치 그것을 지키기라도 하는 듯이 고양이가 늘 그 위에 웅크리고 앉아 있곤 했다.

스승님도 밭을 가꾸었다. 구들장 두 개 정도의 작은 밭이었으나 유난히 비옥했고, 몹시도 정성스레 가꾼지라 돌멩이 하나, 큰 흙덩이 하나 보이지가 않았다. 밭에는 주로 채소를 심었는데, 부추와 가지, 그리고 고추와 배추, 동부 등속이었다. 그리고 돌둑 옆에는 참외가 몇 포기 심겨 있었는데 곧 철이 되어가고 있었다. 스승님은 나를 데리고 밭에 가 김을 매기도 하고 흙덩이를 깨주기도 했다. 참외의 향기가 갈수록 짙었다. 스승님은 흐뭇한 미소를 짓더니 참외를 따서 나에게도 나눠주었다. 우리는 둑 위에 나란히 앉아서 함께 참외를 먹었다. 이곳에 온 지 꽤 오래되었지만 처음으로 노인의 얼굴에 웃음이 어리는 것을 봤다.

그로부터 일주일 남짓이 지나서야 나는 밭이 한 뙈기 더 있는 것을 알게 됐다. 좀 먼 산비탈에 있는 그 밭은 우리 집과 마찬가지로 작은 뙈기들로 이루어진 것이었다. 고구마와 옥수수가 심겨 있었는데, 산 아래 작은 채소밭처럼 잘 가꾸어진 땅은 아니었지만 우리 집 땅보다는 훨씬 좋았다. 그리고 신기하게도 곡식들이 전혀 물이 부족하지 않았다. 참으로 기적과도 같았다.

우물 덕분이었다. 섬향나무 옆에 고패가 달린 우물이 하나 있었다. 우물 안을 들여다보니 물이 출렁이고 있었고 내 그림자가 또렷이 비쳤다.

날이 곧 추워질 것인지라 집안일과 바깥일이 모두 늘었다. 나는 스승님이 무엇을 하면 그대로 따라했다. 노인은 늘 수걱수걱 일만 할 뿐 거의 말이 없었다. 우리는 밭의 곡식을 거둬들이고, 새빨갛게 익은 고추를 땄으며, 고구마를 거둬 일부는 지하 창고에 보관하고 일부는 잘게 썰어 말렸다. 그리고 장작을 패 우물 정(井)자로 쌓아놓았다. 삶은 고구마를 가늘고 길게 잘라서 말렸다가 다시 가는 강모래와 섞어 솥에서 볶아내면 고구마 사탕이 되었다. 그 조리법은 우리 집과 같았다. 고구마 사탕 외에도 땅콩이나 콩을 볶기도 했다. 고소한 향기가 종일 집 안에 감돌았고 나는 마냥 즐겁고 신나기만 했다.

모든 준비를 마쳤지만 아직 겨울이 오지 않았다. '간바'이기도 한 스승님은 문밖에 서서 남쪽 날빛을 살펴보더니 삼노끈으로 바짓단을 동여맸다. 그리고는 바구니를 하나 찾아들더니 나를 바라봤다. 함께 길에 나서려는 것이었다. 난 앞장선 스승님을 뒤따랐다. 맨 뒤에서는 고양이가 졸졸 따라왔다.

산골짜기를 에돌아 나온 뒤로 우리는 줄곧 동쪽으로 가다가 다시 남쪽으로 굽어 습기가 많은 작은 산골짝으로 들어섰다. 쓰러진 나무들과 죽은 갈대들이 보였다. 풀이 없는 곳에는 흰 모래가 드러나 있어 사허 장터를 떠올리게 했다. 쓰러진 나무 앞에서 잠시 걸음을 멈춘 스승님은 다시 조심스레 그 나무를 디디고 앞으로 나가면서 나더러 바싹 따르라고 손짓했다.

앞에 물웅덩이가 몇 개 있었던 것이다. 물웅덩이는 그리 크지 않았고 주변에 잡초가 덮여 있었다. 이와 비슷한 물웅덩이를 전에도 본 적이 있었다. 여름에 고인 물이 마르지 않고 남아 형성한 웅덩이였다. 눈앞의 웅덩이들은 물의 색깔이 짙고 그 수가 좀 많았을 뿐이었다. 스승님은 소리를 내지 말라고 시늉하더니, 그중 한 웅덩이 옆에 웅크리고 앉았다. 스승님이 나뭇가지로 수면을 몇 번 가볍게 건드리자 물가의 잡초들이 미세하게 흔들렸다. 스승님은 손에 든 광주리를 나에게 넘기고서는 소매를 걷어 올렸다. 어느새 뒤따라온 고양이가 고개를 까딱이며 가늘게 축소된 동공으로 주인의 손을 주의 깊게 쳐다보다가 다시 잡초들을 눈여겨보곤 했다.

불현듯 바로 내 눈앞에서 도무지 이해할 수 없는 일이 발생했다.

그냥 조용히 웅크리고 앉아 동정을 살피기만 하던 스승님이 갑자기 소매를 걷어 올린 오른손의 다섯 손가락을 오므리며 쉬익 하고 잡초가 드리운 물속으로 손을 내리꽂았다…… 첨벙거리는 소리와 함께 두 뼘 남짓한 큰 물고기가 끌려 나왔다. 스승님의 손가락은 물고기의 지느러미 부위를 꽉 집고 있었다. 순간 코를 찌르는 비린내가 풍겨오면서 맹렬히 꼬리를 파닥이는 소리가 들려왔다. 나는 너무나도 놀라 스스로도 뭐라고 고함을 질렀는지 몰랐다. 내 고함에 고양이가 화들짝 놀라고 말았다.

우리는 광주리에 물고기를 담아 들고 집으로 돌아섰다.

나는 하도 심장이 쿵쿵 뛰어 입을 크게 벌리고 숨을 헐떡였다. 스승님의 뒤를 바짝 따라 걸으며 속으로 '너무 대단해! 과연 스승님이야! 아빠의 말이 틀리지가 않았어. 이분이 바로 '어신'이었어! 물속으로 손을 한번 쑥 들이밀더니 너무나도 손쉽게 두 뼘이나 되는 큰 물고기를 잡았잖아' 하고 웅얼거렸다.

학교 옆의 푸른 못이 떠올랐다. 물이 그리 많으니 물고기가 얼마나 많을까 하는 생각이 들었다. 아빠와 함께 길에서 보았던 물웅덩이와 소(沼)도 떠올랐다. 그곳 역시 얼마나 많은 물고기들이 숨어 있었을까 하는 생각이 들었다. 이윽고 당장 눈앞의 일이 궁금해졌다. 스승님이 이 물고기를 어떻게 처리할지 궁금했다. 다른 산사람들이라면 물고기에 고구마 가루 반죽을 발라서 소금을 가득 뿌린 뒤, 대가리와 꼬리가 휘도록 기름에 튀겨 두고두고 쓸 수 있는 '눈요기 요리'를 만들거나, 아니면 족장님에게 가져다 바칠 것이었다……

말을 꺼낼 엄두조차 나지 않았다. 그래서 스승님이 이리 큰 물고기를 어떻게 처치할지 기다려보는 수밖에 없었다.

집에 들어서자 고양이가 물고기를 담은 광주리를 에워싸고 느릿느릿 거닐었다. 워낙 고양이라는 놈은 기분이 최고로 좋을 때면 느릿느릿 거니는 법이다. 고양이가 뜀박질이라도 할 거라 생각하는 사람도 있지만 그렇지 않았다. 고양이는 가장 만족스럽고 행복할 때면 언제나 태연자약하게 거닐면서 가끔 냄새를 맡곤 한다. 스승님은 물고기의 창자를 따고 깨끗이 씻더니 비늘을 벗겼다. 스승님은 눈 깜짝할 사이에 손질을 마치고는 물고기에 양념을 바르고 소금과 후춧가루를 뿌렸다. 나는 너무 가까이에 서 있다가 그만 크게 재채기를 하고 말았다.

기름이 끓기 시작하자 스승님은 물고기를 그냥 훌러덩 솥에 쏟아 넣었다. 고양이와 나는 새된 소리를 지르고 말았다. 고양이나 나나 모두 이렇듯 강렬한 비린내와 기름내, 그리고 여러 가지 이상한 향내를 견딜 수가 없었기 때문이다. 스승님은 우리를 거들떠보지도 않고 나무로 된 주걱으로 잽싸게 물고기를 뒤집고 두드리더니, 물을 더 부어넣고서는 솥뚜껑을 닫아두었다. 흰 김이 물물 뿜어 나왔다.

나는 가까이에 있을 수가 없어서 조금 멀리 떨어진 곳에서 구경했다. 내 코가 그 강렬한 자극을 견딜 수가 없었기 때문이다. 나는 물고기 냄새와 스승님께서 만든 조미료 향기 때문에 구석으로 피해 서서 입을 크게 벌린 채 놀라고 있는 중이었다. 우리 산지대에서 스승님처럼 물고기를 조리하는 사람은 다시 찾을 수 없을 것이었다. 한눈에도 이것이 결코 '눈요기 요리'가 아님을 알 수 있었다. 족장님에게 가져다 바칠 리는 더군다나 없었다.

솥에서는 흰 김이 계속 뿜어 나왔다. 스승님은 상에 그릇과 수저를 차려놓더니 김이 물물 나는 주전자도 하나 올려놓았다. 나는 또 놀라고 말았다. 이번에는 술 냄새를 맡았기 때문이다. 나는 이를 사리문 채 잠자코 있었다.

스승님은 나와 고양이를 상 앞으로 불렀다. 큰 질그릇에 물고기와 국을 담아내더니, 나와 고양이의 사발에 덜어주었다.

고양이와 달리 나와 스승님의 앞에는 술잔이 놓여 있었다. 짙은 갈색의 오래 묵힌 술이었는데 따끈따끈 데운 것이었다. 마셔본 적 없는 것인지라 나는 감히 마시지 못했다. 그뿐만 아니라 물고기도 감히 먹지를 못했다. 물고기가 너무나도 컸기 때문이다. 노인이 먹기 시작하고 고양이도 먹기 시작했다. 그제야 나도 따라서 먹기 시작했다.

그 미묘한 맛은 난생처음이었다. 나는 냠냠 물고기를 먹고 국을 마시며 숨을 크게 몰아쉬곤 했다. 스승님이 두 번이나 술을 마시라고 권했다. 그래서 나는 작게 한 모금을 마셔보았다. 아주 특별하고 이상한 맛이었다. 꾹 참고 작은 잔 하나를 비웠다. 속이 뜨끈뜨끈해지며 기분이 더없이 좋아졌다.

"벌써 이리 한 상 차려줬어야 하는 건데." 스승님의 눈가에 물기가 어렸다.

"스승님, 간바……" 나는 나지막한 소리로 불렀다.

이는 겨울이 찾아오기 전, 내가 겪은 가장 대단한 사건이었다. 이곳에서의 생활은 너무나도 행복했다. 그리고 그럴수록 아빠 엄마가 더욱 그리웠다.

겨울이 되었다. 산지대의 겨울은 외지인들이 상상할 수 있는 것이 아니었다. 산사람들이 일 년 내내 분주히 돌아치는 것도 주로는 겨울을 나기 위해서였다. 폭설이 내리고, 북풍이 불며, 야수의 울부짖음과도 같은 소리가 야밤 산속에서 들려오곤 했다. 그리고 그런 것들이 합쳐져 늘 산사람들을 겁주곤 했다.

그러나 스승님의 작은 돌집에서는 그 모든 것이 두렵지

않았다. 온돌은 늘 뜨끈뜨끈했고 그 위에 누워 문밖에서 나는 여러 가지 소리들을 들으면서 그간의 이런저런 일들을 생각하노라면, 가끔 꿈속인 듯싶기만 했다. 나는 나도 모르게 잠이 들었는데 정말로 꿈나라에 빠지고 말았다. 꿈속에서 여러 장면을 목격했는데 희비가 엇갈렸다. 아빠가 엄마의 손을 잡고 오더니 내 앞에 서서 나를 바라보았고 나는 뒷짐을 지고 서 있었다. 엄마가 "우리 아들이 재주를 다 익혔나 한번 볼까?"라고 했다. 나는 미소를 지으며 돌연히 등 뒤에 지고 있던 손을 위로 들어올렸다. 손에는 살아 펄떡거리는 큰 물고기가 들려 있었다. 그 외에도 나는 스승님이 큰 가마우지로 변하더니 나를 등에 태우고 훨훨 날기 시작하는 꿈도 꾸었다. 나중에 우리는 이제껏 본 적 없는 큰 호수 한가운데에 이르렀다.

꿈에는 항상 물고기와 물이 나타나곤 했다.

한밤중이 되어 바람소리가 세찰 때면 나는 저도 모르게 스승님의 곁에 바싹 다가붙곤 했다. 그때마다 스승님은 나를 토닥거리며 달래주곤 했다. 나는 가위에 눌릴 때도 스승님의 품속을 파고들었는데 그때에도 나를 안아주었다. 꿈결에 나는 자주 "아빠, 아빠……" 하고 부르곤 했다. 내 오른쪽에는 간바 스승님이, 왼쪽에는 고양이가 누워 있었다. 내가 꿈에서 깨어나 고양이를 그러안자 그놈은 사지를 뻗어 나의 가슴과 배를 밀쳤다. 다시 고양이의 이마에 입을 맞추자 고양이는 나의 팔을 핥았다.

작은 돌집에서의 겨울은 늘 밤이 낮보다 즐거웠다.

눈 내리는 날의 술 향기

큰 눈이 내릴 때면 산사람들은 집 밖으로 나가지 못했다. 이들이 할 수 있는 일이라고는 숨어 지내는 것이 고작이었다. 겨울이 오기 전이면 아빠 엄마는 늘 "이번 겨울을 무사히 날 수 있을지 모르겠네"라고 말하곤 했다. 당신들보다는 해마다 겨울이면 얼어 죽는 사람이 있어 걱정을 하는 것이었다. 겨울이 오기 전에 산사람들은 모두 분주히 땔감이며 음식들을 장만해두고 집도 다시 든든히 수리해두곤 하지만 그럼에도 불행을 면치 못하는 사람들이 있었다.

산속의 눈은 두텁고 무거웠다. 바람이 불지 않을 때는 조용히 있다가도 바람이 불기만 하면 흰 눈보라가 날리곤 했다. 눈보라가 날리는 날 집 밖에 나섰다가는 십중팔구 돌아오지 못하는 법이었다. 그러한 날씨에는 굶주린 스라소니나 오소리, 산토끼만이 밖을 나돌아 다녔다. 그리고 그보다도 더 사나운 맹수들이 그것들을 뒤쫓곤 했는데, 사람도 맹수에게 쫓기기 마련이었다. 맹수에 물려 동굴 속으로 끌려 들어간 사람이 다시는 나오지 못했다는 소문이 돌았다.

큰 눈이 내리는 날이면 고양이나 집을 나서는 법이었다. 산사람들은 대개 온 집안이 구들에 둘러앉아 바드득 바드득 고구마 사탕을 씹으면서 노인의 옛이야기를 듣곤 했다.

아빠 엄마와 함께 지내던 때가 그리웠다. 겨울이면 들려주던 옛이야기가 그리웠다.

이곳은 모든 게 다 좋았지만 옛이야기가 없었다. 스승님은 말수가 적었고 별로 웃지도 않았다. 집 안팎의 일로 바삐 도는 외에는 담배를 피우거나 술을 마시는 것이 고작이었다. 술은 스스로 빚은 것이었는데 올망졸망한 항아리들에 담아 지하창고에 두거나 집 앞 땅속에 묻어두곤 했다. 큰 눈이 내려 술 항아리를 묻은 땅이 돌덩이처럼 땅땅 얼면 스승님은 더욱 기뻐했다.

스승님은 나에게 별로 술을 주지 않았다. 기분이 최고로 좋을 때나 외출을 할 때가 되어야 나도 작은 잔으로 한 잔씩 마시게 했다. 대부분의 산사람들과 달리 스승님은 큰 눈이 내려 외출이 힘들 때 오히려 집을 나서기 좋아했다.

바람이 불지만 않으면 큰 눈이 내리는 날에도 전혀 춥지 않았다. 스승님은 나와 고양이를 데리고 산골짝을 따라가다 보이는 그리 높지 않은 고개에 오르곤 했다. 스승님은 이미 산의 모든 오솔길들을 수백 번 넘게 오르내렸기 때문에, 지금까지 길을 잘못 들어서는 법이 없었다. 고양이는 내 뒤를 졸졸 따르다가 자주 멈춰 서서 발에 묻은 눈을 털어내곤 했는데, 그 모습이 너무나도 귀여웠다. 스승님은 매번 목적이 달랐다. 언 대추를 딸 때도 있었고, 언 흙 속에 묻힌 풀뿌리 같은 것을 캐낼 때도 있었다. 하여간 매번 맛있는 것을 찾기 위해서였다. 물론 나는 스승님이 이 계절에 물고기를 잡을 리는 없다고 생각했다. 불가능한 일이었기 때문이다.

그러나 내 판단은 또 어긋나고 말았다. 바람 한 점 없이 갠 어느 날, 스승님은 나와 고양이를 데리고 고개 하나를 넘어 산 뒷등성이로 갔다. 그리 크지 않은 얼어붙은 물웅덩이가 보였다. 스승님은 호주머니에서 엄지 굵기의 정을 꺼내 얼음에 구멍을 뚫더니 그 앞에서 기다리며 가끔 얼음을 두드렸다. 새로 살얼음이 끼면 얇은 나무 조각으로 긁어낸 뒤 다시 물을 조금씩 퍼내곤 했다. 고양이와 나도 가까이 가서 들여다보았으나 아무것도 보이지가 않았다. 고양이는 멀지 않은 곳에 쌓인 눈에 구멍이 뚫려 있는 것을 발견하자 그 앞에 웅크리고 앉아 정신을 집중하고 들여다보았다. 나도 몸을 돌려 그 눈 더미에 난 구멍을 살펴보기 시작했다.

우리가 돌아선 지 얼마 지나지 않아 갑자기 몸 뒤에서 펄떡거리는 소리가 들려왔다. 눈앞의 광경을 도무지 믿을 수가 없었다. 빨갛게 언 스승님의 손이 큰 물고기 한 마리를 꽉 붙잡고 있었다. 물고기는 꼬리를 맹렬히 흔들면서 얼음물을 높은 곳까지 튀겼다. 내가 고함을 지르자 고양이도 덩달아 달려오더니, 몸을 솟구쳐 물고기를 만져보았다. 그러던 고양이가 다시 얼음 구멍 앞으로 달려갔다. 작은 물고기 몇 마리가 팔딱이고 있었던 것이다. 스승님은 "저리 가!" 하며 발로 고양이를 막더니 조심스레 그 작은 물고기들을 물속에 다시 밀어 넣어주었다.

그 누구도 큰 눈이 내리는 날, 오롯이 작은 돌집에서 있었던 일을 상상하지 못할 것이다. 그 즐거움과 행복은 무한한 것이었다. 평생 스승님의 곁에 머물 수만 있다면 이 세상에서 그이상의 행운은 없을 거라는 생각이 들었다. 이번에 잡은 물고기는 두 뼘이 좀 넘는 큰 백련어였다. 스승님은 솥에 물고기를 안치고 술을 덥혔다. 고양이의 코도 쓸어주었다.

이날 스승님은 술을 많이 마셨다. "너희 아빠가 있었으면 얼마나 좋았겠냐. 셋이 함께 술도 마시고"라고 말씀하셨다.

스승님은 우리 아빠를 기억하고 있었다. 당신이 받아들이지 않은 제자였다. 그러나 스승님은 더는 입을 열지 않았다. 연거푸 술을 들이켰으나 지나간 일에 대해서는 일언반구도 꺼내지 않았다. 몇 번이고 손을 뻗어 내 머리를 쓰다듬어주면서 자세히 들여다보았다. 스승님의 눈은 동그랗고 광채가 났다. 산사람들로서는 흔치 않은 눈매였다. 더욱이 노인의 눈 같지가 않았다. 그 신비한 전설이 떠올랐다. 어신이 가마우지의 후손이라는.

스승님이 매*의 눈을 하고 있다는 생각이 들었다. 물속에 숨은 물고기를 한눈에 봐내고 잡아 올릴 수 있는 것이리라. 스승님의 손은 물속에 들어가는 순간 매의 발톱으로 변할 것이다. 그래서 큰 물고기조차 꼼짝달싹 못하고 잡히는 것이리라.

나는 이곳에 머문 이후, 줄곧 묵묵히 스승님의 일거일동을 관찰해왔다. 전설 속 '어신'과 관계되는 흔적들을 찾기 위해 무지 애를 써보았으나 매번 실망하고 말았다. 스승님은 단지 말수가 적은 산속의 노인일 뿐이었다. 마르고 행동이 민첩하며 산속 살림에 남보다 뛰어날 뿐이었다. 나는 스승님의 정수리에 나 있을 곱슬곱슬한 깃털 모양의 머리카락을 찾아보았으나 아예

---

*   중국어에서는 가마우지를 '물매'라고 속칭하기도 한다.

보이지 않았다. 스승님이 물속에서 자유로이 자맥질하는 것을 보고 싶었으나 그것도 불가능했다. 이곳에는 그럴 만한 큰 물웅덩이가 없었기 때문이다.

그러나 스승님은 늘 가물기만 한 이 산속에서 드문드문 보이는, 별로 크지도 않은 고인 물 속에서 너무나도 손쉽게 두 뼘씩이나 되는 큰 물고기를 잡아 올리곤 했다.

술을 마시고 나면 스승님은 평소보다 말이 많아지곤 했다. 그러나 그것도 한두 마디뿐이었다. 스승님의 눈에는 많은 말들이 담겨 있었다. 나를 바라보거나 고양이를 볼 때, 그리고 창밖 산속의 큰 눈을 볼 때마다 스승님의 눈은 말하곤 했다. 나는 그 소리 없는 말들을 오로지 마음속으로 추측해야만 했다.

그러나 평생 함께 지내게 된다면, 눈치만으로 스승님의 속마음을 알아챈다는 것은 너무나도 힘든 일이었다. 내가 여기에 머무는 이유는 하루빨리 '어신'의 재주를 배워 큰 물고기를 잡는 소문난 고기잡이꾼이 되기 위해서였다.

조용할 때가 되면 나는 내 앞날에 대해 생각하곤 했다. 장차 큰 물고기들을 무한정 잡을 수 있는 날이 온다면 어디로 가야 하는 것일까? 물론 여전히 이곳 산지대에 머물 것이지만 큰 물고기들을 사허 장터에 내다 팔아 가장 부유한 사람이 될 것이며 족장님도 만나볼 수 있게 될 것이다. 나는 나무로 지은 족장님의 그 큰 집에 앉아 그의 말을 듣고 있을지도 모른다. 그는 나를 '어신'이라 부를 것이었다. 그랬다. 오로지 족장님이 친히 '어신'이라 부를 때가 되어야 나는 진정한 '어신'이라 할 수 있

있었다.

이러한 생각은 나만의 비밀이었다. 나는 누구에게도 발설
치 않을 것이었다.

왜 스승님이 물고기를 더 많이 잡지 않는지, 더 큰 물을
찾아가지 않는지 도무지 이해할 수 없었다. 이미 연로하여, 이
가문 산골짝 깊은 곳에 숨어 만년을 편히 보내려는 것일까? 그
게 아니면 젊어서부터 큰 뜻이 없는 사람일지도 몰랐다. 바로
그 때문에 지금까지 자기가 '어신'임을 인정하지 않은 것인지도
모른다는 생각이 들었다.

나는 용기를 내 "물고기를 더 많이 잡으러 가요" 하고 제
안한 적도 있었다.

그러나 스승님은 아무 말도 없었다. 고개를 갸우뚱하고
나를 쳐다보더니 담배를 깊숙이 빨았다. 그냥 어린애의 지나가
는 말로 들은 듯, "왜?" 하는 한마디조차 묻지 않았다.

나는 스스로에게 그 물음을 던졌다. 나의 가장 솔직한 생
각은 "나는 큰 물고기가 많이 필요해. 많을수록 좋아! 나에게는
물고기가 전부야! 나는 큰 물고기를 잡기 위해 태어났고 이 산
지대를 통틀어 누구도 비길 수 없는, 유일한 '어신'이 되고 싶단
말이야"였다.

나는 이곳에서 꿈에도 생각지 못했던 큰 물고기를 먹게
되었지만, 수개월에 한 번씩 먹을 수 있을 뿐이었다. 마음만 먹
으면 노인은 매일이라도 큰 물고기를 먹을 수 있었지만 왜 그리
하지 않는지 알 수가 없었다.

우리가 먹는 음식들은 산사람치고 가장 좋을 것이었다. 고구마도 많았고 잡곡들도 부족함이 없었으며 술까지 있었다. 큰 눈이 내리는 날에는 술이 제격이었다. 물론 대부분의 경우 나에게 술은 금지되었지만, 나는 이미 그 향내가 좋아졌으며 스승님이 술을 마시는 것을 지켜보는 게 좋아졌다. 큰 눈이 내리는 날, 우리의 작은 돌집에는 부족한 것이 없었지만 유독 옛이야기가 고팠다. 옛이야기는 겨울을 나는 데 없어서는 안 되는 것이었다. 산사람들은 일 년 동안의 옛이야기를 모두 모아두었다 겨울에 하곤 했다.

노인은 술을 마시기만 하면 얼굴이 불콰해지면서 눈빛이 부드러워지곤 했다. 그때마다 금방이라도 이야기가 쏟아져 나올 듯 입꼬리가 실룩이곤 했다. 그러나 아니었다. 마치 수많은 이야기들을 꽁꽁 마음속에 묻어두고 혼자 누리려는 듯했다. 분명 노인은 이 산지대에서 가장 이야깃거리가 많은 사람이었다. 어떻게 '어신'이 되었는지, 사방팔방 물고기를 잡으러 돌아다니며 겪은 기이한 일들로, 입을 열기만 하면 사람을 깜짝 놀라게 할 옛이야기가 무더기로 쏟아져 나올 것만 같았다.

나는 잠이 오지 않는 밤이면 노인의 고른 숨결과 고양이가 가볍게 코 고는 소리를 들으면서 가슴이 덜컥 내려앉을 문제를 생각하지 않을 수 없었다. 내가 정말로 '어신'을 찾기는 한 걸까?

그러나 고통과 실의의 순간에 다른 한 목소리가 나를 위안해주곤 했다. "그럼. 두 눈으로 똑똑히 보았잖아. 너무나도 손쉽게 큰 물고기를 잡는 것을. 그 밖에 또 무슨 기적이 필요해? 이 산지대에서는 큰 물고기가 바로 기적인 것을."

단 한 번만으로도 족했을 큰 눈이 연이어 서너 번 내렸다. 큰 바람이 불자 겹겹이 쌓여 있던 눈들이 모든 골짜기를 메우고 말았다. 큰 바람이 지나고 난 뒤로는, 아무리 날씨가 좋아도 먼 길에 나서서는 안 되었다. 그것은 스승님이 반드시 지키는 원칙 중 하나였다. 위태로운 곳들이 눈에 가려져 위험을 전혀 예측할 수 없었기 때문이다. 산바람이 불고 간 뒤로는 집 안에 박혀 있어야만 했다. 그러한 생활은 줄곧 봄이 올 때까지 이어져 산의 물이 콸콸 흘러내릴 때가 되어야 끝나는 법이었다.

스승님은 갈수록 술을 많이 마셨다. 집 안에서 지내는 날들이 길어질수록 더 많은 술을 마셨는데, 그렇다고 말이 늘지는 않았다. 스승님은 무엇인가를 애써 참고 있는지 손이 떨리곤 했다. 나는 스승님이 손이 떨려 술잔을 바닥에 떨어뜨리고 마는 광경을 목격한 적이 있었다. 스승님은 술이 미처 바닥에 스며들기 전에 급히 몸을 숙여 바닥에 입을 대고 깨끗이 들이마셨다. 전혀 더럽다는 생각을 하지 않는지 손에 묻은 흙을 털어내며 "이젠 나도 늙었구나"라고 했다.

나는 스승님의 나이가 문제라고 생각해본 적이 없었다. 스승님은 손발이 민첩하여 누구보다도 일솜씨가 잽쌌다. 그러나 올 겨울 스승님은 손을 떠는 것 외에도 자주 멍해 있곤 했는데, 가끔은 남쪽의 산꼭대기를 바라보며 한 시간씩이나 앉아 있곤 했다.

스승님은 벽에 걸린 초약들을 술에 넣고 달였다. 그것은 아주 특수한 약주였는데, 스승님은 매일 그것을 마시고는 얼굴이 시뻘개지곤 했다. 하루는 스승님이 나를 보며 말했다. "큰 눈이 녹으면 너희 아빠더러 한번 다녀가라 해야겠다."

나는 적이 흥분되었다. 줄곧 바라던 바였다. 아빠는 항상이 작은 돌집에 남겨둔 아들을 그리워하고 있을 터였다. 보나마나 아빠는 날 만나자마자 "그래, 뭐라도 배웠니?" 하고 물을 것이었다.

'한수'와 '수수'

산속의 봄은 늦게 오는 법이다. 봄은 언제나 먼저 양지바른 산비탈부터 찾고 나서야 뒤늦게 북쪽 비탈이나 산골짝을 찾기 마련이었다. 밤과 낮을 가리지 않고 산의 물이 콸콸 흘러내리며 눈을 적시자 산골짝의 눈들도 녹기 시작했다. 큰 산 가득 물비린내가 풍겼다. 문어귀에 서서 냄새를 맡던 고양이가 눈살을 찌푸리며 수심을 띠었다. 고양이 옆에 서 있던 나는 끓어오르는 격정을 참지 못하고 집 안으로 뛰어 들어가며 소리쳤다.

"스승님, 큰 물고기가 있어요!"

담배를 피우고 있던 노인이 담뱃대를 탁탁 털면서 문밖으로 나와 골짜기를 흘러 지나는 물살을 유심히 바라보더니 이맛살을 찌푸렸다. 물이 갈수록 많이 고였다. 하류의 빙설이 채 녹지 않아 물길을 가로막았기 때문이다. 나는 그 굵은 물살을 가리키며 물고기가 있을 것이라고 했다. 스승님은 고개를 가로젓더니 집 안으로 들어가버렸다.

완연한 봄이었다. 꽃들이 피고 물소리도 잦아들었다. 눈석임물이 어디론가 흘러가버리고 얼마 남지 않은 물들이 낮은 늪지대에 고였다. 퍽이나 기분이 좋아진 스승님이 나더러 집에 돌아가보라고 재촉했다.

집으로 가는 길은 멀다면 멀고 가깝다면 가까웠다. 올 때처럼 이곳저곳 탐문할 필요도, 괜한 길을 에돌 필요도 없었기 때문에 시일이 별로 걸리지 않았다. 그러나 나는 한달음에 집에 도착하고 싶었기 때문에 집으로 가는 길이 가도 가도 끝이 없어 보였다.

마침내 외딴 곳에 있는 우리 집이 눈에 띄었다. 끝내 집으로 돌아온 것이었다. 아빠와 엄마, 그리고 고양이가 함께 나를 반겼으나 나는 빈손이었다. 그제야 후회스러웠다. 만약 내가 큰 물고기라도 한 마리 들고 나타났다면 이들은 얼마나 기뻐했을까!

나를 집 안 한가운데 세워놓고 엄마가 눈물을 훔쳤다. 나는 코를 벌름거리며 집 안의 냄새들을 분간해보았다. 고구마와 토란 냄새, 그리고 무 냄새가 다른 모든 냄새를 압도하고 있었다. 물고기 냄새는 없었다. 꼬물만치도 나지 않았다.

엄마는 모든 일을 손에서 놓고 나를 위해 파를 넣은 고구마 떡을 부쳤다. 아빠는 고양이와 함께 그간 나의 일들을 들었다. 이야기가 노인이 물고기를 잡는 대목에 이르자, 아빠는 깜짝 놀라 말을 잃은 채 손으로 힘주어 무릎을 치기만 했다. 나를 보는 아빠의 눈길이 달랐다. 마치 이제 곧 새롭게 탄생할 '어신'이라도 보고 있는 듯싶었다. 나는 풀이 죽어 고개를 떨어뜨리며 말했다. "아직 아무것도 배운 것이 없어요." 그러나 아빠는 낙담하지 않았다. 아빠는 선선히 "급할 것 없어. 언제고 배워낼 거니까"라고 했다.

밤에 우리는 구들 위에 나란히 누웠다. 우리 집 온돌은 전혀 스승님의 온돌처럼 따뜻하지 못했다. 봄의 한기를 이겨내기 위해 우리는 고양이까지 서로 꼭 붙어 누웠다. 엄마가 나의 팔을 어루만지며 말했다. "튼튼해졌구나." 엄마는 나를 그러안고 토닥이면서 이마에 뽀뽀를 해주었다. 어둠 속에서 아빠가 "우리 아들 몸에서 물고기 비린내가 나는구나"하고 중얼거리더니 바로 코를 골기 시작했다.

아빠는 한시 급히 스승님을 만나고 싶어 했다. 그래서 더 지체하지 않고 집안의 일들을 엄마에게 부탁하고는 나와 함께 집을 나섰다.

집을 오가는 데 엿새가 걸렸다. 스승님의 작은 돌집에 들어서는 순간 코를 찌르는 짙은 초약 냄새에 나는 하마터면 기침을 할 뻔했다. 나로서는 뜻밖의 일이었다. 헤어진 지 며칠 안 되는 사이에 스승님이 병에 걸렸던 것이다. 스승님은 스스로 약을 달이고 있었다. 아빠가 달려가 부축했다. 스승님은 아빠를 밀쳐내면서 손을 내저었다. 나는 "스승님, 간바!"하고 불렀다. 아빠가 날 말리며 "그리 복잡할 것 없다. 앞으로는 그냥 '아빠'라고만 불러라. 날 부를 때처럼 말이다"라고 했다.

나는 스승님을 향해 "아빠" 하고 불렀다. 노인은 한 손을 내밀어 나를 품에 그러안더니 한참 그러고 서 있었다. 우리가 알고 지낸 이후로 스승님이 이렇게 나를 가까이 대한 것은 처음이었다.

아빠를 위해 스승님은 어디선가 두 뼘 남짓한 물고기 한 마리를 꺼내왔다. 이미 양념을 발라 둔 신선한 물고기였다. 아빠가 놀라 소리를 질렀다. "아니, 이걸 그냥 이리 먹습니까?"

스승님은 대꾸하지 않고 조리를 시작했다.

아빠는 여전히 놀라는 기색이 역력했다. 나에게 팔을 벌려 보이면서 물었다. "그냥 이리 먹는 거냐?"

"예. 그냥 이리 먹어요. 먹고 나서 스승님이 또 잡으면 돼요……"

"그럼 우리가 족장님과도 같은 대접을 받는 거구나. 이리 큰 물고기를 아까워하지 않고 먹을 사람은 족장님밖에 없을 터인데." 아빠는 감격과 희열을 이기지 못하고 손을 마주 비벼대며 부산히 집 안을 오갔다. 집 안 가득한 물고기 냄새 때문에 전혀 진정할 수가 없었던 것이다.

밤이 되자 스승님은 또 약을 마셨다. 아빠와 스승님은 안방에서 목소리를 낮춰 이야기를 나눴다. 고양이도 쫓겨났다. 그들은 아주 오래도록 이야기를 나누었는데, 나중에야 틈을 타 아빠가 그 내용을 나에게 일러주었다.

스승님은 몸이 이전 같지 않다며, 일찍 아이를 보내왔더라면 좋을 뻔했다고 말했다고 한다. 아빠는 지금도 늦지 않았으니 마침 스승님의 수발을 들 수 있게 된 게 아니냐고 대답했다. 스승님은 아이의 앞날을 망치게 될까 봐 걱정스럽다 했고, 아빠는 그냥 당신의 친자식이라 생각하면 된다고 대답했다. 아빠는 옛말에 단 하루 가르침을 받은 스승일지라도 평생 부모처럼 대하라 했으니, 그 말을 따르기만 하면 된다고 했고 스승님은 그럼 그리 알겠노라고 대답했다. 이어서 아빠는 물고기를 잡는 재주를 일찍 아이에게 전수해달라고 청했다. 그리고 절대로 아이가 당신 체면을 구길 일은 없을 것이며, 반드시 당신을 이어 '어신'의 계승자가 될 것이라 부언했다고 한다.

여기까지 말한 아빠는 사위를 둘러보더니 부근에 다른 사람이 없는 것을 보고서야 목소리를 낮추어 말했다. "한데 노인장 말씀으로는 물고기를 잡는 재주를 곧 너에게 가르쳐주긴 하겠다만 자신이 결코 '어신'은 아니라 하더구나!"

나는 낙담하고 말았다. "정말 '어신'이 아닐지도 모르지요."

"그럴 리가 없다. 참을성이 있어야 한다. 네 눈으로 물고기 잡는 재주를 똑똑히 보지 않았니? 그것도 거짓이랴! 이 세상의 그 어떤 생업이든 진짜 재주가 있는 사람은 자기 재주를 감추는 법이란다. 그래야 삶이 무탈한 법이야. 아니면 누군가 해치려 들지도 모르는 거란다……"

아빠의 말에 나는 간담이 서늘해졌다.

아빠는 "앞으로도 누군가 너에게 그분이 '어신'이냐고 물으면 반드시 '아닙니다요'라고 대답해야 하는 거다. 알겠지?"라고 당부했다.

아빠가 집으로 돌아갈 때, 스승님은 아빠에게 젓갈을 담은 작은 단지를 들려 보냈다. 아빠는 너무 귀한 선물이라면서 우리 집안으로서는 보답할 길이 없다고 사양했다. 그러자 노인이 나의 어깨를 껴안으며 말했다. "자넨 나에게 아들을 하나 선물하지 않았나."

아빠가 떠난 후, 나는 스승님을 '아빠'라 불렀다. 스승님은 전보다 말이 많아졌다. 매일 말을 몇 마디씩 건넸을뿐더러 그 횟수도 차차 늘어났다. 술을 마시고 나면 더 많은 얘기를 했다. 전에는 절대로 없던 일이었다. 스승님은 자주 허리를 두드렸고 기침이 잦았으며 늘 약을 달여 먹었다. 아마 몸이 완전히 망가지기 전에 하고 싶은 말들을 다 털어놓고 재능도 모두 전수할 생각인 듯싶었다. 그리 생각하니 마음이 서글퍼졌다.

여름이 왔다. 예전과 다름없이 산골짜기에는 물이 많아지기 시작했다. 남쪽으로 고개를 하나 넘으면 넘실거리는 깊은 물을 볼 수 있었다. 오래도록 물가에 웅크리고 앉아 냄새를 맡으니, 물고기가 있으리라는 확신이 들었다. 우리 산지대는 물이 적긴 했지만 물이 있기만 하면 기회가 있는 법이었다. 나는 총망히 집으로 돌아가 노인에게 큰비에 작은 물웅덩이들이 하나로 이어졌으니 그곳 물고기들을 몽땅 잡는 게 어떻겠냐고 했다. 조금 더 지나 큰물이 흘러가버리고 나면 때를 놓치기 십상이었다.

　　노인은 별로 흥미 없어 했으나 나와 함께 고개 남쪽 비탈의 물가로 나왔다. 그는 손에 아무것도 들고 있지 않았지만 나는 별로 놀라지 않았다. 오히려 진정한 '어신'은 항상 맨손으로 큰 물고기를 잡는 게 아닐까 싶어 한껏 기대에 부풀었다.

　　노인은 물가에 웅크리고 앉아 유심히 살펴보더니 냄새를 맡아보기도 했다. 노인은 시험이라도 치듯 나에게 물었다. "풀이 썩는 냄새와 물고기 비린내를 어떻게 구분하느냐?" 내가 대답을 못하자 노인이 다시 물었다. "그럼 '숙수(熟水)'와 '생수(生水)'는 어떻게 구분하느냐?" 나는 그것 역시 대답하지 못했다. 그러자 노인이 가득 고여 있는 물들을 가리키며 "'숙수'에만 물고기가 있는 법이란다. '생수'에는 물고기가 없지. 이곳은 8할이 '생수'니라"라고 했다. 내가 무엇이 '생수'냐고 묻자 그는, '생수'란 금방 내린 빗물이나 눈석임물이며 '숙수'란 줄곧 한곳에 머물러 있는 물이라고 했다. "이곳에는 워낙 '숙수'가 있었기 때문에 물고기가 있긴 하단다. 그러나 많지는 않지."

　　나는 손을 마주 비비며, 많지 않더라도 이곳의 큰 물고기들을 잡았으면 하는 뜻을 여쭈었다.

　　노인은 몸을 일으켜 오던 길로 돌아서며 말했다. "그건 수영을 할 줄 알아야 하느니라. 난 모른단다."

　　나는 믿기지가 않아 하마터면 "아니, 수영을 할 줄 모른다고요?"하고 소리를 지를 뻔했다.

　　노인은 집으로 걸음을 옮기며 "난 헤엄을 칠 줄 모르기 때문에 물이 무릎까지만 오면 더 들어갈 수가 없단다"라고 했다.

노인은 자못 표정이 진지했다. 나는 절대 거짓이 아님을 깨달았다. 그러나 내 마음은 착잡하기 그지없었다. 하느님의 농간이라 할까? 고기잡이의 달인이, 아니 '어신'이 어찌 물을 두려워한단 말인가? 너무나도 기상천외한 일이었다. 도무지 이해가 가지 않았다. 그럼에도 이것은 분명한 사실이었고 나는 그 불가사의에 맞닥뜨린 것이었다.

노인의 뒷모습을 바라보던 나는 문득 깨달은 바가 있었다. 가마우지의 후손이라니! 정수리에 깃털 모양의 곱슬머리가 나 있다니! 그 모든 것은 이 산속의 전설에 지나지 않는 것이었다.

돌아오는 길에 나는 말을 꺼내는 것조차 귀찮아졌다. 속이 답답하기 그지없었다.

그날 밤, 자기 전에 노인은 등잔 심지를 돋우고서 고구마사탕을 썹기 시작했다. 무엇인가 얘기를 하려는 것이었다. 나와 고양이는 자세를 단정히 하고 앉았다. "고기잡이꾼이라 하여 모든 사람이 다 자맥질에 능한 것은 아니란다. 물고기를 어디서, 어떻게 잡느냐에 달린 거란다. 만약 큰 강이나 바다, 호수에서라면 반드시 수영에 능해야겠지. 그런 재주가 없이 훌륭한 고기잡이꾼이 될 수는 없는 법이지. 그런 사람을 '수수(水手)'라고 한단다. 몸이 마를 새 없이 자주 물에 들어서야 하는 거지……"

나는 정신을 집중해 들었다. 전혀 어렵지 않은 얘기였다.

"그러나 물이 그리 많지 않은 산에서라면 반드시 수영에 능해야 하는 것만은 아니란다. 고기잡이꾼이라 하여 반드시 물에 들어서야 한다는 법은 없으니 말이다. 그보다는 물고기가 있는 물과 물고기가 없는 물을 구분하는 것이 중요하지. 그리고 물고기가 어디에 있는지, 큰 놈인지 작은 놈인지를 알아내야 한단다. 그러고 나서 잡아 올리면 되는 것이지. 그런 사람을 '한수(旱手)'라고 한단다."

눈을 동그랗게 뜨고 앉았던 고양이가 마치 자기의 앞발이 '한수'이기라도 한 양 앞발을 핥기 시작했다.

나는 바로 스승님이 '한수'라는 것을 깨달았다. 스승님은 풍랑을 가르며 배를 몰거나 그물을 친 적도, 물속 깊이 잠수한 적도 없을 것이었다. 그럴 필요가 전혀 없었기 때문이다. 그러나 스승님은 아무 때나 큰 물고기가 숨어 있는 곳을 찾아내어 잡아 올릴 수 있었다. 첩첩산중의 '어신'은 바로 그런 것이었다.

나는 나지막하게 "알 만해요. 스승님이 곧 '어신'인 거예요"라고 했다.

"애야, 그게 아니란다. 정말 '어신'이라면 '한수'와 '수수'의 재주를 다 갖추어야겠지. 그러니, 마른 땅에서나 큰 물에서나 모두 큰 물고기를 잡을 수가 있어야 '어신'이라 할 수 있겠지……"

스승님의 내력

가끔 나는 노인에 대해 형용하기 어려운 연민을 느끼곤 했다. 그 자신을 포함해 아무도 그가 하루하루 늙어가는 것을 막을 수 없었기 때문이다. 나는 노인이 별로 원치 않으면서도 왜 아빠를 불러 며칠간 함께 지내면서 그 많은 얘기들을 나누었는지 알 수가 있었다. 스승님은 본래 과묵한 사람으로서 모든 비밀을 마음속 깊이 감추기 좋아하는 사람이었다. 그러나 생을 마감하기에 앞서 마음속의 무엇인가를 털어놓고 싶었던 것이며, 그래야만 자신의 아이를 맡긴 아빠에게 미안하지 않다고 생각했던 것이다. 물론 그러한 이치를 나는 나중에야 조금씩 깨닫게 되었다.

이 첩첩산중에서 나는 스승님이 마지막으로, 그리고 유일하게 의지할 수 있는 사람이었다. 내가 오기 전에 스승님은 오로지 고양이만을 의지해 살았던 것이다. 고양이를 보는 눈길이나 고양이를 만지는 손길이 모두 그런 느낌을 주었다. 그러나 아쉽게도 고양이와는 마음을 털어놓을 수가 없었고 일을 시킬 수도 없었다. 언젠가 고양이에 대해 스승님은 의미심장한 말을 한 적이 있었다. 고기잡이꾼은 고양이를 키우는 것이 가장 좋은데, 그것은 고양이가 사람과 마찬가지로 물고기를 좋아하며 코가 매우 영민하기 때문이라는 것이었다. 내가 "그럼 개를 키우면 되죠. 개도 코가 영민하잖아요"라고 묻자 노인은 고개를 가로젓더니 "개는 걸음이 너무 무겁단다"라고 대답했다.

스승님이 중히 여겼던 것은 고양이의 가벼운 몸동작이었다.

줄곧 홀로 지낸 스승님은 평생 자기와 동무해준 고양이에게 많이 의지했다. 나에게 그 이치에 대해서도 말해줬다.

"나는 고양이와 개를 모두 좋아하지. 그러나 개는 밤에 가까이 둘 수가 없지. 베개머리에 누워 있을 수도, 겨울이 되어 이불 속에 들어올 수도 없으니 말이다. 그러나 난 한밤중에 바람이 불 때면 고양이 배를 만지면서 꼭 붙어 잘 수가 있었지."

겨울밤에 나 역시 스승님과 꼭 붙어 잤으니 고양이와 마찬가지였을 거라는 생각이 들었다.

"그리고 고양이와 달리 개는 짖는 소리가 너무 커서 함께 조용히 지내기가 힘들단다. 고양이와 함께여야 아무 기척도 없이 이 산골짝에서 지낼 수가 있지."

그렇듯 고양이의 조용함과 가벼운 몸놀림이 평생 외로웠던 노인과 동무했던 것이다. 노인은 날로 수척해졌다. 건강이 악화되면서 스승님은 기침 때문에 부득불 담배를 몇 시진씩 멀리할 수밖에 없었다. 나는 스승님이 아주 훌륭한 의원임을 믿어 의심치 않았다. 스승님은 수십 가지 약초들을 익숙히 알았을뿐더러 늘 스스로 약을 짓곤 했다. 간혹 내가 배가 아프거나 열이 오를 때에도 단 한두 첩으로 바로 치료해내곤 했다.

그러나 아무리 좋은 약도 사람이 늙는 것만큼은 어쩔 수가 없었다. 그것은 누구도 피해갈 수 없는 큰 질환과도 같은 것이었다. 그리고 그 질환 덕분에 노인은 다그쳐 나에게 고기 잡는 법을 가르쳐주기 시작했고 잠들기에 앞서 당신의 이야기도 들려주었다. 그 모든 과정을 고양이가 나와 함께 듣고 지켜보았다. 그러나 고양이로서는 그것을 기억해둬도 아무 소용이 없었다. 그것이 나와 고양이의 가장 큰 차이였다.

그러던 어느 날, 밤이 깊도록 노인은 자리에 누울 생각을 하지 않았다. 술을 마신 까닭인지 기분도 평소와는 달라 보였다. 그날 낮에 우리는 남쪽에 있는 높은 고개에 올라 앞쪽을 바라다보았다. 멀리 푸른빛을 띤 안개가 보였는데, 노인은 그곳에 더 높은 산이 있다고 했다. 여름이 되어 비가 내리기 시작하면 먼저 그곳 산골짝부터 물이 차고 나서 다시 북쪽으로 흐르는데, 우리가 사는 곳에서 물길이 갈라져 더 먼 북쪽의 산골짝으로 흘러간다고 했다. "저기는 한 달이나 물이 차 있는데, 우리 산지대에서 물이 가장 많은 곳이란다." 노인은 부럽다는 듯 입을 다셨다.

내가 그곳에 사람들이 많이 살고 있냐고 묻자 노인은 아니라고 대답했다. "우리 산지대야 인가가 드문 법이니. 족장님이 사는 곳을 빼고는……" 내가 다시 "족장님은 어디 사세요?"라고 묻자 노인은 고개를 돌려 동쪽을 바라보며 말했다. "강 골짜기에 산다고 들었다. 그곳에는 꽤 큰 평지와 아름드리나무들이 있지. 하여간 이곳 산지대에서 사는 거지. 그러나 그를 본 사람은 많지 않단다." 내가 "제가 학교를 다닐 때 가르치던 늙은 이도 보았다고 하던데요. 족장님을 들먹여 나랑 우리 아빠를 겁주기도 했어요"라고 하자 노인은 냉소를 지었다. "허풍이겠지…… 저기 안개가 있는 곳에 가장 뛰어난 고기잡이꾼이 있단다. 그만이 족장님을 뵌 적이 있는데 '한수'가 아니라 '수수'지."

내가 계속 캐물었으나 스승님은 더는 말이 없었다.

바로 그 푸른 안개가 무엇을 떠올리게 했는지 스승님은 그날 밤따라 평소보다 훨씬 많은 술을 마셨다. 스승님은 고양이가 가까이 있게 하기 위해 담뱃대를 멀리 치워버리더니 깊이 탄식하며 입을 열었다.

"애야, 실은 난 반쪽짜리 고기잡이꾼이란다. 수영은커녕 물도 겁내니 말이다."

"예. '한수'니까요."

"그래. 난 큰 물을 보면 어쩔 도리가 없단다. 아무리 물고기가 많아도 그냥 구경할 수밖에. 젊었을 적에는 낚시나 그물, 그리고 작살과 뜰채도 썼지. 그러나 나이가 들면서 어구들을 쓰지 않게 되었단다. 그건 진짜 재주가 아니니까. 게다가 그리 많은 물고기를 잡을 생각도 없단다. 먹고 싶은 때가 되어 한 마리씩 잡으면 되는 거지……"

노인은 몸을 일으켜 담뱃대를 쥐려다 말고 고양이를 바라보더니 손을 거두고 말았다. 노인은 고구마 사탕을 입에 넣었다. "우리 산지대에서는 고기잡이꾼을 최고로 치지. 일 년 내내 제대로 된 물고기를 구경할 수가 없는 곳이니 큰 물고기를 잡을 수 있는 사람을 대단히 여기는 것이겠지. 비단 산사람들뿐만 아니라 족장님조차 다른 사람보다 높이 사지만, 고기잡이꾼은 워낙 대물림 받는 것이라서 누구나 되고 싶다고 될 수 있는 것은 아니란다. 그들치고 부귀영화를 누리지 않는 사람이 없는데, 두 세대 이상 고기잡이꾼으로 산 집안은 항상 물고기와 밀을 먹고 너른 기와집에서 사는 법이지. 그래서 족장님에 비해서도 별로 부족함이 없단다……"

"그런 고기잡이꾼이 몇 집이나 되나요?"

"극히 드물지. 내가 아는 한, 두 집뿐이란다. 두 집 모두 대단한 집안이지. 산사람들이 흔히 말하는 '어신'인 셈이지. 족장님은 그 두 집을 가장 믿고 중하게 여겨 사당에 중요한 제사가 있을 때마다 그들을 청하곤 했단다. 큰 연회 때마다 귀빈이었지. 흔히 작은 내나 골짜기에서 낚시나 그물로 크고 작은 물고기들을 깡그리 잡아서는 사허 장터에 내다 팔며 목이 터져라 외쳐대는 사람들에 비해, 그 두 집은 얼마나 월등히 뛰어난지 모른단다. 그러지 않고서야 사람들이 '어신'이라고 부르겠니?"

"그들은 '한수'인가요, 아님 '수수'인가요?"

"한 집은 '한수'이고 다른 한 집은 '수수'인데 두 집 모두 대단한 집안이란다. 각자 장기가 있어 우열을 가릴 수 없지만 우리 산지대는 가뭄철이 길기 때문에 평소에 거의 물을 볼 수가 없지. 다만 산그늘이 진 곳이나 특별한 곳에만 물이 조금씩 고여, 동굴이나 강굽이와 같은 곳에 물웅덩이나 늪이 있는 법이지. 이런 물들은 깊이가 고르지 못한 데다가 나무나 풀들이 많고, 바닥에 온통 돌덩이들뿐이어서 어구를 사용하기도 힘들고 자맥질도 별 소용이 없단다. 그러나 경험이 많은 '한수'는 한눈에 물고기가 어디 숨어 있는지, 얼마나 큰지, 대가리가 어느 방

향으로 향해 있는지 알아보기에, 맨손으로 잡아 올릴 수 있는
거지……"

나는 스승님이 그렇게 물고기를 잡는 것을 한두 번 봐온
게 아니었다. 나는 흥분되어 벌떡 몸을 일으켰다가 다시 자리에
앉았다.

"물고기가 물에서 얼마나 민첩한지 아마 넌 상상도 못할
거다. 그래서 빠르고도 정확한 손재주를 연마해야 하는 거란다.
바로 정면으로 물고기의 아가미와 지느러미 부위를 잡아야지,
조금만 빗나가서도 안 되지. 그 재주를 갖추어야 '한수'라고 할
수 있느니라…… 다들 '한수'야말로 가장 뛰어난 고기잡이꾼이
라고 하는데, 그건 산사람들이 늘 가뭄 속에서 살다 보니 길에
서 물이 뚝뚝 떨어지는 큰 물고기를 잡아 들고 오는 사람을 만
나게 되면 눈이 뒤집히기 때문이란다. 하지만 산에 큰물이 지
면 사방에 숨어 있던 물고기들이 모두 물에 휩쓸려 나오게 되
고, 비로소 '수수 어신'이 재주를 한껏 펼칠 수 있게 되는 거란
다. 그들은 물고기와 마찬가지로 자유로이 물속을 드나들뿐더
러 물고기를 잡는 방법 또한 여러 가지였지……"

여기까지 들은 나는 이 노인이 바로 '한수'의 계승자임을
깨달았다. 아니나 다를까 그는 자기의 비밀을 털어놓았다.

"우리 할아버지와 증조할아버지는 모두 '한수'였지. 우리
산지대에서 그분들의 명성은 족장님 못지않았고 족장님과 자
주 만나기도 했단다. 내가 듣기로는 족장님이 그분들에게 옥석
으로 된 담배물부리를 선물했다는구나. 나도 어릴 적에 그 물부

리를 본 적이 있지. 그래서 소싯적부터 나는 물고기를 마음껏 먹을 수 있었고 늘 좋은 옷만 입고 다녔단다. 난 우리 집 사람들이 사허 장터에 나가는 걸 한 번도 본 적이 없단다. 그럴 필요가 없었던 것이지. 큰 물고기는 큰 쓰임새가 있는 법인지라, 물고기가 필요한 사람들이 늘 귀중한 선물을 가지고 우리 집에 찾아오곤 했단다. 우리 집에서는 더는 클 수 없는 작은 종의 물고기 외에는 작은 물고기를 잡는 법이 없었지. 그물이나 대나무 발 같은 것으로 냇물을 막아 이제 막 자라기 시작한 엄지 손가락만한 물고기를 잡는 사람도 있지만, 그건 가장 야비한 노릇이란다. 우리 아버지는 늘 나에게 정말 부득이한 경우 외에는 어구를 사용해서는 안 된다고 말씀했지. 그건 물고기가 도구를 사용하지 않으니, 말하자면 물고기가 맨손인 만큼 잡는 사람도 맨손이어야 한다는 것이었지. 나는 아무리 노력해도 물고기를 잡을 수가 없었단다. 그런데도 아버지는 계속 연습을 하라고만 하셨지. 제대로 된 손재주를 익힐 때까지 말이다……"

나는 이야기에 푹 빠졌다. "그럼 몇 살이 되어 익힌 거예요?"

"열네 살이 되어서다. 아직도 기억에 생생하구나. 생일 국수를 먹고 나서 며칠 뒤였는데, 아버지가 나를 데리고 물고기를 잡으러 갔지. 족장님이 사람을 보내 물고기를 부탁했기 때문이란다. 마침 가뭄철인지라 '수수' 집에서는 열 며칠 동안 물고기를 한 마리도 잡지 못했지. 아버지는 나를 데리고 갈대밭과 돌무지가 있는 뒷동산으로 갔다. 그곳에는 크고 작은 물웅덩이와 물이 고인 동굴이 있었지. 물고기를 잡으려면 먼저 물고기가 어디에 있는지 알아야 하는데 그곳 물들은 죽은 듯이 고요한 것이, 물고기는커녕 물벌레나 개구리나 있을까 싶었지. 난 살금살금 다가가 냄새를 맡아보았단다. 코가 그곳에 물고기가 있다고 알려주더구나. 정신을 집중해서 물속의 풀들을 들여다보았지. 풀들이 요란히 흔들리는 곳은 실은 작은 물고기가 노니는 것이고, 부드러운 남풍이 불고 지나듯이 풀이 눕는 곳에야 큰 물고기가 있는 법이란다. 그건 졸고 있던 큰 물고기가 금방 깨어나 몸을 일으키려는 것이지. 그리고 작은 소용돌이가 도는 곳은 물고기 대가리가 위치한 곳이고, 잔물결이 비스듬히 이는 곳은 꼬리가 있는 곳이란다. 그 외에도 소용돌이가 얼마나 깊은지도 살펴봐야 물고기가 얼마나 깊은 곳에 있는지 알 수 있단다. 그리고 마침 그놈이 아가미를 벌리고 물을 마실 때, 손을 써야 하는 거지. 쏜살같아야 한단다……"

노인은 손을 들어 갈퀴 모양을 지어 보였다가 다시 엄지와 식지, 중지를 한데 모아 집게 모양을 만들어 보였다…… 나는 저도 모르게 손동작을 따라했다. 고양이가 놀란 눈으로 나와 노인을 바라보았다.

여기까지 말을 하고 난 노인은 많이 피곤한 듯 오래도록 입을 열지 않았으나 나는 계속 듣고 싶었다. 이곳에 온 뒤 처음으로 이렇게 많은 이야기를 들었던 것이다. 나는 "스승님이 바로 '어신'이잖아요! 그런데 왜 자꾸 아니라 그러세요?……"라고 물었다.

노인은 고개를 가로저었다. "난 멀었다. 반밖에 배우지 못한 거지. 물고기를 잡는 재주가 우리 아버지의 반밖에 안 된단다. 못난 자식인 것이지…… 아버지가 세상을 뜨고 나서 난 홀로 산속을 떠돌게 되었는데, 집에 남은 가족이 없었기 때문에 혼자서 살아남아야만 했던 거란다. 난 아직 건장한 어른도 아니었고 담도 작았지. 그러나 산에서 이리며 호랑이를 벗하여 지내자면 어지간한 담력 없이는 안 되었단다. 살아남기 위해서 나는 하는 수 없이 사허 장터를 드나드는 사람들과 어울릴 수밖에 없었단다. 물고기를 잡기 위해 두릿그물이나 낚시를 사용하기도 했고 더 나쁜 방법을 쓰기도 했지. 정말 돌이키기 싫은 날들이었지. 나 스스로도 나 자신이 경멸스러웠단다……"

더는 들리지 않을 정도로 목소리가 낮아졌다.

노인이 고개를 떨어뜨렸다. 나는 그가 잠든 줄 알았으나 이윽고 다시 "아버지가 너무 일찍 세상을 떴던 거야. 만약 아버지가 살아 계셨더라면 나는 필시 진정한 '어신'이 되었겠지. 우리 아버지는 다른 사람이 해친 것이란다……"라고 중얼거렸다.

정신을 집중해 듣고 있던 나는 "아니, 진짜요?" 하고 외쳤다.

"그래."

"왜요?"

"우리 아버지가 '어신'이었기 때문이지."

붉은 지느러미 물고기와 얼룩무늬 물고기

나의 스승님이자 내가 '아빠'라고 부르는 노인의 거친 숨소리가 어둠 속에서 들려왔다. 노인은 전처럼 쉽게 잠들지 못한 채 광채 짙은 두 눈을 부릅뜨고 짙은 어둠을 지켜보곤 했다. 무엇을 보고 있는 것일까? 어둠 깊은 곳에 노인의 과거와 이미 저세상 사람이 된 가족들이 있는지도 몰랐다. 그렇지 않고서야 오랫동안 눈 한 번 깜빡하지 않을 수는 없을 것이다. 그때마다 나는 퍽이나 긴장하고 두려워지곤 했다. 나는 노인이 눈길을 당겨 나와 고양이를 바라볼 때까지 몇 번이고 부르곤 했다.

우리를 바라볼 때면 노인의 눈길은 다시 따뜻하고 자애로워지곤 했다. 노인은 팔을 뻗어 우리를 다독이거나 안아줬다. 그렇게 한참 지나 다시 물고기에 대한 이야기를 시작하곤 했는데, 그때가 매일 밤 가장 소중한 시간이었다. 나는 늘 우리 옆을 지키고 있는 고양이도 노인의 이야기를 알아들으리라 믿었다. 그놈은 눈을 감고 있긴 했지만 두 귀를 곤추세운 채 자주 쫑긋거리곤 했기 때문이다.

"가족을 다 잃고 나서, 나는 정처 없이 떠돌기 시작했단다. 아버지가 세상을 뜨고 나서 얼마 지나지 않아 어머니마저 세상을 뜨고 말았기 때문이지. 임종을 앞둔 어머니는 내 손을 꼭 붙잡고 어서 우리가 살던 집을 떠나라고 했지. 그곳에 더는 머물러서는 안 되니 미련을 갖지 말라는 것이었어. 어머니는 비록 내 나이가 아직 어리긴 하지만 가진 재주가 있으니 얼마든지 살아남을 것이라 했지. 나는 어머니의 말뜻을 알아차렸단다. '어신'을 죽인 자가 그 자손을 남겨둘 리 없지 않겠니. 화근을 남겨서는 안 되는 법이니까. 그러나 왜 그런 일이 발생하게 되었는지는 나도 퍽 시간이 흐른 뒤에야 깨닫게 되었단다. 그 후, 난 큰 물고기를 잡은 적이 있었지. 너보다 별로 크지 않을 때였으나 운 좋게 세 뼘이나 되는 백련어를 잡았는데, 내가 잡은 것 중 가장 큰 물고기였지. 아버지가 생전에 보았더라면 얼마나 기뻐했을까 하는 생각이 들었지. 그러나 아쉽게도 그런 운 좋은 일은 일 년에 한 번도 있을까 말까 했단다. 그래서 나도 다른 사람들처럼 냇물이나 도랑을 막아 작은 물고기들을 잡아서는, 사허 장터에 가 먹을 것이나 생필품으로 바꾸곤 했단다.

엄지보다도 작은 것들이었는데, 질 사발로 하나 가득 차면 고구마 말랭이나 콩 같은 것으로 바꿀 수 있었지. 설에 작은 물고기나마 한 사발 살 수 있는 집들은 다 괜찮게 사는 집안이었는데, 그 물고기에 반죽을 두텁게 발라 튀기면 두 사발이 되곤 했지. 반찬을 만들 때마다 그 튀긴 물고기를 몇 마리씩 얹어서는 섣달그믐부터 봄이 올 때까지 내내 먹는 것이란다. 그때만 해도 큰 물고기를 잡을 재주가 없어 우리는 그렇게 작은 물고기나 새우를 잡곤 했던 거다.

그러던 어느 날, 꿈에 붉은 지느러미가 달린 큰 물고기 한 마리가 찾아왔지. 정말로 큰 물고기였는데 턱에 수염이 나 있는 게 꽤 나이가 있어 보였단다. 그 물고기는 집에 들어서자마자 자기가 우리 아버지와 아는 사이이므로 나랑은 친분이 있다면서, 긴히 의논할 일이 있다고 했지. 그 물고기는 자기 자손들을 위해서 찾아온 것이었는데 내가 그의 자손들을 수없이 해쳤으므로 응당 그 원수를 갚아야 마땅할 것이나, 우리 아버지 얼굴을 봐서 한 번 용서해주겠다고 했지. 우리 아버지가 자기 생명을 구해준 은인이라는 것이었어. 어느 해인가 수수 어신에게 잡힌 적이 있었는데, 그 어신이 족장님의 생일 축하연에 가져다 바치려는 것을 우리 아버지가 물고기가 눈물을 줄줄 흘리는 것을 보고서는 돈을 내고 구해주었다는 것이었지. 그래서 그 물고기는 그 은혜를 평생 잊지 않고 무슨 수를 써서라도 보은하려고 했다지. 그 후, 언젠가 우리 아버지가 큰 화를 당하게 되자 그는 자기 친구들을 불러 구해주었다는 것이었어. 그리고 내가 직접 겪은 일들이 아니므로, 하는 수 없이 그 자초지종을 얘기한다고 했지. 그는 고기잡이꾼이 되겠으면 '어신'의 아들다워야지, 심사가 잘못돼 작은 물고기와 새우 같은 것이나 잡아서야 쓰겠냐고 했지. 이렇듯 산속에서 업보나 쌓고 살아서야 되겠냐고 했지…… 그 물고기는 말을 마치고서 내 머리를 힘껏 찔렀는데, 놀라 깨어나 만져보니 정말로 젖은 자국이 호두알만큼 나 있었지. 그리고 코를 찌르는 물고기 비린내가 났지……"

"그게 정말이었나요? 꿈이 아니고요?"

"꿈이었지. 그러나 정말이기도 하지. 난 바로 어머니가 들려준 이야기가 생각났단다. 우리 아버지가 서른이 좀 지나 겪은 일이었지. 어머니 말로는 아버지가 다른 사람이 붉은 지느러미가 달린 큰 물고기 한 마리를 잡은 것을 보았는데, 그 물고기가 우리 아버지를 보자마자 눈물을 흘렸다는 것이야. 그래서 우리 아버지가 그것을 사서 방생했다더구나. 어머니는 아버지가 좋은 일을 했기에 나중에 그 보답을 받았다고 했지. 어느 해인가 큰물이 져, 물고기를 잡던 아버지가 그만 물살에 휩쓸려 강 복판으로 떠내려가고 말았는데, 우리 아버지는 워낙 '한수'인지라 자맥질을 할 줄 몰랐지. 아버지 목숨이 경각에 달린 그때, 뜻밖에도 큰 물고기가 한 마리 나타나 큰 나무처럼 굵은 자기 등에 아버지를 엎드리게 하고서는 강기슭까지 업어다 주었다는 것이었어. 그러니 어머니가 해준 얘기와 꿈속의 큰 물고기가 한 말이 서로 맞아떨어졌던 것이지. 그래서 난 그것이 앞뒤가 맞물리고 인과가 분명한 실제 사실이라고 믿게 되었단다. 그날 밤 나는 결심했지. 이제 다시는 나쁜 일을 하지 않겠다고. '어신'의 자손답게 살겠다고. 더는 비겁한 수단이나 쓰면서 헛되이 살지 않겠다고."

"작은 물고기를 잡는 게 비겁한 건가요?"

"'어신'은 물론이고 훌륭한 고기잡이꾼은 아직 채 크지 않은 작은 물고기는 잡지 않는 법이란다. 좁은 물목을 그물로 막는다거나 특히 취어초 같은 것을 쓴다거나 하지 않지. 취어초는 산에서 나는 독풀인데 돈에 눈먼 자들이 고기잡이꾼들에게 비싼 가격으로 판단다. 큰물이 난 뒤, 그걸 짓이겨 강이나 늪지 같은 곳에 뿌리면 크고 작은 물고기들이 모두 배가 하얗게 뒤집혀 죽고 말지…… 나도 하마터면 그런 나쁜 짓을 할 뻔했단다. 한동안 전혀 물고기가 잡히지 않자, 마음을 독하게 먹고 취어초를 산 적이 있었지……"

　　노인은 가슴에 손을 얹었다. 아마 그 후회스러운 마음을 쓸어내리려는 것인지도 몰랐다. 천만다행이었다. 나는 스승님이 그 나쁜 길에서 멀리 벗어난 것을 정말 다행스레 생각했다. 그뿐만 아니라 나 자신을 위해서도 얼마나 다행인지 모른다. 스승님께서 내가 갓 재주를 배우기 시작한 지금, 일찍 그 이야기를 들려준 것이 너무나도 감사했다.

　　"그 뒤로 나는 물이 없는 산비탈을 찾아 머물렀단다. 그래야 속이 근질거리는 것을 참을 수 있었으니 말이다. 우리 아버지는 물에서 잘못된 것인데, 워낙은 '한수'였기 때문에 물에 들어서지 말았어야 했단다. 일찍이 우리 집안은 대대로 고구마를 심어 먹고사는 사람들이었기 때문에 물에 들어선 적도 큰 강물이나 하천을 본 적도 없었지. 다만 가문 이곳 산지대에서 물이 고인 웅덩이나 일 년 내내 마르지 않는 늪, 그리고 물이 차 있는 동굴을 보면서 차차 그곳에도 큰 물고기가 숨어 있다는 것을 알게 되었을 뿐이지. 그리고 그 물고기들을 잡으려고 궁리하다 보니 조금씩 특별한 재주를 갖추게 되었던 것이란다. 그 재주는 큰 물가에서 사는 사람들이 갖추지 못한 재주였을뿐더러 산지대 밖 사람들로서는 전혀 깨칠 수도 없는 것이었지. 그 후, 나는 산비탈에 살면서 고구마와 토란을 심어 연명했는데, 그냥 보기에는 다른 산사람들과 마찬가지였단다. 내가 그들과 다르다면 한가할 때마다 습지의 물웅덩이나 크고 작은 못들이 모인 곳을 찾아다니곤 한 것이지. 일 년 내내 마르지 않고 고여 있는 물은 색깔이 우중충한데, 그런 곳에는 큰 물고기가 숨어 있는 법이란다. 물 빛깔을 살피고 냄새를 맡고, 다시 바람이 없을 때의 물결 무늬를 식별하고 나면 그곳에 물고기가 있는지 없는지, 얼마나 큰 물고기가 있는지 알 수 있지. 물론 그것만으로는 안 된단다. 물고기를 잡아 올리기도 해야 하니까. 그러자면 번개같이 빠른 손놀림을 연마해야 했단다."

그랬다. 스승님 손은 매의 발톱처럼 빨랐다. 다시금 그가 가마우지가 변한 것이라는 산사람들의 전설이 떠올랐다. 그래서 나는 "가마우지를 본 적이 있으세요?"라고 물었다.

"본 적 있지. 그러나 가마우지는 일 년이 가도록 별로 쓸 일이 없단다. 사허 장터에 그걸 키우는 사람이 있는데, 여름이 되어서 큰물이 질 때나 쓸모가 있단다. 가마우지는 물고기를 큰 것 작은 것 가리지 않고 다 잡기 때문에 게으름뱅이나 쓰는 것이지 '어신'이 쓸 리는 없단다. 게다가 가마우지는 진짜로 큰 물고기는 잡지 못하지. 그리고 가마우지는 많이 가물 때나 평소에는 이곳 산속에 숨어 있는 물고기들은 잡지 못한단다. 산사람들은 일 년 사철 가문 산골짝에서 지내는데 가마우지를 키워서 뭣 하겠니? 그래서 가뭄철에는 '한수'가 가장 존경받는 법이란다. 우리 아버지는 빈손으로 메마른 산골짝을 돌아다니다가 집으로 돌아올 때면 살아 펄떡펄떡 뛰는 큰 물고기를 손에 들고 오곤 했지. 아버지는 언제든 물을 찾아낼 수 있었는데, 물이 있는 곳이면 물고기가 있는 법이고, 물고기가 있기만 하면 숨을 수 없었단다. 말하자면 우리 아버지의 눈은 피할 수 없었던 거지.

물과 물고기는 대개 산속 깊이 숨어 있는데, '어신'은 코와 마음으로 그것을 찾아내는 거란다. 물론 물고기란 놈은 물과 함께 있는 것이긴 하지만 가끔은 물과 떨어져 있기도 하지. 그런 도리를 '수수'는 평생 가도 알 수가 없단다⋯⋯"

나는 믿어지지가 않았다. "물을 떠나서도 물고기가 있다니요?"

"오냐. 어떤 물고기들은 흙 속이나 모래 속에도 숨어 있단다. 하지만 그걸 찾아내는 눈이 있어야 하는 거지. 그건 '한수'만이 가진 큰 재주란다. 사람들은 믿지 않겠지만, '한수'가 잡은 물고기 중에서 반은 물이 없는 곳에서 잡아낸 것이란다. 큰 물고기들이 땅 밑에 숨어 드렁드렁 코를 골며 자다가, '어신'이 잡아내면 그제야 하품을 하는 거지."

나는 싱글벙글 웃고 말았다. "세상에 그런 일이! 큰 물고기들이 어떻게 땅속에 숨은 건가요?"

"산에 큰물이 지고 나면, 물고기들이 대개 물길을 따라 먼 곳으로 가버리지만, 어떤 물고기들은 살던 곳을 떠나 멀리 가는 걸 싫어하지. 그래서 그놈들은 그냥 남아 물웅덩이나 동굴을 찾아 둥지를 트는데, 그중 고인 물을 찾지 못한 큰 물고기들 중에 재주가 좋은 놈은 땅속을 파고든단다. 물기가 조금만 있으면 되는 건데, 땅속에서 한잠 푹 자고 나서 다음 해 큰물이 질 때 다시 나오는 거지. 우리 아버지는 날 데리고 이곳저곳 돌다가 가끔 모래가 있는 곳을 가리키며 '이곳이다. 어서 파봐'라고 하곤 했지. 쭈크리고 앉아 한참 파면 기다란 드렁허리 한 마리가 꿈틀거리고 있거나, 몸이 납작한 붕어나 수염이 긴 메기도 있곤 했지…… 땅에서 파낸 물고기가 가장 맛이 좋단다. 그래서 물고기 맛을 제대로 아는 사람들은 이런 걸 유난히 좋아하지. 그러나 땅속에서 물고기를 찾아내는 것은 어지간한 재주가 아니란다. 남다른 눈빛과 코를 갖추어야 할 뿐더러, 마음을 다해 유의해 관찰하고 익혀야 하는 거란다. 우리 아버지는 늘 마른 강굽이에 서서 한참 바라보고서는 이곳저곳 거듭 오가며 거닐다가 문득 어느 한 곳의 모래를 툭툭 차면서 이곳이다, 하곤 했지. 매번 아버지의 발밑에는 물고기가 숨어 있곤 했단다. 난 그걸 얼마나 배우고 싶었는지 모른다. 그러나 보통 어려운 게 아니었지. 아버지는 물고기가 숨은 곳을 찾아내자면 먼저 그 먼젓번 계절에 물이 많이 고였던 곳부터 찾아내야 한다고 했다. 그러니깐 큰물이 빠진 뒤에도 물이 좀 남게 되는데, 그렇게 되면, 게으른 물고기들이나 먼 길을 떠나기 싫은 물고기들이 그곳에 남는 게지. 나중에 그 물조차 조금씩 잦아들면서 웅덩이가 마르게 되는데 물고기들은 하는 수 없이 물을 따라 땅속으로 파고들게 되는 거란다……"

그날 밤에야 나는 큰 물고기를 잡는 사람은 물에서뿐만 아니라 흙 속에서도 물고기를 잡을 수 있다는 것을 알게 되었다. 정말 상상외의 일이었다. 그런 재주를 갖게 된다면 손쉽게 큰 물고기를 잡을 수 있을 것이었다. 나는 스승님에게 "그래서 나중에 배우셨나요?"라고 물었다.

"나는 아버지가 생전에 어떻게 했었는지 곰곰이 되새겨

보며 얼마나 많은 시험을 해보았는지 모른단다. 결국 그 재주를 터득했는데, 서른이 좀 넘자 아버지처럼 손쉽게 큰 물고기를 잡을 수 있다는 자신이 들더구나. 그 후로 나는 어머니가 임종에 앞서 당부하던 말씀을 잊어버리고 '어신'이 될 일념에만 사로잡히고 말았단다. 가끔은 나 자신이 '어신'이라는 생각이 들기도 했지. 나는 '수수 어신'이 아직 이곳 산속에 살고 있는 건지, 나이는 얼마나 되었는지, 아니면 그의 자손이 이미 새로운 '어신'이 된 건지 등이 모두 궁금해졌단다. 그래서 더는 산비탈의 작은 집에서 고생스레 지내고 싶지 않게 되었지. 난 '어신'이 되어 너른 기와집에서 살고 싶었다. 그런 생각에 죽어라고 물고기를 잡았고 따라서 명성도 크게 날리게 됐지. 그러던 어느 날 두 자 남짓한 얼룩무늬 큰 물고기를 잡았는데, 사허 장터에서 볼 수 없는 가장 큰 물고기였단다. 그러나 그놈은 잡을 때부터 무언가 기미가 이상했지. 배에 푸른 무늬가 있고, 눈빛도 범상치 않아 착한 놈이 아니라는 생각이 들었단다. 그래서 난 한시바삐 그놈을 팔아넘길 생각만을 하게 됐지……"

"왜 그리 생각한 거죠?"

"그놈이 나를 사나운 눈길로 노려보더구나. 그러고 나서는 냉소를 짓는 것이었어. 보통 사람은 물고기가 웃는 모습을 봐내지 못하지만 오랜 고기잡이꾼들은 그걸 느낄 수 있다. 나는 마음이 불안해져서 얼른 그놈을 다른 사람에게 넘기고 싶었지. 결국 좋은 값에 팔긴 했지. 그런 큰 물고기를 살 수 있는 사람은 보통 집안이 아니란다. 그런데 그게 큰 화가 될 줄은 몰랐지! 그놈은 워낙 독이 있는 물고기였던 것이야. 그걸 먹고 그 집에서 두 명이나 죽고 말았는데 그 집안사람들이 날 죽여 복수를 하려고 여러 해 동안 나를 뒤쫓았지. 그래서 나는 부득이 멀리로 도망을 쳤는데, 이름을 숨기고서 깊은 산골짝에 숨어 살며 다시는 사허 장터에 얼씬도 하지 못했단다……"

그의 목소리가 거의 들리지 않을 정도로 잦아들었다.

원수 집안의 내력

살구꽃이 피고 날씨가 풀렸다. 그해 봄, 나는 집을 한 차례 다녀왔다. 이번에는 큰 물고기를 한 마리 들고서였다. 아빠가 내가 잡은 물고기냐고 물었다. 나는 감히 거짓말을 하지 못하고, 스승님이 나를 데리고 모래땅에 가서 파낸 것이라고 사실대로 말했다. 그날 노인이 먼저 물고기가 있는 곳을 가리켰고, 난 그냥 삽으로 파낸 것이었다…… 엄마는 그렇게도 물고기를 잡을 수 있다는 것을 도통 믿으려 하지 않았다. 그러나 엄마와 아빠는 모두 내가 당신들을 속일 리 없다는 것을 알고 있었다. 아빠도 적이 놀라 몇 번이고 그 물고기를 다시 들여다보면서 "이리 큰 물고기를 우리가 그냥 먹어도 된단 말이지?" 하고 중얼거렸다. 나는 이 물고기는 스승님이 특별히 부모님을 위해 보낸 것이니 우리가 먹어야만 스승님이 기뻐하실 것이라고 대답했다. 아빠는 아주 난감해하며 말했다. "기껏해야 족장님이나 이리 큰 물고기를 맛볼 수 있을 터인데. 하긴 금방 봄이 되었으니 그분도 아직 물고기를 맛보지 못했을지도 모르겠구나."

며칠 뒤, 아빠는 스승님을 보러 가야 한다며 기어이 나를 따라 길을 나섰다. 아빠는 밭에서 거둔 곡식들을 잔뜩 챙겼는데, 실은 스승님과 나로서는 그런 것들이 전혀 부족하지 않았다. 다만 아빠의 정성이었다. 가는 길 내내 아빠는 노인의 건강을 걱정했다. 스승님이 많이 허약해진 것을 알고 있었기 때문이다. 물론 그보다 아빠가 진정 걱정하는 것은, 노인이 가진 재주들을 살아생전에 모두 나에게 전수해줄 수 있느냐 하는 것이었다. 나는 속으로 그것을 불 보듯 뻔히 알고 있었다. 아빠는 기어이 당신 아들을 우리 산지대의 '어신'이 되게 하고 싶었던 것이다.

노인을 만나 이틀째 되는 날, 아빠는 아주 무리한 요구를 했다. 땅속에 있는 큰 물고기를 한 마리 잡자는 것이었다. 아빠가 내내 마음에 두고 있던 소원이었던 것이다. 봄이 된 이후로 노인은 줄곧 기침을 했는데 매일 탕약을 마셔야만 했다. 노인은 큰 소리로 기침을 하면서도 "그러세. 좋네"라고 대답했다. 그러나 막상 움직이지는 않았다. 아빠가 다시 재촉을 해서야 노인은 집을 나섰다. 아빠는 삽을 들고서 나와 고양이랑 함께 노인의 뒤를 바싹 쫓아 나섰다.

오솔길에는 들꽃 향기가 짙었다. 앞장선 스승님은 고개를 숙인 채 걸음만 옮길 뿐 평소처럼 사처를 둘러보지 않았다. 나는 노인의 기분이 별로라는 걸 알 수 있었다. 처음부터 물고기를 잡으러 나선 것이 마음에 내키지 않았던 것이다.

우리는 산길을 따라 1리쯤 걷다가 작은 모래강변에 이르러 걸음을 멈췄다. 물이 없었으나 모래가 아주 깨끗했다. 노인은 모래 위에서 몇 걸음 거닐다가 다시 옆을 살펴보았다. 그곳은 물곬에서 몇 장(丈)쯤 떨어진 곳이었다. 바람에 날린 풀 지푸라기들이 굵은 모래 위로 떨어져 내렸다. 노인은 한참 양옆을 자세히 훑어보더니 발로 큰 동그라미를 그리며 말했다. "여길세."

아빠는 곧장 삽질을 시작했다. 그러나 아빠가 삽질을 채 몇 번 하기도 전에 노인이 손을 뻗어 아빠를 제지했다. "그 아래는 손으로 파게. 조심하게나." 나와 아빠는 손으로 흙을 긁어내기 시작했다. 얼마 파지 않았는데 그 아래 모래가 가볍게 움직이는 것이 보였다. 아빠가 고함을 지르자 고양이가 다가왔다. 아빠는 두 손으로 굵다랗고 긴 드렁허리 한 마리를 꽉 붙잡고 있었다. 아빠는 그놈을 머리 위로 들어 올리면서 "이런 곳에 정말로 물고기가 있다니! 상상도 못할 일입니다"라고 감탄했다.

아빠는 그것으로 성에 차지 않아 다시 스승님께 물고기가 있는 곳을 찾아달라고 했다. 그러나 노인은 대답을 하지 않았다. 아빠는 계속하여 드렁허리를 잡은 곳을 파보았으나, 아무것도 찾지 못했다.

돌아갈 때가 되자 아빠는 떠나기에 앞서 노인과 단둘이서 오래도록 얘기를 나눴다. 아빠가 떠나고 난 뒤, 노인은 나에게 "얘야, 너희 아빠는 내가 모든 재주를 너에게 물려주지 못할까 봐 매우 걱정이더구나. 난 모든 재주를 물려주긴 힘들다고, 나로서도 방법이 없는 일이라고 너희 아빠에게 말해줬단다. 아마 너희 아빠가 속이 편치 않았을 게다. 그러나 내 말은 참말이지. 나도 소년 시절에 아버지에게서 모든 재주를 배우지는 못했단다. 다만 나이가 들면서 아버지와 함께했던 지난날을 돌이켜보며 처음부터 다시 배운 것일 뿐이란다. 나도 평생 물고기를 잡았지. 큰 물고기만 해도 얼마나 잡았는지 모른단다. 그러나 지금도 우리 아버지가 가진 재주를 다 배운 건지 아닌지 알 수가 없구나. 재주란 말이다, 그냥 남에게서 얻는 것만이 아니라 나 스스로도 찾아내야 하는 것이란다. 그리고 매번 조금씩 찾아내서는 다시 조금씩 내려놓곤 해야 하는 것이란다, 그렇게 마지막으로 남는 것이야말로 진정 쓸모가 있는 참재주인 것이지……" 하고 말했다.

나는 잘 이해가 가지 않아 다시 물었다. "왜 찾아낸 다음 또 내려놓아야 하는 건가요? 그럼 괜히 애써 찾은 거잖아요."

노인은 고개를 끄덕였다. "그래도 내려놓아야 한단다. 어떤 재주는 남겨서는 안 될 뿐만 아니라 조심 또 조심해야 한단다. 난 젊었을 적에 '어신'이 되겠다는 일념에 큰 물고기 잡이에 미쳐 있었지. '어신'이 되어야 갖출 수 있는 너른 기와집에서 살겠다는 생각에 하마터면 목숨까지 잃은 뻔하지 않았더냐. 나중에야 나는 그것이 사람을 해치는 길임을 깨달았단다. 그 길이 우리 아버지를 해쳤고 나중에는 나까지 죽음으로 내몰 뻔했지. 산비탈에 터를 잡고 곡식을 심으면서 사는 것이 얼마나 좋으냐? 고양이가 동무해주고 너처럼 착한 아이가 옆에 있는데, 내 생에 뭘 더 바라겠느냐? 그리고 그리 많은 물고기를 잡아서는 또 뭐하겠느냐. 물고기들도 한생을 살다 가는 건데, 내가 물고기를 많이 잡을수록 결국 그들과 원수가 되는 것이 아니겠니. 그러면 좋은 끝장을 볼 수가 없는 것이지. 그래서 난 너에게 내모든 재주를 물려줄 수 있을는지 모르겠다는 것이고, 너 역시 그 모든 걸 그대로 받아들여서는 못쓴다. 그리고 언젠가는 너역시 이 재주들을 버릴지도 모를 일이지……"

나는 잠자코 있었다. 속으로는 적이 놀라기도 했다. 잠깐 동안 나는 스승님이 우리 아빠를 싫어하기 때문에 나까지 좋아하지 않게 된 것이 아닐까 하는 생각이 들었다. 필시 나처럼 욕심 많은 제자를 받아들인 것을 후회하고 있을 터였다. 그러나 스승님은 전보다 나를 더 사랑하고 아끼는 듯했다. 스승님은 망설이고 있는 것인지도 몰랐다. 나에게 어떤 재주를 가르쳐줘야 할지, 얼마나 가르쳐줘야 할지…… 나는 스승님께 바싹 기대어 앉아 더는 말을 하지 않았다. 나는 무엇이든 스승님의 말만을 따르고 싶었다.

어둠 속에서 노인은 추위를 타듯 이를 덜덜 떨었다. "그독 있는 물고기를 팔고 나서 나는 다시는 사허 장터에 가지 않았단다. 단 한 번도 간 적이 없었지. 처음에는 누군가 날 해칠까봐 가지 못했지만 나중에는 내심 가고 싶은 생각이 들지 않았다. 그 물고기를 먹고 죽은 집안의 사람들뿐만 아니라, 우리 아버지 원수도 있었지. 그 사람들이 날 그냥 둘 리가 없었단다. 처음에 어린 나이에 홀로 숨어 지낼 때에는 도망칠 생각밖에 없었으나, 나중에 어른이 되어 재주가 늘고 힘이 생기면서는 아버지 복수를 하고 싶었지. 남자는 그 나이가 되면 하고 싶은 일이 많아지는 법이란다. '어신'이 되고 싶었을뿐더러 마음속에 줄곧 억눌러두었던 원한도 갚고 싶어졌단다……"

"그 원수가 다른 한 '어신'이었나요? '수수 어신'말예요."

"그래. 그자였지. 그는 우리 아버지랑 마찬가지로 족장님의 신임을 받는 사람이었단다. 족장님의 눈에 찬 고기잡이꾼은 그렇게 단 둘뿐이었으니. 우리 아버지와 그는 족장님 생일 축하연에서 만나 바로 친구가 되었단다. 그는 큰 물고기를 주고 다른 사람한테서 바꿔 온 잎담배를 우리 아버지에게 선물했는데, 우리 아버지는 워낙 담배를 좋아했는지라 바로 마음을 주고받았단다. 언젠가 아버지는 큰 쏘가리를 한 마리 잡게 되자, 마치 보물이라도 얻은 듯 기뻐하며 그 자리로 달려가 그에게 선물로 주었지. 그러나 그는 그것을 다시 족장님에게 가져다 바쳤단다. 그뿐이랴, 그는 자기가 잡은 것이라고 했지. 그는 겉으로만 우리 아버지랑 무척 사이가 좋은 척했던 것이란다. 그는 막내딸을 데리고 우리 집에 찾아와 두 '어신' 집안이 사돈을 맺자면서 이것이야말로 천생배필이 아니겠냐고 너스레를 떨었지. 우리 어머니는 너무 기뻐서 어쩔 줄 몰라 하며 그 여자애의 손을 잡고서 머리끝에서 발끝까지 훑어보다가 꼭 껴안았단다. 여자애는 나보다 몇 살 어렸는데, 커다란 두 눈이 말을 할 줄 알았단다. 그 아이는 눈 한 번 깜빡하지 않고 나를 주시하여 보았지. 그 아이의 아빠가 '애야, 어서 오빠라 부르지 않고서'라고 하니 정말로 날 오빠라 불렀단다. 우리 어머니는 감동해서 눈물을 다 흘리고 말았지……

난 지금도 헷갈린단다. 그 '어신'이 처음부터 나쁜 심보를 가졌던 건지 아니면 나중에 나쁜 심보를 품게 된 건지 잘 모르겠구나. 어쨌든 그는 우리 집과 점점 가까워졌단다. 두 집이 왕래가 잦아지면서 명절 때면 귀한 선물을 주고받았고 평소에도 자주 오가게 되었단다. 두 '어신'은 가장 좋은 물고기나 술이 생기면 서로 나누곤 했지. 우리 어머니는 아예 그를 '사돈'이라 부르기도 했단다. 여름이 지나자 그는 우리 아버지를 자주 따라다니며 '한수'가 되는 재주를 배우기 위해 노력했단다. 그는 '자네야말로 진짜 재주를 갖추었네! 가뭄이 들어 물이라곤 보이지도 않는데, 담배 한 대 피우는 사이에 큰 물고기를 한 마리 척 잡아들고 오지를 않나! 내게 자네 재주만 있다면 바로 부자가 될 걸세. 물이 있을 때건 없을 때건 다 큰 물고기를 잡을 수 있을 터이니 말일세……' 하고 우리 아버지를 추켜세우곤 했지. 그런데 그의 눈썰미가 따르지 못했던 건지, 아니면 우리 아버지가 덜 가르쳐준 건지, 하여간 그는 끝내 '한수'가 되지는 못했지. 가뭄철이 되면 족장님이 그를 찾는 일은 없었단다. 그에게서 물고기를 구할 수가 없으니 우리 아버지를 찾을 수밖에 없었지. 우리 산지대에서야 장마철보다 가물 때가 훨씬 기니 족장님이 우리 아버지를 더 믿고 의지할 수밖에 없었단다. 그래서 그 '수수 어신'은 이를 갈 정도로 우리 아버지를 질투했던 것이지."

"할아버지도 그한테서 큰물이 질 때 큰 물고기를 잡는 방법을 배웠으면 좋았을 텐데요……"

"우리 아버지도 그리 생각했단다. 기회가 있을 때마다 그에게서 자맥질과 잠수하는 법을 배우곤 했지. 그러나 결국 그걸 익히지는 못했단다. 나중에 수영은 할 수 있었지만 강 한가운데서 급류를 만나면 꼼짝 못했지. 그 '수수 어신'은 물속에만 들어가면 사람 같지가 않았단다. 그냥 워낙 물속에서 사는 사람 같았지. 한번 잠수하면 반나절씩이나 나오지 않으니, 다들 물고기나 자라, 새우 등속과 한집안이라고 놀려대곤 했단다. 그는 물만 보면 좋아서 어쩔 줄 몰라 했단다. 마치 제집이라도 되는 듯, 물속에 일가친척이라도 있는 듯 말이다. 물속에서 아무 도구도 사용하지 않고 그냥 손쉽게 물고기를 잡곤 했지. 맨손으로 잡기 힘든 큰 물고기를 만나면 그는 그놈을 수초가 많은 곳으로 유인하곤 했다. 그러면 풀이 그를 도와 그 포악하고 힘센 물고기를 결박하곤 했지. 물고기 힘이 얼마나 센지는 고기잡이꾼이 아니고서는 상상할 수 없단다. 평소 사람들이 보는 물고기야 그것이 얼마나 큰 놈이든 이미 잡혀서 물을 떠난 것이니. 물고기는 물속에서는 물의 힘을 얻기 때문에 물의 힘만큼 물고기의 힘도 크단다. 그래서 물고기는 물의 힘을 빌려 사람을 골탕 먹이곤 하는 거지. 두 뼘 길이의 물고기가 물속에서 용을 쓰면 사람이 도저히 감당할 도리가 없단다. 어쩔 도리가 없지. 그냥 그놈에게 업신여김을 당하는 수밖에."

"물고기가 사람을 어떻게 업신여기나요?"

"그놈들은 물살이 빠른 곳으로 사람을 유인한단다. 그럼 사람은 온몸의 힘을 다해 물살에 대처할 수밖에 없지. 물에 가라앉거나 물을 들이켜지 않도록 말이다. 그러나 물고기는 오히려 정신이 번쩍 들어 기운이 살아나는 거지. 그놈은 대가리로 사람의 얼굴이며 눈이며 앞니를 마구 쪼아대고 입술이 다 터지게 하지. 그러고는 무리 지어 달려들어 피가 섞인 물을 마신단다. 꼬리로 사람의 귀뺨을 세게 후려갈기기도 하는데, 두서너 번만 맞으면 거의 혼절하고 말지. 사람들은 가끔 물고기가 이미 자기 품속에 들어온 것 같아서 그러안으려고도 하지만, 그놈은 해죽해죽 웃으며 겉보기에만 품속에 안기는 척하는 거란다, 사람이 두 팔을 모으기도 전에 그놈은 지느러미에 나 있는 뾰족한 가시를 펼치고서 몸을 빙그르르 돌리지. 그렇게 두세 바퀴 돌면 사람은 가슴과 배가 가시에 긁혀 피투성이가 되고 만단다…… 맙소사! 물고기란 놈은 겉보기에는 아둔해 보여도 생각을 굴릴 줄 안단다. 아주 교활한 놈들이지. 그렇지 않고서야 그리 많은 사람들이 훌륭한 고기잡이꾼이 되거나 '어신'으로 불리고 싶어 하면서도 왜 성공하지 못하겠니. 물에서 목숨을 잃은 사람이 한둘이 아니란다. 다 탐욕 때문이지. 물보라를 튕기며 큰 물고기가 뛰어올라 은빛으로 반짝반짝 빛나는 것을 보고 욕심이 나지 않는 산사람은 없겠지. 그러나 그 욕심이 사람의 목숨을 앗아가는 법이란다……"

나는 몸이 다 덜덜 떨려왔다. 솔직히 그날 밤, 나는 처음으로 내가 세상에서 가장 위험한 생업을 선택했음을 느끼게 되었다. 그러나 그렇다고 중도에서 그만둘 수는 없었다. 겁을 먹고 뒷걸음질 칠 수는 없는 노릇이었다. 나는 "그럼 어떻게 해야 하나요? 스승님, 어떻게 해야 하는지 가르쳐주세요……"라고 외쳤다.

"달리 방법이 없지. 열심히 연마하는 수밖에. 물론 타고난 소질도 있어야겠지. 무릇 '어신'은, 우리 아버지나 그 '수수 어신'을 불문하고 모두 큰 물고기를 잡을 수 있는 능력을 타고난 사람들이었단다. 그러니 반은 배우고 반은 다른 사람이 평생 가도 깨치지 못하는 걸 타고나야 하는 거지. 다시 돌아가 그자에 대해 얘기하자꾸나. 그 '수수 어신'은 큰물을 만나기만 하면 제 집에 들어선 것이나 마찬가지라고 했는데, 실제로 그랬단다. 그는 물속에 들어서기만 하면 산사람들이 산비탈이나 밭에서 일하는 것과 마찬가지였지. 그냥 힘을 들이지 않는 정도가 아니라 더없이 편안해하고, 즐거워하곤 했단다. 물속에서 물고기를 잡는 것은 그로서는 그냥 소일거리에 지나지 않았지. 족장님이 급히 큰 물고기를 부탁한 경우를 빼고 평소의 그는 늘 유유자적하게 물고기들을 잡곤 했단다. 물속의 큰 물고기들은 그를 보기만 해도 마치 아이가 어른을 대하듯 공경했는데, 함부로 뛰어놀거나 장난을 치지도 못했단다. 그 큰 물고기들은 마치 주술에라도 걸린 듯 그의 손가락이 가리키는 대로 움직이곤 했던 거지. 바보처럼 말이다. 그건 마치 완전히 항복한 사람이 승자가 앞에서 뒷짐을 지고 가면 고분고분 뒤따라가는 거나 마찬가지였지. 고개를 푹 떨어뜨린 채 눈길 한 번 들지 못하고 말이다……"

나는 숨을 죽이고 듣기만 했다. 고양이도 이야기에 빠져 입을 다시거나 앞발을 핥는 것조차 잊고 있었다.

　　노인은 목소리를 가다듬더니 다시 입을 열었다. "그리 강인한 자가 어찌 다른 사람에게 지려고 하겠니? 자기보다 뛰어난 자를 용인할 수가 없었던 거지. 말했듯이 그는 족장님 앞에서 늘 다른 사람을 이기려 했단다. 족장님이 항상 자기만을 알아봐주길 바랐던 거지. 그것은 너무나도 큰 탐욕이었단다. 어부가, 고기잡이꾼이, 아무리 재주가 있다 한들, 근본을 잊어서는 안 되는 법이지. 두 손에 비린내를 묻힌 사람이 아니던가! 그리고 족장님은 또 어떠한 분인가? 조상 때부터 대대로 덕을 쌓아온 분이지. 인연과 돈줄, 인맥을 두루 다 갖춘 사람인 거야. 그래서 그분이 한 번 손을 저으면 사람들이 헤쳐 모이고, 다시 한 번 손을 저으면 사람의 생사가 오락가락하는 그런 힘을 갖춘 분인 거지. 소문에 족장님이 화를 내면 산속의 새들조차 감히 날아오르거나 울지를 못하며, 처녀 총각은 물론 여든이 다 된 늙은이들조차 놀라서 바지에 오줌을 지린다 하지 않느냐. 정말로 두 다리 사이로 오줌을 줄줄 흘리는 거지. 그래서 사람은 어디까지나 본분을 지켜야 하는 거란다. 자기가 무엇을 하는 사람인지 알아야 하는 거야. 그걸 알고 나면 마음이 차분해지는 법이고 그래야 제대로 된 일을 할 수 있는 거란다……"

　　나는 머리끝이 다 쭈뼛해졌다. "족장님이 그리 무서운 분인가요? 그분을 본 적이 있나요?"

　　"아니다. 내 또래 사람들은 대부분 그분을 본 적이 없단다. 그러나 우리 아버지만 해도 그냥 한두 번 만난 게 아니란다.

물론 다른 한 '어신'이 족장님을 더 많이 만났지만 말이다. 그 '수수 어신'은 야심이 크고 주견이 세서 산사람들이 엄두를 내지 못하는 것들만 골라 했지."

"무엇을요?"

"그는 툭하면 족장님에게로 달려가 널찍한 팔걸이의자에 앉아서 푸른 꽃무늬 자기 찻잔에 담긴 차를 마시곤 했지…… 그런 욕심을 부렸으니 어찌 우리 집이랑 사돈을 맺을 수가 있겠니. 그가 막내딸을 데리고 우리 집을 드나든 건 두 집안의 친분이 갓 시작됐을 때뿐이었단다. 그 아이는 정말 예쁘기 그지없었지. 우리 아버지와 어머니는 너무 좋아서 입을 다물지 못했단다. 나는 어른들 일을 알지는 못했지만, 그 아이를 보는 순간 모든 시름을 잊고 말았지. 그냥 그 아이랑 함께 놀고만 싶었단다. 그때 그 아이는 아직 나이가 어렸지만 마치 물에서 살기 위해 태어난 사람 같았지. 그 아이의 아빠와 마찬가지로 물속에 들어가서는 오래도록 나오지 않곤 했단다. 언젠가 나랑 함께 큰 못에서 놀다가 물속에 들어가더니 아무리 기다려도 나오지 않았지. 나는 그 아이가 물에 빠져 죽은 줄로만 알고, 너무 놀라 고함을 지르며 발을 동동 굴렸지. 내가 울고불고 하다가 지쳐 눈물이 반쯤 마를 때가 되어서야 그 아이는 방실방실 웃으며 못의 다른 한쪽에서 솟구쳐 나왔단다. 그 아이는 얼굴의 물방울들을 훔치더니 달려와 내 손을 잡아끌었지. 나에게 수영하는 법을 처음부터 차근차근 가르쳐줬단다. 그 덕에 나도 조금은 수영을 배워, 나중에 그 아이와 함께 못의 이쪽에서 저쪽까지 헤엄칠 수

있게 되었지. 그리해도 나는 자맥질하면서 물고기를 잡을 줄은
몰랐으나 그 아이는 잘만 잡았단다. 손이 작아 물고기 아가미를
잡을 수가 없으니, 두 손가락으로 물고기 주둥이 옆을 찌르곤
했지. 그러면 물고기가 꼼짝달싹 못했단다……"

"그럼 나중에 어떻게 됐나요? 어서요!"노인이 말을 멈추
자 나는 거듭 재촉했다.

큰 주둥이 물고기

이야기가 가장 마음 아픈 대목에 이른 듯했다. 노인은 가
슴이 갑갑한 듯 숨을 가쁘게 몰아쉬며 오래도록 뜸을 들였다.
내가 몸을 일으켜 들여다봤으나, 노인은 전혀 상관하지 않고 크
고 광채가 나는 두 눈을 부릅뜬 채 어둠 속을 뚫어져라 쳐다봤
다. 내가 손을 내밀어 눈앞에 대고 흔들자, 그제야 가볍게 내 손
을 쥐어 내려놓더니 나와 고양이를 다독여줬다.

"몇 장(丈) 정도 먼 곳까지 헤엄칠 수 있게 되자, 나는 아버
지에게 수영을 배웠다고 말씀드렸단다. 아버지는 어머니를 바
라봤지. 두 사람 얼굴에 웃음꽃이 피었단다. 비록 말씀은 하지
않았지만 '우리 아들이 나보다 낫구나. 어려서부터 물을 무서워
하지 않으니' 하는 뜻을 읽을 수 있었단다. 우리 산사람들은 모
두 물을 무서워하는 법이지. 아버지 역시 비록 '어신'이긴 했지
만 조상 대대로 산에서 살아온 사람들과 다름이 없었단다. 물

116

론 그 '수수 어신'만은 남들과 달랐지. 그는 물고기가 변한 건지도 모른단다. 그의 피부에는 물고기 무늬가 있었는데, 햇볕을 쪼이기만 하면 그 무늬가 드러나곤 했지. 그러나 그 아이의 몸에는 물고기 무늬가 없었단다. 난 그걸 참으로 다행스레 생각했지. 한동안 우리는 잠을 잘 때조차 함께 자곤 했단다. 아직 추운 초봄이었는데 그 아이가 우리 집에서 자고 가겠다면서 우리세 식구와 한 구들에 비좁게 누웠지. 그 아이의 잠든 모습이 지금도 눈앞에 생생하구나. 잠들기 전에 그 아이는 물고기에 대한 이야기들을 들려줬는데, 비록 그의 아버지에게서 들은 것들이긴 했지만 우리 아버지는 결코 어린아이의 실없는 말이라고 생각하지 않고 아주 열심히 들었단다. 그 아이가 말한 것 중 반은 그 집 아버지가 직접 겪은 일이었으니, '어신'인 우리 아버지가 관심을 가질 수밖에 없었던 거지. 그 이야기 중에서 내게 가장 인상적이었던 건 '큰 주둥이 물고기' 이야기였단다. 그 아이는 그것이 전설이 아니라, 자기 아버지가 직접 목격한 것이라고 했지. '큰 주둥이 물고기'는 여름에 큰물이 날 때 휩쓸려온 아주 흉악한 물고기란다. 다른 물고기를 잡아먹고 사는데 겁 없이 사람도 문단다. 흔히는 아무리 흉악한 큰 물고기라 해도 궁지에 몰리지 않는 한 사람을 해치는 법이 없었으나, 그 물고기만큼은 늑대나 스라소니와 마찬가지로 사람의 명줄을 골라 문다는 것이었지. 그 아이의 아버지는 그 물고기를 보자 처음에는 큰 물고기를 만났다고 기뻐하며 수초가 있는 곳으로 유인하려 했단다. 그놈의 몸이 수초에 감긴 뒤에 다시 잡으려고 했던 거지. 뜻밖에도 그놈은 고분고분 그의 지휘에 따라 움직였는데, 불과 몇 자 떨어지지 않은 곳까지 따라왔단다. 그의 아버지가 속으로 바로 이때다 하는데, 그 큰 주둥이 물고기가 머리를 돌리더니 웃었다는구나. 그의 아버지는 그놈의 웃음에 깜짝 놀라고 말았지. 평생 물고기를 잡았지만 그런 장면을 목격한 적이 없었던 거지. 순간 머리가 어지럽고 눈앞이 캄캄해졌다는구나. 그는 어찌된 영문인가 의아해하며, 혹시 자기 눈이 수초에 가려진 게 아닌가 싶어 눈을 비볐지. 그러고 보니 더욱 똑똑히 보였단다. 그놈이 정말로 웃고 있었던 것이란다. 그놈은 실실 웃으며 앞으로 두세 걸음 정도 기우뚱거리며 다가오더니 좌우 지느러미를 춤추듯 흔들면서 입을 반쯤 벌렸다지. 두 줄로 난 누런 이빨이 눈에 띄었는데, 소 이빨처럼 넓적하고 단단했다는구나. 그리고 그 넓적한 이빨 양옆에는 뾰족한 송곳니가 하나씩 나 있었지. 그것은 육식동물들이 적을 공격할 때 쓰는 무기란다. 겁이 더럭 난 그 아이의 아버지는 그놈의 주둥이를 피하기 위해, 얼른 머리를 숙이며 물밑으로 곤두박질쳤지. 한데 그 흉악한 놈이 한 걸음 앞서 내다보고는 그를 따라서 대가리를 숙였다는구나. 다른 때 같으면 그리 한번 곤두박질을 쳐 잠수를 하면 바로 위험에서 벗어날 수 있었으나, 그 흉악한 물고기는 입을 벌렸다 하면 한 번도 헛수고를 하는 법이 없는 놈이었단다. 그놈은 그 아이 아버지의 뒤통수를 물었지. 살을 한입 뜯어서는 머리카락이 붙은 채로 배 속에 삼키고 말았다는구나⋯⋯"

"맙소사! 그래서요?"

"그 아이의 아버지는 간신히 아픔을 참으며 계속 아래로 자맥질을 했다는구나. 결국 진창에 박혔는데, 아마 그 흉악한 물고기가 탁한 물을 무서워했는지, 겨우 목숨을 건졌단다. 그리고 그 뒤로는 수개월 동안 물가에 얼씬도 못했다는구나. 그의 뒤통수에는 머리털이 없이 반질거리는 흉터가 있는데, 한 번도 왜 그리 된 건지 말한 적이 없었지. 그날 밤에야 우리는 그 이유를 알게 되었단다. 그는 난생처음 큰 주둥이 물고기를 만난 거였는데, 그런 물고기는 큰물에 떠밀려 상류에서 내려온 것으로 보통 물에서는 보기 힘들었지. 그놈은 상류에서 편히 지내다가 큰물이 지는 바람에 산지대로 쫓겨왔으니, 보금자리를 잃고 잔뜩 화가 나 있었기 때문에 사람을 문 거였단다. 그러나 그 화가 나중에 우리 집에까지 미칠 줄은 누가 상상이나 했겠니. 그래서 내 평생 가장 두려운 게 '큰 주둥이 물고기'라는 말을 듣는 거란다……

애야, 이젠 '큰 주둥이 물고기'가 어떤 놈인지 알 만하겠지? 그러나 내가 말하려는 건 그놈이 아니란다. 그 물고기보다 차라리 사람을 그 이름으로 부르는 게 옳을지도 모르지. 내가 말하려는 건 물고기가 아니라 사람의 일이란다……"

"무슨 말인지 잘 모르겠어요. 스승님."

"잘 몰라도 괜찮다. 가끔 사람은 잘 몰라도 괜찮은 거란다. 너무 조급해해서는 안 된단다. 나나 우리 아버지는 모두 너무 조급해해서 탈이었지. 무슨 일이든 바로 성사하려 했고 물고기도 더 많이 잡으려 했지. 마른 땅에서도 큰물에서도 모두 물고기를 잡으려 했던 거란다. 우리 아버지는 우리 할아버지와 마찬가지로 소문난 '한수'였지. 그런데 물을 보기만 해도 현기증이 나는 사람이 기어이 '수수'의 재주를 배우려 했단다. 아들인 나에게 배우게 했을 뿐만 아니라 당신도 몸소 배우려 했지. 게다가 '수수 어신'이 항상 우리 아버지에게 '이것 보세! 어신이 다르긴 다르군. 스승 없이도 혼자서 잘만 터득하는구먼. 물에 들어서는 자세부터 남하고 다르지 않은가!'라며 부추기곤 했단다. 그러나 그 말은 다 거짓이었지. 우리 아버지는 물속에 들어서기만 하면 손발부터 굳어지곤 했단다. '수수 어신'은 우리 아버지에게 헤엄을 치는 방법을 가르쳐주었지. 긴장을 풀고 몸이 너무 굳어서는 안 된다고 말이다. 그러나 우리 아버지는 나보다도 못했단다. 이미 나이가 있었는지라 수영을 배우는 것이 쉽지 않았던 거지. 그러나 아버지는 수영을 배울 때도 너무 조급해했지. 사레가 들려 몇 번이고 물을 들이마셨는지 모른다. 그렇게 반년이 지나서는 정말로 몇 장쯤 헤엄을 칠 수 있게 되었지. 그러나 헤엄을 치는 것과 물고기를 잡는 건 별개의 일이란다. 그러자면 아직 멀었는데도, 우리 아버지는 늘 '수수 어신'을 큰 은인처럼 대했고 무엇이나 그의 말에 따르곤 했지. '수수 어신'은 야심이 큰 사람이었고, 우리 아버지는 기껏해야 성실한 고기잡이꾼에 지나지 않았단다……

　그는 아주 일찍부터 우리 아버지를 이용할 궁리를 했던 것인데, 처음부터 야심을 품었기 때문이지. 그는 우리 '한수 어신' 집안에서 대대로 물려온 모든 재주를 배워가려 했단다. 그게 얼마나 엄청난 일이더냐! 우리 어머니는 아버지에게 그를 경계하라고 일러주었단다. 진심을 다 털어놔서는 안 된다고. 그러나 아버지는 전혀 들으려 하지 않았지. 아버지는 진심으로 그를 스승으로 모셨던 거란다. 사돈이라 생각했는지도 모르지. 다행히도 그리 오래가지는 못했단다. 그는 너무 성급하다 보니 '한수'의 재주를 그리 잘 익히지 못했지. 문제는 그 뒤로 그 '수수어신'이 흑심을 품게 된 거란다. 그는 족장님에게 물고기를 바치러 갔다가, 마침 족장님의 조카를 만나게 되었지. 실은 족장님을 한 번 만나기는 쉬운 일이 아니었단다. 보통은 아랫사람들이 나와서 영접하곤 했지. 그때 그는 혹시 자기 막내딸에게 족장님의 위엄을 엿볼 수 있게 할까 싶어 그 아이를 데리고 갔었단다. 한데 영접 나온 족장님의 조카가 그 아이를 보고 너무마음에 들어 해 자기 아들을 불러냈지. 그러자 '수수 어신'은 족장님의 조카와 친인척을 맺고 싶어 딸을 족장님의 재종손에게 시집보낼 궁리를 하게 되었단다. 그리만 된다면 보통 일이 아니었지. 더는 평범한 고기잡이꾼이 아닐 터이니 말이다. 그것만 봐도 그 '수수 어신'이 얼마나 야심이 많은지, 얼마나 멀리 내다보는지 알 수 있는 거지. 족장님의 조카는 그 아이가 마음에 들던 차라 사양하는 척하면서도 결국 응낙했단다. 그리고 그들은 곧바로 서로 '사돈'이라 부르기 시작했지. 그 수단이 우리 집을 대할 때나 같았던 거야……"

"그럼 그 아이도 동의를 했나요?"

"그 아이가 동의할 리는 없지! 그 아이는 우리 집에 와 눈물을 흘리면서 자초지종을 다 털어놓았단다. 난 어른들이 실없는 농담을 한 것에 지나지 않으니 걱정을 말라고 위로했지만, 그 아이는 계속 울기만 했지. 우리 아버지와 어머니는 한숨만 내쉬며 아무 말씀도 없었단다. 부모님은 '수수 어신'이 지금보다도 더 떵떵거리며 살기 위해 수작을 부린 걸 알고 있었기 때문이었지. 사람은 워낙 더 나은 삶을 살려고 하는 법이니 어쩔 도리가 없었단다. 문제는 그다음이었지. 우리는 나중에야 천천히 알게 되었지만, 그는 성급하고 독한 사람이었단다. 그는 우리 아버지가 족장님이 가장 신임하는 고기잡이꾼임을 알게 되자 미칠 듯이 화가 났지. 우리 산지대에서는 큰물이 드는 날이 수십 일밖에 되지 않고 나머지 대부분 시간은 마른 땅뿐인지라, 평소에도 큰 물고기를 먹자면 우리 아버지와 같은 '한수 어신'에게 신세를 질 수밖에 없었던 거란다. 족장님이야 명절도 자주 쇠야 하고, 경사나 오가는 친인척과 친구도 많았으니 늘 큰 물고기가 필요했지. 그리고 그것은 이곳에서 가장 귀중한 요리였기 때문에 연회석상에서 빠져서는 안 되었단다. 워낙 대단한 요리인지라 꽃모양 야채를 얹은 큰 물고기 요리가 상에 오를 때면 아무리 진중한 사람일지라도 '어허! 멋진 놈이군!' 하고 찬사를 내뱉게 되는 거였지. 그리고 그럴 때마다 주인인 족장님은 속이 흐뭇해서, 그 큰 물고기를 잡아다 준 사람을 떠올리게 되는 법이란다……

바로 그 때문에 그 '수수 어신'은 우리 아버지를 죽어라 원망했단다. 그는 우리 아버지의 솜씨를 제대로 배울 수 없게 되자 독한 마음을 품게 되었지. 그는 이 산속에 어신이 둘인 것을 용납할 수가 없었단다. 그래서 그는 밤낮 그 생각만을 했지. 겉으로는 우리 아버지랑 호형호제하면서도 다시는 막내딸을 데리고 나타나지 않았단다. 그 아이는 혼자서 우리 집으로 달려오곤 했지. 틈만 나면 몰래 도망쳐 오곤 했단다. 우리는 함께 자맥질도 하고 산에 오르기도 했으며, 멧대추를 뜯기도 했지. 그렇게 우리는 갈라놓을 수 없는 한 쌍이 되었단다. 나는 그때 속으로 알고 있었지. 나중에 난 그 아이와 함께 살게 될 거라고. 그걸 어른들은 '혼인'이라고 하지. 나는 '혼인'이라는 말이 떠오르기만 하면 몸에 땀이 나곤 했단다. 신기하게도 그 아이는 내가 아무 말을 하지 않아도 내가 무슨 생각을 하는지 맞히곤 했지…… 그러던 어느 날, 그 아이 아버지가 종일 집에 돌아오지 않았다 하여 그 아이를 때렸지. 그러나 그 아이는 그 후로도 몰래 우리 집으로 도망을 오곤 했단다……

'수수 어신'이 그 아이를 데리고 족장님의 재종손을 만난 이듬해 여름이었단다. 산에 큰물이 져 싯누런 물들이 골짜기를 가득 메웠지. 그런 계절이 되면 우리 아버지는 별로 집을 나서지 않았단다. 그런 '생수'에는 물고기가 없기 때문이지. 그 계절의 물고기들은 상류에서 떠내려온 것이 아니라 '숙수'의 것들이 쫓겨 나온 것들인데, 아버지로서는 그 물고기들을 잡을 도리가 없었던 거지. '생수'에 휘말려 나온 물고기들은 하나같이 성격이 조포하기 때문에 잡기가 아주 어렵단다. 우리 아버지는 이제 막 수영을 조금 익힌 뒤라, 아직 물에 들어가 물고기를 잡을 엄두를 내지 못했지. 한데 그 '수수 어신'은 매번 물에 들어가자고 우리 아버지를 꾀었단다. 그리 연마하지 않고서야 어찌 솜씨가 늘 수 있겠나 했지. 물이 클수록 좋은 기회인데, 내가 옆에 있는 한 자네가 무슨 손해 볼 일이 있겠냐고 했지. 우리 아버지는 그의 말에 마음이 동했단다. 그는 일부러 우리 아버지가 부러워하라고, 물속에 들어가 큰 물고기를 잡아서는 한바탕 자랑하곤 했지. 무릇 고기잡이꾼은 지느러미가 떡 벌어진 큰 물고기가 펄떡펄떡 뛰는 모습을 보면 손이 근질거리는 법이란. 너도 그 마음을 잘 알겠지만 말이다. 아버지는 '수수 어신'을 따라 연 이틀 물에 들어갔으나 물고기를 한 마리도 잡지 못했지. 그러자 그는 우리 아버지를 끌고 점점 먼 곳으로 갔단다. 나중에 그는 물이 잠잠한 강줄기로 가서 이런 곳에서 물고기를 잡는 게 가장 수월하니 마음 놓고 잡아보라고 했지. 큰 물고기가 강가의 풀숲 밑에 숨어 있을지도 모른다며 말이다. 우리 아버지는 정말로 기슭 가까운 곳에 있는 큰 물고기 한 마리를 발견했단다. 기슭 가까운 곳의 물고기만큼은 어느 정도 자신이 있었는지라, 아버지는 그놈 가까이로 다가갔지. 한데 그 순간 뜻밖의 일이 발생하고 말았단다……"

노인은 울먹였다. 그리고 한참 마음을 가라앉히고 나서야 말을 이었다. "그곳에는 바로 큰 주둥이 물고기가 숨어 있었단다. 그놈은 화가 잔뜩 나 있던 참이라 아무라도 물어뜯고 싶던 중이었지…… 우리 아버지는 그렇게 그해 여름에 목숨을 잃고 말았다. '수수 어신'은 울며불며 우리 어머니를 찾아와 강에 사람을 잡아먹는 괴물이 나타나 하마터면 자기도 목숨을 잃을 뻔했다고 했지……

우리 집은 하늘이 무너진 거나 다름없었단다. 어머니는 '수수 어신'의 말을 믿지 않았지. 애당초 그가 나쁜 심보를 품고 있었다고 보았던 거란다. 그건 이 산속의 두 '어신' 간 싸움이자 시비를 가리기 힘든 살인사건이었지. 불쌍한 건 우리 아버지였단다. 그런 자를 친구로 삼고 사돈으로까지 생각했으니 말이다. 그 후로 이 산속에는 오로지 한 '어신'만이 남았지. 우리 어머니는 너무 울어서 눈이 다 보이지 않았단다. 그리고 며칠이 지나지 않아 잘못되고 말았지. 어머니는 운명하기 전에 내 손을 잡고서 말했단다. '넌 어신의 자손인 데다가 사내애니, 그 나쁜 놈이 우리 집 대를 끊으려 들까 봐 걱정이구나. 더는 집에 남아서는 안 된다. 너른 기와집이라 해서 아쉬워해선 안 된다. 가장 값진 건 큰 물고기를 잡는 재주란다. 집을 떠나 떠돌이 삶을 살아야 하느니라.' 난 어머니 말씀을 듣지 않을 수가 없었다. 돌이켜 보면 비록 그때 아버지가 금방 횡사를 하고 난 뒤인지라 놀라고 상심이 큰 가운데에도 어머니 말씀은 이치에 어긋남이 전혀 없었지. 우리 어머니는 본시 우리 아버지보다 더 생각이 명석한 분이었단다. 어머니는 나에게 평생 다시는 물에 들어가지 말라며, 절대로 자맥질을 배워 물고기를 잡아서는 안 된다고 당부하셨지. 우린 가문 땅에서 큰 물고기를 잡는 '한수'이니 그것이야말로 우리 재주라고 말씀하셨지. 나는 울면서 명심하겠다며, 전에 아버지가 그랬듯이 큰물을 꼭 멀리하겠다고 말씀드렸단다…… 어머니는 다시 간곡히 당부하셨지. '수수 어신의 막내딸과는 다시는 만나서는 안 된다. 명심해야 한다.' 그러나 나는 그 아이가 나를 해칠 리 없다고 생각했지. 내가 우물쭈물하자 어머니가 다시 말씀하셨단다. '명심하거라. 네가 물고기라면 그 아이는 물고기를 잡는 미끼란다'……"

미끼와 그 아이

스승님의 건강은 하루가 다르게 나빠졌다. 숨이 가빠 먼 길에 나설 수도 없었으며 입맛도 잃고 말았다. 고양이는 매일 반 이상의 시간을 스승님 옆에 붙어 있으면서 한 발짝도 떨어지기 싫어했다. 고양이는 스승님 마음을 가장 잘 알고 있었다. 비록 말이 통하지는 않았지만 스승님과 가장 깊이 있는 마음속 대화를 나눌 수 있었다. 스승님은 지금까지 고양이 앞에서 담배를 피우거나 고양이를 혼내는 법이 없었다. 내가 오기 전부터 스승님과 고양이는 함께 생활해왔다. 그들은 함께 먹고 함께 잤으며 함께 골짜기나 벼랑 밑에 이르러 산열매를 따거나 물고기를 잡곤 했다. 그리고 금방 잡은 큰 물고기를 사이좋게 나누어 먹었다. 나는 고양이가 노인에게 바짝 붙어 있는 모습을 보고서 이제 곧 무서운 시간이 다가오고 있음을 느꼈다.

"의원을 보러 가요, 예? 이젠 의원을 찾을 때가 됐어요." 나는 애원조로 말했다.

그러나 노인은 고개를 가로저었다. "이 철없는 것아. 어디 나보다 내 병을 더 잘 아는 의원이 있다더냐. 난 반평생 스스로 처방을 내리고 손수 캔 약을 달여 먹었단다. 난 내 생각보다 훨씬 장수한 거란다. 두려워 말거라, 난 아직 괜찮다."

숨이 차오를 때면 노인은 말도 제대로 못 하곤 했다. 담배를 줄이고 더 많은 약을 달였다. 노인은 기침이 덜할 때면 집 밖으로 나서곤 했는데, 멀리 가지는 못하고 정성스레 가꾼 작은 채소밭이나 우물 옆, 그리고 산비탈까지만 갔다. 그것들을 둘러보는 노인의 눈길은 마치 자기 자식이라도 바라보는 듯싶었다. "내가 마지막으로 머문 이곳은 참으로 좋은 곳이구나. 여기서 가장 오래 살았지. 사람 평생에 이런 생활을 하기란 쉽지 않은 거란다. 우리 아버지 어머니가 살아계셨더라면 얼마나 좋았겠냐. 그들은 '우리 아들이 어신이 되지는 못했지만 제법 잘살고 있는걸!'이라고 했겠지." 노인의 말에 나는 바로 "아니요. 스승님이 바로 '어신'이에요! 틀림없는 '어신'이에요"라고 대답했으나 노인은 쓴웃음을 지으며 고개를 가로저었다.

큰 물고기를 맛보지 못한 지 꽤 오래되었다. '큰 물고기'란 말이 떠오를 때마다 난 입안에 군침이 감돌며 몸이 화끈 달아오르곤 했다. 단지 음식물의 유혹만이 아니라 이상한 그리움을 동반한 것이었다. 아마 그것은 아버지의 나에 대한 기대나 내가 어려서 세운 큰 뜻과 관련이 있을 것이었다. 그럼에도 나는 스스로 아직 진정한 고기잡이꾼이 되기에는 너무나도 갈 길이 멀었음을 인정할 수밖에 없었다. 나는 여직 혼자 힘으로 그럴듯한 큰 물고기를 잡은 적이 한 번도 없었다. 아마 나도 스승님과 마찬가지로 삶의 많은 시간을 소비해 배우고 연마하며 천천히 터득해야 그러한 큰 재주를 갖출 수 있을지도 모른다. 그것은 본디 누가 가르쳐준다 해서 바로 배울 수 있는 비결은 아니었다. 아마 내 마음을 읽었는지 노인이 "날씨가 좀더 좋아지면 물고기를 잡으러 가자꾸나. 계속 입안에 군침이 도는구나"라고 했다.

말을 마친 노인은 고양이를 쓰다듬으며 미소를 지었다.

그날따라 햇빛이 참으로 좋았다. 하늘은 맑게 개이고 바람이 없었다. 노인은 바짓단을 동여매더니 나와 고양이를 데리고 문을 나섰다. 우리는 집 가까운 곳에서 물굽이를 만났다. 딱 봐도 물고기가 있어 보였다. 노인이 나에게 지금 그놈이 어디에 있는지, 얼마나 큰지 물었다. 나는 눈을 감고 대답했다. "한 뼘 좀 넘고, 왼쪽 풀숲 아래서 쉬고 있어요." 노인이 웃으며 다시 말했다. "그놈은 네가 말한 것보다 더 크단다. 아마 잉어일 게다. 그러나 그놈은 조금 더 이쪽 가까이에 있단다. 아직 기슭으로 완전히 나오지 않았구나. 우리가 발을 구르면 그놈은 필시 풀숲에 들어가 숨을 게다."

우리는 발을 굴렀다. 물고기가 안정을 찾을 때까지 기다렸다가 노인이 작은 소리로 말했다. "물고기가 마음을 진정한 다음에 손써야 한단다. 그때가 물고기나 잡는 사람에게 있어서 모두 가장 맞춤한 때이지. 그러나 손은 단 한 번만 써야 하는 법이란다. 실패하면 바로 떠나야 하지." 노인은 옷소매를 걷더니 손쓸 준비를 했다. 노인의 눈은 다시 쏘는 듯한 눈빛을 띠기 시작했다. 스승님의 손은 예전과 마찬가지로 번개 같고 쏜살같았다. 그러나 첨벙하는 소리와 함께 물보라가 크게 일더니 물고기가 도망치고 말았다. "안 되겠구나. 그만 가자꾸나!" 물고기를 놓치고 만 노인의 얼굴에는 땀방울이 솟아 있었다.

우리는 다시 남쪽으로 걸음을 옮겼다. 우린 길에서 아무 말도 없었다. 물고기를 잡지 못했으니 기분이 좋을 리 없던 것이다. 우리는 자주 다니던 고개에 올랐다. 푸른 안개가 감도는 남쪽을 바라보곤 하던 곳이었다. 벌써 몇 번째인지 몰랐다. 노인은 그 안개가 낀 곳에 아주 큰 강굽이 있으며 뛰어난 고기잡이꾼이 있다고 말해준 적이 있었다. 그러나 내가 그곳에 누가 살고 있느냐고 물으면 항상 입을 다물곤 했다. 그냥 그렇게 오래도록 바라만 보고 있다가 자리를 뜨곤 했다.

돌아오는 길에 우리는 다시 강굽이 두 곳과 물웅덩이에서 시도해보았지만 모두 실패하고 말았다. 노인은 마음이 들지 않는다는 듯 자기 손을 내려다보며 "한심한 놈!" 하고 중얼거렸다.

집에 돌아오자 노인은 낚싯바늘과 줄을 찾아내 나에게 미끼를 매는 방법을 알려줬다. "네가 가서 낚아보도록 해라. 일찍 돌아오고." 나는 겸연쩍었으나 그 임무를 받아들였다. 그것은 재주가 없는 사람만이 사용하는 방법이었으나 난 너무나도 그 큰 잉어를 잡고 싶었다.

나는 고양이와 함께 집을 나섰다. 얼마 지나지 않아 나는 스승님이 실수를 하고 만 그 강굽이에서 잉어를 낚아 올렸다.

저녁은 노인이 시키는 대로 내가 직접 물고기를 조리했다. 노인은 기분이 좋아져 오래간만에 술을 한잔했다. 흥이 올라 밤늦게까지 지난 일들을 얘기했다. 노인은 하고픈 얘기가 아직 많았는데, 자신이 가진 재주와 마찬가지로 나에게 물려줘야 할 것들이었다.

"얘야, 너만 한 나이에 집을 떠나기는 너나 나나 마찬가지였단다. 그러나 나는 두려움을 안고서, 그것도 겁을 더럭 먹고 떠난 거지. 나는 어머니의 당부를 명심했단다. 잊을 수가 없었지. 그래서 나는 다시는 물에 들어서지 않았다. 그것은 우리 아버지가 범한 가장 큰 실수였으니까. 그리고 나는 그 아이, '수수어신'의 막내딸도 피했단다. 그러나 너무 보고 싶었지. 어려서부터 동무였으니. 그러나 우리 어머니는 난 물고기고 그 아이는 미끼라고 했지. 그 악당이 나쁜 심보를 품고서 그 아이를 이용해 나를 유인한 뒤, '한수 어신'의 대를 끊을까 봐 걱정했던 것이지. 듣기만 해도 얼마나 무서운 일이니. 난 온몸에 소름이 끼쳤단다. 어머니는 내가 꿇어앉아 맹세를 하게 하고 나서야 시름을 놓고 눈을 감으셨지. 아버지 어머니를 다 여의었으니 나는 모든 것을 잃은 셈이었단다. 나에게는 너른 기와집도 하등의 가치가 없는 것이었다. 그냥 살아남고 싶은 생각뿐이었단다. 산속을 떠돌며 얼마나 오래 숨어 살았는지 모른다. 그러던 어느 하루 걸음을 멈추고 보니, 실은 우리 집에서 별로 멀리 떨어져 있지 않은 곳이었지. 그제야 나는 사람이란 항상 고향에 끌린다는 것을 깨달았단다. 그곳이 뿌리였으니까. 그리고 무슨 영문인지 언젠가 작은 산봉우리에 오른 적이 있었는데, 높은 곳에 올라 내려다보니 너른 기와집이 보였단다. 그것은 다른 한 '어신'의 집이었지. 나는 두 주먹을 꽉 부르쥐고서 몸이 굳은 채, 마음속으로 아버지의 원수를 어떻게 갚을까 하는 생각만 했단다. 그렇게 한동안 서 있다 복수를 벼르며 그곳을 떠났지. 하지만 나는 결국 그녀를 떠올리고 말았단다. 나랑 혼인을 치르기로 했던 그 여자아이를⋯⋯

　어려서부터 동무라고는 그 아이 하나뿐이었단다. 그 아이는 정말로 나에게 잘 대해주었지. 나는 그 아이가 자기 아버지와는 다른 사람이라고, 절대로 나를 해칠 리 없다고 믿고 있었다. 돌이켜 생각해보면 어머니도 그 아이가 나쁜 애라고 한 적은 없었지. 다만 그 아이가 '미끼'이고 난 '물고기'라고 했을 뿐이란다. 물고기는 '미끼'를 무는 순간 끝장인 것이지. 나는 그 '어신'이 무엇인가 악독한 음모를 꾸미는 중이라고 믿고 있었다. 그는 이 산속에서 유일한 '어신'이 되고 싶어 했으니, 내가 이 세상에 살아남도록 가만둘 리 없었지. 나는 내가 그리 좋아하는 그 아이가 족장님의 재종손에게 시집가고 말 생각을 하니 마음이 너무 아파 견딜 수가 없었다. 그래서 그곳을 떠났다가도 며칠 안 되어 다시 돌아오곤 했단다. 먼발치에서라도 그 아이를 보고 싶었던 거란다. 그 아이가 예전과 같은지 확인하고 싶었지. 밤에 잠이 오지 않을 때면 난 늘 그 아이를 떠올리곤 했단다. 그러다 어머니의 당부가 귓가에 울리면 온몸에 식은땀이 돋곤 했지⋯⋯"

노인은 한참 기침을 했다. 내가 이불을 덮어주자 그는 내 손을 잡았다. 뜨거운 손이 힘줄만 남은 것처럼 뻣뻣했다. 얼마나 많은 큰 물고기를 잡던 손인가!

"나는 아버지와 같은 '어신'이 되고픈 일념뿐이었지. 그러나 재간이 늘수록 머릿속은 오히려 흐리멍덩해졌단다. '어신'이 되어 큰 물고기를 무한정 잡을 수 있게 되면 다시 너른 기와집을 지어야 하는 건지 어째야 하는 건지 알 수가 없었지. 우리 아버지는 기와집을 짓고 살았지만 결코 그 마지막이 좋지 않았으니 말이다. 나라고 해서 아버지와 달라진다는 법도 없었지. 그런 생각을 하니 겁이 더럭 났단다. 그 바람에 재주가 늘었지만 물고기를 잡고픈 마음은 오히려 줄고 말았지. 나는 큰 물고기가 그렇게 많이 필요한 것도 아니고 푸른 기와집이 필요한 것도 아니라는 걸 깨달았단다. 사허 장터를 떠난 후로 난 다시는 그곳으로 돌아가지 않고, 아무도 모르는 산골짜기에서 곡식이나 조금씩 가꾸며 살았지. 물고기는 나 혼자 먹을 만큼만 잡았고, 대신 고양이를 키워 동무로 삼았단다. 그 뒤 내가 서른이 좀 지났을 때였지. 하루는 한밤중에 누군가 급히 문을 두드렸단다. 옷을 걸치고 나가 문을 열고 등불을 비추던 난 깜짝 놀라고 말았지. 웬 젊은 아가씨가 집에 들어섰는데, 나보다 나이가 좀 어려 보였단다. 이마와 눈매가 아주 준수했고, 삼베옷을 걸치고 있었지. 그녀는 나를 바라보며 아무 말도 하지 않더니 이윽고 입술을 파르르 떨면서 눈물을 흘렸단다…… 나는 외마디 소리를 지르면서 뒤로 멀찌감치 물러서고 말았지……"

여기까지 말하고 난 노인은 한 손으로 나를 꽉 붙잡았다. 고양이가 눈을 동그랗게 뜨고 어둠 속에 누운 노인을 바라봤다. 나는 알아들을 만했다. 그녀가 누구인지 알 만했다.

"얼마나 오랜 세월 서로 만나지 못했는지 모르나 그래도 우리는 결국 서로를 한눈에 알아봤단다. 나는 속으로 연방 '이건 미끼다, 이건 미끼야!' 하고 외쳤단다. 나는 멀찌감치 도망치고 싶었지만 두 다리가 못 박힌 듯 움직일 수가 없었지. 그녀는 눈물을 닦더니 '그 사람이, 그 사람이 죽었어요' 하고 말했단다. 난 그녀가 자기 아버지를 말한다는 걸 알 수 있었지. 나는 큰 소리로 '죽다니?' 하고 외쳤단다. '죽었어요.' 그녀는 머리카락을 다듬더니 더는 분명할 수 없을 정도로 나에게 물었지. '그 사람이 죽었으니 이제 우리는 함께 있어도 되는 거죠? 다시는 날 피하지 않을 거죠?' 나는 가슴이 쿵쿵 뛰었단다. 정신이 혼란스러워 아무것도 생각할 수가 없었지. 나는 말없이 그 자리에 웅크리고 앉았단다. 그녀가 앞으로 한 걸음 다가오면 나는 일어서서 뒤로 한 걸음 물러서곤 했지. 나중에 그녀는 더는 움직이지 않았단다. 나도 웅크리고 앉은 채, 날이 밝을 때까지 아무 말도 하지 못했지……"

나는 단 한 마디라도 놓칠세라 숨을 죽이고 들었다.

"날이 밝은 뒤에도 그녀는 떠날 생각을 하지 않았단다. 난 어서 떠나라고 그녀를 재촉했지. '생각해보고 알려줄 터이니 먼저 돌아가 기다리오. 곰곰이 생각해보도록 하겠소.' 그렇게 그녀를 떠나보내고 난 뒤에야 나는 깜짝 놀라고 말았단다. 왜냐하

면 그녀와 나는 분명 온밤 내내 몇 마디 말을 나누지 못했는데
도 난 그녀가 그동안 어떻게 지냈는지 너무나도 똑똑히 알 만했
으니 말이다. 그녀도 나와 마찬가지로 큰 물고기를 잡으며 윗세
대의 재주를 이어받은 '어신'이 되기 위해 줄곧 노력해온 거였
단다. 그리고 그녀는 틀림없이 성공한 거였다. 그녀는 이미 자
기 아버지보다 못할 리 없었다. 나는 그녀의 손과 눈빛에서, 그
리고 방 안에 남기고 간 체취를 통해 그녀가 이미 그러한 성공
을 거둔 걸 깨달았지. 틀림없었지. 그녀는 이미 이 산중의 '어
신'이 된 거였다…… 그러나 나는 또 다른 생각을 해야만 했지.
앞으로 어떻게 해야 하지? 눈앞에 닥친 일인지라 나는 반드시
결단을 내려야만 했다. 머리가 터질 것만 같았지. 마치 벼랑 끝
에 몰린 사람처럼 당장이라도 떨어져 산산이 부서지거나 아니
면 돌아서서 도망쳐야만 했다. 나는 나지막이 중얼거렸지. '어
머니, 전 결코 우리 아버지를 죽인 원수의 자식과 혼인하지 않
을 겁니다. 그녀와 함께 살지 않을 겁니다. 만약 제가 그리한다
면 천하에 가장 양심 없는 자가 아니겠습니까? 그러니 아버지,
어머니! 마음을 놓으세요……' 그러고 나서 부랴부랴 짐을 정
리해 큰 보자기에 싸서는 고양이를 안고서 도주했지. 그녀가 다
시는 찾을 수 없는 곳으로 도망쳤단다……"

잊을 수 없는 겨울

서리가 내린 지 얼마 되지 않아 겨울이 왔다. 노인은 대부분의 시간을 온돌에 누워서 나에게 이것저것 시키곤 했다. 채소밭의 빨갛게 익은 막물 고추를 거두고, 뒷마당에 묻어두었던 숯을 파내고, 초약을 몇 줌 캐 오고, 장아찌들을 단지에 넣어 봉해둬야 했다. 노인은 올해 겨울은 왕년과 달라, 양식이나 음식을 배로 장만해두고 모든 방의 문틈도 봉해둬야 한다고 했다. 나는 일일이 시키는 대로 했다. 날씨가 좋은 날이면 노인을 부축해 문밖에 나가 일광욕을 시키려 했으나, 노인은 다만 창문 앞에 엎드려 있을 뿐이었다. 노인은 먼 곳을 바라보고 있었다. 내 생각이 틀리지 않는다면, 산 고개에 막혀 있는, 천막 같은 푸른 안개에 덮여 있는 그곳을 바라보고 있을 터였다……

첫눈이 내리기에 앞서 노인이 문득 "집 생각이 나지 않느냐? 너희 아버지더러 며칠 와서 묵으라고 할걸 그랬다. 나랑 말동무도 하고"라고 했다. 내 생각도 마찬가지였다. 요즘 꿈에 아빠 엄마가 자주 나타나곤 했다. 그러나 나는 떠날 수 없었다. 노인이 대부분의 시간을 구들에 누워 있었기 때문에 내가 없어서는 안 되었던 것이다. 고양이조차 예전처럼 놀음을 탐하지 않았다. 고양이는 가끔 종일토록 노인의 베갯머리에 앉아 있곤 했다. 정말로 착한 놈이었으나 아쉽게도 고양이가 할 수 있는 일은 별로 많지 않았다. 만약 고양이가 노인을 위해 하루 세끼를 짓고 물을 떠다 바칠 수만 있다면 얼마나 좋으랴! 그러기만 한다면 나는 집에 갔다가 아빠와 함께 이곳으로 돌아올 수 있었을 것이다. 나는 불안하기도 하고 두렵기도 했다. 어렴풋한 생각이었지만, 이번 겨울만큼은 아빠와 함께 장차 벌어질 일들을 맞고 싶었다. 너무나도 두려운 일이었기 때문이다.

나는 노인을 위해 약을 달였다. 그가 시키는 대로 약량을 늘이거나 줄이곤 했다. 노인은 약을 마시기는 했지만 효과가 전보다 많이 못해 보였다. 하루 낮과 밤을 이어 큰 눈이 펑펑 쏟아졌다. 아침에 일어나 보니 바람이 멈추고 문밖에 이미 눈이 한 자 넘게 쌓여 있었다. 만약 지난해였다면 눈 내리는 날이 너무나 행복했을 터였다. 구들이 따끈따끈하고 아궁이에서는 불이 활활 타오르고, 솥에는 토란이 들어 있거나, 가끔은 생선탕이 끓고 있을 터였다. 지금도 그러하지 않은 것은 아니지만 마음이 내내 불안했다. 노인은 누운 채 손을 뻗어 고구마 사탕을 집으려 했다. 내가 얼른 건네주었으나 노인은 씹지 못하고 그냥 빨기만 했다. 이곳에는 일 년 사철 고구마 사탕이 마련되어 있었다. 집 안의 작은 바구니나 호주머니에도 늘 고구마 사탕이 들어 있었다. 나는 노인을 따라 물고기를 잡으러 갈 때도 자주 고구마 사탕을 씹곤 했다. 노인은 고구마 사탕을 빨면서 아무 말이 없었다. 무엇을 생각하는 중일까? 큰 물고기에 대해 생각하는 것일까? 올해 겨울만큼은 큰 물고기들이 빙설 아래 숨어서 가장 무사한 겨울을 나게 될 것이었다. 노인은 다른 생각을 하고 있는 중인지도 몰랐다. 평생 물고기를 잡고, 도망쳐 숨어 산 자기의 일생을 돌아보고 있는지도 몰랐다.

바람이 여전히 잠자고 있었고 해가 솟았다. 눈이 햇볕에 녹다 말고 다시 얼어붙었다. 메마르고 추운 날씨였다. 모든 살아 있는 것들이 사라지고 보이지 않았다. 노인은 계속 누워만 있었다. 노인은 천장을 가리키며 큰 눈에 무너지지 않게 하기 위해서 지붕을 가장 굵은 나무로 올렸다고 했다. 내가 고개를 끄덕이자 다시 손을 들어 다른 한쪽을 가리키며, 큰 눈 때문에 집을 나설 수 없더라도, 지하창고에 장만해둔 음식들은 내년 봄까지 먹을 수 있다고 말했다. 나는 다시 고개를 끄덕였다.

밤이면 노인은 자다 깨고, 깼다 자곤 했다. 낮에도 마찬가지였다. 가끔 깨어나서는 앞뒤가 맞지 않는 말을 하곤 했다. "산사람은 반드시 두 가지를 주의해야 한단다. 하나는 독이 있는 물고기이고, 다른 하나는 독버섯이란다. 쉽지가 않지." "그녀는 늘 몰래 찾아와 날 엿보곤 했단다. 도무지 피할 수가 없었지. 그녀는 늘 나를 지켜보고 있었던 거야." "무릇 사람은 어른의 손을 잡고 3리를 가고 자기 스스로 7리를 가는 법이란다. 사람의 한생이란 그렇게 10리다." "하느님이 갈라놓은 사람은 함께 살 수 없는 거란다. 우리는 산을 사이에 두고 갈라져 있을 수밖에 없었지." "이 아이를 그냥 두고 가자니 심히 걱정이구나. 고양이도 마찬가지지. 둘 다 아직 어리니."

나는 노인의 말을 자주 곱씹어보곤 했다. 다 알아들을 수는 없었지만 왠지 눈물이 핑 돌곤 했다. 나는 노인이 자기의 일생을 처음부터 돌이켜보고 있으며, 눈앞의 일들과 사후의 일들을 걱정하고 있음을 알 수 있었다. 나는 장차 내 앞에 놓인 길을 상상할 용기가 없었다. 그 길에 더는 이 노인이 없을 것이기 때문이었다. 어느 날엔가 아빠 엄마 곁으로 돌아가게 되면, 나는 부모님이 "재주를 다 익힌 것이냐?"라고 묻는 말에 고개를 가로저으며 "'어신'께서 사람은 평생 배우는 것이기 때문에 마지막까지 다 익혔다고 할 수가 없다고 하셨어요"라고 대답할 것이었다.

　　노인은 한 번도 인정한 적이 없었지만, 나는 그가 바로 '어신'이라 믿고 있었다. 과거의 두 '어신'이 이미 세상을 뜨고 없으니 스승님은 아마 최후의 '어신'일 것이다. 노인은 마치 나의 생각을 읽기라도 한 듯 문득 눈을 커다랗게 뜨더니 곁눈으로 나를 바라봤다. 부엌에서 아궁이에 장작을 넣던 나는 얼른 노인에게로 뛰어갔다. 노인은 나의 머리를 쓰다듬으며 "얘야. 나랑 여러 해 함께 지냈지만 아무런 재주도 가르쳐준 게 없구나. 너에게도 미안하고 너희 아빠 엄마에게도 미안하구나. 그들이 나한테 널 맡길 때는 '어신'이 되길 바라서였는데……"라고 했다. 나는 눈물이 핑 돌았다. 나는 큰 소리로 "스승님이 바로 '어신'이에요! 나도 다 알고 있어요. '사람은 어른의 손을 잡고 3리를 가고 자기 스스로 7리를 가는 법'이라는 걸 명심할게요. 전 꼭 자기의 '7리'를 제대로 걷도록 할게요……"라고 했다. 노인은 나를 바라보며 "이 총명한 것을!"이라고 하더니 다시 창문 쪽으로 고개를 돌리며 말했다.

　　"그러나, 얘야. 나는 정말로 '어신'이라 할 수가 없단다…… 그들은 다 죽고 말았단다……"

"그럼 새로운 '어신'은 없는 건가요?"

"나도 모르겠구나. 얘야, 장차 네가 갈 길은 아직 멀었으니, 스스로 찾아보도록 해라……"

말을 마친 노인은 피곤한 듯 눈을 감더니 잠이 들고 말았다. 옆에서 줄곧 듣고 있던 고양이도 노인에게 바싹 다가가 기대더니, 머리를 노인의 겨드랑이에 파묻고 잠들고 말았다. 나는 혼자서 맑은 정신으로 아궁이에서 불길이 활활 타오르는 소리를 들어야만 했다. 나는 이 노인을 사랑했고 이 작은 돌집을 사랑했다. 아득히 멀고 넓어 끝이 없는 이곳 산속에서 이 작은 돌집이야말로 가장 따뜻한 보금자리였다. 그동안 산속의 겨울을 한두 번 난 것이 아니었지만, 줄곧 어른들과 함께였다. 그러나 앞으로도 늘 그럴 것이라는 자신은 없었다. 사람은 언젠가는 외롭게 지내야 하며, 그렇듯 홀로 자신만의 '7리'를 걸어야 하기 때문이다.

나는 매일같이 아빠가 왔으면 하고 기다리곤 했다. 혼자서는 너무나도 두려웠기 때문이다. 그러나 밖에는 큰 눈이 두텁게 쌓여 있었다. 기적이 일어나지 않고서야 아빠가 이곳에 나타날 리 없었다. 다행히 요 며칠 사이 노인이 반은 호전된 듯싶었다. 장시간 앉아 있을 수 있었고 탕약의 양도 반을 줄였다. 한동안은 내 부축을 받으며 집 안에서 걷기도 했다. 노인은 물건들을 보관해둔 지하 창고에 이르러 흡족한 표정으로 바닥에 쌓여 있는 고구마며 무, 그리고 장아찌 단지들을 쓰다듬었다. 그러고는 다시 출입문 앞에 서서 문틈으로 밖을 내다보더니 "봄이 오면 너희 아빠도 올 터이니 걱정 말고 기다리도록 해라" 하고 중얼거렸다.

말을 마치고 나서 노인은 방구석으로 가더니 허리춤에서 열쇠를 꺼내 그다지 크지 않은 상자를 열었다. 평소에는 전혀 주의를 끌지 않던 상자였다. 상자 안에는 자잘한 잡동사니들뿐이었고 값진 물건은 보이지 않았다. 노인은 방수포 보자기에 싸두었던 물건을 꺼내더니 흔들어 펼쳤다. 큰 물고기를 수놓은 배두렁이*였다. 나는 멍하니 바라만 보았다. 노인은 다시 상자를 잠그더니 그 배두렁이만을 가지고서 다른 한 손으로 나를 꼭 잡은 채 창문 앞으로 자리를 옮겼다.

"나중에 봄이 되어 눈이 녹거들랑 저기 남쪽으로 찾아가거라. 그 푸른 안개가 끼어 있는 곳으로 말이다. 그곳에 사는 사람이 널 거두어줄 게다. 이미 할머니가 다 됐지만. 내가 누굴 말하는지 넌 알고 있는 거지?……" 노인이 배두렁이를 쓰다듬으며 말했다.

나는 가득 고인 눈물을 겨우 참았다. "난 아무 데도 가지 않을 거예요. 안 가요……"

"이 배두렁이를 보면 꼭 널 거두어줄 게다. 그녀를 찾아가거라. 큰 물고기를 잡는 재주가 나보다 훨씬 낫단다. 네가 물을 두려워하지 않도록 잘 가르쳐줄 게다……"

---

* 중국의 배두렁이는 어린아이와 젊은 여성들이 입는 속옷 상의로서, 가슴과 배만 가리게 되어 있으며, 가는 줄로 목과 등에 매게 되어 있다.

나는 눈물을 줄줄 흘리며 "아무 데도 가지 않는다고요. 난 그냥 이 집에 있을 거예요. 스승님이랑 함께 있을 거라고요⋯⋯"라고 대답했다.

노인은 고개를 가로저었다. "내 말은 봄이 오면 말이다. 눈이 녹은 다음에 가거라⋯⋯"

그날 밤 나는 더는 잠을 이루지 못했다. 속으로 겁이 더럭 났다. 아빠가 나와 함께 이 겨울을 날 수 있었으면 하는 생각이 간절했다. 남은 날들을 아빠와 함께할 수 있다면 얼마나 좋을까 싶었다. 아니, 그것이 아니라 이 겨울이 영원히 지나지 않기만을 바라고 있었다. 그냥 아궁이에서 불길이 활활 타오르는 소리에만 귀 기울일 수 있다면 얼마나 좋으랴 싶었다.

노인이 나에게 큰 물고기를 수놓은 배두렁이를 준 뒤 며칠 지나지 않아서였다. 아마 닷새째 되는 날이었을 것이다. 저녁 끼니로 생선탕을 조금 마신 노인이 고양이 코를 한번 매만지더니 내 손을 잡은 채 잠들어 있었다. 나는 노인이 깊이 잠들기를 기다렸다 손을 살며시 빼내고는 아궁이에 장작을 넣으러 갔다.

바람이 세찬 밤이었다. 윙윙 소리를 내며 새벽이 오도록 바람이 울고 있었다. 나는 흐리멍덩하여 잠깐 잠들었다가 고양이가 우는 소리에 놀라 깼다. 고양이는 노인의 베갯머리에서 큰 소리로 울고 있었는데, 몇 번 소리를 지르고서는 나를 한 번씩 쳐다보곤 했다. 나는 반듯이 누워 있는 노인 곁으로 다가가 살펴보았으나 별다른 이상이 없었다.

그러나 노인은 다시는 깨어나지 못했다. 영영 잠들고 말았던 것이다. 평소와 다름없이 평화롭게 잠들어 있었으나, 다만 다시는 깨어날 수 없었던 것이다.

푸른 안개가 감도는 곳

나는 평생 그 기이한 겨울을 잊을 수 없을 것이다. 나는 스스로에게 놀라고 말았다. 갑자기 모든 두려움이 사라졌기 때문이다. 나는 나 홀로 모든 것을 맡아 해야 할 때가 찾아왔음을 알고 있었다. 나는 이 작은 돌집의 주인장이었고 처음으로 모든 일을 스스로 결정해야만 했다. 큰 눈으로 모든 길이 막힌 이 엄동설한에 의논하거나 말을 나눌 사람이 있을 리가 없었다. 고양이는 애처롭게 울면서 내 몸에 머리를 대고 비벼댔다. 고양이가 나를 올려다보는 순간, 마음이 차분히 가라앉았다. 나는 고양이를 안아 들고 이제부터 해야 할 일들을 재빨리 생각하기 시작했다.

사흘 뒤, 나는 노인의 시신을 돌집 동쪽에 있는 소나무 아래에 묻었다. 스승님이 가장 자주 머무르던 자리였으므로 스승님께서 필시 좋아할 것이었다. 언 땅과 돌멩이들이 내 힘에 너무 벅찼기 때문에 삽, 곡괭이, 정 등 모든 도구를 동원해야만 했다. 옹근 이틀이 걸려서야 스승님이자 아빠이며 노인인 그를 겨우 잠자리에서 그곳으로 옮길 수 있었다. 나는 자물쇠가 잠긴 그 나무 상자도 노인의 시신 곁으로 옮기고는 열쇠를 허리춤에 매드렸다. 노인이 계속 편히 잠들어 있을 수 있도록 소나무 장작들을 겹겹이 쌓아 땅속에 작은 집을 만들고, 그 안에 부드럽고 따스한 이불을 깔아뒀다. 그러고는 소나무로 된 그 작은 집 천장에 윗막이를 해 얹고 나서 마지막 순서로 봉토를 했다.

고양이가 그 모든 과정을 함께했다. 그놈은 방해가 되는 것이 아니라 오로지 날 도우려 했고, 자기가 도움이 되지 못하는 것을 안타까워할 뿐이었다. 나는 그 모든 일을 마치고 나서 고양이를 안고 집으로 들어갔다. 그 이후로 집 안에 불길이 들지 않았다. 활활 소리 내어 타오르던 불길이 갑자기 사라지고 말았던 것이다. 견딜 수 없이 추웠지만 아무리 해도 원래처럼 이글거리는 불길을 살릴 수가 없었다. 밤 내내 고양이와 함께 꼭 붙어서 긴 밤을 견뎌낼 수밖에 없었다.

집은 그 누구라도 더는 버틸 수 없을 정도로 추워졌다. 그러나 나는 오로지 노인의 말을 명심한 채 큰 물고기를 수놓은 배두렁이를 잘 간직하고서 차분한 마음으로 기다리기만 했다. 봄이 되어 눈이 녹으면 아빠가 반드시 찾아올 것이었다.

기다리고 또 기다렸으나 봄은 정말 더디게 찾아왔다. 드디어 어느 날, 나는 노인의 무덤 위에 깨어난 꽃창포를 발견했다. 멀지 않은 것이다. 며칠이 지나자 계곡에서 돌돌 물 흐르는 소리가 들려왔고 다시 며칠이 지나자 가까운 곳에 쌓여 있던 흰 눈이 차차 색이 바래기 시작했다. 가장 먼저 새들이 날아왔고, 뒤이어 네발 달린 산짐승들이 쏜살같이 집 앞 오솔길을 달려 지나갔다.

꽃들이 피기 며칠 전이었다. 그토록 기다리던 모습이 보였다. 허리가 부러지도록 짐을 가득 짊어진 아빠가 문 앞 산비탈에 나타난 것이다. 나와 고양이는 함께 달려가 아빠를 마중했다. 아빠는 각반을 두른 채, 돼지 날가죽을 기워 만든 '방'이라는 장화를 신고 있었다. 나는 고개를 들어 아빠의 모습을 살펴봤다. 한눈에도 아빠가 그간 많이 늙었음을 알아챌 수 있었다. 콧등이 시큰해지면서 눈물과 함께 "노인이 이미 세상을 뜨셨어요……"라는 첫마디가 튀어나왔다.

아빠는 별로 놀라는 기색이 아니었다. 아빠는 다만 오래도록 서서 작은 돌집을 바라보더니 "꿈을 꿨단다. 꿈에 다 보았지. 기어서라도 오고 싶었지만 큰 눈에 길이 막혀 어쩔 수가 없었구나. 이번 겨울을 무사히 나지 못할 줄 알고 있었단다……"라고 말했다.

그 뒤 며칠간 아빠와 나는 같은 고민에 빠졌다. 이곳을 어찌할 것인지, 어디로 갈 것인지, 집으로 돌아갈지 아니면 남쪽으로 갈지를 결정해야 했다. 나는 아빠에게 큰 물고기를 수놓은 배두렁이를 보여드렸다. 과연 아빠는 "재주는 다 익힌 것이니?" 하고 물었다.

대답할 필요가 없는 질문이었다. 나는 그냥 고개를 가로젓고 말았다. 그러자 아빠는 추호도 주저하지 않고 "그럼 스승님의 말씀을 따라야지. 남쪽으로 가자"라고 했다.

워낙 그럴 생각이었기 때문에 아빠의 동의까지 얻고 나자 더욱 결심이 확고해졌다. 우리는 집 안 정리를 한 뒤, 길에서 필요한 짐들을 싸고 문에 자물쇠를 채웠다. 고양이는 덮개가 달린 버드나무 광주리에 넣고 갈 생각이었으나, 정작 광주리에 넣으려 하자 그놈은 당장이라도 잘못될 듯 울부짖으며 아무리 해도 떠나려 하지를 않았다. 아빠는 잠깐 궁리를 하더니 노인이 사용했던 물건들을 광주리에 넣어주었다. 그제야 그 냄새를 맡은 고양이가 나지막한 소리로 울면서 광주리 속에 몸을 엎드렸다……

아빠는 나와 함께 길에 올랐다. 아빠는 "네가 그곳을 찾아내야 나도 마음을 놓을 수가 있지 않겠니. 별로 멀어 보이지는 않지만, 처음 가보는 길이라 무슨 일이 있을지 아무도 모르는 거지. 그분을 만나기 전에는 확실한 것이 없으니"라고 했다.

그러나 나는 전혀 걱정하지 않았다. 이상하게도 스승님이 생전에 나를 위해 이미 모든 것을 계획해뒀다는 생각이 들었다. 그 할머니는 필시 나를 거둬줄 것이다. 도중에 우리는 높은 곳에 올라 그 푸른 안개가 낀 곳을 바라보았는데, 문득 불현듯 드는 생각에 깜짝 놀라고 말았다. 어떻게 그분을 알아볼 수 있을지를 생각해본 적이 없었기 때문이다.

끝내는 아빠도 같은 질문을 나에게 했다. 그러나 내 대답은 아빠를 놀라게 했다. "알아볼 수 있어요. 절대 못 알아볼 리 없다고요."

푸른 안개에 휩싸인 그곳의 비밀이 곧 드러날 때가 되었다. 실제로 진정한 '어신'이 그 속에 몸을 숨기고 있을지도 모르는 일이었다. 그곳은 보기에는 별로 멀어 보이지 않았지만 정작 걸으려니 가도 가도 끝이 없어 보였다. 등 뒤의 광주리 속에서 고양이가 자주 울었기 때문에 나는 하는 수 없이 걸음을 멈추고서 다독이곤 해야 했다. 그러나 가끔 내가 광주리의 덮개를 열 때마다 그놈은 바로 뛰쳐나와 멀리로 몸을 솟구쳐 달아나서는, 화가 잔뜩 난 두 눈을 부릅뜨고 나를 바라보곤 했다. 고양이는 오래도록 오던 길을 되돌아보며 흑갈색 돌집이 있는 방향을 확인하곤 했다.

우리는 간신히 고양이를 얼러 다시 광주리에 담고서는 걸음을 재촉했다. 푸른 안개가 차차 걷히면서 높고 낮은 산봉우리들이 시야에 안겨왔다. 지세가 점점 높아지는 듯했다. 물들이 앞 방향에서 흘러내렸기 때문이다. 집들이 거의 보이지 않았다. 가끔 봄나물을 캐는 사람을 만나곤 했는데, 그들은 파란 새싹을 따서는 등에 진 채롱에 담곤 했다. 아빠는 그들에게 산속에 혹시 할머니 한 분이 홀로 사는 인가가 없는지 알아보곤 했다. 그때마다 그들은 고개를 가로젓거나 아무렇게나 가리키곤 했는데, 갈수록 오리무중이었다.

나는 오로지 노인과 함께 바라보곤 하던 그 푸른 안개의 위치를 잊거나 잘못 가늠할까 봐 걱정이 되었다. 그곳은 흑갈색 돌집에서 정남향이었으며 정오가 되면 바로 태양의 아래에 위치해 있곤 했다. 해가 있는 한, 우리는 길에 잘못 들어설 리가 없었다.

그렇게 종일 걷다가 해가 질 무렵이 되어, 우리는 어쩔 수 없이 묵을 곳을 찾아야만 했다. 우리는 어렵게 반쯤 무너진 돌집을 찾아냈는데, 한 칸짜리 작은 집이었고 버려진 아궁이가 있었다. 아궁이 앞에 반 길 정도 되는 마른 풀들이 자라고 있어, 우리는 그것을 꺾어 잠자리에 깔았다. 자정이 되니 몹시 추워졌다. 아빠는 잠이 오지 않자 노인에 대해 물었다. 나는 이번에 찾아가는 할머니는 스승님 원수 집안의 딸이며, 이곳 산지대의 마지막 '어신'이라고 알려줬다. 나는 문득 학교의 돋보기를 낀 사팔뜨기 늙은이가 떠올라 그가 아직 학교에 있느냐고 물었다. 아빠는 지금도 그대로 있다고 대답했다. 나는 "그 늙은이가 늘 입에 담던 족장님은 이젠 없어요"라고 말했다. 아빠는 "아니다. 족장님이 없다니, 큰일 날 소리다"라고 했다. 나는 아빠에게 스승님과 함께 큰 물고기를 엄청 많이 잡았으나 한 번도 족장님에게 가져다드릴 생각을 한 적이 없었다고 알려줬다. 그러자 아빠가 탄식을 하며 "누가 알겠니. 너랑 스승님이랑 큰 실수를 한 건지도"라고 말했다.

이튿날 다시 길에 오른 우리는 아침부터 점심까지 내처 걸어서야 돌집을 하나 만났다. 집은 반쯤 마른 강가에 있었는데, 밥 짓는 연기가 모락모락 나는 것이 보기만 해도 마음이 포근해졌다. 아빠가 어서 들어가보자고 했다. 우리는 문을 두드렸다. 과연 할머니 한 분이 문을 열어줬다. 뚱뚱한 몸집에 검은 나사로 된 작은 모자를 쓰고 있었다. 할머니는 입을 크게 벌리고 우리를 바라봤다. 나는 속으로 아니구나 하는 생각이 들었다. 그때 나이가 많은 남자가 또 한 명 나타났다. 내 판단이 옳다는 확신이 들었다. 아빠는 부근에 혹시 혼자 사는 할머니가 없는지 물었다. 그 남자는 우리가 오던 방향을 가리키며 "전에는 저쪽에 살았지만 이젠 이사 간 지 몇 년이 되었다오" 하고 알려줬다.

아빠나 나나 모두 어젯밤에 머문 그 반쯤 무너진 돌집이 바로 그 할머니가 살던 곳이라는 생각이 들었다. 그리 생각하니 마음이 한결 가벼워졌다. 우리는 될수록 산꼭대기에 올라 멀리 내다보곤 했다. 높은 곳에서는 아래 골짜기에 있는 인가가 한눈에 보였기 때문이었다. 그러나 산 너머로 해가 거의 질 때까지 우리에게는 아무런 수확도 없었다. 오늘 밤도 산골짜기에서 추위에 떨어야 할 듯했다. 우리는 자리에 깔 마른 풀과 바람을 등진 곳을 찾는 한편, 자주 광주리를 다독여 고양이를 안심시키곤 했다.

날씨가 어둑해지면서 산 그림자들이 하나로 엉키기 시작했다. 아빠가 건량*을 꺼낼 때가 되어서야 나는 많이 허기져 있었음을 느꼈다. 그러나 곧 몇 입을 떼어 먹던 나는 아주 익숙한 연기 냄새를 맡고 말았다. 나는 몸을 벌떡 일으켰다. 그 냄새는 노인의 아궁이에서 나던 냄새와 너무나도 흡사했다. 솔가지와 산속의 풀이 한데 섞여 타오를 때 나는 냄새였다. 나는 숨을 크게 들이쉬면서 그것이 어느 방향에서 풍겨 오는지 가늠해봤다. 맙소사! 물고기 냄새도 함께 풍겨왔다. 나는 나지막이 "물고기예요. 생선탕 냄새예요……"라고 말했다.

*   먼 길을 갈 때 가지고 다니기 쉽게 만든 양식.

아빠와 고양이는 모두 음식을 씹다 말고 고개를 들어 내가 가리키는 방향을 향해 냄새를 맡았다.

건량 생각이 사라지고 만 나는 짐을 걸머졌다. 아빠는 고양이를 광주리에 넣었다. 발밑이 어두워, 우리는 기다시피 조심스럽게 전진해야만 했다. 바람 속에서 풍겨오는 냄새가 우리를 앞으로 인도했다. 그러나 결국 가파른 벼랑이 앞을 막아서는 바람에, 우리는 그것을 에도는 데 한참이나 시간을 허비해야만 했다. 바람 속에서 연기와 물고기 냄새가 점점 짙어졌다. 벼랑을 에돈 뒤로는 방향이 처음과 달랐다. 연기가 직접 콧속을 파고들었다.

벼랑에서 남쪽으로 1리쯤 떨어진 곳에 우중충한 숲이 보였다. 작은 불빛이 반짝이는 듯싶었다. 급하게 걸음을 재촉하다가 아빠와 나는 몇 번이고 넘어지고 말았는데, 고양이가 다급한 울음소리를 냈다. 나는 고양이가 조용해지도록 얼른 다독였다.

작은 집 한 채가 윤곽을 드러냈다. 작은 창문이 달린 귤색 집이었다. 나는 아빠에게 "바로 이곳이에요. 여기서 머물도록 해요"라고 했다.

아빠가 문을 두드렸다. 두꺼운 판자로 된 문이었다. 집 안에서 아무런 기척이 없자 나는 아빠와 함께 문을 두드렸다.

문이 열리더니 손에 바람막이 등불을 든 사람이 나타났다. 나는 하마터면 소리를 지를 뻔했다. 일흔에서 여든쯤 되어 보이는 할머니였다. 반백 머리에 몸이 여위었고 이마는 조금 볼록했으며 아래턱이 이상하리만치 앞으로 튀어나와 있었는데, 커다란 두 눈이 반짝반짝 빛나고 있었다. 가슴이 쿵쿵 뛰었다.

나는 속으로 외쳤다. '찾았다!'

늙은 어신과 젊은 족장

나를 가장 놀라게 한 것은 고양이였다. 그놈은 나보다도 먼저 자기가 의지해야 할 곳을 찾았기 때문이다. 노인의 물건을 넣어둔 광주리에서 나오는 순간, 그놈은 눈을 찌푸린 채 주위를 둘러보더니 고개를 들어 등불을 들고 선 할머니의 체취를 맡기 시작했다. 그놈은 할머니와 몇 분 동안 마주보았는데, 하도 정신을 집중해서 나와 아빠는 숨소리조차 크게 내지 못했다. 그렇게 한참 바라보던 그놈은 전혀 낯설지도 않다는 듯 앞으로 다가가 머리를 할머니의 손과 가슴, 그리고 무릎에 대고 비볐다. 할머니는 그놈을 품에 그러안더니 오뚝한 아래턱으로 그놈의 머리를 꼭 눌렀다. 그러자 고양이는 바로 잠이 들고 말았다. 그동안 오래도록 고양이가 제대로 잔 적이 없었다는 생각이 들었다.

고양이를 품에 안은 노인과는 말을 나누기가 편해지는 법이었다. 나는 가슴에서 뜨거운 것이 치밀어 올라, 말이 입안에서 감돌다 말았다. 아빠는 두 손을 떨며 앞으로 다가가야 할지, 뒤로 물러서야 할지 망설였다. 그 어정쩡한 모습은 마치 물건을 옮기는 자세와도 같아 보였다. 그러자 노인이 앉으라고 권했다. 아빠는 자리에 앉아서도 몸을 비꼬면서 말을 더듬거렸다. "제가, 저와 이 아이가 얼마나…… 고생스레 찾았는지 모릅니다요.

저와 이 아이가, 이 아이의 스승님 집에서 출발하여 여기로 오
는 내내 이리 묻고, 저리 묻고……"

"누굴 찾으시오?" 할머니가 고양이를 그러안은 채 물었다.

아빠가 몸을 일으켰으나 난 그 앞을 막아섰다. 나는 나오
는 눈물이 흘러넘치지 못하도록 겨우 참으며 껵껵거렸는데, 스
스로도 무엇을 말했는지 잘 알 수가 없었다. 아마도 스승님이자
'간바'이며 어신인 노인과 함께 먼 곳에서 푸른 안개가 감도는
이곳을 얼마나 바라보곤 했는지를 얘기했던 것 같다. 마지막으
로 나는 노인이 세상을 뜨고 만 이번 겨울에 대해 얘기했다……
끝내 눈물이 흘러내리고 말았다.

할머니는 말없이 눈을 내리감았다.

아빠가 내 손을 잡아끌더니 "제가 이 아이를 스승님께 맡
겼는데, 그분이 돌아가시며 다시 이 아이를 당신께 맡긴 겁니
다……"라고 했다.

나는 눈물을 그치고 할머니를 바라봤다. 할머니는 아빠를
쳐다보지 않고 거듭하여 품속의 고양이만 쓰다듬더니 습관인
듯 이를 떨며, "고양이는 이곳에 남기고 가게"라고 했다. 나는
마음이 다급하여 "고양이와 저는 함께 온 거예요. 저의 고양이
란 말예요……" 하고 말했다. 할머니는 고개를 가로저으며 "고
양이야 그 늙은이 거지"라고 했다. 내가 마음이 급해 어쩔 줄 모
르고 있는데 아빠가 힘주어 내 손을 잡아당겼다. 그제야 나는
큰 물고기가 수놓인 배두렁이가 떠올랐다……

나는 그 붉은색 배두렁이를 그러쥐던 할머니의 눈빛을 평

생 잊지 못할 것이다. 할머니는 그것을 손에 꼭 쥐고서 불빛에 대고 보더니, 다시 몸을 돌려 안방으로 들어갔다. 나와 아빠는 멍하니 서서 결과를 기다리는 수밖에 없었다. 그것은 나에 대한 판결이나 다름없었다.

다시 방에서 나온 할머니는 눈이 빨갛게 충혈되어 있었다. 할머니는 아무 말 없이 나와 아빠를 위해 상을 차리더니 솥에서 뜨끈뜨끈한 생선탕을 한 그릇 떠다 주었다. 우리가 게걸스레 먹고 있는 사이 할머니는 방 한구석 바닥에 자리를 잘 깔아두었다. 우리를 위한 것이었다.

아빠는 이틀을 묵은 뒤에야 집으로 돌아갔으나 할머니와 별로 얘기를 많이 나누지 못했다. 할머니가 내켜 얘기할 생각이 전혀 없었기 때문이다. 아빠는 목구멍까지 가득 찬 말들을 꺼내지 못하게 되자 한숨을 내쉬면서 손을 비비다가, 결국에는 떠날 수밖에 없었다. 할머니는 아빠가 집을 나설 때조차 몸을 일으켜 바래다주지 않았다. 다만 고구마전과 넓적한 물주머니를 싼 보자기를 아빠에게 넘겨줬을 뿐이었다. 며칠 사이에 날씨가 많이 풀린 듯싶었다. 문을 여니 들꽃 향기가 자욱했다. 나는 집을 나서 한동안 아빠를 배웅했다. 고양이도 몇 걸음 따라오더니 돌아서고 말았다. 아빠는 나에게 여러 가지 일들을 신신당부했는데, 모두 전에 이미 한 말들이었다.

나와 고양이는 할머니 곁에서 잤다. 할머니는 잠이 아주 적었다. 가끔은 한밤중에 일어나 다른 방으로 가서 담배를 피우곤 했다. 고양이가 담배 냄새를 싫어했기 때문이다. 어느 날 할머니는 고양이를 어루만지면서 "가엾은 것. 혼자 남다니"라고 했다. 나는 할머니가 노인에 대해 많은 것들이 궁금하면서도 나에게 묻기 귀찮아하고 있음을 알아챘다. 그러나 나는 어디서부터 말해야 좋을지 몰랐다.

점차 날씨가 따스해졌다. 해가 한창 좋을 때가 되자 할머니는 기분이 좋아져 채롱을 등에 지고, 날 데리고 길에 나섰다. 고양이도 뒤를 따랐다. 얼마 가지 않아 골짜기에 물이 있는 것이 보였는데 물은 가파른 벼랑을 끼고 있었다. 못은 별로 크지 않았지만 학교를 다닐 때 보았던 그 파란 물결의 못만큼은 컸다. 할머니가 "여름이 되면 이보다 훨씬 크단다"라고 했다. 나는 "지금 물고기를 잡으러 가는 거예요?" 하고 물었으나 할머니는 아무런 대답도 하지 않은 채 한참 서 있더니, 나를 데리고 반대 방향으로 걸음을 옮겼다.

메마른 산골짜기를 에돌아 산 북쪽 억새풀이 나 있는 습지에 이르자 물이 보였다. 깊고 좁은 물웅덩이가 몇 개 있었다. 수초가 우거진 곳에 이르자 익숙한 냄새가 풍겨왔다. 나는 저도 모르게 소매를 걷어 붙였다. 할머니의 입꼬리에 미소가 떠올랐다.

나는 오래도록 물가에 웅크리고 앉아 물고기가 있는 곳과 모양새, 그리고 대가리의 방향을 가늠해봤다. 속으로 '스승님' 하고 외치며 스승님이 그랬듯 재빠르게 손을 날렸다…… 그러나 큰 물고기는 큰 물보라만을 남긴 채 손쉽게 도망치고 말았다. 내가 다시 시도하려는데 할머니가 내 손을 붙잡으며 "단

한 번뿐이다"라고 했다. 할머니는 너무나도 잘 알고 있었던 것이다.

돌아가는 길에 채롱이 비지는 않았다. 할머니가 채그물과 작살로 한 뼘이 채 안 되는 붉은 지느러미 물고기 한 마리와, 그것보다 더 작은 등줄기가 푸른 물고기 두 마리를 잡았기 때문이다. 할머니는 붉은 지느러미 물고기로 국을 끓였는데, 이곳에 온 첫날 마셨던 생선탕이 바로 그것이었다. 할머니가 "그 노인이 제대로 가르쳐주지 못했구나"라고 했다. 나는 "어디 쉬운 일인가요. '사람은 어른의 손을 잡고 3리를 가고 자기 스스로 7리를 가는 법'이라 했으니 언젠가는 익히게 될 거예요"라고 대답했다. 그러자 할머니가 이를 떨더니 "옳거니"라고 했다.

그날 밤, 나는 할머니 옆에 꼭 붙어 누웠다. 할머니나 나나 모두 잠을 이루지 못했다. 조금 성급하긴 했으나 나는 "할머니랑 함께 물에 들어가고 싶어요"라고 했다.

"'한수 어신'이 원수의 손에 끌려 물에 들어갔다지 않냐. 넌 두렵지도 않니?"

어둠 속에서 할머니의 눈빛이 날카롭게 빛났다. 나는 그 눈을 마주보며 말했다. "두렵지 않아요."

"나와 너희 스승은 서로 원수 집안의 자손들이란다. 너희 스승은 날 미워했고 나 역시 그를 미워했지. 그러나 너의 대에 와서는 누구도 미워할 필요가 없는 거겠지. 혹시 모르지. 네가 '한수'와 '수수'의 재간을 모두 익혀 하나로 만들지도…… 너야말로 족장님이 가장 신임하는 사람이 될 거다. 너랑 겨룰 사람이 없으니……" 할머니는 문득 목이 메는 듯싶더니 더는 말이 없었다.

내가 몸을 일으키려 하자 할머니가 손을 내밀어 나를 제지했다. 나는 큰 소리로 외쳤다. "스승님은 지금까지 할머니를 미워한 적이 없어요! 줄곧 할머니 생각만을 했다고요……"

"난 미워했단다." 할머니가 눈을 감으며 말했다.

나는 믿어지지가 않았다. 그렇게 미운데 왜 큰 물고기를 수놓은 배두렁이를 선물했으며, 또 왜 스승님을 찾아갔었는지 캐묻고 싶었다. 그러나 감히 그렇게 물을 수는 없었다. 나는 그냥 "내가 족장님에게 물고기를 가져다 바치는 일은 없을 거예요"라고만 했다.

할머니는 몸을 반쯤 일으키더니 눈을 크게 뜨고 나를 바라봤다. "허어, 이 녀석 봐라. 너야말로 '어신'답구나!" 그러고 나서 나와 고양이를 한데 모아 그러안고서는 가볍게 다독여주었다. 뜨거운 것이 가슴을 가르고 지났다. 엄마 옆에서, 그리고 스승님 옆에서 지냈던 밤들이 떠올랐던 것이다. 할머니는 칠흑 같은 어둠을 응시하며 마치 어둠 깊은 곳에 있는 누구에게 말이라도 걸듯이 입을 열었다.

"두 '어신'이 모두 저세상 사람이 되고 당신도 떠났으니 나 혼자 남았구려. 차라리 잘된 일인가 보오. 더는 족장님 때문에 애간장을 태울 필요가 없으니 말이요. 두 '어신'은 너무 애를 태우다 보니 그 때문에 죽고 만 것이 아니겠소. 제일 큰 물고기를 잡으면 귀신이라도 쓰인 듯 다투어 족장님에게 가져다 바칠 궁리부터 했으니……"

난 단 한 마디라도 놓칠세라 명심해 들었다. 알아들을 만한 말도 있었으나 그다지 이해가 되지 않는 말도 있었다.

"난 우리 아버지가 아무런 흑심도 없었다고 생각지는 않는단다. 계획 없이 그냥 '한수 어신'을 큰 주둥이 물고기가 있는 곳으로 데려간 건 아니겠지. 우리 아버지는 너무나 욕심이 많았단다. 이곳 산지대에서 유일한 '어신'이 되려 했고 족장님이 가장 신임하는 고기잡이꾼이 되려 했지. 게다가 나중에는 족장님과 사돈까지 맺으려 했고. 그런 지나친 욕심이 결국 스스로를 해치고 말았는데, 평생 큰 물고기를 잡아 너른 기와집을 마련했으면 그것으로 만족해야 할 것을, 또 다른 욕심을 부렸단다. 우리 아버지는 크고 값진 물고기를 잡으면 사허 장터에 내다 팔 생각을 하는 게 아니라 오로지 족장님에게 가져다 바칠 궁리만 했단다. 어느 해인가 족장님이 옥석으로 된 담배물부리를 선물한 적이 있는데, 우리 아버지는 떨 듯이 기뻐하며 그걸 붉은 천 위에 신줏단지처럼 모셔놓았지. 그 뒤로 마흔이 갓 넘은 족장님이 대를 이었는데 생일 축하연을 하게 되자 아버지는 도통 잠을 이루지 못했단다. 머릿속에 온통 쏘가리를 한 마리 큰 놈으로 잡아다 바칠 생각뿐이었던 게지. 한데 그런 큰 물고기는 큰물만 있어서 되는 게 아니라, '생수'가 '숙수'를 휘젓고 지나면서 물고기가 보금자리에서 쫓겨 나와야만 하는 거란다……

그해 우리 아버지는 이미 일흔이 넘었는지라 손발이 예전처럼 기민하지 못했단다. 게다가 고뿔에 걸려 밤낮으로 기침을 했기 때문에 실은 물에 들어설 형편이 되지 못했지. 한데 전혀 상관하지 않고 큰 쏘가리를 잡을 생각뿐이었단다. 아버지는 꼬박 사흘 물에 들어가 한 자 남짓한 백련어를 여러 마리 잡았지. 그만하면 귀한 선물이었건만 아버지는 그것만으로는 안 된다며 기어이 쏘가리를 잡아야만 한다고 했단다. 그날따라 달이 좋은 밤이었는데 아버지는 꿈을 꾸었다며 한밤중에 일어났단다. 여전히 기침을 했으나 누구도 아버지를 말릴 수 없었지. 꿈속에서 큰 쏘가리 한 마리가 자기를 향해 웃고 있는 걸 보았다며, 분명 그놈이 어디선가 줄곧 자기를 기다리고 있다고 했다. 아버지는 꿈속에서 본 그곳으로 달려갔는데, 강굽이를 하나 지나더니 그곳이 아니라며 또 다른 곳을 찾아 나섰단다. 그렇게 이곳저곳 헤매다가 나중에 잡초가 무성히 나 있는 더러운 물굽이에 이르렀지. 그런 곳에 어찌 큰 물고기가 있겠니. 평생 물고기를 잡았으니 먼 곳에서만 봐도 제대로 된 큰 물고기가 있을 리 없다는 걸 바로 알아챌 수 있었지만, 아버지는 자기 욕심 때문에, 집착 때문에 스스로를 해치고 말았단다. 아무 생각 없이 그냥 첨벙하고 그 더러운 물에 뛰어들었으니 말이다. 그러고서 아버지는 다시는 나오지 못했단다……"

할머니는 말을 멈추더니 눈을 내리감고 말았다. 한참 지나서야 나를 다독여주더니 다시 고양이를 가까이로 그러당겼다. 할머니는 춥기라도 한 듯 이를 덜덜 떨더니 말을 이었다. "어머니와 난 종일 찾아다니다 나중에야 물가에서 아버지의 옷을 발견했단다. 아버지는 온몸이 잡초에 칭칭 휘감겨 있었지.

벗어나려 할수록 풀들이 더욱 꽉 조여든 거였단다. 젊은 시절 몸이 건장할 때만 해도 우리 아버지에게 그런 풀줄기 따위는 대수가 아니었단다…… 어머니는 대성통곡하다가 그만 기절하고 말았지. 어머니는 맨 먼저 족장님부터 떠올렸단다. 가서 족장님에게 알리려 했지. '어신'이 족장님의 생일 축하연에 큰 요리를 하나 올리기 위해 애쓰다, 다시는 돌아오지 못하고 말았다고 말이야…… 그러나 문지기가 어머니를 들어가지 못하게 막았단다. 하도 귀찮게 울고불고하니 그는 어머니를 밀쳐냈지. 결국 어머니는 족장님의 얼굴조차 보지 못했단다……"

'인어'와 물속의 거리

여름이 되기까지 물에 들어설 수가 없었으므로 나는 할머니를 도와 다른 일들을 할 수밖에 없었다. 할머니가 사는 돌집은 스승님 집과 거의 비슷했다. 밖에서 볼 때는 작아 보였지만, 정작 집 안에 들어서면 아주 정교하고, 여러 재미나는 것들이 많았다. 할머니의 집에도 물건을 보관하는 땅광이 있었고 모두 지하도와 이어져 있었다. 그러한 장소들은 서로 쓰임이 달랐는데, 곡식을 보관하는 곳과 버섯이나 말린 채소를 보관하는 곳, 절인 음식들만 보관하는 곳 등으로 나뉘어 있었다. 스승님과 달리 할머니는 산꿀로 만든 과일 잼을 특별히 좋아했으며, 꿀과 과일은 모두 산에서 채집한 것들이었다. 그리고 스승님은 물고기로 담근 젓갈뿐이었지만 이곳에는 새우젓과 게젓 등을 담근 단지들이 함께 놓여 있었다. 할머니와 나는 통가리 안에 들어 있는 말린 채소와 초약 등을 꺼내 햇볕에 말렸다. 할머니는 스 승님과 마찬가지로 약재를 잘 다루었다. 그것들을 만지자 나는 저도 모르게 지난 일들이 떠올라 더는 참지 못하고 할머니에게 털어놓았다.

할머니는 부지런히 손을 놀리는 한편 내 말을 귀담아들 었다. 스승님이 나중에 매일 약을 달이고, 밤 내내 기침을 하면 서 숨차 하던 것에 말이 이르자 할머니가 고개를 떨어뜨리더니 "우리 두 사람은 모두 담배 때문에 몸을 해쳤지. 평생 담배를 피 웠으니 말이다. 혼자 있자면 심심하니까 담배로 시간을 때우게 된 거지"라고 했다. 할머니가 문득 나에게 "문은 제대로 잠그 고 온 거니?" 하고 물었다. 그러고는 내가 미처 대답도 하기 전 에 다시 혼잣말로 "이젠 사람도 없으니 잠그든 말든 상관이 없 겠구나"라고 중얼거렸다. 나는 문을 잠가뒀다며, 어느 날엔가 돌아갈 수도 있기 때문이라고, 그곳이 너무 그립다고 알려줬다. 할머니는 고개를 끄덕였다. "함께 가보자꾸나. 고집쟁이 영감 같으니라고……"

알아들을 만했다. 할머니는 스승님을 '고집쟁이 영감'이 라고 부른 것이었다.

나는 마음속으로 이미 두 돌집의 사람들을 한데 합쳐놓고 생각하고 있었다. 정말로 그리 되었다면 얼마나 좋았을까! 지 금과는 완전히 다른 삶과 사계절일 것이었다. 그리만 되었다면 불길이 활활 타오르는 이 아궁이 앞에는 또 얼마나 많은 즐거운 노랫소리와 웃음소리가 퍼졌을 것이며 얼마나 많은 새로운 이야기들이 쓰였을 것인가!……

큰물이 산골짝에 모여들더니 밤낮으로 콸콸 물 흐르는 소리가 요란했다. 여름 한 철 물이 모이면 대부분 산골짝에 물이 넘치게 되는데, 그렇게 거의 한 달간 흐르고 나서는 차차 물살이 줄면서 가을이 되어 파란 물결이 찰랑이는 못으로 변하는 것이었다. 집 남쪽에 있는 큰 늪지대는 타원형 호수로 변해 햇볕 아래서 매혹적인 빛을 뿌리고 있었다. 드디어 기다리고 기다리던 날이 왔다. 할머니가 채롱을 둘러메더니 "가자꾸나"라고 했다.

호숫가에 이르자 할머니는 나더러 기슭에 앉아 있으라고 하고서는 곧장 물속으로 걸어 들어갔다. 물에 들어선 할머니는 물고기와도 같았는데, 손을 휘젓거나 물을 차는 법이 없었고 물보라도 튀지 않았다. 할머니가 지나간 수면에는 고작 그리 크지 않은 잔물결이 남을 뿐이었다. 깊은 물속에서 큰 물고기가 한 마리 지나간 것과 마찬가지였다. 할머니는 호수를 마치 자기 집 울안처럼 대했다. 사처를 돌아다니며 밭두렁도 디뎌보고 콩꼬투리도 따듯이 했다.

기슭에서 기다리던 나는 할머니가 오래도록 물에서 나오지 않자 당황했다. 어디서도 할머니 모습이 보이지 않았다. 수면은 잔물결 하나 없이 잠잠하기만 했다. 나는 고함이라도 지르고 싶었으나 소리가 나오지 않았다…… 할머니는 그렇게 소리

없이 물속에 들어가서는 수심 깊은 곳에 이르곤 했는데 아무런 흔적도 남기지 않곤 했다. 이윽고 나는 호수의 다른 한쪽에서 겨우 보일 듯 말 듯한 흔적을 발견할 수가 있었다. 난 할머니가 물속에서 어떻게 숨을 쉬는지가 가장 궁금했다. 사람은 숨을 쉬지 않고서는 살 수 없는 것이 아닌가. 묻고 싶었으나 꾹 참고 말았다. 그 비밀을 나 스스로 관찰해내야겠다는 생각이 들었기 때문이다.

나는 시험 삼아 물에 들어섰다. 할머니는 수영을 어떻게 해야 하는지, 팔과 다리를 어떻게 써야 하는지 일절 가르쳐주지 않았다. 그냥 나를 끌고 물에 들어서더니 내처 가장 깊은 곳으로 잡아끌었다. 내가 너무 놀라 고함을 질렀더니, 물속 깊이 들어가 내게 자기 등과 어깨를 디디게 했다. 그리하면 내가 수면 위로 머리를 내밀고 호흡할 수 있었기 때문이었다. 물속에서는 호흡을 하는 법이 가장 중요했지만, 할머니는 그리 대수로워하지 않았다. 물에 들어서기만 하면 손발이 곧 지느러미로 변하는 듯싶었다. 아니, 할머니 자신이 큰 물고기로 변하는 것인지도 몰랐다.

우리는 연이어 며칠 호숫가로 나왔는데, 해가 산 위로 솟아오를 때면 물에 들어서고, 해가 떨어질 때면 집으로 돌아가곤 했다. 점심도 호숫가에서 먹었다. 할머니의 채롱에는 작은 쇠솥이 들어 있었고, 우리는 그것을 물가에 걸어두곤 했다. 밥 짓기가 무척 수월했다. 끓는 물에 쌀을 조금 넣고, 파란 나물들을 몇 줌 넣은 뒤, 다시 물고기나 게 한 마리를 넣으면 되었다. 점심을 먹고 난 뒤로 계속 배가 고프지 않아서, 우리는 달이 뜰 때까지 물속에 있었다. 달빛 아래서 우중충한 검은 그림자가 가끔 수면을 스쳐 지나가곤 했다. 물에 비친 우리 자신의 그림자인지 아니면 다른 무엇인지 분명치 않았다. 모든 그림자는 사람을 두렵게 하는 법이다. 나는 혹여 큰 주둥이 물고기를 만나게 되면 어떻게 하냐고 물었다. 그러자 할머니는 이곳에는 그런 물고기가 없다고 대답했다. 나는 다시 사람을 해치는 다른 무엇이 있는 건 아니냐고 물었다. 그러자 이곳은 자기 집 울안과 마찬가지라며, 낯선 것들이 있을 리 없으니 마음 놓으라고 했다. 나는 잇따라 스쳐 지나는 검은 그림자들이 무엇인지 물었다. 할머니는 물속도 산속이나 마찬가지로 동물들의 습성이 제각기이므로 밤에 나돌다가 대낮이 되어 늦잠 자기 좋아하는 놈도 있는 것이라고 알려줬다.

　　가장 놀라운 것은 내가 할머니에게서 수영하는 법을 별로 자세히 배운 것 같지도 않은데, 어느새 물을 무서워하지 않게 된 것이었다. 나는 잠수를 하거나 등헤엄*을 치기도 했으며, 가끔은 사레 들릴 수 있다는 것을 깜빡하고 물속 깊이 들어가 할머니와 대화를 나누려고까지 했다. 그러나 나는 별로 사레 들리지도 않았으며 점차 물속에 오래 들어가 있는 데 익숙해졌다. 끝내 나는 할머니가 어떻게 숨을 쉬는지 깨닫게 되었다. 물속에서 아주 오랜 시간 동안 숨을 참고 견딜 수 있었던 것이다. 그리

*　　배영.

고 물 위에 누운 채 잘 수도 있었는데, 꿈을 하나쯤 꾸고 나서야 깨어나곤 했다. 물론 그것은 내 추측에 지나지 않았으며 할머니가 정말로 잠든 적이 있는지는 확실치 않았다.

기슭에 남아 있던 고양이가 울면 우리는 그놈이 있는 곳으로 돌아가곤 했다. 할머니는 고양이가 초조해하는 것을 싫어했다. 할머니는 내가 아니라 고양이를 스승님의 자식처럼 여기고 있었다.

일찍이 스승님은 나에게 물속에서 '수수 어신'의 재주가 얼마나 뛰어난지와, 그의 딸이 물속에서 장난치던 이야기를 들려준 적이 있었다. 그럼에도 직접 목격하지 않았더라면 사람이 물속에서 그렇듯 자유로울 수도 있음을 상상할 수 없었을 것이다. 물속에서 할머니의 움직임은 마치 우리 산사람들이 평소에 산에 오르거나, 버섯과 봄나물을 캐고 집 근처 산비탈에서 밭을 가꾸는 것과 마찬가지로 거칠 것 없이 자연스러웠다. 유일하게 다르다면 산사람들보다 더 민첩하다는 것이었다. 과연 할머니는 물속에서는 한 마리 물고기였다가 기슭에 올라서야 사람으로 변신한다고 할 수 있었다. 기슭에 오를 때면 물이 뚝뚝 떨어지는 옷차림으로 동그란 두 눈을 반짝이면서 아래턱을 살짝 앞으로 내밀곤 했다. 나는 그 모습을 볼 때마다 한 마리 인어와도 같다는 기이한 느낌이 들곤 했다. 비록 할머니의 젊었을 적 모습을 상상할 수는 없었으나 눈앞의 모습만으로도 산사람들과는 너무나도 다르다는 생각이 들었다. 할머니는 해마다 물고기의 습성에 접근해왔기 때문에, 또는 조상 때부터 오랜 세월 물고기에 접근해왔기 때문에 지금의 모습이 되었는지도 몰랐다. 나는 할머니가 화를 낼까 봐 감히 마음속 생각을 털어 놓지 못했지만 '수수 어신'의 후대라면 반드시 그러할 것이라고 확신했다. 나는 할머니가 왜 이 호수에 그토록 연연하는지 알 수 있었다. 땅 위에서는 그만큼 자유롭지 못했기 때문이다. 게 다가 해마다 단 한 달 남짓한 동안만 물에 들어설 수 있었으며, 늦가을이 되면 다음 해 여름까지 내내 기다려야만 했다. 그래 서 이번 여름은 '인어'에게 있어서 너무나도 소중한 것이었다.

휘영청 밝은 달빛 아래 할머니는 낮보다도 더 기분이 좋 아진 듯싶었다. 할머니는 고양이에게 집을 지키라고 당부했는 데, 작은 소리로 뭐라고 소곤거리자 고양이는 곧 거짓말처럼 조 용해졌다. 할머니와 나는 호숫가에 이르렀다. 할머니는 눈을 찌 푸리고 은빛으로 반짝이는 먼 곳을 바라보더니 손가락으로 가 리켜 보였다. 바람이 불면서 물결이 마치 은사슬처럼 반짝이 는 곳이 보였는데, 물고기들이 동그란 눈들을 부릅뜨고 떼 지 어 몰려가는 듯했다. 나는 놀라 소리쳤다. "저것 보세요. 이 밤 중에 물고기들이 다 몰려나왔어요!" 할머니는 고개를 가로젓더 니 "저건 물고기 떼가 아니라 거리란다. 거리에 불이 켜 있는 거 지"라고 했다. 믿어지지가 않았다. 할머니는 물속에도 땅 위의 촌락이나 도시와 마찬가지로 큰 거리나 골목들이 있는데, 그런 곳에는 다른 곳보다 더 많은 등불이 켜 있다고 했다.

우리는 그곳으로 다가갔다. 그러나 우리가 가까이 다가갈 수록 은사슬은 조금씩 사라지고 말았다. 이유를 묻자 할머니는 수중 거리의 사람들이 우리 때문에 놀라 등을 불어 끈 것이라고 대답했다. 물론 나는 믿지 않았다. 호수의 오른쪽과 남쪽은 벼랑 그림자가 드리워 있어 한낮에도 음침했다. 밤이 되니 더군다나 오싹했다. 나는 매번 그곳에 가까워지면 멍하니 홀로 남아, 할머니가 음영 속으로 사라지는 모습을 지켜봐야만 했다. 나로서는 견디기 힘든 시간이었다. 워낙 호수 한가운데에 이르면 겁이 더럭 나곤 했는데 그곳에 혼자 남아 있어야 했기 때문이었다……

음침하고 어두운 그곳에 온갖 이름 모를 것들이 숨어 있으리라는 생각이 들었다. 특히 밤에는 어떤 일이 벌어질지 모를 일이었다.

내가 초조하게 기다리고 있을 때, 문득 먼 곳의 깊은 물속에서 '둥둥' 하는 소리가 들려왔다. 그 소리는 마치 갑작스레 두드려대는 북소리처럼 둔탁하고, 사람으로 하여금 가슴이 먹먹해지도록 하는 것이었다. 머리카락이 쭈뼛했다. 소리라도 지르고 싶었으나 입이 열리지 않았다. 가까이 다가가 보고 싶었으나 몸도 움직여지지 않았다. 간이 콩알만 하여 잔뜩 긴장해 있던 나는, 나중에야 내가 어느덧 기슭 쪽으로 물러서 있음을 발견했다. 나는 호숫가에서 불과 몇 자 떨어지지 않은 곳에서 당장이라도 기슭으로 뛰어오를 태세를 하고 기다렸다.

마침내 밝은 수면 위로 할머니가 모습을 드러냈다. 나는 안도의 숨을 내쉬며 할머니를 향해 헤엄쳐 갔다. 가까이 다가간 나는 할머니의 얼굴에 맺힌 물방울들 하나하나가 기쁨에 반짝이고 있음을 발견했다. "벼랑 아래는 물이 정말 깊단다. 그곳에는 언제든지 깊은 물이 남아 있지." 나는 호수 물이 반쯤 줄때가 되어도 깊은 물이 남아 있느냐고 물었다. 그러자 "남아 있지. 이곳은 다른 곳과 달라 물에 뿌리가 있단다. 벼랑 아래가 바로 물의 뿌리지"라고 대답했다. 어리둥절해진 나는 "큰물은 모두 뿌리가 있나요?"라고 캐물었다. 할머니는 고개를 가로저었다. "나중에 고인 물이 되었다가 말라버리는 곳은 뿌리가 없는 물이지. 물도 나무와 마찬가지여서 뿌리가 없으면 시들고 만단다."

나는 더는 묻지 않았다. 전에는 들어본 적 없는 이치였기 때문에, 혼자서 곰곰이 생각해봐야만 했다. 조금은 알 것도 같았다. 비록 가뭄철이 되면 호수에 물이 별로 남지 않아 이곳도 흔히 보는 작은 못 정도에 그치게 되지만, 그렇다고 나중에 말라버리는 법도 없을 것이었다. 그 비밀은 바로 그 가파른 벼랑 아래에 숨겨져 있었는데, 그곳이 바로 호수의 뿌리인 것이다. 문득 깨닫는 바가 있었다. 할머니의 집이 이곳 가까이 있는 것은 '수수 어신'이 물을 떠나서는 안 되기 때문일 것이었다. 할머니와 스승님의 다른 점이기도 했다.

나는 언젠가는 용기를 내 직접 호수의 뿌리를 만져보리라고 생각했다.

나무의 뿌리를 본 적은 있었다. 물의 뿌리는 또 어떤 것일까? 여름에조차 뼈가 시리도록 춥고 찰 것만 같았다.

나는 할머니에게 "북소리가 들렸어요"라고 했다.

할머니는 코를 하늘을 향해 쳐들며 '흠흠' 하는 소리를 냈다. 그러고 나서 다시 몸을 돌려 호수를 바라보더니 "난 못 들었는데. 물결이 기슭을 치는 소리겠지"라고 했다.

의문이 가시지 않았다. 바람 한 점 없는 고요한 밤이었다. 물결이 있을 리 없었다.

나는 여름이 가기 전에 꼭 벼랑 아래 깊은 물에 들어가봐야겠다고 생각했다.

그러나 그 뒤로 할머니는 밤이든 낮이든 나를 데리고 벼랑 아래로 갈 생각을 전혀 하지 않았다. 아마도 내가 물에 더 익숙해지기를 기다리는지도 몰랐다. 할머니는 항상 물결이 은빛으로 부서지는 곳에 이르면 나와 갈라져, 혼자서 깊고 어두침침한 곳으로 자맥질해 가곤 했다.

할머니는 그곳에 무엇이 있는지 아직까지 말해주지 않았다. 그리고 그곳에서 물고기나 게를 잡아오는 법도 없었다. 심지어 수초 한 오리 가져오는 법이 없었다. 할머니는 단지 물이 깊을수록 편안해하는 것 같았다. 한동안 나는 이곳이 '한수 어신'이 목숨을 잃은 곳은 아닐까 하는 의심이 들기도 했다. 생각이 그에 미치자 몸이 오싹해졌다.

그 며칠 제대로 잠들 수가 없었다. 할머니는 내가 구들 위에서 자꾸 몸을 뒤척이는 것을 보고 다독여주었으나, 여전히 잠이 오지 않았다. 그 어두침침한 깊은 물속에 있는 호수의 뿌리만이 아니라 북녘 돌집 옆에 고이 잠든 스승님도 떠오르곤 했다. 나는 흘러나오는 눈물을 몰래 훔쳤다.

이날따라 날이 일찍 밝아왔다. 아침노을이 창문 가득 매달릴 때가 되면 할머니는 기침을 하곤 했다. 할머니는 가끔 늦잠을 자기도 했는데, 늘 조용하게 반듯이 누워 있곤 했다. 그때마다 나는 할머니가 물고기와도 같다는 생각이 들곤 했다. 날씬했고 몸이 납작해 보였기 때문이다. 나는 아침 햇살을 빌려, 혹시 물갈퀴가 있는 것이 아닌지 할머니의 발을 살펴보았다. 없었다. 열 발가락 모두 나랑 마찬가지였다. 내 눈길을 의식했는지 할머니는 잠에서 깨어나 하품을 하더니 일어나 앉으며 물었다.

"스승님 집에라도 다녀오고 싶은 게냐?"

"아니요…… 오늘은 할머니를 따라 벼랑 밑에 가보고 싶어요."

할머니는 다시 하품을 하더니 기지개를 켜며 말했다. "알았다. 밥부터 먹자. 배가 볼록 나오도록 먹으면 그곳까지 데리고 들어가마……"

할머니가 망설이지 않고 응낙을 하자 나는 비로소 안도의 숨을 내쉴 수 있었다.

수중 동굴의 검은 그림자

둥근 달이 기울기까지 며칠 남지 않았다. 나는 밝은 달밤이 사라지기 전에 벼랑 아래 수심 깊은 곳에 들어가야만 했다.

나는 밤이어야만 더 많은 비밀이 그곳에 숨겨져 있으리라 믿고 있었다. 해가 나무우듬지에 오를 무렵, 나는 할머니와 함께 호숫가에 이르렀다. 고양이도 함께 따라와 기슭에 머물렀다. 우리는 점심시간 외의 대부분 시간을 물속에서 보냈다.

대낮이었지만 호수 서남쪽에는 여전히 산 그림자가 드리워 있었다. 푸른 안개는 바로 이곳에서 솟아나 공중으로 퍼지는 것이었다. 스승님과 함께 높은 곳에 올라 이 푸른 안개를 바라보던 정경이 떠올랐다…… 비록 안개는 이곳에서 솟아올랐지만, 아빠와 내가 이곳으로 올 때는 북쪽에서 오니, 오히려 가까운 곳에 이르러서는 볼 수가 없었던 것이었다. 이처럼 산들은 참으로 많은 신비한 비밀들을 감춘 채 우리가 찾아내 파헤치기를 기다리고 있었다.

할머니는 물속에 들어서자 벼랑 아래로 나를 데리고 가겠다던 약속을 잊기라도 한 듯이 호수 한가운데서 쾌적한 듯 마음껏 즐기기만 했다. 햇볕이 따가워지기 시작했다. 산 남쪽에서 날아온 물새들이 두려움이라고는 전혀 없이 우리를 에워쌌다. 나는 처음으로 이처럼 가까운 거리에서 물새들의 볼록 튀어나온 가슴과 칠색(七色)으로 빛나는 목을 볼 수 있었다. 물새들의 뙤록이는 눈과 작은 머리는 얼마나 정교하고 아름다운지, 보는 사람으로 하여금 속이 다 근질거리고 설레게 했다. 할머니는 물에 누운 채 잠들어 있었다. 물새 몇 마리가 할머니의 몸 위에 내려앉았다.

나는 혼자서 헤엄을 치기 시작했다. 물속 깊이 자맥질해 들어가니 밀과 비슷해 보이는 수초가 보였다. 크고 작은 물고기들이 그 사이를 헤집고 다니고 있었다. 물고기들은 나를 전혀 두려워하지 않았다. 그리 크지 않은 붉은 지느러미 물고기와 온몸이 까만 엄지만 한 물고기, 그리고 통통한 자줏빛 점박이 물고기들이 보였다. 그 점박이 물고기는 스승님께서 얘기한 적 있는 독 있는 물고기를 연상케 했다. 스승님이 사허 장터에 내다 팔고서 하마터면 목숨을 잃을 뻔했던 화근이었다. 나는 서둘러 멀찌감치 피하고 말았다.

　　나는 할머니가 한참 편히 쉬고 난 뒤 벼랑 아래 짙푸른 물속으로 나를 데려가기만을 기다렸지만, 할머니는 계속 물 위에 누워 있기만 했다. 마치 지난밤 구들 위에서 잔 잠은 아무런 소용도 없다는 듯이, 이곳만이 꿈나라에 빠지기 안성맞춤인 곳이라는 듯이 꼼짝도 안 했다. 할머니가 깨어나기를 기다리다 못해 나는 다시 물속으로 자맥질해 들어갔다. 바닥에는 조약돌들이 있었다. 고구마 크기만 한 돌멩이도 보였고, 손바닥 크기의 대합도 보였다. 점심에 대합이 먹고 싶어 그것을 하나 건졌다. 나는 다시 수면 위로 머리를 내밀고 할머니를 찾아봤으나 아무리 호수 전체를 살펴도 할머니 그림자조차 보이지가 않았다. 나는 먼발치에 혼자 앉아 있는 고양이를 바라보고 나서 속으로 단단히 결심을 하고는 몸을 돌려 벼랑이 있는 곳으로 헤엄치기 시작했다.

　　기슭의 고양이가 큰 소리로 울었으나 나는 못 들은 척했다.

　　벼랑에서 그리 멀지 않은 곳에 이르자, 갑자기 옆에서 할머니가 나타났다. 비스듬히 가로질러 다가오더니, 나와 음침한 수면 사이를 가로막았다. 할머니는 나를 가볍게 다독이고서 앞장섰다. 나는 바싹 뒤따랐다. 이곳 물은 늦가을 물처럼 차가웠다. 바람도, 급한 물살도 없으나 몸을 아래로 끌어당기는 힘이 있어, 힘을 줘야 겨우 평형을 유지할 수가 있었다. 할머니는 벼랑 아래 바위가 있는 곳에서 자맥질을 하며 나를 잠깐 기다리더니, 내가 가까이 다가오자 손짓을 한 번 하고 나서는 물밑으로 잠수해 들어갔다. 나도 뒤따랐다. 크게 눈을 떠야만 앞이 보였다. 바닥에는 알처럼 생긴 크고 둥근 흰 돌이 있었고 중간중간 여러 빛깔의 돌이 섞여 있었다. 물은 맑고 어둡고 찼다. 가슴이 저리도록 몸이 얼어들었다.

나는 이리저리 몸을 돌려 할머니가 어디에 있는지 찾아봤다. 할머니는 한 손으로 석벽을 짚고서 마치 갈 길을 막기라도 하듯 몸을 가로지르고 있었다. 나는 사처를 둘러보고서야 이곳이 수중 석굴임을 알아챘다. 그 동굴은 절벽 아래 아주 깊은 곳까지 이어져 있었다. 집보다도 더 큰 수중 동굴이었는데 끝이 보이지 않았다. 나는 할머니를 지나쳐 앞으로 나가고 싶었으나, 이미 너무나도 오래도록 숨을 참고 있었는지라 하는 수 없이 수면 위로 올라갔다.

내가 다시 물밑으로 내려가자, 할머니는 손짓으로 더는 앞으로 나가지 말고 자기를 뒤쫓아 절벽 가장자리를 따라 움직이라고 주의를 줬다. 다시 동굴이 몇 개 나타났지만 방금 본 가장 큰 동굴에 비해서는 많이 작았다.

"수중 동굴들이 어디까지 이어져 있나요? 엄청 긴가요?"

"길지. 몇 리나 되는데 계속 따라가다 보면, 나중에는 더 들어갈 수 없을 정도로 좁아져 그냥 돌아와야 한단다."

"나도 동굴에 들어가보고 싶어요. 할머니를 따라 들어가 보게 해주세요."

할머니는 이마를 찌푸리며 "넌 아직 그리 오래 숨을 참을 수가 없단다. 물고기도 아니고……"라고 대답했다.

나는 잠자코 있었다. 속으로 할머니가 끝내 자기가 물고 기임을 인정한 것이 아닌가 싶었다. '물고기 요정인지도 모르지.' 나는 속으로 생각했다. '물고기 요정과 사람은 다르지. 스승님이 평생 할머니를 피해 다닌 것도 그 때문이 아닐까? 할머니뿐만 아니라 "한수 어신"을 해친 할머니의 아빠도 물고기 요정인 게지……'

생각이 물고기 요정에 미치자 괜히 겁이 더럭 났다. 어느 날엔가 집에 돌아가게 되면 아빠 엄마에게 들려줄 생각이었다. 보나마나 부모님도 겁을 먹을 것이다.

기슭의 가마솥이 끓기 시작했다. 내가 대합조개를 솥에 넣으려 하자 할머니가 가로채 한참 들여다보더니, "이놈은 상류에서 호수로 떠내려온 거란다. 늙은 놈인지라 씹을 수가 없지"하며 도로 물에 놓아주었다. 죽 향기가 풍겨왔다. 우리는 그 외에도 첫물 고구마를 삶고, 부들 뿌리도 구웠다. 부들 뿌리는 토란보다 질기긴 했지만 더 고소했다.

나는 너무 피곤해 뜨끈뜨끈한 모래 위에 누워 잠들고 말았다. 꿈을 꾸었다. 내 몸에 붉은 끈이 한 가닥 매여 있었고, 웬 검은 지느러미가 그것을 끌고 수중 동굴 깊은 곳으로 들어갔다. 그곳은 참기 힘들 정도로 추웠으며 아무것도 보이지 않았다. 눈앞에는 오로지 더욱 큰 지느러미들이 오갈 뿐이었다. 나는 너무 놀라 식은땀을 흘리며 깨어났다. 고양이가 내 옆을 지키고 있었다. 할머니는 보이지 않았다. 아마 수면 위에 누워 달콤히 잠들어 있을 것이다.

점심을 늦게 먹은 데다 부들 뿌리까지 먹고 난 뒤라 반나절이 지나도록 배가 고프지 않았다. 할머니는 그 부들 뿌리를 이곳 호숫가에만 있는 보배라고 했다. 다른 지방의 부들 뿌리와 달라, 배고픔을 달래는 데 그 이상 좋은 것이 없다는 것이었다. 그래서 깊은 물에 들어가려면 그것을 먹어야만 한다고 했다. 부들 뿌리로는 술을 빚을 수도 있었다. "다만 술기운이 너무 세단다. 한겨울에 마시기 좋지. 이곳의 겨울은 얼마나 추운지 모른단다……"

그 얘기를 하면서 할머니는 마치 실제로 부들 뿌리로 담근 술을 마시다가 사레라도 들린 듯이 눈에 눈물을 맺고 말았다. 할머니는 몸을 돌려 달이 떠오르는 수면을 바라봤다.

이번에도 반짝이는 은사슬 같은 물결이 보였다. 내가 손을 들어 그것을 가리키자 할머니가 나지막한 목소리로 말했다. "우리 아버지는 생전에 늘 은빛 물결이 있는 곳에는 진주가 있다고 했지. 아버지는 부지런히 진주를 찾아다녔는데 어머니가 물을 때마다 찾지 못했다고 했단다. 그러나 어머니는 세상을 뜨기 전에 나에게 아버지가 정말로 진주를 찾았는지도 모른다고 했지. 아버지 몸에 작은 호주머니가 있었는데, 세상을 뜬 뒤 그 안에서 부서진 진주 가루를 발견했던 거란다. 어머니는 만약 아버지가 정말로 진주를 찾았다면 아마도 몰래 족장님에게 가져다 바쳤을 거라 했지……"

나는 어안이 벙벙해졌다. 또 족장님 얘기였다. 정말로 족장님과 얽힌 이야기는 해도 해도 끝이 없을 것만 같았다.

할머니는 탄식을 하더니, 눈을 반쯤 감으며 말했다. "우리 어머니는, 남자들이란 족장님을 위해서라면 가족조차 속일 수 있으니, 여자들과는 너무나도 다르다고 했지……" 말을 마친 할머니는 눈을 크게 치켜뜨며 나에게 물었다. "그치?"

나는 한 걸음 물러서며 "제가, 제가 어떻게 알아요!" 하고 대답했다.

"요 녀석도 남자가 아니더냐!……" 할머니는 흥 하고 콧방귀를 뀌더니 물속으로 들어갔다.

달밤의 호숫물은 대낮보다 더 따스하고 쾌적했다. 물에 들어선 나는 세 뼘 정도나 되는 큰 물고기 한 마리가 획 하고 몸 옆을 지나가는 것을 발견했다. 손이 다 근질거렸다. 언젠가 아빠에게서 들은 얘기가 떠올랐다. "큰 물고기를 잡는 재주를 배우기 위해 스승을 모시려고 우리 산지대의 '어신'을 찾아간 적이 있었지. 그런데 제법 가까워졌으나 그분은 자기가 '어신'이라는 걸 절대로 인정하려 들지를 않았단다. 그뿐 아니라 물고기를 잡는 일에 전혀 열중하지를 않았지. 너무나도 이상한 일이었단다. 그런 사람을 스승으로 모셔봤자 재주가 늘 수가 없는 것 아니겠니." 그러다 보니 결국 아버지 대신 내가 그분을 모시게 되었고, 지금은 또 다른 분에게로 온 것이었다. 그러나 할머니 역시 물고기를 잡는 데는 별 관심이 없었다……

그날, 나는 달빛 아래서 줄곧 앞장서 헤엄쳤다. 검푸른 수면의 벼랑 아래가 내 목표였다. 할머니는 하는 수 없이 나를 뒤쫓았다.

벼랑에서 몇 장쯤 떨어진 곳에 이르자 할머니는 나를 앞섰다.

차가운 물결이 포옹하듯 나를 감쌌다. 달빛이 비추며 물속에서는 이상한 반사광이 뿜어 나왔다. 주위의 모든 것이 흐릿했지만 오로지 사람의 발꿈치만큼은 하얗게 눈부셨다. 그것은 대낮에 반질반질한 돌멩이를 볼 때와도 흡사했다. 만약 이 밤중에 사람을 찾는 물고기가 있다면 그 발꿈치만을 눈여겨보면 될 것이었다.

나는 기억 속의 가장 큰 수중 동굴을 향해 조금씩 앞으로 나아갔다. 방향을 잃지 않기 위해 애써 몸을 가누었으나, 오늘 밤따라 물결이 세차 몸이 자꾸 한옆으로 밀려났다. 그러나 나 역시 오늘 밤만큼은 고집스러웠다. 기어이 그 가장 큰 수중 동굴을 찾아내고야 말 생각이었다. 나는 그것이 어디에 있는지 알고 있었다. 할머니는 가슴까지만 몸을 물에 담근 채 줄곧 내 옆을 지켰다. 마치 내 눈을 바라볼 수 있어야만 마음이 놓이는 듯했다. 오늘밤 할머니는 각별히 조심스러웠다.

동굴이 점차 가까워졌다. 내가 다시 방향을 가늠하고 있는데 문득 '둥둥' 하는 소리가 들려왔다. 별로 크지는 않았지만 윙윙거리는 소리가 고막을 아프게 때렸다. 동굴 깊은 곳에서 울려오는 것 같았다. 나는 "들리죠? 지난번 제가 들은 게 바로 이 소리예요. 들리죠?" 하고 물었다. 할머니는 열심히 듣기라도 하듯이 귀를 기울였다.

그러나 아무런 소리도 들리지 않았다. 소리가 두어 번 울리고는 바로 사라졌기 때문이었다. 할머니는 "아무런 낌새도 없구나. 없는데"라고 했다. 나는 할머니가 듣지 못했다는 걸 믿지 않았으나, 대꾸하지 않고 그냥 민첩하게 물밑으로 잠수해 들어갔다. 조금만 더 앞으로 나가면 동굴 어귀였다. 갈수록 어두워졌다. 나는 검푸른 물속에서 두 눈을 커다랗게 뜨고 조금씩 사위를 살펴봤다. 할머니와 내 발만이 가장 또렷이 보였다. 낮에 보았던 희고 둥근 돌들이 밤에는 잿빛으로 보였다. 그 돌들은 마치 요정의 힘에 의해 움직이기라도 하듯이 내 무릎에 닿을 정도로 둥둥 떠올랐다, 나는 두려운 생각이 들어 물 위로 몸을 솟구쳤다. 고개를 숙여 할머니를 찾던 나는 당장이라도 물결에 몸이 휠 듯해, 하마터면 물을 먹을 뻔했다. 내 몸이 물밑으로 가라앉으려는 순간, 갑자기 검은 그림자가 동굴 어귀를 가로질러 지나가는 것이 보였다. 엄청 큰 놈이었다. 작은 배만 했다. 나는 놀라 위로 솟구쳐 올랐다……

가슴이 널뛰듯 했다. 나는 성이 차지 않아 다시 물밑으로 잠수했다. 그러나 아무것도 보이지 않았다. 할머니가 내 옆으로 미끄러지듯이 다가오더니 내 손을 힘껏 잡아당겼다. 할머니의 손은 지느러미처럼 매끄럽고 차가왔다. 나는 수면 위로 올라와 숨을 가쁘게 몰아쉬었다.

"방금, 지금 방금 봤어요. 아주 큰 검은 그림자를 말예요. 작은 배만 했어요. 바로 여기요, 동굴 어귀에서요……"

"그럴 리가. 그리 큰 물고기라니. 아니다!"

"작은 배만큼이나 컸어요. 물고기가 아닐지도 몰라요…… 딱히 뭔지 모르겠어요. 하여튼 정말 봤다니까요……"

할머니는 화가 난 듯 더는 말이 없었다. 할머니는 고개를 들더니 달을 올려다봤다.

작은 돌집에서

나는 늦가을이 될 때까지 줄곧 호수에 머물고 싶었다. 낙엽이 우수수 질 때가 되면 호수 물이 줄어들기 때문이었다. 산속의 물은 워낙 그런 것이었다. 큰물이 나서 물이 빠질 때까지 한 달 남짓한 시간이 걸리곤 했는데, 그 많던 물들이 감쪽같이 사라지고 마는 것이었다. "물이 다 어디로 간 거예요?" 나는 아빠 엄마에게 물은 적이 있었다. 그들은 그 물들이 구릉과 평원 지대로 흘러갔다가 나중에는 바다로 흘러든다고 알려줬다. "그럼 바다는 어디에 있나요?" "하늘가에 있단다. 하늘가가 바로 바다란다."

산사람들은 아무도 바다를 본 적이 없었다. 다만 그것이 온 세상의 물들을 다 담아내는 것임을 알 뿐이었다. 산지대가 이렇게 가문데도 그놈은 매번 물을 거둬가곤 했다.

할머니는 매일 나와 함께 호수로 나오곤 했다. 호수는 점차 줄어들고 있었다. 날씨가 추워지면서 호수는 차차 작은 못으로 변하지만 나중에도 결코 마르는 법은 없었다. 할머니는 그곳이 산지대 전체의 '물 뿌리'라고 했다. 물은 이곳에서 사면팔방으로 흘러 나무와 풀, 곡식과 사람, 동물을 적셔준다는 것이었다. 할머니는 "그러지 않으면 다 말라 죽고 마는 거란다"라고 했다. 나는 그 말이 지나치다는 생각이 들었다. 내가 "산 물이 다 마른다 해도 우물이 있잖아요. 깊은 우물에서 물을 떠 마시고 곡식에 물을 주면 되는 거죠"라고 말하자 할머니는, "우물도 물 뿌리와 이어져 있단다. 무릇 마르지 않는 물웅덩이나 물줄기 같은 것은 모두 물 뿌리와 이어져 있는 거란다. 나무에 나무뿌리가 있듯이 물은 물 뿌리가 있는 법이다"라고 대답했다.

실제로 호수 물은 줄어들긴 했으나 마르지는 않았다. 나는 그 때문에 할머니가 이 부근에 살고 있다는 것도 알고 있었다. 날이 더 추워지기 전에 자주 그곳에 들러야 했다. 음침하고 어두운 수중 동굴과 동굴 속의 검은 그림자가 밤낮 내 마음을 사로잡았다. 두렵기도 하고 호기심이 일기도 했다. 그것을 밝혀내고 싶었다. 그러나 할머니가 일부러 그러는 것인지는 잘 알수 없었으나, 그 이후로는 거의 나와 함께 수중 동굴 가까이로 가지 않았다. 나 혼자서는 가까이 다가갈 용기가 없었다. 몇 번이나 나는 벼랑의 검은 그림자가 드리운 곳에 이르러 자맥질을 멈추곤 했다.

이해할 수 없는 것은, 할머니가 바로 그 즈음 갑자기 원행(遠行)을 제안해 나선 것이었다. 스승님의 돌집에 다녀오자는 것이었다. 너무나 갑작스러워 나는 어쩌면 좋을지 망설였다. 얼마나 그리운 곳인가! 나는 가끔 밤에 자다 깨면 아직 그 돌집에서 자고 있다고 착각하곤 했다. 꿈결에 기어 일어나 팔을 뻗어 이곳저곳 더듬으며 다니다가 할머니를 놀래켜 깨운 적이 한두 번이 아니었다. 그러나 시기만큼은 너무나도 아쉬웠다. 매일 조금씩 좁아져가는 호수에 단 한 번이라도 더 가보고 싶었다. 날씨가 조금 더 추워진 다음 스승님의 돌집에 가자고 말하고 싶었으나, 할머니는 나를 상관하지 않고 부지런히 길 떠날 채비를 했다.

우리는 길에 올랐다. 나는 고양이가 든 채롱을 등에 멨다. 할머니의 채롱에도 갖가지 물건들이 가득 들어 있었다. 길이 워낙 멀지 않은 데다가 걸음 또한 부지런했으므로 반나절 남짓하면 도착할 수 있었다.

마음속에 줄곧 담고 있던 돌집이었다. 가슴이 뜨거워졌다. 거리가 가까워질수록 채롱 속의 고양이가 얌전히 있지 못했다. 그놈을 놔주자 고양이는 바로 앞장서 달리기 시작했다. 그놈은 한참 달리다가는 멈춰 서서 우리를 기다리곤 했다.

마침내 우리는 울안에 들어섰다. 바람이 잠잤다. 아무 소리도 들리지 않았다. 모든 것이 고요히 잠자고 있었다. 고즈넉

하게 나와 고양이, 그리고 할머니를 기다렸는지도 모른다. 나는 파란 풀들이 가득 자라 있는 무덤 앞으로 곧장 걸어갔다. 할머니가 채롱에서 이것저것 꺼내더니 무덤 앞에 질그릇 몇 개를 놓았다. 그 안에는 고구마 사탕, 체가오,* 더우몐 워워,** 땅콩 등이 들어 있었다. 갑자기 술 향기가 코를 찔렀다. 할머니가 부들 뿌리 술이 담긴 단지 뚜껑을 열었던 것이다. 할머니는 잔에 술을 조금 붓더니 다시 땅에도 부었다……

"여기가 이 세상에서 가장 고집이 센 사람이, 가장 원한 깊은 사람이 살던 집이구나……" 밤이 되어 구들에 눕자 할머니는 끝내 입을 열었다. 울안에 들어선 뒤로 단 한 마디도 하지 않았으나 이제 더는 참지 못하고 말문을 연 것이었다. 할머니는 해가 지기 전에 아궁이에 불을 지피고, 방 안을 청소하고, 이부자리를 깔아두었는데, 마치 앞으로도 내처 여기서 살 사람 같아 보였다. 등을 끄고 난 뒤였다. 어둠 속에서 술 냄새가 풍겨왔다. 저녁을 먹을 때 할머니는 부들 뿌리 술을 마셨다. "이 술은 우리 가문에서 대대로 전해오는 것이지. 다른 집에서는 이런 술을 빚을 줄 모른단다. 이곳 산지대에서 겨울을 나기에 그저 그만인 보물인지라, 난 큰 눈이 내리기 전에 그 사람에게 가져다주려고 얼마나 찾아 헤맸는지 모른단다. 몇 번이나 벼랑에서 떨어져 목숨을 잃을 뻔했지. 그런데 그 사람은 내 술이 싫다더구나. 내가

*   흔히 먼 길을 떠날 때 준비하는 네모난 떡. 호두 등을 넣고 만들어 영양가가 높다.
**   콩가루에 옥수수 가루를 섞어 쪄낸 떡. 노란 빛깔에 어린이 주먹만 한 원추형이다.

가져다주면 술단지를 눈판에 내다 놓고는 문을 닫아버리곤 했지. 그러고는 다시는 나오지 않곤 했단다……"

나는 그 장면을 상상할 수 있었다. 나는 단 한 마디라도 놓칠세라 귀담아들었다.

"난 손에 피가 날 때까지 죽어라 문을 두드렸단다. 한데 그 사람 마음이 얼마나 모진지 몰랐지. 난 다시는 찾아오지 않겠다고 맹세했단다. 그 사람은 우리 가족 모두를 원수로 본 거였지. 구태여 그래야만 했겠니? 우리 집에서 날 그 사람에게 보내겠다고 한 건 진심이었단다. 나중에 우리 아버지가 마음이 변한 거지. 그러나 내가 변한 건 아니었지. 나는 그 사람이 산속에 숨은 걸 알고서는 사방을 다니며 탐문했단다. 나중에 사허 장터에서 그 사람을 만나게 되었는데, 몰래 뒤를 쫓아 끝내 어디에 살고 있는지 알아냈지. 그 사람은 우리 아버지를 미워하고 두려워하다 보니 나까지 피한 거란다. 내가 아무리 말해도 그 고집쟁이는 전혀 믿으려 하지 않았지. 내가 나타나기만 하면 바로 이사를 하곤 했단다. 그래서 나중에는 더는 그의 집 가까이에 가지 못했지. 매번 이사를 하다가 그 사람이 쓰러지기라도 할까 봐…… 그 사람은 평생 별의별 곳에서 다 살았단다. 누구보다도 고생을 많이 했지. 너른 기와집에서 태어난 사람 같지가 않았어. 누가 그걸 보고 '어신'의 후손이라 믿겠니. 난 그 사람이 너무나 가여웠단다. 그 사람만 떠올리면 마음이 아팠지……"

"스승님은 자기가 집을 떠나 여기저기로 숨어 다닌 건 그 '수수 어신'이 자기를 가만둘 리 없기 때문이라고 했어요. '수수 어신'이 족장님 조카와도 사귀었다고……"

할머니는 한숨을 내쉬더니 방바닥을 두드리며 말했다.
"우리 아버지도 애써 그 사람을 찾았지. 그러나 그건 그 사람을
거두기 위해서였단다. '아빠 엄마를 다 잃었으니 가엾기도 하
지.' 이건 우리 아버지가 자기 입으로 한 말이란다. 우리 아버
지도 속으로 두려웠던 거지. 감히 더는 죄지을 생각을 못하고,
조금이나마 덕을 쌓으려 했던 거란다…… 그 후, 독 있는 물고
기 사건이 터지고 말았지. 사허 장터 사람들은 물고기를 판 사
람을 찾아내려고 혈안이 되었단다. 실은 그 사람은 억울했지.
미처 물고기가 독이 있는 걸 분간 못하고 그저 생계를 위해 먹
을거리와 바꾸려 했을 뿐이지. 그땐 나 역시 집에서 도망쳐 나
온 뒤였단다. 마침 사허 장터에 물고기를 팔러 갔다가 사람들
이 목숨 값을 받아내겠다며 물고기를 판 사람을 찾아 사처를
뒤집고 있는 걸 보게 되었지. 난 뒤늦게 그들이 찾고 있는 사
람이 바로 그 사람이라는 걸 알고서는 너무나 놀랐단다. 그 사
람 대신 보증을 설 테니 제발 그 사람을 살려달라고 애걸했지.
그 사람은 나쁜 마음이 꼬물만치도 없는 사람이므로 일부러 사
람을 해친 것이 아니라고 설득했단다. 그러나 사람들은 절대로
믿으려 하지 않았지. 반드시 복수를 하고야 말겠다고 별렀단
다. 나중에 나는 그들에게 여름과 가을 두 철마다 큰 물고기를
가져다주기로 약속을 했지. 가뭄철이면 물고기를 잡을 수 없으
니 말이다. 그 후로 나는 필사적으로 물고기를 잡아 사허 장터
에 가져다주곤 했단다. 그 사람의 목숨을 살리기 위해서 말이

다. 정말이란다. 그 사람은 모르지. 이제껏 그 사람에게 말해준 적이 없으니……" 나는 스승님이 생전에 나에게 들려준 이야기들을 다시 돌이켜 사허 장터와 관련된 일들을 떠올려보았다. 할머니 말이 옳았다…… 가엾은 사람이었다. 한편으로는 '수수 어신'을 피해야 했고, 다른 한편으로는 독 물고기로 인한 화를 피해야만 했다. 그때 스승님의 나이가 나보다 겨우 몇 살 위였을 뿐이니 얼마나 힘들었을까? 한편, 나는 할머니가 왜 너른 기와집을 버리고 가출을 했는지 궁금했다. 할머니가 구태여 홀로 산속에서 떠돌 이유는 없었다. 혹여 스승님을 찾기 위해서였단 말인가?

"'한수 어신'이 비명에 세상을 뜨자, 산지대 고기잡이꾼은 우리 한 집만이 남게 되었지. 족장님은 하는 수 없이 매번 우리 아버지에게 신세를 질 수밖에 없었다. 족장님 조카 역시 자기 아들을 데리고 우리 집까지 찾아왔지. 아버지는 그 사람을 대놓고 '사돈'이라 불렀단다. 그 집 사팔뜨기 아들이 날 빤히 쳐다봤지. 어머니는 우리 두 사람이 가까워지게 하려고 '함께 나가 놀아라. 재미나게 잘 놀아' 하고 당부했단다. 나는 내심 그 아이가 싫었지. 눈이 가는 데다가 사팔뜨기였단다. 내가 문밖으로 나오자 그 아이가 바로 쫓아 나왔지만 나는 못 본 척했지. 그 아이가 나에게 고구마 사탕을 주는 것도 받지 않았단다. 난 그 아이를 뿌리치기 위해 물속에 들어가 오래도록 나오지 않았지. 그 아이는 놀라 그만 울음을 터뜨리고 말았단다…… 내가 열여섯이 되자 그 집에서는 대놓고 우리 아버지에게 '혼인을 치를 때가 되었소' 하고 재촉했지. 우리 집에서도 그러기만을 간절히 바랐단다. 우리 어머니는 '족장님 가문에 시집을 가려면 제대로 꾸며야지' 하면서 밤낮으로 혼수를 준비했지. 나는 집에 들어박혀 울기만 했단다. 내가 좋아하는 사람은 다른 사람이었으니 말이다. 내가 좋아하는 사람은 나보다 세 살 위인 '한수 어신'의 아들이었지. 나는 어떻게 하면 고구마 사탕을 손에 가득 쥐고 있던 그 사팔뜨기 남자아이에게서 벗어날 수 있을지 골머리를 썩였단다. 혼삿날이 하루하루 다가오고 있는데, 마침 큰물이 났지. 아버지는 큰 물고기를 잡기 위해 다시 분주해졌단다. 난 식구들이 한눈을 파는 틈을 타 줄행랑을 쳤지……"

학교의 늙은이가 떠올랐다. 그는 입을 열었다 하면 족장님 얘기뿐이었고, 사팔눈이기도 했다……

할머니가 일어나 앉더니 손을 내밀어 대통을 쥐었다. 그러나 담배를 피우지는 않았다. 고양이가 코를 골고 있었다. 할머니의 목소리가 고양이의 코 고는 소리와 한데 뒤섞였다.

"혼사는 그렇게 파탄나고 말았지. 나중에 안 일이지만, 족장님의 조카는 너무 화가 나 우리 집을 거의 뒤집다시피 했단다. 우리 아버지가 큰 물고기를 들고 족장님을 찾아가 용서를 빌고서야 그 일은 겨우 무마되었지. 그때부터 어머니는 집에 있지 못하고 도처로 돌아다니며 날 찾았단다. 그러나 나는 날 고함쳐 부르는 어머니의 갈라진 목소리를 듣는 게 너무나도 두려워 더 멀리 도망쳤지. 그렇게 우리 식구들은 날 찾으러 다니고 난 또 그 사람을 찾으러 다녔단다. 나중에 아버지 어머니가 연

세가 들어 세상을 뜨셨지만 난 여전히 그 사람만을 찾아다녔단
다. 난 그 사람이 마음을 돌릴 줄 알았지. 우리 아버지가 세상을
뜬 만큼 더는 두려워할 필요가 없었으니 말이다. 한데 누가 알
았겠니. 여전히 요지부동이었지. 그 사람은 그냥 무서워한 것만
이 아니라, 원한을 품었던 거란다. 우리 집 식구 모두를 미워한
거지……"

할머니는 너무나도 마음이 괴롭고 아파 더는 말을 잇지 못
했다.

나는 위로할 겸, 그간 사정도 얘기할 겸 말문을 열었다.
"스승님은 세상을 뜨기 직전까지도 계속 남쪽만을 바라봤어요.
할머니가 그곳에 있다는 걸 알기 때문이었지요. 스승님은 저를
할머니에게 맡기기로 작심한걸요. 다만 할머니에게 직접 말하
지 못했을 뿐이에요. 할머니도 아시잖아요……"

할머니는 내 머리를 쓰다듬더니 나를 부축해 일으켜 곁에
붙어 앉게 했다. 할머니는 풀무질이라도 하듯이 숨가빠했다. 할
머니의 그런 모습은 처음이었다. 할머니는 고개를 돌려 창밖의
별들을 바라보다가 그대로 창턱에 엎드리더니 "잠이 오지 않을
때면 난 이렇게 밖을 내다보곤 했지. 산에서 살쾡이가 우는 소
리가 들리곤 했는데, 그때마다 너무나도 외롭고 무서웠단다. 하
늘이 원망스러웠지. 왜 우리 두 사람을 기어코 원수 집안의 자
식으로 태어나게 했는지 한스러웠단다. 산속의 밤은 너무나도
길고, 겨울 또한 너무나도 추웠지. 만약 그 사람과 함께 아궁이
에 불을 지필 수 있었다면 얼마나 따스하고 좋았겠니?……"라

고 했다.

나는 줄곧 할머니의 품에 기대앉아 있었다.

바람이 일며 창문이 부르르 떨렸다. 할머니는 "기왕 잠이 오지 않으니 이대로 자지 말자꾸나. 그 고집쟁이 영감이 어둠 속에서 우리를 지켜보고 있으니 어찌 잠이 오겠니? 그래, 자지 말자꾸나"라고 중얼거리더니 등에 불을 밝혔다. 할머니는 채롱에서 부들 뿌리 술단지를 꺼내더니 그대로 단지에 입을 대고 꿀꺽꿀꺽 술을 들이켰다. 할머니가 숨을 크게 내쉬었다. 방 안 가득 술 향기가 넘쳤다.

"이 술은 기운이 너무 세지. 그래서 넌 아직 몇 년 더 지나야 마실 수 있단다……"

할머니는 목소리가 쉬어 있었다.

어신의 정체

호숫가로 돌아오자 날씨는 이미 서늘해져 있었다. 가을이 다가오며 호수 빛깔도 점차 깊어지기 시작했다. 해가 정수리에 높이 솟아 있을 때면 우리는 물놀이를 즐기곤 했다. 할머니는 자주 수면 위에서 사라지곤 했으나 나는 전처럼 그리 걱정하지 않게 되었다. 나중에 먼 곳에서 할머니가 나를 향해 손을 흔들 것이었기 때문이다. 호수는 좁은 장방형을 이루더니 점차 벼랑 가까운 곳에만 물이 남게 되었다. 겨울이 되면 호수 물이 반

이상 줄어 벼랑의 음영이 드리운 곳에만 물이 남게 된다는 것을 나도 알고 있었다.

나는 줄곧 수중 동굴이 호수의 물을 삼켜버리는 건지, 아니면 맨 나중에 물을 다시 토해내는 건지 궁금했다. 그리고 큰 물이 산골짜기를 흘러 지나고 나서, 이곳저곳 흩어져 흐르던 작은 시내들이 나중에도 자기가 있던 곳을 떠나기 아쉬워하는 것을 발견했다. 벼랑 아래 물은 늘 깊었다. 물론 모든 동굴에 물이 가득 차 있던 초여름과는 달랐지만, 여전히 동굴 중간쯤까지 물이 차 있곤 했다. 늦가을이 되면서 물이 얼음처럼 차가워져, 나는 온몸이 부들부들 떨리곤 했으나, 할머니는 아무렇지 않다는 듯 전처럼 물밑으로 들어가 한두 시진씩 있곤 했다.

마음속 의문을 풀기 위해서가 아니었다면 나는 벌써 이 음습하고 차가운 물을 떠났을지도 몰랐다. 이를 악물고 견뎠다. 어느 하루, 달이 다른 때보다 늦게 떠오른 밤이었다. 피곤한 데다가 몸이 견디기 힘들 정도로 얼어 있어, 혼자서 호숫가를 따라 걷기 시작했다.

옅은 물을 건너고 있는데, 갑자기 등 뒤에서 '둥둥' 하는 소리가 들려왔다.

나는 고개를 획 돌렸다. 하얀 달빛 아래 할머니가 수면 위에서 뛰노는 모습이 보였다. 마치 말의 등에 타기라도 한 듯했다.

나는 외마디 소리를 지르며 급히 몸을 돌려 물속에 뛰어들었다. 그곳을 향해 헤엄쳐 갔으나 가까이에 이르자 갑자기 할머니의 모습이 보이지 않았다. 할머니가 물밑으로 들어가며 나에게 손짓을 했던 것 같기도 했다. 나는 물밑으로 헤엄쳐 들어갔다. 달빛의 반사광에 발꿈치가 점광원처럼 빛났다…… 젖 먹던 힘까지 다해 자맥질을 했다…… 가장 큰 수중 동굴 어귀에 다다른 듯했다. 맙소사! 틀림없었다. 굵고 긴 검은 그림자가 움직이는 것이 똑똑히 보였다. 나는 그 뒤를 쫓았다.

그 위태로운 순간을 두고두고 잊지 못할 것이다. 갑자기 바로 옆에서 물줄기가 쏟아져 나오며 내 몸을 밀쳤기 때문에, 나는 절벽에 붙은 채 꼼짝달싹할 수가 없었다. 나는 숨을 멈추고 있는 힘을 다해 수면 위로 솟아올랐으나, 그만 물을 들이마시고 말았다. 그때 누군가의 손이 내 머리를 받쳐줬다. 할머니였다. 할머니는 나를 와락 품에 끌어안았다.

"검은 그림자를 봤어요. 방금 동굴로 들어갔다고요……" 나는 기진맥진한 채, 손을 들어 방향을 가리켜 보였다.

할머니는 무엇인가 흐느끼듯 말했는데, 통 알아들을 수가 없었다. 할머니 역시 그 검은 그림자를 뒤쫓고 있었던 게 분명했다. 내가 목격한 것이 사실이냐고 물었지만 할머니는 고개를 가로젓더니 "집으로 가자꾸나. 그만 가자"라고만 했다.

우리는 기슭에 올랐다. 나는 고개를 돌려 어두침침한 벼랑과 달빛 아래에서 찰랑이는 호수를 바라봤다. 나는 더는 걸음을 옮기지 못하고 모래 위에 쓰러지듯 주저앉고 말았다.

"얘야, 그만 가자꾸나." 할머니가 나의 손을 잡아끌었다.

나는 할머니의 눈을 똑바로 바라보며 말했다. "그 그림자가 무엇인지 알고 싶어요."

"나도 모른단다……"

"아니요. 할머니는 알고 있어요. 벌써부터 알고 있었으면서요. 저에게도 알려주세요." 나는 단단히 각오를 했다. 할머니가 나에게 모든 비밀을 털어놓을 때까지 어디에도 가지 않고 밤새 이곳에 앉아 있으리라 작심했다.

할머니는 아무 말도 않고 오래도록 있더니 몸을 일으켜 물가를 향해 기운 없이 걸어갔다.

나도 뒤따랐다. 물에 들어서려는 순간, 할머니는 걸음을 멈추더니 나를 도로 모래 위에 앉히면서 말했다. "애야, 널 남게 한 그날부터, 널 속일 생각은 전혀 없었다. 그냥 네가 마음이 놓이지 않아서……"

"뭐가요?"

"넌 '어신'이 되려는 일념뿐이니. 큰 물고기를 잡는 사람이 되려 하니."

무슨 말인지 알아들을 수가 없었다. 억울하고 서운했다. 그것이 뭐가 잘못됐단 말인가. '어신'은 워낙 가장 대단한 사람이므로, 자고로 산사람들치고 숭배하지 않는 사람이 어디 있단 말인가? 나는 멍하니 할머니를 바라보며 떠듬거렸다. "할머니가, 할머니가 바로 '어신'이잖아요?"

"난 아니란다."

"스승님이 자기가 아니라 했으니, 그럼 할머니인 거죠. 할머니가 진정한 '어신'인 거죠. 할머니는 푸른 안개가 감도는 곳에서 살잖아요. 스승님이 저를 할머니에게 맡겼단 말예요……"

눈가에 이슬이 맺혔다. 할머니는 손을 내밀어 눈물을 닦아주더니 나를 품에 그러안으며 말했다. "이 착한 것아. 너의 스승도 나도 다 아니란다. '어신'이 되어봤자 뒤끝이 좋지 않지. 그 두 '어신'이 어찌 되었는지 너도 잘 알지 않느냐. 그래, 가서 보자꾸나. 가보면 알게 될 거다. 가자꾸나. 겁내지 말고 어서 날 따라오너라."

말을 마친 할머니는 물속으로 자맥질해 들어갔다.

나는 뒤를 바싹 따랐다. 벼랑 가까이에 갈수록 물이 점점 차가워졌으나 깊이 잠수해 들어가기만 하면 한 가닥 난류가 흘러나와 온몸을 휩쌌다. 나는 할머니가 왜 자맥질을 할 때 늘 호수 바닥에 바싹 붙어 그 먼 거리를 숨 한 번 바꾸지 않고 가는지 알 수 있었다. 얼마 지나지 않아 가장 큰 수중 동굴의 어귀에 이르렀다. 할머니가 수면 위로 떠오르더니 당부했다. "피하거나 겁먹지 말고 여기서 날 기다려야 한다." 나는 알겠다고 했다.

할머니는 몸을 돌리더니, 동굴 깊이 잠수해 들어갔다.

한 10분쯤 지나자 다시 '둥둥' 하는 소리가 들려왔다. 북소리와도 같은 그 무겁고 둔탁한 소리가 차가운 달빛 속에서 점점 가까이 다가왔다. 소리가 어디에서 나는지 알 수 있었다. 바로 수중 동굴이었다.

거대한 검은 그림자가 다시 나타났다. 나는 정신이 아찔해졌다. '둥둥' 하는 소리에 고막이 울려 두 귀가 아파왔다. 똑똑히 볼 수는 없었으나 그것은 더할 나위 없이 큰 물고기 같아 보였다. '둥둥' 하는 소리는 그것이 물을 내뱉을 때 내는 소리였다. 그것이 가까이 오자 마치 석벽이 나를 향해 밀려오는 듯했다. 그 검은 석벽은 빠른 속도로 움직였다. 앞으로, 다시 왼쪽으로 움직이다가 그리 크지 않은 활 모양의 호를 그리더니 다시 동굴 속으로 들어갔다……

그것이 자취를 감춘 뒤에야 나는 정신을 차렸다.

할머니가 다가와 내 손을 잡아당길 때까지 나는 넋을 놓고 있었던 것이다.

집으로 돌아온 뒤, 나는 오래도록 누워 있었으나 여전히 몸이 부들부들 떨렸다. 차가운 물속에 오래 있기도 했지만 두려움과 놀라움이 너무 컸던 것이다. 나는 고양이를 품에 안았다. 그놈이 벗어나려 할수록 나는 더욱 힘주어 그러안았다. 할머니도 추웠는지 여러 번 몸을 일으켜 부들 뿌리 술을 마셨다. 할머니는 내 손을 잡아주고 머리도 주물러주었다. 손이 따뜻했다.

"무엇을 보았느냐?" 할머니가 물었다.

나는 코멘소리로 "아주, 아주 큰 물고기를 한 마리 봤어요"라고 대답했다.

"그게 바로 어신이란다."

"아니, 그 물고기요?"

"그래. 우리 산지대의 어신이지."

나는 자리를 차고 일어나 앉았다. "그것이 전설 속의 '어신'이라고요?"

할머니는 습관적으로 이를 떨더니 말했다. "그래. 그것이

여기 있기에 우리 산지대의 물이 마르지 않는 거란다. 그것이 물 뿌리를 지키는 거지. 그것이 없다면 하느님은 더는 여길 사랑하지 않겠지. 그리고 그리되면 물이 뿌리째 뽑혀 깡그리 마르게 되겠지. 우리 산지대 어디에도 물 한 방울 남기지 않고서 말이다……"

"그것이 물의 뿌리를 지키고, 할머니는 그것을 지키는 건가요?"

"난 그것을 찾는 데 평생이 걸렸단다……"

이듬해 봄, 나는 집에 다녀왔다. 함께 떠나자고 아빠 엄마를 설득해야 했다. 이제부터는 푸른 안개가 감도는 남쪽 그곳에서 평생을 보내야 했기 때문이다.

생각보다 모든 일이 순조로웠다. 아빠가 지지하자 엄마도 동의했다.

여름이 되기 전에 아빠 엄마는 우리 집 고양이를 데리고 남쪽으로 이사를 했다. 할머니는 우리 일가를 위해 집 정리를 해두었는데, 나중에는 함께 힘을 모아 새로 집 한 칸을 늘려 지었다. 새 집은 원래 있던 돌집과 한데 이어져 있었다. 새롭게 구성된 우리 가족은 사람이 넷, 고양이가 둘이었다.

그해 여름, 나는 아빠 엄마에게 내가 익힌 재주들을 실컷 보여드릴 수 있었다. 나는 곤두박질쳐 물속으로 들어가기도 하고 등혜엄을 치기도 했다. 엄마가 "참 재주도 좋구나. 우리 애가 끝내 배워낸 거예요"라고 했다. 한옆에 있던 아빠가 웬일인지 두 손을 마주 비비며 조급해하더니, 몸을 일으키며 크게 소리 질렀다. 아빠는 물속에 들어간 할머니가 오래도록 나오지 않는다는 것을 깨달은 것이었다. "걱정 마세요. 여기서는, 아니, 할머니는 워낙 그래요." 나는 아빠를 안심시켰다.

가을이 오기 전에 아빠는 북쪽에 있는 스승님의 돌집에 한번 다녀왔다. 노인의 무덤 앞에 오래도록 서 있다가 눈이 벌겋게 되어 돌아온 아빠는, 해마다 겨울에는 그곳에 가서 한동안 머물러야겠다고 했다.

너무나 멋진 생각이었다. 활활 타오르는 아궁이 불이 있는 그곳은 영원히 잊을 수 없는 곳이었다.

그 후로 아빠와 엄마는 해마다 북쪽에 있는 돌집에 가서 겨울을 났다. 봄이 되어 그곳 채소밭을 가꾸고 나서 돌아오면 마침 여름이 되곤 했다.

여름은 우리들의 명절이었다.

보름달이 휘영청 밝은 밤이 되면, 우리 네 식구와 고양이 두 마리는 함께 호숫가로 나가곤 했다.

거울처럼 고요한 수면 위 먼 곳에 은사슬처럼 반짝이는 물결이 보였다. 아빠는 손등으로 눈을 가리고 한참 바라보더니 "저런 곳에는 진주가 있다던데"라고 했다.

아빠의 말이 끝나기 바쁘게 먼 곳에서 '둥둥' 하는 북소리 같은 것이 들려왔다. 낮으나 묵직한 그 소리는 달밤을 흔들어놓았다.

2015년 1월 24일

어신魚神을 찾아서

바닷가 호루라기

1

그 이듬해는 참으로 참담한 한 해였다. 그러나 다음 해에 무슨 일이 일어날지 미리 알 수는 없었던 까닭에, 마을 사람들은 그 전 한 해를 모두 귀신에게라도 홀린 듯 신이 나서 분주히 보냈다. 사람들은 그 누구 할 것 없이 다들 극도로 흥분한 상태였는데, 아무도 영문을 알 수가 없었다.

마을이 바다에서 그다지 멀리 떨어진 것도 아니었지만, 해가 다 가도록 마을 사람들은 바다를 잊고 있었다. 그러니 솥이나 그릇에 새우며 생선이 들어 있을 리 만무했고 고양이조차 쫄쫄 굶을 수밖에 없었다.

바닷가에는 오로지 한 늙은이만이 마을과 멀리 떨어져 혼자서 살고 있었다. 밀물이 들어올 때 남긴 얼룩들과 불과 몇 미터 떨어지지 않은 곳에 그의 움막이 있었다. 넓은 모래사장 한 가운데 홀로 서 있는, 지붕이 뾰족한 작은 움막은 너무나도 외로워 보였다. 움막에서 별로 멀지 않은 곳에 작고 낡은 배가 한

척 있었고, 배밑판에는 언제나 잡다한 찌꺼기들이 붙어 있었다.

움막은 허리를 굽히고서야 나설 수가 있었다. 움막을 나선 늙은이가 허리를 곧추 펴자 몸집이 마르고 후리후리한 사람임을 알 수 있었다. 그는 화가 난 듯 옆에 대고 뭐라고 소리를 질렀지만, 응대하는 사람이 없자 그냥 그 자리에 주저앉고 말았다. 자기 마누라나 자식을 향해 소리를 지르는 것처럼 보이기도 했지만, 실은 그는 처자식 없이 외롭게 사는 홀아비였다.

마을이 한창 북적거릴 때, 누군가가 그를 찾아와 "그만 마을로 돌아가세" 하고 권했으나 그는 본체만체 바지춤을 내리고 오줌을 갈겨댔다. 그 후로도 사람들이 여러 번 찾아왔으나 그는 늘 마찬가지였다. 마을 사람들은 "평생 저러했으니 누군들 그 고집을 꺾겠나"라며 탄식하고 말았다.

그렇다고 과거에도 적막했던 것은 아니다. 바닷가는 본디 흥성거리는 곳이었다. 바다로 나가려는 사람이나 약초를 캐러 온 사람들은 모두 그의 움막에 들러 잠시 머물며 쉬다 가곤 했다. 사람들은 멀리서부터 "라오진터우(老筋頭),* 라오진터우! 이 죽지도 않고 살아 있는 늙은 화상아!⋯⋯"라고 고함쳐 부르곤 했다. 찾아오는 사람마다 그를 향해 욕지거리를 해대고는, 다투어 그의 가마솥에 들어 있는 먹을거리를 찾아 먹곤 했다. 그의 솥에는 늘 게, 바닷물고기, 가막조개 등 갖가지 맛깔스러운 해물들이 들어 있었다. 그는 이제껏 소금을 넣는 법 없이 그냥 바

---

*   별명으로 '질긴 늙은이' 또는 '힘줄투성이 늙은이'라는 뜻이다.

닷물로 그것들을 삶곤 했는데, 그 신선한 맛이 별미여서 마을 사람들은 늘 구미가 동하곤 했다.

한겨울 말고는 그가 신을 신고 다니는 모습을 본 사람이 거의 없었다. 그는 맨발에 반바지를 입고서 검붉고 단단한, 바짝 마른 몸을 그대로 드러내곤 했는데, 흔히 사람들이 말하는 근육이라는 것이 한 오리도 붙어 있지 않았다. 대신 그의 몸에는 얼기설기 힘줄들이 얽혀 있었는데, 소 힘줄과도 같아 보였다.

사람들은 자주 바닷가에 이르러 그를 동무해 밤을 새웠다. 그들은 모닥불을 지피고 술을 몇 잔 나누면서 자정이 될 때까지 귀신 이야기를 하곤 했다. 그때만 해도 참으로 흥겨운 세월이었다. 쓰팡(四方)**도 그를 찾아온 적이 있었다. 그녀는 몸집이 웅장하고 네모반듯하게 생긴 생선 장수였다. 그녀는 댓바람으로 발가벗더니 나체로 바다에 뛰어들어 목욕을 했다. 다시 물가로 올라온 그녀는 모래사장에서 나뒹굴더니 온몸에 모래를 가득 묻히고서는 길게 목청을 뺐다. "라오진터우, 등이나 좀 밀어주오!"

그러나 지금은 누구도 바닷가로 찾아오지 않았다. 라오진터우도 마을에서 큰일***을 벌인 것을 모르지 않았다. 그리하여

** 별명으로 '네모난 것'이라는 뜻이다.

*** 이 소설은 1958년에서 1960년 사이에 있었던 중국의 '대약진(大躍進)운동'을 배경으로 하고 있는데, 여기서 '큰일'은 마을 사람들이 한데 모여 집단생활을 하면서 모든 식품과 재산을 공유하고 획기적인 과학 발명과 생산 혁신을 이루고자 한 사건을 가리킨다. 이 시기 중국에서는 15년 내에 영국을 따라잡는다는 무리한 국가 경제 건설 목표를

예전에 늘 함께 바닷가에서 어울려 놀던 친구들이 모두 새로운 쓰임을 찾았던 것이다. 호랑이 등에 곰의 허리를 한, 기골장대한 위즈광(于志光)은 나무 바퀴 마차를 몰게 되었고, 손가락 하나 까딱하기 싫어하는 게으른 늙은이 첸녠구이(千年龜)*는 풀무질을 맡게 되었으며, 평소에는 해물을 끓이는 가마솥 옆에 파리처럼 붙어서 쫓아내도 다시 모여들던 꼬마들조차 무엇인가 운반하기 위해 분주히 보내야만 한다고 했다.

　배가 바람에 바짝 말라 있었다. 멀리서 볼 때는 표주박만 한 것이 그 비린내만큼은 몇 리 밖 멀리까지 풍기곤 했다. 파리 떼가 배를 에워싸고 윙윙대다가 둥글고 성긴 구(球)를 이루며 그 위에서 구르기도 했다. 뱃전에 말라붙은 소금 자국이 새하야니 고왔다. 돛대가 없는 배였다. 장난감 같기도 했다. 온몸에 힘줄만 덩어리져 덕지덕지 붙어 있는 늙은이를 동무하여 아주 오랜 세월 동안 함께 놀아준 배였다. 흔들흔들 파도에 실려 떠도는 배는 실은 라오진터우의 요람이기도 했다. 가없는 바다에서, 배에 몸을 싣고 그대로 곯아떨어지면 배는 스스로 알아서 떠다니곤 했다. 배는 짙푸른 바다 위에서 자유자재로 떠다녔다. 두려움이 무엇인지 몰랐다. 사납고 큰 풍랑을 만난 적도 있었지만

세우고 강철, 알곡 등의 생산량을 해마다 두 배 가까이 증산할 것을 요구해, 촌락 등 사회 기층조직에서는 공산주의 사회를 신속히 이루기 위한 집단생활이 시작되었다. 이는 합리적인 사회질서를 무너뜨리고, 거짓 보고와 허풍을 조장하여 엄중한 경제적 파탄을 초래했으며 그 결과 2천만 명이 넘는 사람이 아사했다는 기록이 남아 있다.

*　　별명으로 '천 년 거북이'라는 뜻이다.

그렇다고 배가 부서진 적은 없었다. 해는 바다에서 솟아 바다로 떨어지곤 했다. 바다는 그만큼 넓었다. 가없이 드넓은 바다를 따라가며 상상의 나래를 펼치면 사람의 생각은 세계의 다른 한 끝에 미치곤 했다. 그것만을 생각하고 있노라면 언젠가는 실행에 옮길지도 모를 일이었다. 어느 날엔가 라오진터우도 배를 몰고 하늘 끝까지 떠돌지도 모를 일이었다.

배는 어디든지 이를 수 있었다. 바다에는 길이 없기 때문이다. 바다야말로 진정한 광장이었다.

그러나 라오진터우는 여태 뭍을 버리고 떠나지는 못했다. 아마 이 낯익은 땅과 오랜 친구들과 헤어지는 것이 서운해서였을 것이었다.

그는 특히 꼬마 친구인 시창우(細長物)**가 그리웠다. 시창우는 특별하면서도 재미난 아이였다. 라오진터우가 움막 어귀에서 화난 목소리로 부르곤 하는 것도 대개는 이 아이였다.

아이는 체형이 가늘고 긴 것이 라오진터우와 신통히도 닮아 있었다. 다만 어린애인지라 아직 몸이 매끄럽고 섬세하여 품에 꼭 껴안으면 따뜻하고 부드러웠다. 꼬마가 모래 위에 반듯이 누워 있을 때면 서 있을 때보다 키가 한 뼘은 족히 더 늘어나곤 했는데, 이는 바닷가 모든 사람들이 경이롭게 생각하는 점이었다. 그렇게 드러누운 꼬마는 흡사 몸이 유연한 뱀장어와도 같아 보였다. 꼬마가 누워 있는 모습을 볼 때마다 라오진터우는 옆에

**　별명으로 '가늘고 긴 물건'이라는 뜻이다.

다가가 앉아서는 거칠고 큰 손바닥을 아이의 등에 대고 "길어 져라!" 하고 소리 지르며 내리쓸곤 했다. 그때마다 시창우의 몸은 한 뼘 넘게 길어졌는데, 키가 늘어나면서 두 발이 모래흙 속에 깊숙한 자국을 남기곤 했다. 라오진터우는 "참 신통방통한 녀석이로구나" 하고 감탄을 금치 못했다. 그 말을 들을 때마다 시창우는 목을 뒤로 틀어 가늘게 뜬 눈으로 늙은이를 바라보면서 "흥!" 하고 콧방귀를 뀌곤 했다.

　시창우는 항상 늙은이에게 무한한 즐거움을 가져다주었다. 라오진터우는 여러 가지 두서없는 얘기들을 꼬마에게 들려주었고 두 사람 모두 즐겁고 행복해했다. 시창우는 가끔 정체 모를 친구들을 한 무리씩 데려오곤 했다. 온몸에 땟자국이 흐르는 꾀죄죄한 아이들로 사내아이와 계집아이가 한데 뒤섞여 있었고, 말도 똑바로 하지 못했을뿐더러 하나같이 옷소매로 콧물을 닦아내곤 했다. 아이들 속에는 키가 작달막한 할머니도 한 사람 끼어 있었다. 그러나 라오진터우는 무릇 친구라면 하나같이 좋아했다. 밥 먹을 때가 되면 다 함께 생선탕을 나누어 마시고 얼마 지나지 않아 온몸이 땀에 흠뻑 젖곤 했다.

　추운 겨울이 다가올 때면 마을 사람들은 모두 저마다 집으로 모습을 감추고 말았다. 바닷가는 몹시도 썰렁했다. 위즈광도 자취를 감추었고 쓰팡도 얼굴을 드러내지 않았으며, 첸녠구이조차 며칠간 종적을 보이지 않았다. 시창우만은 여전히 찾아와 그와 동무해주었다. 밤이 되어 잠자리에 들면 시창우는 작은 두 발로 늙은이의 얼굴을 비벼대곤 했다. 두 사람은 낡고 두터

운 솜이불 하나를 같이 덮고. 서로의 열기를 빌려 한기를 쫓아
내곤 했다.

그해 여름은 특히나 아름다웠다. 바다의 모양새도 좋았고
냄새 또한 상쾌했다. 라오진터우는 자유로이 배를 몰고 바다로
나가 물 좋은 바닷물고기를 손쉽게 몇 마리 잡아올 수 있었으나
움직이기가 싫었다. 바다 위 수면은 너무나도 깨끗했다. 돛 그
림자 하나 보이지 않았는데, 마치 모든 어부들이 무엇인가가 두
려워 바다로 나오지 않은 듯싶었다. 라오진터우는 알몸으로 바
다를 향하더니 마치 누구와 내기라도 한 듯 한 걸음 한 걸음 더
깊은 곳으로 걸어 들어갔다. 바다와는 이미 너무나도 친숙해 함
부로 대할 수 있었던 것이다. 그는 바닷물 속에 그대로 누워 잘
정도였다. 가끔 서서도 헤엄을 쳤고, 앉아서도 헤엄을 쳤으며,
장난스럽게 물에 잠겼다 떴다 하며 앞으로 자맥질을 하기도 했
다. 그는 시창우에게 "난 물에 빠져도 죽을 리 없는 늙은 물고기
란 말이야"라고 했다.

그는 바다에 들어간 김에 물고기 몇 마리를 잡아다가 끓
였다.

올여름, 그는 자주 작은 배 옆에 쭈크리고 앉아 깊은 생각
에 잠기곤 했다. 그로서는 이 배가 전혀 필요 없는 것이었기 때
문에 스스로도 이상한 생각이 들었다. 그의 재주로 조금만 몸을
움직인다면 얼마든지 생계를 해결할 수 있는데도, 그는 이 작은
배에 그토록 마음을 의지하고 있었다. 그는 단지 좋아하는 데
그치지 않고 생명의 반 이상을 이 작은 배와 나누어 가진 듯싶

었다. 그는 가끔 즐거운 상상을 하곤 했다. 어느 날엔가 배가 파도에 산산조각이 나면 자기도 함께 죽으리라는.

아마 죽음에 대한 공포 때문이었을 것이다. 그는 오랜 세월 동안 세심히 이 작은 배를 보살폈다. 구멍을 메우고 기름칠을 하고 쓸모 없게 된 널빤지를 바꾸어주었다. 낮에 조심스레 돌본 것만으로도 부족해 밤에는 배에 대한 꿈을 꾸곤 했다. 한번은 꿈에 배에서 바퀴가 돋아나 차가 되더니, 그를 싣고 굳고 단단한 길을 따라 앞으로 내달리는 것이었다. 차는 줄곧 내달렸지만 오로지 길을 따라서만 갈 수 있었다. 혹시라도 부주의로 길에서 벗어나면 바퀴가 진창에 빠지곤 했다. 자유로운 데 익숙한 그로서는 도무지 그러한 구속을 참을 수가 없었다. 그래서 그는 바퀴를 깨어 부숴버렸다. 그제야 배는 진정한 배로 돌아왔다. 작은 배는 다시 드넓은 바다 위를 가없이 떠돌기 시작했다…… 그리고 그날 밤, 꿈속에서 그는 작은 배를 타고 이 세상 가장 멀리 있는 가장 아름다운 곳에 이르렀다.

그는 꿈에서 무엇을 보았는지, 어디에 갔었는지 아무에게도 얘기해주지 않았다.

라오진터우는 차차 자신이 이 작은 배에 그토록 미련을 가지고 있는 것은 어느 날엔가 멀고 먼 그곳에 갈 수 있기를 바라는 간절함 때문임을 깨닫게 되었다. 바로 그것이었구나! 그는 가슴이 뭉클했다. 그는 볼품없는 작은 배를 오래도록 눈여겨보았다. 실로 뼛속 깊이 자리한 유혹이었다. 그리고 그 유혹으로 하여 그는 배 한 척에 그토록 연연했던 것이다.

그 이튿날 첸녠구이가 찾아왔다. 그는 키가 별로 크지 않고 말수가 적었다. 길을 걸을 때는 뒷짐을 졌으며 사철 검은 모자를 쓰고 다녔다. 모자는 네모난 것이어서 누구나 그가 한족(漢族)이 아님을 알 수 있었다. 그는 물고기를 먹고 술을 마시기를 좋아했다. 술이 몇 순배 돌고 나면 말이 많아지기 시작했고 늘 흉금을 털어놓곤 했다. 라오진터우는 작심한 듯 그에게 물었다. "첸녠구이, 어디 한번 얘기해보오. 배와 차는 어떻게 다른가?" 얼굴에 잔뜩 낀 먼지가 첸녠구이의 술에 불콰한 얼굴을 가려주었다. 그는 고개를 살짝 들고 라오진터우를 바라보더니 "차야 바퀴가 달리고, 배는 바퀴가 없지 않은가? 차는 땅 위에서 다니고, 배는 물 위에서 다니지 않는가?……"라고 대답했다.

첸녠구이의 말을 들은 라오진터우는 무릎을 탁 쳤다. 과연 첸녠구이답게 말이 정곡을 찔렀다. 라오진터우는 자기 속내까지 드러내 보이고 싶지가 않아 에둘러 말했다. "차는 바퀴가 있지만 오로지 그것만을 위해 준비한 선로를 따라서만 앞으로 달릴 수 있지. 그러니 한번 생각해보오. 그것이 갈 수 있는 곳은 한계가 있지 않소? 그러나 배는 다르지. 바다 위에 떠다니니 가로세로 어디로나 갈 수 있지 않소? 그게 바로 배지. 아무렴!"

그 말에 첸녠구이는 이상하다는 눈길로 그를 바라보았다. 라오진터우는 술을 한 모금 마시고는 고개를 저으며 말을 이었다. "그러나 요는 그것이 아니오." 첸녠구이가 그럼 무엇이냐고 다그쳐 물었다. 라오진터우는 연이어 고개를 가로저었다. 그는 이내 후회가 되었던 것이다. 첸녠구이에게 털어놓을 일이 아니었다.

　　사흘째 되는 날, 시창우가 찾아왔다. 라오진터우는 북받치는 감정을 참지 못하고 이날도 배에 대한 얘기를 꺼내고 말았다. 전날 첸녠구이에게는 감추고 말하지 않았지만 귀여운 꼬마에게만큼은 배와 차의 구별에 대해 몽땅 털어놓았다. "배는 바다에서 다니지. 옛말에 '삼산육수일분전(三山六水一分田)'*이라는 말이 있단다. 워낙 물은 땅보다 훨씬 큰 법이야. 배는 그중에서도 가장 큰 물에서 다니는 데다가 바퀴가 달리지 않았으니 저가고 싶은 대로 맘껏 다닐 수 있는 게 아니겠니? 알아들을 만하냐?"

　　시창우는 알 듯 말 듯싶은 표정으로 그의 얼굴을 올려다보았다. 꼬마는 저 멀리 바다의 가장 깊은 곳에 무엇이 있는지 그에게 물었다. 그러나 라오진터우는 대답할 수가 없었다. 그는 자기의 작은 배를 몰고 멀리로 항행한 적이 없지는 않았다. 그때 그는 마치 누구랑 경주라도 하듯이 작은 배를 마음껏 달리게 했다. 많은 섬들과 다양한 빛깔을 지닌 바닷물들을 직접 목격하기도 했다. 그러나 망망대해는 한없이 넓었다. 아무리 해도 그는 바다의 한쪽 가장자리에 머물 수밖에 없었다. 그래서 그는 바다의 가장 깊은 곳에 무엇이 있는지 대답할 수가 없었던 것이다. 시창우가 다시 그를 다그쳤다. "그럼 그곳에 무엇이 있을지

* 중국에서 예로부터 전해오는 말로서, 지구의 3할은 산, 6할은 물, 1할은 경작지라는 뜻이다.

상상이라도 해보세요. 그곳에는 어떤 경치가 있을지 한번 떠올려보세요."

라오진터우는 시험 삼아 눈을 감았다. 어둠 속에서 우선 보이는 것은 차였다. 다시 네 바퀴를 떼어버리자 그것은 배가 되었다. 작은 배는 바다에서 이리저리 흔들리며 자유로이 떠다녔다. 쪽빛 물결을 지나자 초록빛 물결이 나타났고 다시 분홍색 물결과 다홍색 물결을 지나, 수정처럼 빛나고 투명한 아름답기 그지없는 세계에 이르렀다. 그곳은 형언하기 어려운 향기와 꽃다운 빛깔, 그리고 봄의 기운으로 가득 차 있었다…… 그는 크게 숨을 들이켰다. 얼굴에 깊게 패인 주름들이 기쁨으로 일그러졌다. 긴 시간이 지나서야 그는 감았던 눈을 다시 떴다.

라오진터우는 시창우에게 바다 깊은 곳이 어떠한 세계인지를 알려주었다. 꼬마는 신나 퐁퐁 뛰었다. 다시 꼬마는 자줏빛 헌 적삼의 아랫자락을 질끈 동여매더니 모래사장 위에서 재주넘기를 시작했다. 기운이 다하자 꼬마는 눈을 크게 부릅뜨고 푸르른 하늘을 올려다보면서, 어쩌면 바다와 하늘이 하나일지도 모른다고 했다. 라오진터우는 아이의 비유가 너무나 마음에 들었다. 그럼에도 그는 "이미 말하지 않았니? 하늘 아래 이 세상을 10할로 나눈다면 3할은 산이요, 6할은 물이며, 겨우 1할이 밭이라고……"라고 시정해주었다. 시창우는 눈을 찡긋거리며 웃더니 "예. 삼산육수일분전!" 하고 대답했다.

그날 라오진터우는 시창우와 함께 큰 물고기 한 마리를 요리해 약간의 술을 곁들여 함께 먹었다. 시창우는 젓가락을 쓰지 않았다. 아이는 맨손으로 생선의 하얀 살을 집었다. 꼬마의 손가락이 새까맸으나 라오진터우는 "애들 손이야 뭐 깨끗하고 말고가 있나?"라고 했다. 그는 시창우에게 술을 한 모금 먹이고는 아이의 얼굴이 새빨개지는 것을 지켜보았다. 아이의 가늘고 긴 눈썹이 술기운을 받아 조금 더 길어지는 듯싶었다. 참으로 신통한 일이었다. 그는 "네가 내 아들이었으면 참 좋겠구나. 너와 같은 아들이 있었어야 하는 건데. 가느다랗고 매끄러운. 뱀처럼 말이야"라고 했다. 시창우는 손가락으로 부지런히 물고기를 집으면서 "닭살이야!" 하고 내뱉었다.

라오진터우는 배와 차에 대해 나누었던 그 즐거운 대화들을 여직 마음속에 간직하고 있었다.

여름 날씨가 하도 타는 듯이 더워 라오진터우는 배를 수선할 마음이 생기지 않았다. 그는 서늘하고 습기 찬 움막에 드러누워 있는 시간 말고는 가끔 바다에 뛰어들어 자맥질하는 것이 전부였다. 움막에는 짝이 부족한 장기가 있었다. 자맥질하고 난 뒤 그는 혼자서 장기를 한판 두곤 했다. 첸녠구이가 가상의 상대였다. 그는 첸녠구이를 대신해 장기짝을 옮겼다. 그러나 그는 매번 지고 말았기 때문에 "첸녠구이, 당신 참 고수요. 하여간 귀신같은 재주를 지녔다니깐" 하며 치사하곤 했다. 그러나 혼자서 장기를 두고 나면 더욱 쓸쓸해져, 무엇을 하면 좋을지 몰랐다. 그는 자기가 정말로 늙어가는구나 하는 생각이 들었다. 늙은이란 어린이와 마찬가지로 외로움을 참기 힘들어하기 때문이다. 일찍이 그가 건장한 사내였을 때는 이런 경우가 없었다. 그때만 해도 그는 담력이 남달랐고 세상에 두려운 것이 없었으므로, 외로움 따위를 두려워할 리는 더더욱 없었다. 그는 생에서 홀로 지냈던 고적한 시간들을 떠올렸다. 금싸라기처럼 빛나는 시간들이었다. 그는 그것을 남겨두었다가 가장 벅차고 즐거운 순간이 찾아올 때 다시 털어놓기로 작심했다.

무엇보다 그를 우울하게 하는 것은 이번 여름이었다. 올여름 사람들은 갑자기 바다를 잊어버리기라도 한 듯싶었다. 다들 마을에서만 분주히 보냈는데 일을 크게 벌이려니 어린이들까지 동원해야만 했다. 그러나 그는 자기 친구들이 결코 즐겁지 않으리라는 것을 알고 있었다. 그는 그들이 언젠가는 하나둘 다시 바닷가로 돌아오리라 믿었다.

2

여름이 가고 서늘한 가을이 찾아왔다. 맨 먼저 몸집이 웅장한 위즈광이 나무 바퀴 마차를 몰고 바닷가로 찾아왔다. 말들을 멈춰 세우고 있는 그를 금방 알아본 라오진터우가 반갑게 달려가며 외쳤다. "하하, 그럼 그렇지! 자네가 이리로 오지 않고 배길 수가 있어야지!" 위즈광은 채찍을 차체에 있는 구멍에 꽂아두더니 한 걸음 다가서며 물었다. "뭐 먹을 것 없소?" 라오진터우는 말없이 그를 움막으로 데려갔다.

위즈광은 힘이 좋기로 소문난 건장한 사내였다. 위가 남보다 두 배는 더 커, 그가 지나가고 난 들판에는 먹을거리가 동난다는 소문이 돌 정도였다. 그는 어느새 움막 안에 들어앉아 삼치 한 마리를 손에 쥐고 있었다. 꽤 큰 놈이었다. 그놈을 잡을 때 라오진터우는 허리가 상할 뻔했다. 금방 물에서 건져낸 그놈은 서슬 푸른 한 자루 칼처럼 온몸이 검푸른 빛으로 번쩍였는데, 라오진터우의 손가락이 아가미를 파고들자 펄떡 날뛰며 꼬리로 늙은이의 허리를 후려치고 말았던 것이다. 게눈 감추듯 삼치를 먹어치운 위즈광이 손바닥을 털며 "맛있게 잘 먹었소"라고 했다. 라오진터우는 "자네들 그곳에도 생선이 있던가?"라고 물었다. 위즈광은 눈을 부릅뜨며 "생선 같은 소릴!" 하고 내뱉었다. "그럼 고기가 있는 모양이구만." "고기 같은 소릴!" …… 라오진터우가 웃음을 터뜨렸다. 그러자 위즈광이 "이 늙은이가. 비웃지 마시오. 비웃을 일이 아니오. 큰일을 하는 것이오!"라고 했다.

'큰일'이라는 말에 무척 흥미가 동했으나, 그 때문에 생선을 먹을 복도 없다니 아무리 생각해도 좋은 일 같지가 않았다. 라오진터우는 마을 형편이 궁금해 다들 뭘 하며 지내는지 물었다. 위즈광은 양미간을 찌푸리며 옷깃을 매만지더니, 눈길을 들어 멀지 않은 곳에 세워둔 마차를 바라보며 입을 열었다.

"첸넨구이야 풀무질이나 하는 거고. 그것밖에 뭐 달리 할 수 있는 노릇도 없지 않소. 그 늙은이야 세상에 둘도 없이 게으른 터라 종일 누워서 풀무를 당긴다오. 발로 걸어차도 일어나는 법이 없다오……"

"나이가 많아서 그러네. 나랑 장기를 둘 때도 누워서 두지 않는가. 그래도 늘 이기기만 하지."

"그 늙은이는 글렀소. 마음이 늙었단 말이요. 아무리 늙었기로 풀무야 당기지 못하겠소. 뭐 정말로 나이가 그리 많은지도 알 길이 없소만. 다들 진짜 나이를 모르지 않소! 몇 해가 가도록 목욕 한 번 하지 않아 온몸에 먼지가 가득 끼어 있소. 언제 바다에 들어가 목욕하는 것을 한 번 본 적 있소? 아마 누구도 본 적이 없을걸……"

"사람마다 성미가 다른 법이네. 첸녠구이의 지론으로는 만물이 땅에서 나기 때문에 사람도 너무 깨끗하면 오래 살지 못한다 하지 않던가."

"흥! 하여간 그리 몸이 더러우니 풀무질이나 하는 수밖에. 그 늙은이가 한번 손댄 것은 누구도 감히 먹지를 못한다오. 쓰팡 또한 애물단지요. 이 계절에 다 떨어진 치마를 입고서 그 큰 집 안에서 나돌아 다닌다는 거 아니오. 제정신에 누가 치마를 입겠소? 여름에는 더워서 그렇다손 치더라도 가을에 왜? 첸녠구이 그 늙은이는 풀무질을 하다가 쓰팡이 가까이 오면 위로 올려다본다오. 그래도 그 여자는 전혀 개의치 않고 '실컷 보소' 한다오."

라오진터우는 너털웃음을 터뜨리며 신이 나 손뼉을 쳤다.

"쓰팡이 첸녠구이의 몸 위에 걸터앉은 적도 있는데 치마가 늙은이 몸을 통째로 덮어버리는 바람에, 하마터면 그 늙은이가 숨 막혀 죽을 뻔하지 않았겠소…… 시창우는 다른 꼬마들이랑 그 큰 집에서 바삐 돌아치고 있는데 얼굴과 몸에 온통 먼지를 까맣게 뒤집어써서 깜둥이가 되고 말았다오. 그 녀석들은 쳰넌구이에게서 나쁜 버릇만 배워서 도통 목욕을 하지 않는다오. 나중에 바다에 뛰어들면 깨끗해진다느니 어쩐다느니 하면서 말이오."

홍이 난 위즈광은 말이 도도해졌고 라오진터우 역시 홍미진진하여 주의 깊게 들었다. 잠깐 쉬었다가 라오진터우가 입을 열었다.

"자네 말일세. 그들더러 이곳 바다로 오라고 하게. 나한테로 말일세."

위즈광은 고개를 가로저었다. "그럴 순 없소. 사람마다 맡은 일이 있기에, 큰 기계의 톱니바퀴와 마찬가지로 한 사람이 일손을 멈추면 나머지 사람들도 놀게 된다오. 안 될 일이요."

"남에게 의지하니 그리 꼼짝달싹 못할 수밖에!" 라오진터우는 화가 나 발을 굴렀다.

위즈광은 또다시 멀지 않은 곳에 세워둔 나무 바퀴 마차를 바라보더니 말을 이었다.

"그중에 가장 중요한 것이 내가 맡은 일이라오."

"자네가 모는 것이야 차가 아닌가?"

위즈광은 그 말이 조금 수상쩍었으나 이내 고개를 끄떡였다.

"그것만으로 되겠는가?" 라오진터우가 손을 획 내저으며 말했다.

"대체 무슨 말씀이오?"

"차야 바퀴가 달린 것이 아닌가? 두 개? 세 개? 네 개? 하여간 바퀴가 몇 개 달렸든 간에 단단히 굳어진 길에서밖에 달릴 수 없지 않은가? 길이라는 것이야 길어봤자 거기서 거기까지인데 자네 차가 기껏 달려봐야 어디까지나 달릴 수 있을 것 같나?"

위즈광은 망연자실하여 멀거니 라오진터우를 바라보았다. 그동안 서로 보지 못한 사이에 늙은이가 많이 낯설어졌다는 생각이 들었던 것이다. 그는 헛기침을 하면서 뒤로 한 발자국 물러섰다.

라오진터우는 위즈광의 넓적한 가슴팍을 바라보다가 다시 고개를 돌려 마차를 바라보면서 겸연쩍게 웃고 말았다. 그는 한숨을 내쉬더니 "그래도 자네는 이렇게 틈을 내 날 보러 오지 않았는가!⋯⋯"라고 했다.

위즈광이 고개를 가로저었다. "나라고 그리 한가하겠소. 바닷가에 굴 껍질을 실으러 온 것이오." 그는 손가락을 들어 밀물에 밀려 올라와 무더기로 쌓여 있는 굴 껍질을 가리켰다.

라오진터우는 마을 사람들에게 이런 것까지 필요할 줄은 몰랐다.

위즈광은 간장을 만들기 위해서 굴 껍질을 가져가는 것이라고 말해주었다. 지금 시험 중이라는 것이었다. 라오진터우는 깜짝 놀라 "아니, 이것이야 돌멩이나 다를 바 없는데, 이걸로 간장을 만든다?"라고 소리를 질렀다.

"우리가 모여 일하는 그 큰 집에서는 마음만 먹으면 못 만드는 것이 없다오." 위즈광이 대꾸했다.

나무 바퀴 마차는 삐걱거리며 바닷가를 떠났다. 라오진터우는 꿈이라도 꾼 듯했다. 모든 것이 꿈에서 일어난 일인 듯 머릿속이 휑했다. 그는 고개를 들어 작은 배를 바라보았다. 배는 깊은 침묵에 빠져 있는 듯했다. 바다는 그 어느 때보다도 더 잠잠하고 짙푸르렀다. 드넓게 펼쳐져 일렁이는 바다가 손짓을 하며 그를 부르는 듯했다. 그는 잠시도 주저하지 않고 물건들을 거둔 뒤 바다로 달려가 배를 물속에 밀어 넣었다. 그는 힘주어 노를 젓기 시작했다.

갈매기들이 마치 늙은이 곁에 둥지라도 틀려는 듯 사처에서 모여들었다. 라오진터우는 눈을 가늘게 뜨고 주변의 물결과 떠도는 파란 해초들, 그리고 무더기로 쏟아지는 햇볕을 둘러보고서는 다시 몸을 기울여 수온을 가늠해보았다. 생각보다 바닷물이 찼다. 고개를 숙이는 순간에 그는 뱃전에서 자신을 올려다보는 온통 검은 점이 박힌 물고기를 발견했다. 조금 더 깊은 물속에서는 검은 그림자들이 언뜻언뜻 움직이고 있었다. 그것들은 바닷물고기나 게, 그리고 이름 모를 해양 생물들이었다. 배가 바다 깊숙한 곳으로 들어섰다. 배가 북쪽으로 가고 있는 것인지, 아니면 동쪽으로 가고 있는 것인지 분간이 되지 않았다. 그는 일부러 이렇듯 흐리멍덩한 채 있곤 했는데, 스스로 이것을 '멍청 몰이'라 하곤 했다. 노를 얼마나 오래 저었는지 몰랐다. 그는 이젠 돌아갈 때가 되었다 싶어서야 고개를 들어 해안과 태양을, 또는 달과 별자리를 살펴보곤 했다. 그는 한눈에 그 모든 것을 알아볼 수 있었다. 그는 삶에서 가장 허탈한 일은 이제껏 뱃길을 잃은 적이 없다는 사실이라 생각하고 있었다.

날이 곧 어두워지려 했다. 바닷바람이 거세졌다. 라오진터우는 편히 갑판에 드러누워 친구들 얼굴을 하나하나 떠올렸다. 이날따라 바닷바람 냄새가 간장 냄새와 비슷하게 느껴졌다. 문득 굴 껍질로 간장을 만드는 실험이 그리 황당한 일이 아닐 수도 있겠다는 생각이 들었다. 그는 누운 채 얼굴을 옆으로 돌려, 불타는 듯 붉은 서녘의 바닷물을 바라보았다. 찰랑이는 물결이 마치 스스로 불타오르는 것을 즐기기라도 하는 것 같았다. 붉고 화려한 비단결이 멀리로 뻗어 눈부시게 빛나며 끝없이 일렁거렸다. 델 듯이 뜨거운 그 빛깔은 멀어질수록 점점 농밀해지다가 마침내는 거대한 불덩이와 하나로 이어졌다. 마치 그 불덩이에서 흘러나오는 것인 듯, 바다는 피 물결이 되고 말았다. 붉은빛이 차차 어두워지기 시작했다. 점점 더 많은 핏물이 흘러나와 넘치더니 결국은 그 불덩이를 삼키고 나중에는 세상 모든 것을 삼키고 말았다. 날이 완전히 어두워졌다.

하늘에도 바다에도 별이 가득했다. 이제 배는 별무리 속에서 하루 중 가장 숨 막히게 아름다운 시간을 맞게 되었다. 이러한 순간이 찾아올 때마다 라오진터우는 숨을 죽이곤 했다. 바다의 모든 요정들이 부활하여 마음 놓고 활동하는 시간이었기 때문이다. 오랜 세월 라오진터우는 매번 설레며 요정이 물이 뚝뚝 흐르는 손으로 뱃전에 올라 자신의 어깨를 부여잡기를 수없이 기다려왔다. 그들 사이에는 서로 해치는 일이 없을 것이었다. 그는 매우 조심스레 요정을 배에 싣고 돌아가 인간이 사는 움집을 구경시켜줄 생각이었다…… 지금 또 그러한 순간이 다가온 것이다. 그는 잠자코 머리조차 미동하지 않았다. 바닷물이 출렁출렁 소리 내 흐르고 있었다. 칠흑 같은 바다는 끝이 보이지 않았다. 날카로운 소리가 나는 듯싶더니 곧 물결 소리에 파묻히고 말았다. 오로지 별들만이 바닷물 속에서 널뛰기를 하고 있었다. 갑자기 물고기 한 마리가 풀떡 하고 배에 뛰어오르더니 갑판 위에서 나뒹굴었다. 배에서 꼬르륵 소리가 났다. 그제야 그는 고개를 들어 해안을 바라보았다.

타오르는 불길이 보였다. 라오진터우는 놀랍기도 하고 반갑기도 하여 무릎을 쳤다. 마을에서 누군가가 온 것이었다. 만약 자신의 추측이 틀리지 않다면 시창우일 것이었다.

배는 깡충깡충 춤이라도 추듯이 빠르게 바닷가를 향해 내달렸다. 불길이 점점 붉게 타올랐다. 불가에서 가늘고 긴 그림자가 움직이고 있었다. 라오진터우는 갑판에 서서 고함을 질렀다. "시창우!"

바닷가에서는 아무런 대답이 없었다. 잠시 후, 불가에서 호루라기 소리가 '빽빽' 하고 들려왔다.

라오진터우는 콧김을 씩씩 내쉬며 뭍을 향해 배를 밀더니 욕을 해댔다. "양심도 없는 꼬마 요정 같으니라고. 이 몹쓸 녀석! 내 이제 너의 귀때기를 뜯어 바다에 던지나 안 던지나, 어디 봐라!"

그러나 불가에서는 더는 아무 소리도 들려오지 않았다. 라오진터우는 욕을 그치고 물이 뚝뚝 흐르는 두 손을 닦아내며 그곳으로 다가갔다. 과연 시창우가 불가에 누워 있었다. 그는 몸을 길게 늘어뜨린 채 꼼짝 않고 호루라기를 꼭 물고 있었다. 라오진터우는 쭈그리고 앉아 아무 말 없이 그를 들여다보았다. 워낙 몸이 빼빼 마른 꼬마는 더욱 피골이 상접해 있었다. 광대뼈가 툭 튀어나오고 눈도 쑥 들어가 있었다. 워낙 어지러운 머리카락이 더는 어쩔 수 없을 정도로 헝클어져 있었고 먼지와 지푸라기들이 잔뜩 끼어 있었다. 꼬마는 그제야 눈을 뜨더니 한 번 깜빡도 하지 않고, 크고 빛나는 그 두 눈으로 라오진터우를 올려다보았다. 라오진터우는 거칠고 큰 손바닥을 꼬마의 배 위에 얹었다. 바닷물처럼, 그의 배가 몹시도 찼다. 꼬마는 힘없이 호루라기를 불었다……

그날 밤, 시창우는 라오진터우의 움막에서 잤다. 이미 물고기를 배불리 먹고 난 뒤라 시창우는 전이나 다름없이 기운이 되살아나 뛰어놀았다. 라오진터우는 꼬마가 목에 건 쇠 호루라기를 잡으며 물었다. "왜 이걸 목에 걸고 다니는 거냐?" 시창우는 목을 비틀며 "난 아이들의 두령이란 말예요. 내가 호루라기를 불면 모두 모여 일을 시작해요"라고 대답했다. 라오진터우는 더는 묻지 않았다. 이윽고 그는 "그래서 네가 여기 놀러 오지 않았던 게로구나. 벼슬을 하느라"라고 했다. 시창우는 당황하여 목청을 높였다. "그럴 새가 없었다니까요. 누구나 제자리를 지켜야 한다고요. 잠깐이라도 자리를 비우면 그들은 날 부르거든요. 오늘은 너무 배가 고파서 몰래 도망쳐 나온 거예요……"라오진터우는 아이의 몸을 내리쓸어 기다랗게 만들더니 다시 몸을 꼬부리게 하고서는 품속에 껴안았다.

시창우는 손가락으로 라오진터우의 단단한 가슴팍에 뭔가를 한 획 한 획 그렸다. 늙은이는 기분이 좋아 웃으며 물었다. "방금 내 몸에 글을 쓴 거지? 내가 일자무식이라고 업신여기는 거지?" 시창우는 대꾸를 않고 있다가 한참이 지나서야 말했다. "고기를 그린 거예요. 도미를요. 비늘이 붉은 것으로요. 하하, 요것 봐라. 영감한테 꼼짝없이 잡힌 거예요."

그간 아이가 많이 굶어 머릿속에 온통 고기 생각뿐임을 알수 있었다. 라오진터우는 이튿날 바다로 나가 큰 물고기를 잡아와야겠다고 작심했다. 아이의 배가 볼록 나오도록 실컷 먹여야할 판이었다. 그는 이런저런 생각을 굴리다가 눈을 감았다.

얼마나 잠들어 있었는지 몰랐다. 라오진터우는 시창우가자기 품에서 벗어나려 하는 바람에 깨고 말았다. 시창우가 눈을 비비며 말했다. "나도 잠들었어요. 한데 깊이 잘 수가 없었어요. 누군가 자꾸 큰 집으로 돌아오라고 부르는 소리 때문에요." 라오진터우는 손으로 꼬마가 콧물을 흘리지 않았는지 훔쳐보다가 내친김에 그의 코를 매만지며 말했다. "나도 깊이 잠들지 못했단다. 네 가슴팍에 있는 쇠 호루라기가 자꾸 내 살을 파고들어서 말이다. 내 말 좀 듣고, 그냥 그걸 모래사장에 가져다 버려라. 그것 때문에 모든 것이 잘못된 것이 아니더냐. 그냥 내다 던져라." 시창우는 어둠 속에서 익살맞은 표정을 지었으나 잠자

코 있었다. 그는 조심스레 호루라기를 등으로 돌려 맸다. 이윽
고 그는 무엇이 떠오른 듯 입을 열었다. "마을 동쪽에 사는 봉사
가 점을 치는데, 몰래 점을 쳐주거든요. 옥수수 한 줌이면 점을
쳐줘요. 영감도 아세요?" 늙은이는 대꾸를 하지 않았다. 시창
우는 말을 이었다. "그래서 몰래 옥수수 한 줌을 훔쳐다 주었더
니…… 점을 쳐줬어요. 그런데 내가 나중에 '쌀 다섯 말짜리 벼
슬'*을 할 거라 했어요. '쌀 다섯 말짜리 벼슬'이 뭐예요?"

　라오진터우는 덥다는 듯 품에서 꼬마를 밀어내면서 퉁명
스레 "개똥이다" 하고 내뱉었다.

　시창우는 이불 위에 엎드려 얼굴을 손바닥에 파묻었다.
오늘 밤따라 파도 소리가 우렁차고 촘촘했다. 마치 물결이 한
뼘 또 한 뼘씩 넘쳐나 움막까지 덮쳐올 것만 같았다. 한참 파도
소리를 듣고 있던 시창우는 일어나 앉더니 자기 몸을 늙은이의
맨가슴에 바짝 가져다 붙이고서 늙은이의 체취를 맡았다. 늙은
이의 피부에서는 건어물 냄새 같은 게 났다. 아이는 마을 사람
들의 말이 떠올랐다. 사람들은 다들 라오진터우가 바다 괴물일
지도 모른다고 했다. 실제로 마을 사람들은 누구나 가족이 있고
그 족보가 분명했으나 유독 이 바닷가의 늙은이만은 아무런 친
척도 연고도, 그리고 이름조차 없었다. 아이는 라오진터우가 정
말로 바다 괴물이었으면 싶었다. 그는 손으로 늙은이의 따뜻한

*　중국 고대에 겨우 집안을 먹여 살릴 정도의 아주 낮은 녹봉을 받는 하위 관료를
일컫던 속어이다.

피부를 꼬집어보았다.

라오진터우는 다시 기분이 좋아져 담배를 피우기 시작했다. 담뱃불이 밝아졌다 어두워졌다 하면서 그의 반쪽 얼굴을 비추곤 했다. 그는 시창우를 향해 담배 연기를 내뿜더니 탄식조로 말했다. "이 녀석, 난 네가 보고 싶었는데, 넌 바닷고기가 그리워 이곳에 온 것이로구나."

시창우는 킥킥 웃으면서 말했다. "영감이 바로 바닷고기예요."

말을 마친 그는 곧장 귀를 쫑긋하고 무엇인가에 귀를 기울였다. 날카롭고 긴 울림이 파도 소리에 실려 허공을 떠돌았는데, 점점 가까워지는 듯싶었다. 전에도 무수히 들은 적이 있는 기이한 소리였다. 마치 여인이 부르는 노랫소리와도 흡사했다.

"왜 멍해 있는 거냐?" 라오진터우가 담뱃대로 그를 건드리며 물었다.

시창우는 숨을 죽이며 몸을 한구석으로 움츠렸다. 누군가가 들려주던 바닷속 여자 요괴의 모습이 떠올랐던 것이다. 그녀는 삼실처럼 호리호리한 길고 가는 몸매를 하고 있는데 정작 손으로 만져보면 얼음장처럼 차다고 한다. 갸름한 얼굴에 쌍까풀 눈이며 가늘고 긴 눈초리가 관자놀이까지 째져 있는데, 그 아름다움은 형용할 수가 없다. 누구든 한 번만 눈빛을 마주치면 미치도록 사랑에 빠져 평생 잊을 수가 없다고 한다. 이마에는 빨간 곤지가 찍혀 있고 아래턱은 선이 매끈하고 광채가 난다. 몸에는 매미 날개같이 얇은 옷을 걸치고 있는데 바람이 불 때마다 하늘하늘 나부낀다고 했다…… 시창우는 어둠 속에서 깜빡이는 담뱃불을 바라보며 라오진터우에게 물었다.

"영감도 들었죠?"

"뭘 말이냐?"

"바닷속 여자 요괴가……"

라오진터우는 담뱃대를 땅에 떨어뜨리고 말았다.

시창우는 히죽거리며 더듬더듬 담뱃대를 주워 그의 입에 물려주었다. 아이는 입을 크게 벌리고 웃고 있었으나 소리를 내지는 않았다. 그는 그간 라오진터우가 누구에게도 말하지 않고 마음속 깊이 숨겨두었던 비밀을 알아냈다고 믿었던 것이다. 사람들은 늙은이가 여러 해 동안 바닷가에 머물고 있는 이유는 한 여자를 위해서라고 했다. 그 여자 요괴는 자정이 되면 물이 뚝뚝 떨어지는 젖은 몸으로 바닷속에서 기어 나와 몰래 움막에 숨어든다고 했다. 마을 사람들은 바로 그 여자 요괴가 사람의 뜨거운 피를 깡그리 빨아가고 없기 때문에 라오진터우의 몸에 힘줄만 남고 말았다고들 믿었다. 생각이 여기에 미치자, 시창우는 다시 코를 가까이 대고서 늙은이의 몸에서 나는 희미한 비린내를 맡아보았다. 그는 그 냄새가 여자 요괴의 몸에서 옮겨 왔을지도 모른다는 생각이 들었다. 여자 요괴는 긴 세월을 한 사람과 함께하면서 매일 조금씩 그 사람을 서서히 파멸시킨다고 했다. 그래서 시창우는 가끔 한 번쯤 여자 요괴와 만나고 싶다는 생각이 들었다. 단 한 번은 괜찮을 것 같았다. 그는 조심스레 고개를 쳐들며 "정말 여자 요괴를 보았나요?"라고 물었다.

라오진터우는 입을 쭝긋하다 말고 한참 지나서야 "그래, 보았다. 자주 보지……"라고 했다.

시창우는 벌떡 뛰어 일어나다가 그만 머리를 움막 지붕에 부딪치고 말았다.

"그건 여자 귀신이란다. 날이 어두워지면 수면 위로 머리를 내밀고 노래를 부르는데, 비가 내리는 날이든 큰 눈이 내리는 날이든 빠짐없이 노래를 부른단다. 가슴에 쌓인 게 많아서 그러지. 바닷가에 오래 산 사람들은 희한한 일을 한두 가지 겪는 게 아니란다. 여자 귀신도 그중 하나에 지나지 않지. 그런데 여자 귀신은 늘 바닷가에서 떠돌긴 해도 움막에 자주 찾아오지는 않는단다……"

"그럼 정말로 왔던 거예요?"

"그래. 왔었지. 너무 외로웠기 때문에 아무하고나 얘기를 나누고 싶었던 거지. 움막에 앉았노라면 문틈에서 사르륵사르륵 소리가 나는데, 그럼 나는 속으로 '왔구나!' 하고 알게 되지. 우리는 서로 꼼짝달싹 않고 마주 앉아 있곤 했는데, 비록 아무것도 보이지는 않지만 나는 그 여자가 어디에 앉아 있는지 분명히 알 수 있었단다. 한참 지나 그 여자가 떠나고 나서 그 여자가 앉았던 자리를 만져보면 뼈가 시리도록 차단다."

"보았다면서요?" 시창우가 이를 사리문 채 캐물었다.

"응. 그런데 마음으로 아는 거지. 얼굴은 하얗고 약간 노르끄레하며 몸은 왜소하단다. 헝클어진 머리를 풀어 헤친 채로 앉아 있곤 했는데, 가끔 작은 고양이 같다는 생각이 들곤 했지."

라오진터우는 고개를 떨어뜨리고 턱을 가슴뼈에 가져다 묻더니 팔을 뻗어 담뱃대를 더듬어 쥐었다. 그는 담뱃대에 불을 붙여 물고서는 말없이 담배를 피우기 시작했다. "사람은 누구나 다 외롭기 마련이란다. 다만 외로움을 두려워하느냐 아니냐에 달렸단다. 한동안 외롭다가도 그 고비를 넘기면 다시 앞으로 나아갈 수가 있지. 가끔은 외로움이 사람을 붙잡고 늘어질 때도 있단다. 그러면 물속의 그물을 끌듯이 그것을 끌면서 앞으로 나아갈 수밖에 없게 되는 거지. 난 젊었을 적에는 전혀 외로움을 두려워하지 않았단다. 혼자인 게 좋았지. 그 얘기는 나중에 다시 하마. 그러나 이젠 늙어서 바다와 동무하고 배와 동무하고 우리 시창우와 동무해야만 견딜 수가 있단다. 참 그리고 쓰팡도 있고, 첸녠구이도 있고. 가끔 그들이 사무치도록 그립구나." 늙은이는 힘주어 코를 한 번 비비더니 게걸이라도 들린 듯 입술로 물부리를 감빨았다. 그는 말을 이었다. "너도 이젠 제법 바닷가 생활에 길들여진 거란다. 요 꼬마 녀석의 반은 바닷물고기로 이루어진 거지. 싱싱한 물고기를 한 마리 잡아 솥에 넣고 다시 파와 생강 조각을 던져 넣고 푹 고아 삶을 때마다, 너는 고양이처럼 한옆에 쪼그리고 앉아서 냄새를 들이켜곤 했지. 첸녠구이는 늘 누워만 있었는데, 한번 드러누우면 반나절 내내 누워 생선탕조차 누워서 들이켜곤 했지. 내 친구들이라고는 하나같이 유별난 녀석들뿐인데 이상하게도 한데 어울려서 즐겁게 잘 보내는 거지. 그리고 가늘고 매끌매끌한 요 꼬마 녀석의 몸도 반 넘게 내가 밤마다 손바닥으로 주물러 키운 거지……"

"라오진터우!⋯⋯" 시창우가 불안한 듯 그를 불렀다.

"내 요 손바닥이 없었더라면 넌 키가 자라지도 않았을 거야."

시창우는 두 팔로 늙은이의 허리를 그러안고서는 힘주어 자기 품속으로 끌어들였다. 그는 늙은이의 몸에 콧등을 바싹 붙이고서 비벼대더니 힘겹게 숨을 내뿜으며 더없이 친근한 목소리로 칭얼댔다.

날이 희붐히 밝아오며 동녘 하늘이 불그스레해졌다. 시창우는 몸을 한 바퀴 구르더니 기어 일어났다. 그는 품속의 쇠 호루라기를 한번 만져보고 나서 뭐라고 한마디 중얼거리더니 움막을 뛰쳐나갔다.

라오진터우도 움막을 뛰쳐나왔다. 그는 알몸으로 모래사장에 서서 휘청휘청 멀리로 사라져가는 시창우의 뒷모습을 화난 표정으로 바라보았다. 시커멓게 눈그늘이 진 퀭한 두 눈으로 바라보고 섰던 늙은이의 얼굴 근육이 잠시 떨렸다. 그는 큰 소리로 고함쳐 불렀다. "이것아!"

저 멀리 시창우의 몸이 잠시 흠칫하더니 이내 멈춰 섰다. 아이는 웬일인가 싶어 고개를 돌려 야위고 키가 큰 늙은이를 바라보았다. 늙은이는 햇빛을 받아 온몸이 금빛으로 빛났다. 아이가 눈살을 찌푸렸다.

늙은이는 금빛으로 빛나는 팔을 들어 힘껏 내젓더니 말했다. "그만 가거라!"

3

달리 생각하면 올가을은 참 좋은 계절이었다. 바람도 별로 불지 않았고 하늘은 짙푸르렀다. 바닷물의 빛깔과 냄새 또한 좋았다. 한나절이 되자 햇살이 하늘과 땅 사이를 가득 채웠다. 라오진터우는 반바지 차림으로 모래사장에 쭈크리고 앉아 날을 구경하고 있었다. 표주박과도 같아 보이는 작은 배를 한참 바라보고 있는데, 뒤에서 무엇인가 슬금슬금 움직이는 듯한 느낌이 들었다. 몸을 돌린 그는 옷소매에 팔짱을 지른 채 걸어오고 있는 첸녠구이를 발견했다.

가까이 온 첸녠구이는 라오진터우를 동무해 한동안 쭈그리고 앉아 있다가 마른 모래를 골라 드러누웠다. 라오진터우는 첸녠구이의 옆에 앉아 그를 바라보며 은근히 기쁨에 겨워했다. 자기보다도 더 여윈 늙은이였다. 첸녠구이는 예전이나 다름없이 나른히 누워 있었는데, 얼굴과 목덜미에 먼지가 잔뜩 끼어 안색이 어떤지 살필 수가 없었다. 라오진터우는 그가 극도로 배고파할 때면 귓불 아래에 옴폭 구멍이 파이는 것을 그간의 경험을 통해 알고 있었다. 고개를 숙여 이미 깊이 구멍이 파인 것을 본 라오진터우는 무릎을 치며 가슴 아파했다.

첸녠구이는 땅에 드러누운 채 두 눈을 꼭 감고서 중얼거렸다. "좀 조용하게."

"알겠소. 밤마다 풀무질을 하느라 고생 많았소. 그냥 자고 있으시오." 라오진터우는 조심스레 일어나 움막 옆 노천에 있는 아궁이에 이르러 바삐 돌아치기 시작했다. 지금 가장 중요한 것은 한시바삐 그가 생선탕 몇 그릇을 들이켜게 하는 것이었다. 누워서 풀무질을 했다니 체력 소모가 컸을 것이다.

생선탕의 구수한 냄새에 첸녠구이가 잠에서 깨어났다. 그는 국을 사발에 담기도 전에 솥 옆에 엎드려 들이켜려 했다. 라오진터우는 국자로 그의 머리를 두드렸다. 첸녠구이는 단숨에 생선탕을 네 그릇이나 비웠다. 그는 이미 하얗게 우러난 물고기 뼈까지도 뱉어내기를 아쉬워했다. 옆에서 지켜보던 라오진터우가 박장대소했다. 첸녠구이는 흡족한 표정으로 다시 드러누웠다. 두 눈이 반짝반짝 빛났다. 그의 눈썹은 새하얗고 가지런했다. 눈길이 그의 새하얀 눈썹에 닿을 때마다 라오진터우는 그의 나이가 궁금해지곤 했다.

사람들은 다들 첸녠구이의 나이가 적어도 여든은 되었을 것이라고 했지만, 첸녠구이 자신은 늘 예순이라고 말하곤 했다. 라오진터우는 그가 적어도 아흔은 되었을 것으로 보았다. 그는 늘 첸녠구이와 함께 붙어 있었기에 그의 몸동작이나 움직임에 익숙했다. 그의 몸동작을 보면 나이가 얼마나 들었을지 짐작이 갔다. 무엇보다 두 사람은 장기를 두면서 함께 세상일에 대해 이야기를 나누곤 했는데, 그때마다 라오진터우는 그의 풍부한 식견과 심오한 지혜에 깜짝 놀라곤 했다. 라오진터우는 그가 비록 만년에 이르렀지만 끈질긴 생명력을 지닌 사람이라고 단정했다. 족히 120세 정도까지는 살 것으로 보였다. 그리고 아마 죽기 며칠 전까지도 다른 사람과 장기를 둘 수 있을 것 같았다.

첸녠구이는 눈을 찌푸린 채 고개를 돌려 주위를 돌아보았다. 그는 바람의 방향을 살피더니 두 손으로 바닥을 짚고서 몸을 반쯤 일으키며 말했다. "따뜻한 봄 날씨 같구려."

라오진터우는 바로 그의 말뜻을 알아챘다. "고기잡이에 맞춤한 날씨가 아닌가!"라는 말이었다. 라오진터우는 웃으며 "지금이야 어디 물고기를 좋아하는 사람이 있어야지"라고 말했다. 그는 첸녠구이가 그 숨은 말뜻을 알아들으리라 믿었다. "큰 일을 벌이고 난 뒤로 다들 이 늙은 어부를 잊은 게 아닌가!"라는 뜻이었다.

첸녠구이는 아랫입술을 위로 말더니 콧구멍에 바람을 불어 넣었다.

라오진터우는 뱃가죽에 묻은 모래 몇 알을 힘주어 털어버렸다.

그러고는 두 사람 모두 말이 없었다. 그렇게 족히 반 시간이 지나 첸녠구이가 먼저 웃었다. 그는 기지개를 켜더니 "장기나 두세. 어서" 하고 말했다.

두 사람은 움막 안으로 자리를 옮겼다. 첸녠구이는 여전히 드러누웠고 라오진터우는 웅크리고 앉았다. 그들은 짝이 부족한 장기를 써야 했는데 공교롭게도 꽤 큰 말이었다. 차였다. 첸녠구이는 "난 그 차가 없어도 되네"라고 했다. 그럼에도 승부가 끝날 때가 되면 라오진터우는 온몸이 땀에 흠뻑 젖곤 했다. 첸녠구이가 "이게 물고기를 잡는 것보다도 더 힘든가?"라고 물었다. "지혜 겨룸이 아니오." 라오진터우는 풀이 죽어 대꾸했다.

장기를 두고 나서 라오진터우는 담배를 피워 물었다. 그는 눈앞의 늙은이를 살펴보면서, 자기는 이 늙은이처럼 눈썹이 새하얘질 때가 되어도 이만큼 지혜가 뛰어날 것 같지는 않다는 생각에 빠졌다. 그러나 늙은이가 누운 채 풀무를 당길 모습에 생각이 미치자 웃음을 참기 힘들었다. 이처럼 지혜를 지닌 사람이 온종일 풀무질이나 해야 한다는 게 이해가 가지 않았다. 그는 기침을 하면서 담뱃재를 탁탁 털어냈다.

라오진터우는 첸녠구이에게 굴 껍질로 간장을 만드는 일이 어떻게 되었는지 물었다. 그는 줄곧 이 기상천외한 큰일을 잊을 수가 없었던 것이다. 첸녠구이는 전혀 아는 것이 없다고 대답했다. 라오진터우는 다시 말을 돌려 쓰꽝에 대해서 물었다. 그러자 첸녠구이는 바로 기운을 차리더니 몇 번씩이나 두 팔로 바닥을 짚고서 몸을 반쯤 일으키며 말했다. "살이 쪘네. 피둥피둥 살이 쪘어. 다른 사람은 다 여위었는데, 그 여자만은 처음부터 그 큰 집에 있는 먹을 것들을 훔쳐 먹곤 했지. 목이 마르면 물도 엄청 마시고 말일세." 라오진터우는 "허허, 쓰꽝답군" 하고 말을 받았다. 첸녠구이는 "믿거나 말거나. 일전에는 또 치마를 입었다네! 다리가 시리지도 않은가 봐" 하고 말을 이었다. "물고기처럼 추위를 타지 않는 게지요." 라오진터우가 또 한마디 거들었다. "그 여자는 도무지 정이라고는 없는 여자야. 먹을 걸 훔쳐도 나한테 한 번 주는 법이 없거든. 그래서 이렇게 쫄쫄 굶다 보니 자네한테까지 찾아온 게 아닌가!……"

라오진터우는 속으로 쓴웃음을 지었다. 드디어 솔직한 말을 한 셈이었다. 그는 첸녠구이의 발등을 꾹 눌러보았다. 누른 자리가 깊숙이 들어갔다가 바로 사라지고 말았다. 첸녠구이는 두 발을 모아 비비며 말했다. "흥! 누구도 날 굶겨 죽일 생각일랑은 말라니까. 난 물고기처럼 이리저리 돌아다니면서 먹을거릴 찾을 거란 말이지."

"하긴 바다의 것들은 굶어 죽는 법이 없지." 라오진터우가 흥분해 말을 받았다.

첸녠구이는 몸을 움츠러뜨리더니 머리에 쓴 검은 사각모자를 바로잡아 쓰면서 라오진터우를 흘낏 쳐다보았다. "그야 바다가 하도 크기 때문이지. 바다에는 없는 게 없지 않은가……"

바닷속 이야기에 말이 미치자 라오진터우는 웃음이 절로 나왔다. 그는 손을 뻗어 첸녠구이의 입이라도 다독거려 주고 싶었다. 그는 넌지시 "바닷속 물건들도 밭의 물건들만큼이나 많겠소?"라고 물었다.

"그만큼 많지." 첸녠구이가 눈을 감은 채 대답했다.

"흥! 틀렸소. 밭의 것보다 훨씬 더 많소."

"그럼 바다에도 말이 있나?"

"있다마다. '해마'가 있지 않소!"

"그럼 바다에도 이리가 있나?"

"이리가 대순가. 바다표범도 다 있지 않소!" 라오진터우는 담뱃대를 찾아들고 대통에 담배 부스러기들을 조심스레 눌러 담았다. "차라리 바다에 사람도 있나 물어보시오. 왜, 두렵소? 만약 그리 묻는다면 이 자리에서 대답을 하지. 있소!"

체녠구이는 화가 잔뜩 나 두 팔로 바닥을 짚고 몸을 반쯤 일으켜 그를 쳐다보더니 다시 털썩 드러누웠다. 그는 장기짝들을 한쪽으로 모아두었다.

라오진터우는 담배 연기를 길게 내뿜으며 움막의 창구멍을 통해 푸르른 하늘을 올려다보더니, 다시 눈길을 떨어뜨려 장기짝들을 바라보며 말했다. "이 장기짝들도 그냥 장기짝이 아니라오. 비린내가 나지 않소. 영감이 아무리 지혜가 뛰어난들 누가 이 장기짝들을 만졌었는지는 상상도 못할 거요."

장기짝을 가지고 놀던 체녠구이가 손을 멈췄다.

"내가 장기를 갓 배웠을 때 일이오. 심심하면 혼자서 아무렇게나 장기를 두곤 했소. 마는 날 '일(日)'자를 밟고 차는 직진하고. 차야 바퀴가 달린 놈인지라 그리 갈 수밖에 없는 거겠지만. 상은 밭 전(田) 자를 가고,* 궁은 성(城) 안에서만 돌 수 있고. 나는 두 손을 번갈아 가면서 장기를 두고 담배를 피우고, 술을 마시면서 한밤중이 되도록 잠을 이루지 못하곤 했소."

"바보짓이군!" 체녠구이가 끼어들었다.

"잠이 오지 않으니 장기판이나 들여다보면서 시름을 달랠 수밖에 없지 않았겠소. 내 눈엔 장기판 위의 모든 것들이 살아 움직이는 것처럼 보였소…… 그러던 어느 날 한밤중에 누군가 문을 두드렸소. 난 속으로 많이 놀랐소. 문을 열자 나랑 나이가

---

* 중국 장기는 행마법에 있어서 상이 밭전 자로 대각선을 따라 두 걸음씩만을 간다.

비슷한 늙은이가 들어섰는데, 까만 옷을 입고 있었소. 지금 생각해보면 이상할 것도 없지만 그때만 해도 그 옷감이 정말 이상해 보였소. 까맣고 반지르르하였지. 그 늙은이는 붕어눈이라 눈이 좀 튀어나와 있었소. 날 보면서 웃더니 다리를 옆으로 꼬아 앉으면서 '한판 두세'라고 했소. 난 그의 눈을 바라보며 속으로 줄곧 누굴까 생각했소. 내가 모르는 사람이었소. 내가 그런 생각에 잠겨 있는데 검은 옷을 입은 그 늙은이가 손을 놀려 장기 짝들을 판에 벌여놓더군. 맙소사, 손가락이 얼마나 검고 길었는지 모르오. 손톱은 반질반질 광이 났지. 그리고 오른손 중지에 아문 흉터가 있었소. 그 손으로 장기를 두는데, 짝을 다루는 법이 신통했소. 장기짝을 빙그르르 돌리다가 '뚜당' 하고 판에 내려놓으면서 다섯 손가락을 동시에 움츠리곤 했지."

"대체 어떤 작자였는가?"

"모르오. 처음에는 바닷가 어느 생선 가게 사람인 줄로만 알았소. 나처럼 외로운 늙은이일 거라고만 생각했지…… 그렇게 함께 장기를 두었는데 정말 통쾌했소. 그 늙은이는 수를 빨리도 쓰곤 했지. 머리를 전혀 쓰지 않는 눈치였소. 흉터 남은 손가락이 번개처럼 움직였는데 난 전혀 상대가 못 되었소. 한 판도 이겼던 기억이 없소……"

첸녠구이는 몸을 한번 뒤척이더니 고개를 틀어 라오진터우를 바라봤다. 그는 무척 상기된 듯 숨이 가빴다. 잠시 후 그는 "어느 기물부터 쓰던가?" 하고 물었다.

라오진터우가 미처 대답도 하기 전에 그는 눈을 지그시

감으며 말했다.

"보나마나 마부터 썼겠지. 고수는 다 그리 두는 법이라."

"졸부터 썼다오." 라오진터우가 손가락으로 장기 쪽을 가리키며 말했다.

첸녠구이는 두 팔로 바닥을 짚으며 몸을 일으켰다가 도로 털썩 드러누웠다. 낙담이 컸던 것이다.

라오진터우는 담배 연기를 내뿜으며 말을 이었다. "어디 한번 생각해보오. 누군들 전혀 머리를 굴리지 않고 장기를 두는 사람의 상대가 될 수 있겠소. 다행히 난 그 늙은이한테서 몇 수 배우긴 했소. 우린 장기뿐만 아니라 술도 함께 마셨소. 바다 이야기라면, 장담컨대 내 평생 그 늙은이처럼 많이 아는 사람은 다시 보지 못했소. 주량도 대단했고 술도 좋아했소. 그런데 그와 함께 있을 때마다 나는 늘 움막에서 비린내가 너무 난다는 느낌이 들곤 했지. 언젠가는 도무지 견딜 수가 없어서 밖으로 뛰쳐나가기도 했지. 안개가 많이 낀 날이었소. 그 후로 주의해 관찰해보았더니 안개가 크게 낀 날, 그 늙은이가 움막을 찾아오기만 하면 견딜 수 없게 비린내가 나곤 했소. 하여간 그렇게 서로 낯이 익은 뒤로는 그가 하루라도 찾아오지 않으면 보고 싶었지. 그 후로 그는 한밤중뿐만 아니라 내키기만 하면 대낮에도 찾아오곤 했소. 그는 내가 담뱃대를 건네면 조심스레 이로 받아 물고서는 찌지직거리며 빨곤 했는데, 한 모금 들이켜고서는 기침을 반나절씩이나 해대곤 했소. 내 손이 그의 까만 옷에 닿은 적도 있었는데, 서늘하고 매끄러운 것이 감이 좋았지. 그는 기이한 돌멩이들을 가져다주기도 했소. 흰색, 자주색, 파란색 온갖 돌들이 다 있었는데 바다 가장 깊은 곳에나 있음직한 것들이었소. 그제야 난 차차 정신이 들었지. 범상한 사람이 아님을 깨달았던 것이오."

첸녠구이는 화가 난 듯 "흥! 처음부터 알아봤어야 하는 게 아닌가!" 하고 끼어들었다.

라오진터우는 그를 흘깃 바라보고 나서 말을 이었다. "움막 밖까지 그를 바래다주곤 했는데, 한참 바래다주고 나면 갑자기 그의 모습이 사라지곤 했소. 파도가 세차고 모래사장은 가물가물한데, 늙은이는 나는 듯 걸음을 옮겼지. 난 갈수록 그가 범상한 사람이 아니라는 것을 깨닫게 되었소. 그 뒤로 나 혼자서 몰래 그의 이름을 지어주었소. 라오헤이(老黑)*라고. 난 평생 라오헤이를 잊을 수가 없소. 그러니 영감도 '라오헤이'라는 이름의 내 친구를 기억해주오. 이제 다시 가슴 아픈 사연을 얘기해야겠소…… 그해 가을이었소. 아마 지금 이 정도 계절일 것이오. 여러 날 동안 라오헤이가 날 찾아오지 않았소. 나는 소중한 무엇을 잃기라도 한 양 매일 바닷가에서 서성거리기만 했소. 움막에 돌아와 문을 열면 라오헤이가 앉아 있지 않을까 하는 생각까지 하곤 했소. 그러나 나 좋자고 하는 생각일 뿐, 그는 다시 오지 않았소. 아픈 것일까? 어디 멀리로 이사를 간 것일까? 그 며칠 오만가지 생각을 하며 속을 끙끙 앓고 있는데, 부근의

* '검다'라는 뜻이 담겨 있다.

생선 가게에서 그물로 인어를 잡았다는 소문이 돌았소. 여기서 4,5리 쯤 떨어진 가게였소. 수많은 사람들이 몰려가 보고서는 다들 입을 딱 벌렸지. 그 소문을 듣고서 나도 바로 달려가보았소. 구경꾼들이 너무 많아 겨우 사람들 틈을 비집고 들어가 목을 빼들고서야 볼 수 있었소. 정말 인어였소. 엎드린 채 눈을 감고 있었는데, 이미 죽은 지 꽤 오래되어 보였소. 송아지만 한 크기에 가죽이 까맣고 반지르르했소. 꼬리도 있고, 지느러미도 있었지. 골통이 엄청 컸는데 사람 머리와 비슷해 보였소. 나는 특히 그것의 오른쪽 지느러미를 유심히 살펴보았지. 아문 흉터가 있는 것이 한눈에도 보였소. 가슴이 너무 떨려 그 자리에 주저앉고 말았지. 구경꾼들이 떠들어댔지만 한마디도 귀에 들어오지 않았소⋯⋯"

쳰녠구이는 다시 몸을 일으켰다.

"그 순간 나는 모든 것을 깨달았소. 이제 그 늙은이가 다시 나를 찾아올 리 없다는 것을. 남은 인생에서 다시는 그를 볼 수 없게 된 것이었지. 라오헤이는 큰 물고기가 사람으로 변신한 것이었지. 인어였단 말이오. 그러니 바닷속 인간은 땅 위의 인간보다 훨씬 뛰어난 것이오. 땅 위의 인간이 총명해지려면 정말 전심전력으로 인어에게서 재주를 배워야 할 것이오. 라오헤이는 나이가 많아 아마 물속에서 걸음걸이가 민첩하지 못했던 모양이오. 어찌된 영문이지 그만 그물에 걸리고 만 것이지. 그는 그렇게 죽고 말았소. 바둑을 두러 오기 위해 서두르다가 잡혔는지도 모르지. 만약 그렇다면 내가 그를 해친 셈이지. 인어도 사

람과 마찬가지여서 외로움이 두려웠던 것이 아니겠소? 다른 사
람과 함께 시간을 보내는 것을 좋아한 것이었지. 만약 그가 깊
은 바닷속에서 혼자 지냈다면 어땠을까? 실은 나 또한 혼자서
바닷가 모래톱에서 지내지 않았소? 종일토록 외로운 시간을 보
내면 무엇을 했는지, 무엇을 하지 않았는지도 분명치 않게 된다
오. 사람이 세월을 때운다는 것은 정말 쉬운 일이 아니오. 평생
그 답을 찾기 어렵지 않겠소. 지금 나 역시 그 인어랑 다름없이
매일 친구들이 찾아오기만을 기다리고 있지 않소. 난 지금까지
마음을 차분히 가라앉힌 적이 없소. 언젠가는 배를 몰고 바다로
나가 다시는 돌아오지 않을지도 모르오. 더군다나 난 라오헤이
가 살던 곳도 가보고 싶으니."

　　담뱃불이 꺼지고 말았다. 라오진터우는 담뱃대를 아예 치
워버렸다. 그는 입을 꾹 다물고 마치 화난 사람처럼 첸녠구이를
바라봤다. 그사이 첸녠구이는 이미 나른히 바닥에 드러누워 두
눈을 반쯤 감고 있었다. 그는 비웃듯이 물었다. "그럼 바다에도
사람이 살고 있단 말인가⋯⋯?" 라오진터우는 하찮다는 듯 그
를 바라보기만 할 뿐 대꾸를 하지 않았다. 첸녠구이가 다시 입
을 열었다. "하긴 움막 안에 누워 있기만 해도 비린내가 진동한
단 말일세. 이젠 알 만하이. 자네가 바로 인어일세. 한데 자네
눈은 튀어나오지 않았는걸." 라오진터우는 아무 말도 하지 않
았다. 이윽고 그는 몸을 일으켰다.

　　라오진터우는 움막 밖으로 나왔다. 해가 서쪽으로 기울고
있었다. 해변의 모래사장이 따스했다. 햇볕을 등에 인 표주박

같은 작은 배는 마치 오래된 장난감 같아 보였다. 라오진터우는 잠시 기지개를 켜고 나서는 꼼짝도 않고 바다를 바라보았다. 첸넨구이도 느릿느릿 옆으로 다가와서는 한참 깨끗한 모래를 가지고 놀다가 다시 땅에 드러누웠다. 모래가 따끈따끈했다.

햇빛을 받아 물결이 반짝였다. 가까운 곳에서 멀리로 가면서 바닷물은 다양한 빛깔로 빛나고 있었다. 초록색. 담황색. 검푸른색과 검은색…… 그리고 아득히 먼 곳에 흐릿한 수평선이 뻗어 있었다. 수평선은 하늘에 떠 있는 것 같기도 했고 푸른 물결 위에 붙어 있는 것 같기도 했다. 아마 헤아릴 수 없이 많은 사람들이 그 수평선을 향해 노를 저어갔을 것이다. 아무리 노를 저어도 그것은 영원히 수평선에 그치는 하나의 유혹이었다. 수면 위의 자욱한 물안개가 파도의 낮은 물곬 사이에서 흐르고 있었다. 올가을의 바다에는 돛이 보이지 않았다. 오로지 바다 홀로였다.

라오진터우는 마치 발밑 모래에 말을 걸듯이 고개를 숙인 채 말했다. "세상에서 가장 큰 것이 바다지. 그 바다의 가장 먼 안쪽, 가장 깊은 곳에 무엇이 있는지는 아무도 모르지. 오로지 인어만이 알지. 라오헤이는 바둑을 두면서 나에게 그걸 알려주었소……"

"그걸 다시 나한테 알려주면 될 것을." 첸넨구이가 히죽거리며 말했다.

라오진터우는 오래도록 침묵을 지키고 있더니 고개를 가로저었다.

4

늦가을이었는지라 한밤중이 되자 움막 안이 제법 쌀쌀했다. 라오진터우는 어쩔 수 없이 화로를 피웠다. 낮에 해안의 파도 자국을 따라 걸으면서 파도에 실려 온 석탄덩이와 나뭇조각들을 주워 모았던 것이다. 바다로 나간 사람들이 버리거나 잃은 것들을 파도가 다시 바닷가로 보내왔던 것이다. 그것은 늙은이에게는 엄한을 견딜 수 있도록 바다가 준 선물이었다. 깊은 밤이 되면 라오진터우는 화롯가에 쭈크리고 앉아 불꽃이 튀는 소리를 듣곤 했다. 활활 타오르는 불길은 난데없이 시창우의 몸을 떠올리게 했다. 마음속이 따스해졌으나 이내 쓸쓸해졌다. 그러고 나서 도저히 잠이 오지 않았다. 그는 지나간 삶을 떠올렸다. 특히 그는 황금같이 빛나던 젊은 시절을 떠올리기를 즐겨 했다. 그때만 해도 그는 온몸에 힘이 넘치는 건장한 사내였다. 지금과 마찬가지로 고적했으나 그때는 두려움이라고는 없었다. 천 번이고 만 번이고 다시 겪고 싶은 시절이었다. 상념 속에서 밤이 조금씩 새어 흘렀다. 배가 고파왔다. 그는 말린 물고기를 꺼내 불에 구워서는 힘겹게 씹기 시작했다. 치아가 적지 않게 빠졌으나 아직도 완강하게 남아서 버티는 놈이 몇 있었다. 그는 바다처럼 드넓기만 하던 그 나무숲을 자주 떠올리곤 했다. 얼마나 파란만장한 세월이었던가! 그는 천천히 꼭꼭 씹어서 말린 물고기 한 마리를 다 먹어치우고 말았다.

그는 날이 희붐히 동터올 무렵 바다를 마주하고 서 있기를 좋아했다. 여명을 맞듯이 바다가 고요한 것은 아직 바다가 잠들어 있기 때문이었다. 바닷바람이 촉촉하고 서늘했다. 머나먼 바다 저쪽에서 헤아릴 수 없이 먼 길을 달려온 바람이었다. 날이 흐릿하고 물안개가 자욱했다. 라오진터우는 묵묵히 웅크리고 앉았다. 발돋움하듯 해가 조금씩 수면 위로 떠올라 찬연한 빛으로 온 바다가 물들 때가 되어서야 그는 길게 안도의 숨을 내쉬며 작은 배가 있는 곳으로 걸음을 옮기곤 했다. 그는 그러기까지 늘 돌부처처럼 꼼짝달싹하지 않고 기다리곤 했다. 가끔 그는 눈을 반쯤 감은 채 졸기도 했다. 라오헤이라는 이름의 인어가 떠오르곤 했다. 그때마다 콧구멍 가득 짙은 비린내가 풍겨왔다. 정말로 인어가 찾아오기도 했다. 그는 담뱃대를 꺼내 인어와 번갈아가며 한 모금씩 빨곤 했다. 인어는 그에게 바닷속 세상의 일들을 이야기해줬을 뿐만 아니라, 그를 데리고 자주 바다로 향했다. 그는 술에 취한 사람처럼 온전히 새로운 세계로 빠져들고 말았다. 인어가 지느러미를 하느작거리며 앞장서자, 바닷물이 주렴처럼 양옆으로 갈라지면서 곧게 뻗은 큰길이 나섰다. 끝이 보이지 않는 그 길은 그들을 앞으로 안내했다. 가끔 길을 걷는 것이 아니라 표주박만 한 작은 배를 타고 자유로이 떠도는 듯싶기도 했다. 눈앞에 펼쳐진 세계는 점차 짙은 녹색을 띠기 시작했고 공기가 더할 나위 없이 신선해졌다. 그는 눈이 휘둥그레져 눈앞의 모든 것을 살펴봤다.

순수한 녹색의 세계였다. 그 푸름이 당장이라도 방울져 흘러내릴 듯했다. 푸르고 무성한 여러 식물들이 맑고 투명하게 빛나는 토양에서 자라고 있었다. 청록색 꽃들이 만발해 있었다. 꽃잎에 앉았던 이슬이 바르르 떨리더니 허공으로 굴러 떨어졌다. 삽시에 짙은 향기가 사처로 풍겼다. 소란스러움이 없는 곳이었다. 티끌도 없는 곳이었다. 오로지 고요와 아름다움뿐이었다. 꽃들 사이로 오가는 배의 선체에는 꽃잎들이 가득 뿌려져 있었다. 이곳에서는 차를 한 대도 볼 수가 없었고 찌그덕거리는 차바퀴 소리 또한 들리지가 않았다. 배들의 민첩함도 사람의 눈을 휘둥그레지게 했다. 배는 수많은 꽃무더기 사이를 헤치고 다니면서도 이슬 한 방울 떨어뜨리지 않았고, 벌 한 마리도 놀래지 않았다. 배는 사면팔방 어디로든 갈 수 있었다. 사람들은 뱃전에 겹겹이 내려앉은 꽃잎들을 주워 하늘과 땅을 향해 뿌렸다. 꽃과 배의 그림자가 반질반질 빛나는 땅에 비치면서 모든 것이 쌍을 이루었다. 행인들은 태연자약하게 미소를 지으며 꽃밭 속을 거닐고 있었다. 새와 벌, 그리고 여러 가지 꽃과 나무들이 행인들에게 가까이 다가가려 했다. 이곳에서는 모든 것이 서로 인사를 하고 대화와 문안을 나눌 수 있는 듯했다. 적지 않은 사람들이 걸음을 멈추고 몸을 숙여 금방 달린 열매에 입맞춤을 했다. 그러자 열매 아래에서 파란 잎들이 손바닥처럼 펼쳐지더니 사람의 얼굴을 부드럽게 매만져주었다. 벌들은 멀리 가고 싶을 때면 날아서 갈 수도 있었지만, 사람들 어깨에 앉아 갈 수도 있었다. 멀리 가는 사람들은 배를 타고 갈 수도 있었지만 투명하게 빛나는 땅 위에서 나는 듯이 미끄러져 갈 수도 있었다. 배들은 진정 자유로이 어디에나 갈 수 있었고 공중에 떠오르면 날 수 있었다. 영원히 서로 부딪칠 염려가 없었기 때문에 운행 사고가 날 리도 없었다. 배의 운행 속도는 제한 없이 사람들 의지에 따라 수시로 변화시킬 수 있었다. 이곳의 낮과 밤, 아침과 저녁, 오전과 오후는 빛깔과 광도로 구분되었을 뿐만 아니라 향기로도 구분할 수 있었다. 누구든지 눈을 감고도 시간을 알 수 있었다. 아침에는 재스민 향기가 났고 점심에는 동백꽃 향기가 났다. 밤이 되면 모든 꽃과 잎이 오므라들었다. 불면증에 시달리는 사람은 아무도 없었다. 밤이면 모든 사물들이 수면 자세를 취하고 있었기 때문에 사람들에게 마음의 안녕을 얻을 방법들을 일깨워주었다. 이곳에는 해도 달도 별도 없었다. 꽃잎들과 투명하게 빛나는 토양이 모두 광채를 뿜고 있었기 때문에, 어디를 가나 밝고 환했다. 그늘이라고는 전혀 없는 곳이었다. 극심한 비통에 사로잡힌 사람도 없었다. 간혹 투명하고 빛나는 눈물이 눈가에 맺혔다 하더라도 그조차 마치 꽃잎에 맺힌 이슬과도 같아 보였다. 근심과 고통이 없는 것은 아니었지만 거대한 행복과 비교해볼 때 너무나도 보잘것없는 정도였다. 사람들은 행복을 찾기 위해 비로소 고통을 맛보곤 했다. 예컨대 사람들의 고뇌는 주로 사랑에서 비롯되었다. 청록색 꽃송이 아래서나 배 위에서, 그리고 밭에서 사람들은 사랑에 대해 속삭이곤 했다. 무릇 남자와 여자의 정결함을 판단하는 유일한 기준은 사랑을 알고 모름에 있었다. 사랑을 아는 사람이야말로 가장 정결한 사람이었다. 이곳에는 죽음이 없고 따라서 무덤도 없었다. 사람과 벌, 꽃과 새 등 모든 생명을 지닌 것들은 서로 전환하곤 했다.

누구든 이러한 전환을 맞게 되면 기뻐하고 즐거워했다. 전환을 맞는다는 것은 곧 사랑을 맞이하는 것과 다르지 않아, 사람들은 감격에 차 노래를 불렀고 세상 만물은 그 노랫소리에 취하곤 했다. 이곳에서는 모든 것이 생명 자체의 소망에 따라 움직였고 그 어떤 일이든 의좋게 의논하여 결정되었다. 사람들은 호령과 공포를 몰랐다. 하늘과 땅은 다양한 빛깔로 빛났고 사람들의 삶 역시 다양한 빛깔을 지니고 있었다. 어디를 가나 순결함과 빛남과 투명함뿐이었다. 사람들의 눈동자와 마음 또한 그러했다. 무수한 배들이 활주하고 날아올랐으며 그 뒤를 따라 싱싱한 꽃잎들이 무더기로 쏟아지곤 했다. 사람들은 배에 올라 먼 곳으로, 모든 가능한 곳으로 향했는데, 마음이 움직이는 곳에 생각이 미쳤고, 생각이 미치는 곳에 배가 다다르곤 했다. 꽃잎들이 춤추듯 날리면서 한 잎 또 한 잎 사람들의 머리와 얼굴, 그리고 입술에 사뿐히 내려앉았다. 그때마다 전기에라도 닿은 듯 서늘하고 맑은 향기가 온몸에 퍼지곤 했다. 배 위의 사람들은 감격에 겨워, 분분히 날리는 꽃잎들을 받으려고 급히 손을 내밀었다. 땅 위에 떨어진 꽃잎들은 마냥 사람처럼 미소를 짓다가 투명한 흙으로 변했다. 이때 미풍에 들릴 듯 말 듯 거문고 소리가 실려 왔다. 그 소리는 끊길 듯 말 듯 이어지다가 점차 배 후미로 사라졌다. 더없이 아름다운, 반짝반짝 빛나는 아가씨들이 청록의 나무숲에 누워 있는 광경이 보였다. 그녀들은 말없이 다만 긴 팔을 내밀어 서로 이야기를 나누었다. 때때로 열매가 달린 나무들이 몸을 숙여 그녀들 중 한 아가씨에게 키스를 하곤 했다. 그때마다 그녀는 어깨를 흔들며 웃음을 터뜨렸는데, 옷깃 속의 섬세한 피부가 드러나곤 했다. 배들이 빠른 속도로 그 옆을 지났다. 배 위 사람들은 아가씨들을 눈여겨보았다. 가끔 남자들만을 가득 태운 배들도 있었는데, 그들은 배의 속도를 늦추고 천천히 아가씨들을 에돌아 지나면서 이구동성으로 외치곤 했다. "그대들을 만나게 되어 큰 행운이오. 고백하건대 우리는 그대들을 사랑한다오." 아가씨들도 대화를 그치고 형형한 눈빛으로 꽃잎에 겹겹이 쌓인 배를 바라보면서, 벅찬 가슴을 누르며 외치곤 했다. "오, 그대들이여, 우리도 마찬가지랍니다!" 그리고 배가 지나가면 아가씨들의 두 눈에는 눈물이 고이곤 했다. 배 위와 땅 위, 꽃송이 아래와 숲속 어디서나 이러한 작별을 볼 수 있었다. 그리고 짙은 초록 속에서 재스민의 청순한 향기가 모든 생명을 살아 숨 쉬게 했다. 그것은 아침의 향기였기 때문이다. 아침이 시작되면 모든 사람들은 걸신들린 듯 숨을 크게 들이쉬고 나서야 다시 노동과 창조의 행복을 누리기 시작했다. 가없이 드넓은 이곳에서는 노동과 창조의 행복 역시 가없는 것이었다. 노동과 배, 그리고 사랑이 하나로 이어진 곳이었다. 녹색이 점점 짙어지면서 모든 투명한 녹색이 하나로 용해되기 시작하더니 서서히 아득히 넓고 먼 파도를 이루었다. 바람이 불고 파도가 세차졌다. 물결은 겹겹의 희디흰 꽃다발로 피어났다. 그 투명하고 춤추는 듯한 산봉우리들이 앞으로 이동하면서 점차 육지를 향해 돌진했다. 뭍에는 넓은 모래사장이 펼쳐져 있었고 그 위에는 작은 움막과 웅크리고 앉은 늙은이가 있었다.

라오진터우는 힘겹게 머리를 무릎 사이에서 들어올렸다. 곧바로 금빛 햇살이 그의 단단한 이마를 비추었다. 그는 놀란 듯 입을 잔뜩 벌린 채 메마르고 큼직한 손으로 가슴팍을 쓸어내렸다. 움푹 꺼진 두 눈에 광채가 돌았다. 그는 먼 곳을 응시했다. 문득 그는 불안한 듯 자리에서 일어나 몸을 움직이며 크게 숨을 내쉬었다. 마치 눈앞에서 감도는 아침 안개를 몰아내기라도 하려는 듯했다. 그의 눈길이 차차 멀리서 가까이로 옮겨 오다 파도와 모래사장이 이어지는 바다 가장자리에서 멈추었다.

그곳에는 무엇인가가 꿈틀거리고 있었다. 라오진터우는 눈을 크게 부릅뜨고 살펴보면서 한 걸음 가까이 다가갔다. 머리와 수염, 그리고 살구 씨만 한 눈이 똑똑히 보였다. 그것은 모래사장에서 계속 움직거렸는데, 머리를 높이 쳐들고서 물이 뚝뚝 흐르는 반지르르한 가슴을 드러내기도 했다. 라오진터우는 얼굴 근육을 실룩거리더니 잰걸음으로 달려가면서 더없이 친근한 목소리로 그것을 향해 무어라 외쳐댔다. 그것은 사람이 자기를 향해 달려오는 광경을 보고서도 피하지 않았을 뿐더러 심지어는 박수까지 쳐대며 왼쪽 눈을 찡긋거렸다. 라오진터우는 곤봉처럼 단단한 두 팔을 벌리고 그것을 향해 달려갔다. 그러나 그것은 몸을 일으키더니 두 눈을 질끈 감고서 벌떡 뒤로 곤두박질을 쳐 물속에 들어가버리고 말았다. 그러고는 쏜살같이 바닷속으로 줄행랑을 쳤다.

라오진터우는 손을 비비며 큰 소리로 욕지거리를 했다.

품행이 단정치 못한 인어라는 생각이 들었다. "제기랄! 인

어 중에도 늙은이를 갖고 장난치는 자가 있군.” 그는 그리 욕을
해대며 돌아섰다.

그가 이제 막 움막 안으로 들어가려 할 때 문득 뒤에서
‘푸푸’ 하는 소리가 들려왔다. 고개를 돌린 라오진터우는 또다
시 그것을 발견했다. 그것은 몸을 일으켜 세우고서 이쪽을 향해
두리번거리고 있었다.

신이 난 라오진터우는 손뼉을 쳐대며 몸을 돌려 큰 걸음
으로 다가갔다. 그는 “뭘 그리 숨바꼭질을 하고 그러시오? 안심
하고 어서 움막으로 들어오게나. 자넨 아직 젊어서 세상 물정을
몰라서 그러네. 그리 두려워할 것 없네!……”라고 말하더니, 나
중에는 잰걸음으로 달려갔다.

그것은 가까이 다가온 라오진터우를 바라보며 앞서와 마
찬가지로 즐거운 듯 몸을 세우고 기다렸다. 그러더니 다시 손뼉
을 치며 왼쪽 눈을 질끈 감고서 제대로 익살스러운 표정을 지어
보이더니, 뒤로 곤두박질을 쳐 물속으로 종적을 감추고 말았다.

라오진터우는 더는 욕지거리를 하지 않았다. 필시 착한
인어가 아니라는 생각이 들었다. 이제는 오히려 그것을 붙잡아
뺨이나 몇 대 갈기고 싶은 생각이 들었다. 바다 역시 땅에서 나
는 물건들과 마찬가지로 모든 사물이 천차만별로 각개의 성품
을 지니고 있는 법이었다. 그를 슬프게 하는 것은 이제 와서 세
상 모든 것이 한 늙은이를 버리려 한다는 것이었다.

아침을 짓기 위해, 라오진터우는 파도 자국을 따라 바닷
가를 걸으며 어중간한 크기의 물고기 몇 마리와 큰 바닷조개 한

마리, 그리고 가무락조개 두세 개를 주웠다. 그는 그것들을 모두 가마솥에 넣은 뒤 바닷물을 반쯤 부어 넣고 끓이기 시작했다. 가마솥에서 흰 김이 뿜어 나오면서 해물을 삶는 익숙한 냄새가 사방으로 풍겼다. 라오진터우는 어린이마냥 몇 번이고 거듭하여 솥의 나무 뚜껑을 열어보았다. 그가 또 손을 뻗치려 하고 있는데 움막 밖에서 '삑삑'하는 호루라기 소리가 들려왔다. 그는 데기라도 한 듯이 재빨리 손을 거두어들였다.

시창우가 낡고 큰 겹저고리를 입고서 문어귀에 서 있었다. 짚으로 된 거적을 걷으며 밖을 내다보던 라오진터우는 깜짝 놀라고 말았다.

온몸에 먼지를 뒤집어쓴 시창우는 마치 오래된 기물(器物)과도 같아 보였다. 그는 멍한 눈빛으로 라오진터우를 바라보면서 힘겹게 콧김을 내뿜었다. 바짓자락도 반 뼘 정도 짧아져 기괴할 정도로 가늘고 더러운 종아리가 드러나 있었다. 아이는 몸을 덜덜 떨었다. 콧김을 세게 내쉴 때마다 입에 문 쇠 호루라기가 미약한 소리로 울리곤 했다.

"시창우로구나!" 라오진터우가 소리를 쳤다.

"삑~" 시창우의 입에 물린 호루라기가 힘없이 울렸다.

"빌어먹을 녀석, 왜 그리 오랫동안 들르지 않은 거냐!"

"삑~" 호루라기 소리가 전보다도 더 힘이 없었다.

라오진터우는 손바닥을 비비며 "몹쓸 녀석⋯⋯"하고 중얼거렸다.

늙은이의 말이 채 끝나기도 전에 갑자기 아이의 입이 맥

없이 벌어지더니 호루라기가 가슴팍으로 툭 떨어졌다. 시창우는 눈앞이 캄캄해지며 늙은이의 품 안에 쓰러지고 말았다. 아이의 몸이 수숫단처럼 가벼웠다.

라오진터우가 황급히 흔들어 깨웠으나 아이는 이를 사리문 채 아무 말도 하지 못했다. "어이쿠, 이런 불상사가. 많이 굶은 게로구나……" 라오진터우는 무릎으로 시창우의 뒤통수를 받친 채 몸을 비틀어 생선탕을 떠내더니, 입김을 불어가며 국을 떠먹였다.

아이는 음식물을 삼킬 기력만은 남아 있었다.

시창우는 반나절이 지나서야 깨어났다. 그는 나른한 몸을 채 일으켜 세우지도 못한 채 뜨거운 두 팔을 내밀어 라오진터우의 목부터 끌어안았다. 그렇게 오래 안고 있더니 아이의 두 눈에 물기가 어렸다. 라오진터우가 힘주어 아이를 끌어안으며 소리쳤다. "시창우, 시창우……!"

다행히도 얼마 지나지 않아 시창우는 라오진터우의 품에서 뛰어 일어나더니 다리를 절룩거리며 움막 안에서 몸을 움직이기 시작했다. 그는 침대 위에서 뒹굴기도 하고 공중제비를 돌기도 하더니 나중에는 늙은이의 등에 매달려 태워달라고 했다. 한참 지나서야 잠잠해진 그는 손을 내밀어 솥뚜껑을 열어보았다. 가마솥이 텅 비어 있었다. "그 배 한번 장하구나!" 라오진터우가 길게 탄식하더니 밖을 내다보며 날씨를 살폈다. 그는 배를 몰고 바다로 나가 큰 놈으로 물고기 몇 마리를 잡아오기로 작정했다.

시창우도 라오진터우를 도와 어구들을 정리했다. 두 사람은 배를 밀고 바다로 들어가 유쾌히 노를 젓기 시작했다. 바닷물은 햇빛을 받아 찬연히 얼룩져 있었는데, 멀리서 가까이로 오면서 쇠사슬처럼 끊임없이 흔들렸다. 시창우는 몸을 뱃전 밖으로 내밀고서 물결이 선체에 부딪쳐 부서져나가는 모습을 구경했다. 이윽고 그는 비린내가 가득한 선창에 들어가 앉았다.

라오진터우는 노를 저으며 시창우에게 말을 건넸다. 선창 안에서 시창우의 목소리가 들려올 때마다 비린내가 함께 풍기곤 했다. 선창에는 시창우만큼이나 큰 물고기를 실은 적도 있었다. 라오진터우가 "어느 해인가 큰 물고기를 한 마리 잡은 적이 있는데 신통히도 배꼽이 사람과 닮아 있었지…… 그렇게 큰 놈을 한 번만 더 잡을 수 있으면 좋겠구나. 큰 솥으로 세 번이나 나누어 끓였다니깐. 소금을 반 자루나 썼지"라고 말했다. 선창에서 시창우가 웃었다.

배는 바닷가에서 점점 멀어져갔다. 움막의 모습이 가물가물해졌다. 라오진터우는 아침에 바닷가 파도 언저리에 나났던 '인어'를 떠올리고는 화가 나 시창우에게 그 일을 얘기했다. "좀 늦게 바다로 나올 걸 그랬어. 먼저 방법을 대 그놈을 잡았어야 하는 건데. 날 골려주더라고. 필시 내가 늙었다고 조롱한 것이야."

시창우는 선창에서 머리를 내밀며 물었다. "정말 '인어'가 있긴 한 거예요?"

라오진터우는 대답 대신 자기 말을 이어갔다. "그 녀석이

나를 향해 익살스런 표정을 지으며 왼눈을 감더라고. 내가 돌아
서서 가버렸더니 이번에는 뒤에서 기척을 내더군. 그래서 다시
고개를 돌렸더니 손뼉을 쳐대는 거야. 흥!"

시창우는 눈을 반짝이더니 몸을 앞으로 굴려 갑판 위로
나앉았다.

라오진터우는 계속해서 그 '젊은 인어'를 욕해댔다. 고약
한 것이 새벽부터 외로운 늙은이를 골려줬으니, 붙잡아 볼기라
도 때려야 한다는 것이었다.

시창우는 입을 틀어막고 웃더니 목에 건 쇠 호루라기를 꺼
내 입에 물고서 '삑삑' 불기 시작했다. 그는 그 '인어'가 실은 바
닷가로 기어 나온 바다표범에 지나지 않음을 알아챘던 것이다.
그러나 그는 결코 까밝히지 않았다. 바다표범을 본 적이 있는
그는 라오진터우가 속으로는 다 알면서도 모르는 척하는 것임
을 알고 있었다. 그는 웃으면서 쇠 호루라기를 입에서 뱉어냈다.

"세상에는 워낙 기이한 일들이 많은 법이에요. 언젠가 우
리 꼬마들이 바다에서 수영하고 있을 때였어요. 날이 저물도록
수영하고 있는데 모래사장에서 두 장 정도 떨어진 곳의 수면 위
에 말 머리가 보이지 않겠어요. 다들 '망아지다, 망아지야' 하
면서 그리로 헤엄을 쳤지요. 내가 제일 먼저 말의 등에 올라탔
어요. 매끄러운 갈기를 꼭 붙잡고 있었더니 말이 아팠던지 뒷
발질을 하여 날 모래사장으로 뿌리쳐버리는 것이었어요. 다리
가 불에 덴 듯 아파서 고개를 숙여 보니 껍질이 다 벗겨졌지 뭐
예요…… 그건 바닷속의 말이었어요. 바다 말은 비늘이 있었어

요······."

라오진터우가 콧방귀를 뀌었다. "바다 말은 무슨 바다 말! 그건 고래란다!"

시창우가 손뼉을 치며 말했다. "옳거니. 영감의 그것 또한 '인어'가 아니라 바다표범인 게지요!"

라오진터우가 화난 눈길로 시창우를 쳐다보더니 아무 말도 하지 않았다. 아문 흉터가 있는 검고 긴 손가락이 장기짝을 쥐고 있는 모습이 눈앞에 언뜻 떠올랐다. 그는 눈을 감더니 고개를 흔들었다.

배가 일렁이는 파도의 물결을 따라 위에서 아래로 떨어질 때면, 마치 빙산을 미끄러져 내리는 듯싶었다. 다른 점이라면 물결이 빙산보다 탄력이 있었다. 배는 선수를 잔뜩 쳐들고 높은 곳에 올라 주변을 두리번거리기도 했다. 늙은이와 꼬마는 배가 조용해지기를 기다려 아주 가는 명주실을 뱃전으로 내려뜨렸다. 그들은 두 다리를 벌리고 서서 무릎과 팔꿈치 안쪽으로 명주실을 당겼다. 이윽고 명주실이 움직이기 시작했다. 늙은이가 고함을 지르더니 두 다리를 굽히며 힘을 썼다. 명주실은 위로 당겨질수록 더욱 세차게 움직였다. 늙은이가 "큰 놈이다, 큰놈! 어서 장비를 가져와!"라고 고함을 질렀다. 그 말이 끝나기 바쁘게 파초 잎처럼 크고 넓적한 물고기가 수면 위로 튕겨 올라왔다.

물고기는 다시 물속에 들어갔다가 갑작스레 또다시 뛰어오르곤 했다. 명주실이 몇 번이고 뭉쳐져 엉킬 뻔했으나 그때마다 라오진터우는 익숙한 솜씨로 외줄로 정리해내곤 했다……
은빛으로 반짝이는 물고기가 뱃전으로 끌려오더니 펄떡하고
갑판 위로 뛰어올랐다. 그놈은 입으로 명주실을 꽉 문 채 요동
을 쳤다. 시창우가 두 손에 틀어쥔 나무 몽둥이로 가늠하더니
퍽 하고 물고기 대가리를 내리쳤다.

"근사한 놈이구나! ……됐어. 솥이 비지 않게 되었군." 라
오진터우는 가쁘게 숨을 내쉬더니 담뱃대를 꺼내 피워 물었다.

시창우는 오래도록 갑판에 웅크리고 앉아 물고기를 들여
다보았다. 그놈은 두 눈이 반짝반짝 빛났으나 미동도 하지 않았
다. 꼬마는 물고기의 입에 대고 호루라기를 불어댔다…… 한참
이 지나서야 그는 고개를 들어 라오진터우를 바라보았다. 늙은
이는 아무 말 없이 바다를 쳐다보며 넋을 잃고 있었다. 시창우
는 짐짓 "에이!" 하고 소리를 질렀다.

그제야 라오진터우가 고개를 돌려 꼬마를 바라보았다.

"오늘 큰 놈으로 몇 마리나 잡을 거예요?"

라오진터우는 담배 연기를 내뿜으며 "적어도 네댓 마리는
잡아야지 않겠니……" 하더니 기분이 좋아져, "한 끼 잘 먹어야
지. 돌아가면 솥에다 큰 물고기를 넣고 푹 삶도록 하자꾸나. 한
반나절 말이다. 나한테 좋은 술이 있다. 꼬마 너도 이번엔 조금
마셔라. 그러고 보니 아직 네가 취한 꼴을 본 적이 없구나……"
라고 말을 늘어놓았다.

"난 취할 리 없다고요!"

"그래? 이번엔 널 꼭 취하게 할 거다. 취해야 하는 거다.

취하지 않으면 배불리 먹고 나서 또 도망을 갈 게 아니냐."

시창우가 키득거리며 웃었다. 그는 다리를 펴고 앉아 늙은이를 쳐다보며 익살스런 표정을 지었다. "이번엔 달아나지 않을 거예요. 함께 이불을 덮고 누워 영감의 옛이야기를 들을 거예요. 한데 옛이야기를 좀 많이 하세요. 한밤중이 되어 여자 요괴가 찾아올지 누가 알아요……"

라오진터우는 추운지 몸을 웅크리고 앉더니 담뱃대를 치웠다. 그는 앉은걸음으로 이물 쪽으로 자리를 옮겨, 눈을 가늘게 뜨고 반짝이는 바닷물을 바라보았다. 먼 곳에서 안개가 일더니 물과 하늘이 맞닿은 수평선을 가리고 말았다.

시창우는 늙은이의 시선을 뒤쫓았으나 아무것도 보이지 않았다.

"바다는 시작도 끝도 없지. 배를 타고 열흘이든 스무날이든, 아니 일 년 내내 가도 그 끝이 보이지 않지. '삼산육수일분전'이라는 말이 하나 그른 데가 없는 거야. 배는 바퀴가 달려 있지 않기 때문에 어디든지 갈 수가 있는 거란다. 얘야, 안개 너머 바다 저쪽에 무엇이 있는지 넌 모르지? 이 배로 며칠 내내 달려야 그곳에 도착할 수 있단다. 그곳에는 망망대해와도 같은 아주 오래된 숲이 있단다. 넌 아직 그 오래된 숲에 대한 이야기를 듣지 못했지. 실은 꼭 들어봐야 하는 건데. 그걸 들으면 배를 몰고 그곳을 다녀온 거나 진배없지. 그렇다고 그곳이 바다 언저리라 생각하지는 말아라. 바다는 언저리가 없단다. 끝이 없지. 땅은 워낙 바다에 포위되어 그 한가운데 있는 거란다. 그 숲도 마찬가지이지."

햇빛이 라오진터우의 얼굴에 잔뜩 내려앉았다.

시창우가 이제까지 본 적이 없는 모습이었다. 그 모습에 놀라 아이는 입을 벌린 채 아연해졌다.

5

달빛이 찼다. 파도가 돌로 된 제방을 끊임없이 두드리고 있었다. 어디선지 작은 배 한 척이 나타났다. 노가 뱃전에 부딪치며 소리를 냈다. 갑판 위에는 두 사람이 엎드려 있는 듯했다. 잠시 후, 그들은 바닷바람 속에서 몸을 일으켜 앉았다. 그제야 남자와 여자의 형체를 구분할 수가 있었다. 남자는 몸이 가늘고 키가 컸으며 가슴이 떡 벌어져 있었다. 여자는 그를 '좡난(壯男)'*이라 불렀다. 여자는 어린이와도 같아 보였고 다홍빛 상의를 입고 있었다. 좡난은 그를 '샤오훙하이(小紅孩)'**라고 불렀다…… 두 사람은 가쁘게 숨을 몰아쉬며 목소리를 한껏 낮춰 얘기를 나눴다. 그들의 목소리에는 공포와 불안이 스며 있었다. 배가 서서히 제방에서 멀어지기 시작하자 그제야 두 사람은 뒤를 돌아다보았다.

* '건장한 사내'라는 뜻을 지니고 있다.
** '붉은 옷을 입은 꼬마'라는 뜻을 지니고 있다.

그곳에는 등불이 흔들리는 도시가 있었다. 도시는 마치 활활 타오르는, 기와를 굽는 거대한 가마와도 같아 보였다.

높이 솟은 교회당의 검고 뾰족한 지붕이 어두운 그림자를 바닷물 속에 드리우고 있었다. 그것은 마치 지남침과도 같이 먼 곳을 가리켰고 배는 그 방향을 따라 앞으로 나아갔다. 샤오훙하이가 가슴에 십자를 그었다. 굳은 표정을 한 촹난의 눈가에 물기가 어렸다.

선창 안에 보따리 몇 개와 잡동사니들이 들어 있었다. 그들이 가져온 전 재산이었다. 빈 돛대가 하늘의 별자리를 가리켰다. 바람이 불어왔다. 촹난은 숨을 깊게 들이쉬었다. 그들은 묵묵히 서로를 껴안았다…… 도시는 이미 먼 곳으로 밀려나 있었다. 그것은 마치 벌집과도 같아 보였다. 그곳에서는 수많은 벌들이 각자 고단하고 분주한 삶을 지탱하고 있을 것이었다.

두 사람은 서로의 심장이 쿵쿵 세차게 뛰는 박동 소리를 들을 수 있었다. 이제 그 벌집으로부터의 결사적인 도주에 성공한 것이었다. 그곳에는 포악한 수벌이 한 마리 있었다. 고귀하고 아름다운 수벌이었다. 샤오훙하이가 아직 고치에 갇혀 있을 때, 그 수벌은 그녀를 차지하고자 했다. 촹난은 큰 가문에서 태어났으나, 그의 가문은 누구에게도 선택권을 주지 않았다. 그러나 불행히도 샤오훙하이는 벌방을 뚫고 나오는 순간 촹난을 마주쳤다. 수벌은 날개를 퍼덕이며 포로가 된 샤오훙하이의 주변을 순시했고, 사정없이 독침을 빼들었다. 샤오훙하이의 신음이 벌집 전체를 진동했다. 그리고 추운 가을밤, 달이 발밤발밤 교회당의 뾰족한 지붕 위로 기어오를 때, 촹난은 그 수벌을 죽이고 말았다. 그는 달콤한 잠에 빠져 있는 꿀벌을 안아 들듯이 피바다 속에서 샤오훙하이를 안아 들고 그곳을 빠져나왔다…… 심장이 쿵쿵 뛰었다. 공포가 사라지자 점차 격정이 끓어올랐다. 그들은 오래도록 서로를 꼭 껴안고 있었다. 이윽고 촹난은 몸을 일으켜 돛을 올렸다.

작은 배는 밤낮 가없는 바다에서 떠돌았다.

나중에 배는 바다에서 강으로 들어섰다. 그들은 물결을 거슬러 올라갔다. 강 양쪽 기슭에 나무숲이 나타났다. 처음에는 나무들이 듬성듬성했으나 나중에는 바람도 통하지 않을 정도로 빽빽해졌다. 황량하기 그지없는 곳이었다. 인가가 보이지 않았고 야수의 울음소리만이 숲속에서 오래도록 메아리쳤다. 선창에는 총이 한 자루 있었다. 촹난은 그것을 몸 가까이로 당겼다.

가까스로 앞으로 나아가던 배가 끝내는 좌초하고 말았다. 그들은 배를 버리고 선창 안의 물건들을 크고 작은 두 배낭에 나누어 담았다. 뭍에 오른 두 사람은 오래도록 강 위의 배를 돌아다보았다. 그들은 돛이 하나뿐인 그 배를 영원히 잊을 수 없을 것이었다.

배낭을 멘 샤오훙하이의 모습은 우스꽝스럽기 짝이 없었다. 귀밑까지 오는 단발을 찰랑이며 그녀는 고개를 돌려 촹난을 쳐다보았다. 두 눈이 별처럼 반짝였다. 이윽고 그녀의 눈빛이 어두워졌다. 그녀는 다시 고개를 숙이고 발끝을 내려다보며 말했다. "끝내…… 이렇게 도망쳐 나왔군요." 좡난이 고개를 끄덕였다. "그렇소. 내가 당신을 빼낸 것이오. 이젠 당신과 함께 이 숲속에서 평생을 살 것이오." 그녀는 입술을 깨물며 키가 큰 그 남자를 오래도록 올려다보았다.

그들은 낮에는 걷고 밤이 되면 모닥불을 크게 피워놓고 휴식을 취하곤 했다. 좡난은 기민한 사냥개와도 같이 자그마한 소리에도 깨어났다. 그는 잠에 취한 눈으로 여자를 바라보았다. 그녀의 얼굴이 불길에 비추어 붉게 물들어 있었다. 좡난은 늘 그렇게 더는 잠이 들지 못하고 그녀를 바라보며 여명을 맞곤 했다. 숲속에서는 검게 탄 장작이나 음식물 찌꺼기, 그리고 나무에 난 칼자국 등 사냥꾼들이 남긴 흔적을 자주 볼 수 있었다…… 그러나 그들은 아무도 만나지 못했다. 큰 숲속에서 사람은 한 알의 모래나 다름없었던 것이다. 두 사람은 정착할 만한 곳을 찾아 헤매면서 속으로 마을이 나타나기만을 고대했다. 먹을거리가 다 떨어지고 나자 총에 기댈 수밖에 없었다. 좡난은 사격술이 훌륭했다. 그러나 그는 곰이나 노루와 같은 큰 짐승을 잡을 엄두는 내지 못하고 날짐승만을 사냥했다. 바지통이 찢어져 헝겊 조각으로 동여맸고, 밥을 먹을 때면 각자 칼을 한 자루씩 들고 구운 고기를 베어내어 입에 넣곤 했다.

그러던 어느 날, 물이 흐르는 소리가 들렸다. 샤오훙하이는 좡난의 손을 잡아끌고 그곳으로 달려갔다. 작은 강이었다. 강 한옆은 평퍼짐한 평지였고 주위에 큰 나무들이 빼곡히 들어서 있었다. 머물기에 마땅한 곳이었다. 그들은 잠시 주저했으나 이내 그곳에 정착하기로 결심했다. 그들은 분주히 움직이기 시작했다. 고생 끝에 작은 움집을 세울 수 있었다.

보금자리는 따스했다. 그날 밤, 샤오훙하이는 오래도록 남자의 품속에 엎드려 있었다. 그녀는 "끝내 우리 집이, 작은 보금자리가 생겼어요. 우리가 손수 지은 집이에요. 작은 강을 옆에 둔……"이라고 소곤거렸다. 챵난은 손으로 그녀의 등을 쓰다듬으며 눈을 커다랗게 뜨고서 어둠을 응시했다. "사랑하오. 난 이번 생에 오로지 한 가지 일만 할 것이오. 바로 당신을 사랑하는 일이오. 사랑하오, 당신을. 그날 밤, 끈적끈적하고 뜨거운 것이 내 손에 튀었소…… 내 샤오훙하이!" 그녀는 급히 남자의 입을 막았다…… 밤바람이 주변의 나무들을 흔들면서 멀리서부터 가까이로 다가왔다. 바람 소리는 마치 무수한 야수들의 울부짖음과도 같았다. 그들은 서로 꼭 껴안았다. 먼 곳에서 큰 나무 한 그루가 넘어지면서 우르르 쾅 하는 소리를 냈다. 샤오훙하이가 몸을 흠칫 떨었다. 챵난은 그녀를 가슴에 더욱 바싹 껴안았다. 그녀는 몸을 옹송그리더니 남자의 품속으로 파고들었다. "당신은 어쩌면 이리 작소. 이리 한 줌만 하다니…… 난 무릇 더없이 사랑스럽고 귀여운 것은 모두 작다는 것을 깨닫게 되었소." 챵난이 말했다. 그녀는 손을 내밀어 그의 수염을 쓰다듬으며 말했다. "당치 않은 말씀…… 챵난, 챵난, 전 당신의 아내예요. 당신의 아내!" 챵난은 어둠 속에서 힘주어 고개를 끄덕였다. 목구멍에서 무엇인가 뜨거운 것이 울컥했다.

낮과 밤, 그 모든 시간이 그들만의 것이었다.

그들은 집 옆의 작은 강에 물고기가 있는 것을 발견했다. 그들은 물고기 몇 마리를 잡아 생선탕을 맛있게 끓여 먹고서는, 어포를 만들기 위해 제때 먹을 수 없는 물고기들을 줄줄이 꿰어 움집 앞에 매달아두었다. 처음 사냥한 큰 산짐승은 사슴이었다. 나중에는 꽤 큰 노루도 한 마리 잡았다. 그들은 짐승의 가죽을 말뚝에 걸어두었다. 이젠 제법 사냥꾼의 집다워 보였다……그러나 그들은 얼마간 외로웠다. 바람 소리나 강물 소리 말고도 다른 인기척이 들렸으면 싶었다…… 그때 멀지 않은 곳에서 총소리가 울렸다.

그들은 자기들만의 움집에서 처음으로 손님을 접대했다. 마흔네댓 되어 보이는 사냥꾼이었다. 그는 숲속의 모든 오솔길들을 손금 보듯 알고 있었다. 처음에 그는 강가에 새로 지어진 움집을 보고 적잖이 놀랐다. 젊은 부부는 최선을 다해 음식을 준비했다. 밥을 먹을 때가 되자 사냥꾼은 품속에서 술을 담은 호리병박을 꺼내더니 그들에게 한 모금씩 마시라고 권했다…… 그날 밤은 즐겁기 그지없었다. 사냥꾼도 그 도시에서 도망쳐 온 사람이었다. 그는 그곳을 떠난 지 이미 30여 년이 넘었는데, 숲속으로 도망쳐 올 수밖에 없었던 것은 '사달을 쳤기' 때문이라고 했다. 그러나 어떤 '사달'이었는지는 말하지 않았다. 사냥꾼은 오래도록 침묵하고 있더니 나중에 창난과 샤오훙하이의 손을 하나씩 잡고서 그들의 손바닥을 들여다보았다. 그는 그들의 손에 금방 난 굳은살과 무엇엔가 긁혀 피가 난 상처 자국을 어루만지며 길게 탄식했다. 그는 "나도 금방 왔을 때에는 이랬소. 그러나 어디 한번 보게나"라고 하면서 소매를 걷어 올렸다. 피부가 무서울 정도로 검고 꺼칠꺼칠했다. 두 사람은 놀라 눈을 커다랗게 뜨고서 사냥꾼을 쳐다보았다. 사냥꾼이 고개를 떨어뜨리며 말했다. "30년일세! 30년!⋯⋯" 그는 허리춤에서 호리병박을 꺼내더니 다시 술을 마시기 시작했다. 이윽고 그는 얼굴과 목덜미가 모두 벌겋게 상기되었다. 숨을 쉴 때마다 쌔근쌔근 소리가 났다. 쟝난이 그만 마시라고 말렸으나 그는 쟝난을 가볍게 밀쳐냈다.

사냥꾼은 계속하여 술을 마셨다. 그는 몸을 일으키다가 비틀거리며 하마터면 앞으로 고꾸라질 뻔했다. 그는 다시 제자리에 주저앉더니 갑작스레 "여기까지는 어떻게 도망쳐 온 것이오?"라고 물었다. 쟝난이 배를 타고 왔다고 대답했다. 그는 드러내놓고 있던 가슴팍을 두드리며 말했다. "나도⋯⋯ 배를 타고 왔네! 제기랄, 배밖에 달리 무엇을 타고 오겠는가?⋯⋯" 사냥꾼은 많이 취해 있었다. 그는 흐릿한 두 눈으로 쟝난 부부를 쳐다보면서 손으로 무엇인가를 잡으려고 자꾸 더듬질을 해댔다. 나중에 그가 찾고 있는 것이 엽총임을 깨달은 쟝난이 옆에 있던 엽총을 손에 쥐여주었다. 그는 총을 품에 안은 채, 몸을 흔들거리며 노래를 부르기 시작했다. 날이 곧 어두워지려는 참이었다. 모든 것이 정적을 되찾아갔다. 오로지 사냥꾼이 부르는 노랫소리만이 끊길 듯 말 듯 오래도록 황혼 녘의 숲속을 감돌았다.

"부디 이 불효자를 욕하지 마오. 제발 왜 이 숲속에 숨었는지 묻지 마오. 구레나룻 가득한 이 사내도 사람이라오. 거액의 재산도 마다하고 해진 옷 입고서 다닐지언정 나는 족쇄와 굴레가 싫었다오. 가난하기 그지없어도 이 마음만은 살아 있소. 꿈결 같은 30년 세월 쏜살같이 흐르고 오로지 엽총만이 내 벗이었다오. 아아, 그것은 사냥꾼의 넋이라오. 날이 밝아 황혼이 깃들 때까지 호리병박을 메고서 원시림 속을 헤맨다오. 아아, 부디 이 불효자를 욕하지 마오. 제발 왜 이 숲속에 숨었는지 묻지 마오⋯⋯"

노래를 부르면서 사냥꾼은 서서히 어두워가는 숲을 바라보았다. 나중에 그는 눈을 내리감고 말았다. 그는 발음이 분명치 않았는데, 목소리가 반쯤은 콧구멍으로 새어 나오는 듯했다. 그는 입을 크게 벌린 채 턱을 덜덜 떨고 있었다. 애써 오열을 참고 있었던 것이다.

쾅난과 샤오홍하이도 노래를 들으며 두 눈에 눈물이 그득 차올랐다⋯⋯ 노래를 끝낸 사냥꾼은 조금 더 앉아 있다가 결국 자리를 털고 일어났다. 쾅난과 샤오홍하이는 자고 가라며 그를 만류했다. 비틀거리는 걸음이 심히 염려스러웠기 때문이었다. 그러나 사냥꾼은 손을 획 내저으며 말했다. "괜찮네, 괜찮아. 눈 감고도 돌아갈 수 있는 길이네⋯⋯"

사냥꾼은 기어이 떠나고 말았다. 조금 지나 숲속에서 여전히 끊길 듯 말 듯 이어지는 그의 노랫소리가 들려왔다⋯⋯

그날 밤, 쾅난과 샤오홍하이는 잠을 이루지 못했다. 두 사람은 속으로 사냥꾼의 삶에 대해 이런저런 추측을 했으나 누구도 말을 꺼내지는 않았다. 그들은 그들이 이제 갓 걷기 시작한 이 삶을 이미 오래 전부터 다른 사람들이 걸어왔음을 깨달았던 것이다. 방금 전의 사냥꾼도 그러했고 그보다도 더 일찍 이 길로 나선 사람들도 있을 터였다. 끝이 보이지 않는 가시덤불 같은 길이었다…… 두 사람은 꼭 껴안았다. 강물이 세차게 흐르는 소리와 멀지 않은 곳에서 산짐승들이 울부짖는 소리가 들려왔다. 날이 밝았다. 눈을 뜨자 창난은 새빨갛게 핏줄이 선 샤오훙하이의 두 눈에 아직도 눈물방울이 매달려 있는 것을 보았다. 그녀가 "창난, 난 너무 두려워요……"라고 말했다. 창난은 "뭐가 두려운 게요?"라고 물었다. "저도 잘 모르겠어요." 그녀가 대답했다.

며칠 지나지 않아 사냥꾼이 사람들을 몇 데리고 다시 움집으로 찾아왔다. 그들은 먼 곳의 여러 마을에 흩어져 사는 사람들이었다. 그는 손님들을 일일이 소개했다. 다른 사람들 역시 조상 대대로 그 도시에서 멀지 않은 곳에서 살았던 사람들이었으므로 한 고향 사람들인 셈이었다. 사냥꾼은 앞으로 서로 도우며 살자고 했다. 움집은 처음으로 많은 사람들로 북적였다. 손님들이 각자 가져온 무명과 소금, 그리고 모하(莫合)담배* 등을 꺼내놓았다. 창난은 어떻게 감사를 표하면 좋을지 몰라 했다. 그는 아내더러 도시에서 가져온 물건들을 꺼내 여러 사람들

---

* 1930년대 소련에서 중국 신장(新疆) 지역으로 전파된 담배의 일종이다. 손으로 말아 피우는 담배로 담뱃잎과 줄기를 함께 썰어 섞어 말리기 때문에 알갱이가 많다.

에게 나누어주도록 했다…… 헤어질 때, 사람들은 그들에게 어디로 가면 짐승 가죽으로 양식과 소금, 그리고 무명을 바꿀 수 있는지 자세히 가르쳐주었다.

손님 중에는 나이가 스물 남짓한 젊은 사냥꾼이 한 명 있었다. 그는 수줍은 소녀처럼 얼굴이 발그스레했고 검은 두 눈동자가 반짝반짝 빛났다. 허리에는 표범 가죽을 두르고 있었고 다리에는 맵시 있게 각반을 차고 있었다. 엽총도 새것이었고 허리에 찬 칼도 새것이었다. 머리숱은 마치 흑칠이라도 한 듯 검고 짙어 건드리면 당장이라도 불꽃이 튈 듯싶었다. 젊은이는 말수가 적었는데, 한쪽 구석에 앉아 조용히 입을 다물고 있었다. 입술은 조금 두터웠고 윤곽이 뚜렷한 것이 순박하면서도 고집스러워 보였다. 이름은 '왕바(汪坝)'였다. 사람들은 그가 이곳에서 으뜸가는 포수라고 칭찬했다. 표범과 곰을 얼마나 많이 잡았는지 모르며 사격술이나 담력이 뛰어나다는 것이었다. 그 중년의 사냥꾼은 "사냥꾼이야 남과 달라 그냥 사격술만 좋다고 되는 것이 아니지. 담력이 있어야 하는 것일세. 워낙 탄창부의 화약은 담력으로 불붙이는 것이네"라고 했다. 왕바는 그냥 겸손히 웃기만 했다. 촹난은 그에게로 다가가 형제를 대하듯이 친절히 그러안으면서 자주 놀러 오라고 했다…… 그들은 첫눈에 서로가 절친한 벗이 되리라는 것을 알아챘다.

왕바는 자주 찾아왔다. 그는 젊은 부부에게 많은 것을 가르쳐주었다. 약재를 식별하는 방법도 가르쳐주어 그 후 촹난은 사냥 말고도 약재도 캘 수가 있었다. 나중에 촹난은 아주 큰 산

삼을 한 뿌리 캤는데, 왕바는 그것을 팔면 가장 좋은 엽총뿐만 아니라 탄약도 함께 구할 수 있다고 했다. 움집 옆의 작은 강에서는 가끔 민물조개도 주울 수 있었다. 왕바는 그중 타원형으로 생긴 것을 골라 칼로 헤집었다. 진주를 찾는 것이었다. 그는 아주 참을성이 있었다. 끝내 진주를 한 알 찾아내서는 조심스레 허리춤의 작은 병에 간수해두었다. 병에는 이미 진주가 여러 알 들어 있었다. 그는 챵난에게 강줄기 어느 곳에 이런 타원형 민물조개가 많은지 알려주고 나서, 진주를 캘 수 있는 시기를 놓쳐서는 안 된다고 당부했다.

왕바와 함께 숲을 누비다 보면 가끔 어리둥절해질 때가 있었다. 언젠가 왕바는 갑자기 걸음을 멈추더니 작은 소리로 말했다. "우리를 지켜보고 있어." 그러고는 자리에 앉아 아무 말 없이 꼼짝 않고 있다가 한참 지나서야 다시 걷기 시작했다. 수백 미터도 채 걷지 못했는데 그는 다시 걸음을 멈추더니 숲을 향해 화난 소리로 외쳤다. "왜 자꾸 따라오시오? 뭐하자는 것이오? 우리가 당신의 노여움이라도 산 것이오?……" 그는 수심에 찬 얼굴로 고개를 숙이고 발끝을 내려다보았다. 그렇게 몇 분이 지나서야 그는 고개를 쳐들더니 홀가분한 목소리로 챵난에게 말했다. "갔어. 이젠 괜찮아. 갔다고." 챵난은 "누가 우리를 따라다니기라도 한 것이야? 무엇이 갔다는 거지?"라고 물었다. 왕바는 놀란 듯이 발을 구르더니 "호랑이지! 호랑이가 줄곧 우리를 따라다녔잖아"라고 대답했다. 챵난은 다시 "난 못 봤는데, 넌 본 거야?"라고 물었다. 그는 고개를 가로저으면서 대답했다. "정말 호랑이야. 직접 보지 않아도 난 그것이 따라다니는 걸 알 수가 있어. 가슴이 두근거리잖아." 촹난은 여전히 이해가 가지 않아 "너 같은 사냥꾼도 호랑이를 두려워하는 거야?"라고 물었다. 그 말에 왕바는 당장 펄쩍 뛰기라도 할 것처럼 선 자리에서 일 분 동안 내처 촹난을 바라보더니 말했다. "어찌 감히 호랑이를 잡는다고 그래? 그건 생각만 하는 것으로도 죄야. 호랑이는 이 숲속의 산신령이야. 너나 나나, 이 모든 것이 다 그의 가호 덕분이야."

밤이 되자 촹난은 낮의 일을 샤오훙하이에게 얘기했다. 샤오훙하이는 웃음을 터뜨리며 "그럼 하느님은? 하느님은 뭐지?"라고 하더니 도시가 있는 방향을 향해 기도를 하고 나서 손으로 가슴에 성호를 그었다. 눈을 감고 있는 그녀의 속눈썹은 길고도 가지런했으며 그윽한 모습이 아름답기 그지없었다. 촹난은 오래도록 그녀에게 입을 맞추었다.

시간이 소리 없이 흘렀다.

움집이 서서히 낡아갔다. 더는 새집이 아니었다. 초약과 짐승 가죽들이 줄줄이 드리워 있어 코를 찌르는 강렬한 숲의 냄새를 지니게 되었다. 샤오훙하이는 점점 야위어갔으며 눈빛도 차차 어두워졌다. 피부는 거칠고 까맸으며 얼굴과 손은 벌레 물린 자국들로 얼룩져 있었다. 그녀는 "왜 이리 빨리 늙는지 모르겠어요"라고 말했다. 그러나 촹난의 눈에 그녀는 여전히 어른의 보살핌이 필요한 연약한 어린아이와도 같아 보였다. 그는 그녀의 머리를 쓰다듬으며 "당신은 좀 어른스러운 아기일 뿐이오"라고 말했다. 그러나 샤오훙하이는 이번만큼은 웃지를 않았다. 그녀는 조심스레 챵난의 커다란 손을 눈앞 가까이에 들고서 들여다보았다. 손바닥이 마치 오래된 참나무 옹이 같아 보였다. 피부는 검고 단단했으며 깊은 주름이 수도 없이 갈라져 터져 있었다. 옷소매를 따라 눈길이 위로 올라가자 짐승 가죽을 이겨 만든 배자가 보였다. 그녀가 온갖 힘을 다해 겨우 지은 것이었다. 샤오훙하이는 챵난의 손바닥에 얼굴을 묻고서 입술을 사리물었다.

그들은 아직 아이가 없었다. 샤오훙하이가 "우리 아이는 어떤 모습일까요? 아마 짐승 가죽을 걸치고 숲속을 달리겠지요. 나중에는 총을 메겠지요…… 챵난!" 하고 말했다. 챵난은 의아한 눈길로 그녀를 쳐다보았다. 그녀는 더는 말이 없었다.

밤이 점차 길어지기 시작했다. 숲속에서 몰아치던 거센 바람이 천둥소리처럼 산 뒷등성이로 사라지는가 싶더니 다시 큰 바위가 굴러떨어지듯 산꼭대기로부터 우르릉거리며 치달아 내려오곤 했다. 산짐승들이 울부짖었다. 짐승들의 파란 눈동자가 어둠 속에서 반짝이곤 했다. 두 사람은 하는 수 없이 집 앞 빈터에 커다란 모닥불을 피워놓고 밤새 서로 껴안고 있었다. 그렇게 큰 바람이 부는 날이면 마음 놓고 잠들 수가 없어 온밤을 뜬눈으로 보내기가 일쑤였다. 그러던 어느 하루, 그들은 너무 곤하여 그대로 잠들고 말았다. 날이 희붐히 밝아올 무렵 챵난은 잠에서 깨어났다. 사발 굵기만 한 구렁이가 샤오훙하이의 주변에 똬리를 틀고 앉은 것이 눈에 뜨였다. 그는 이를 사리물고 곤하게 잠든 아내를 바라보았다. 이윽고 그는 조심스레 손을 뻗어 그녀의 두 눈을 가린 채, 그녀를 안아들었다.

　　봄이 오자, 강 하류 마을에 전염병이 돌았다. 사냥꾼들은 가족을 이끌고 황급히 숲속 깊은 곳으로 도망쳤다. 늦게 도망간 사람들은 죽음을 당하고 말았다. 몹시 놀라 하얗게 질린 왕바는 급히 움집으로 달려와 마을 일을 얘기해주었다. 너무 놀란 샤오훙하이는 어쩔 줄 몰랐다. 왕바는 그들을 데리고 숲에 이르러 작은 콩꼬투리 같은 것이 열려 있는 마른 풀을 캐서는 움집으로 돌아와 함께 끓여 먹었다. 전염병을 예방하기 위해서였다. 두 남자는 거의 수렵을 나가지 않았다. 그들이 가끔 숲에 나갈 때면, 샤오훙하이도 늘 함께 따라다니곤 했다.

　　그러던 어느 날, 그들은 저물도록 숲을 돌다가 여러 곳에 널려 있는 작은 움막들을 발견했다. 마을에서 도망쳐 나온 사람들 것이었다. 작은 언덕에는 새로 생긴 무덤들이 여러 개 보였다. 세 사람은 잠깐 멍하니 섰다가 급기야 부랴부랴 도망을 쳤다…… 그들은 새로 지은 움막에서 숲속의 늙은 의원이 환자를 치료하는 것도 목격했다. 쉰 살 쯤 된 그 의원은 얼굴에 기름 땟자국이 가득했고 손가락 마디들이 호두알처럼 부어 있었다. 그는 환자를 알몸으로 구들에 눕히고는 아궁이에 이상한 냄새가 나는 약초를 태워 환자의 피부를 뜨겁게 달궜다. 환자가 애처롭게 비명을 지르자 의원은 하는 수 없이 발로 그의 몸을 딛고 서 있을 수밖에 없었다. 샤오훙하이는 좡난의 옷깃을 꽉 틀어쥐었다. 나중에 늙은 의원은 허리춤에서 대가리가 네모난 쇠침을 꺼내더니 환자의 목 아래 부위를 찔렀다. 검붉은 피가 흘러나왔다. 비명을 지르던 환자의 몸이 축 늘어졌다. 왕바는 안도의 숨을 내쉬더니 챵난의 손을 잡아끌었다. 자리를 뜨면서 그가 "살았어. 몇 시진만 늦었어도 죽은 목숨이었는데……"라고 말했다.

　가을이 되어서야 전염병이 그쳤다. 사람들은 다시 마을로 돌아왔다. 중년의 사냥꾼이 챵난의 움집으로 찾아왔다. 그는 봄에 전염병을 앓았는데, 겨우 살아났다고 했다. 그는 그들에게 병을 옮길까 두려워 찾아오지 않았던 것이었다. 그는 이번처럼 무서운 돌림병이 처음이 아니라 전에도 여러 차례 있었다고 했다. 전염병이 돌 때, 많은 사람들이 숲에서 도망을 쳐 원래 살던 고장으로 돌아갔다는 것이었다. 그리고 그 때문에 적지 않은 사냥꾼들이 망향병에 걸려 엽총을 껴안고 대성통곡하는 이가 여럿이었다고 했다. 그의 말에 움막 안은 오래도록 침묵이 감돌았다. 사냥꾼이 "이곳은 워낙 인적이 없는 곳이었네. 사람들이 찾아들면서 숲이 괴로웠던 것이야. 그래서 이리와 독충, 범과 표범, 그리고 돌림병을 보내 우리를 괴롭히는 것이네. 숲은 사람을 들이려 하지 않는데, 사람은 또 사람대로 고집을 부리는 것일세"라고 했다.

　사냥꾼이 떠난 뒤, 샤오훙하이는 당황해하는 기색이 역력했다. 그녀는 도시에서 가져온 것들 중에서 작은 반지와 연지곽, 그리고 여러 빛깔의 명주실을 꺼내더니 반지를 손가락에 끼었다가 다시 빼기를 여러 번 반복했다. 물건들을 싸두었던 낡은 신문을 발견한 그녀는 무척 반가워하며 그것을 급히 펼치고서 탐욕스럽게 글자들을 읽어 내려가기 시작했다. 챵난 역시 신문에 실린 글자들을 한 자 한 자 자세히 읽었다. 이윽고 그는 고개를 가로저으며 말했다. "난 잊고 말 것이오. 무어든 잊어버리고 말 것이오."

또다시 봄이 되었다. 이번에는 무서운 전염병이 아니라, 외지의 상인들이 들이닥쳤다. 그들은 바다의 저쪽에서 찾아온 사람들이었다. 그들은 화약과 소금, 양목으로 짐승 가죽과 녹용을 바꿔갔다. 샤오훙하이와 쾅난도 마을로 달려갔다. 화약과 소금 값이 숲속 사람들이 파는 것보다 훨씬 쌌다. 게다가 상인들은 빛깔 고운 붉은 비단과 정교한 면도칼, 그리고 다른 신기한 잡동사니들도 많이 팔았다. 샤오훙하이는 양목 외에도 쾅난을 위해 특별히 작은 면도칼 하나를 샀다.

상인들은 숲을 떠나며 무더기로 쌓인 산짐승 가죽뿐만 아니라 망향병을 앓고 있던 사냥꾼도 몇 사람 데리고 갔다. 숲에 남은 사냥꾼들은 눈물을 흘리면서 그들을 노새 등에 태웠다. 멀리 사라져가는 그들의 모습을 보면서 사람들은 장탄식을 하거나 욕지거리를 해댔다. "바다 저쪽에서 도망쳐 왔던 사람들인데 끝내는 견디지 못하고 도망치듯 다시 돌아가는 거야." 왕바가 움집에 남아 있던 두 사람에게 알려주었다.

사람들이 상인들을 따라 숲을 떠났다는 소문을 전해 들은 그날 밤, 샤오훙하이와 쾅난은 모두 아궁이에 불을 지피는 것을 잊고 말았다. 나중에 그들은 빈터에 모닥불을 피우고서 불가에 앉아 사위의 기괴한 소리들에 귀를 기울였다. 짙은 어둠 속에서 무수한 생명들이 숲속을 옮겨 다니며 제각각의 소리로 어지럽게 떠들어대고 있었다. 무엇인가를 부르는 듯싶은 날카로운 소리가 처량하고 급박하게 들려오더니, 다시 흐느끼는 소리가 멀리서부터 가까이로 다가오다가 나중에는 하하 웃어대는 소리로 변했다. "이곳에 발을 붙이기는 했지만 뿌리를 내리기는 힘들었나 보오……" 챵난이 입을 열었다. 샤오훙하이는 불더미에 장작을 넣으며 아무 말도 하지 않았다. 챵난은 그녀를 바라보다 말고 그녀의 어깨에 한 손을 올려놓으며 물었다. "당신도 집 생각이 나서 그러오? 그만 숲을 떠나고 싶은 것이오? 그런 것이오?" 샤오훙하이가 고개를 쳐들었다. 활활 타오르는 불길이 그녀의 커다란 눈동자에 비추었다.

"그런 생각 한 적 없어요. 제가 어찌 그런 생각을 할 수 있겠어요."

챵난이 그녀를 그러안았다. 두 사람은 오래도록 그러고 있었다. 그녀가 불안한 듯 몸을 꼬았다. 챵난이 그녀를 다독이며 혼잣말을 하듯이 작은 소리로 그녀의 귓가에 대고 말했다. "그해 가을…… 작은 배를 타고서, 바람이 불었지…… 교회당의 뾰족한 꼭대기가 물에 비쳤지…… 그날 밤…… 유리가 깨지고…… 등이…… 갑자기 불이 꺼졌지. 누군가가 고함을 질렀지…… 누구의 소리였을까? 작은 배를 타고…… 당신은 잠이 들었지……" 눈을 감고 있던 샤오훙하이는 조용히 잠이 들고 말았다. 이윽고 그녀는 마치 가위에라도 눌린 듯이 갑자기 그의 품에서 빠져나오더니 멍하니 그를 마주하고 섰다.

챵난이 다급히 물었다. "왜 그러오? 무슨 일이오?"

샤오훙하이가 길게 한숨을 내쉬더니 다시 자리에 앉았다. 그녀는 불길을 쳐다보며 말했다. "아니, 난 이곳을 떠나지 않을 거야. 안 떠난다고……"

날이 밝았다. 불길도 사그라지고 말았으나 그들은 서로를 끌어안은 채 잠이 들고 말았다. 한나절이 지나서야 그들은 잠에서 깨어났다. 땅 위의 재를 바라보던 샤오훙하이의 얼굴에서 두 줄기 눈물이 볼을 타고 서서히 흘러내렸다. 그녀는 갑자기 챵난의 어깨를 흔들면서 말했다. "우리 도망가요. 그만 도망가요……!"

그녀를 바라보며 남자는 고개를 가로저었다.

샤오훙하이는 엉엉 울음을 터뜨리고 말았다.

며칠 지나지 않아 상인들이 다시 마을로 찾아왔다. 사냥을 나갔던 챵난이 움집으로 돌아와보니 샤오훙하이가 보이지 않았다.

온몸에 식은땀이 났다. 챵난은 미친 듯이 마을을 향해 달려갔다. 마을 사람들은 방금 전에 샤오훙하이가 마을의 몇몇 노인들과 함께 상인들의 노새를 따라 떠났다고 알려주었다…… 가슴이 널뛰듯 했다. 챵난은 몸을 굽혀 땅 위에 난 발자국들을 살펴보더니 고함을 지르며 앞으로 내달렸다.

6

라오진터우와 시창우는 깨끗한 모래사장을 골라 그 넓적한 큰 물고기의 새하얀 뼈를 펴서 말렸다. 뼈만 봐도 얼마나 큰 놈이었는지 알 수 있었다. 그렇게 큰 놈을 늙은이와 어린아이 단둘이서 통째로 다 먹어치웠던 것이다.

시창우는 더는 마을로 돌아갈 생각이 없었다. 그는 모래사장에 누워 더욱 큰 바닷물고기를 꿈꾸었다. 그는 머지않아 더 많은 사람들이 그 큰 집에서 나와 배가 있는 이곳으로 달려오리라 믿었다.

아이가 아직 모래사장에서 자리를 옮겨 눕기도 전에 첸녠구이가 다리를 휘청거리며 찾아왔다.

첸녠구이는 사람은 바라보지도 않고 멀리서부터 새하얀 물고기 뼈 먼저 쳐다보더니, 낙담하며 "맙소사! 이게 어쩐 일인가? 내가 한발 늦었단 말인가?"라고 외쳤다. 웅크리고 앉아 그것을 쓰다듬기까지 했다.

라오진터우가 웃으면서 그의 머리에 손을 얹고는 사각 모자를 한 바퀴 돌렸다.

첸녠구이는 귀찮다는 듯 어깨를 한 번 떨치더니 바로 움막으로 들어갔다. 그는 솥뚜껑을 열어보기도 하면서 이것저것 다 뒤졌다. 나중에 그는 방금 소금을 쳐 단지에 넣어둔 물고기를 발견하고서는 그것을 꺼내들었다.

라오진터우가 "먼저 장기나 두십시다"라고 말을 건넸다.

그러나 첸녠구이는 들은 체 만 체 물고기 꼬리를 잡아들고 바다로 가서 소금부터 씻어 냈다. 그러고는 대충 솥에 넣고서 끓이기 시작했다. 라오진터우가 어디선가 무엇을 꺼내더니 솥뚜껑을 열고 뿌려 넣었다. 가마솥 옆에 누웠던 첸녠구이가 의아해하며 물었다. "뭘 뿌려 넣은 겐가?"

"후춧가루지 뭐겠어요?" 멀리서 시창우가 목청을 높여 말했다.

첸녠구이는 뭐라고 한마디 구시렁거리더니 다시 몸을 웅크렸다.

라오진터우가 말을 건넸다. "어젯밤 시창우랑 큰 물고기 한 마리를 해치웠소. 다 먹을 수가 있어야지. 배가 너무 불러서 밤 내내 바닷가를 걸었더니 이제야 좀 편해졌소."

첸녠구이가 등을 돌려 누웠다.

"영감이야 항상 마을로 돌아가고 싶어 조급해하지 않소. 보나마나 그 풀무가 보고 싶은 게지." 라오진터우가 한마디 더 던졌다. 시창우가 소리 내어 웃었다.

"퉤!" 첸녠구이가 침을 뱉었다.

"그게 아니라면 쓰팡이 보고 싶었던 게로군."

이번에도 첸녠구이는 "퉤" 하고 침을 내뱉었다.

가마솥에서 흰 김이 솟더니 물고기를 삶는 구수한 냄새가 풍겼다. 몸을 일으켜 솥을 살피고 나서 고개를 돌리던 첸녠구이가 갑자기 외쳤다. "오네! 쓰팡이 오네!"

세 사람은 모두 고개를 돌려 마을 쪽을 바라보았다. 쓰팡이 엉덩이를 꼬며 급한 걸음으로 다가오고 있었다. 라오진터우와 시창우는 모두 흥분되어 자리를 차고 일어났다. 그들은 그녀를 가리키며 외쳤다.

"쓰팡! 여기 이 큰 놈 보았나? 끝내 오셨구려…… 발이 길기도 하지. 아마 비린내를 맡은 게야. 하하……"

예전 같았으면 쓰팡은 펄쩍 뛰면서 멀리서부터 그 굵고 긴 팔을 휘두르며 "요 빼빼 마른 것들 좀 봐라. 늙다리나 애나 여위긴 마찬가지야"라고 욕지거리부터 해댔을 것이었다. 그러나 이번만큼은 아무것도 듣지 못한 사람처럼 그냥 앞으로 걸음을 다그치기만 했다…… 거리가 가까워져서야 그들은 그녀의 얼굴이 많이 초췌한 상태임을 발견할 수 있었다. 너무나도 굶은 것이다. 그녀는 이미 열정도 기운도 깡그리 잃고 말았던 것이다.

쓰팡은 곧장 김을 내뿜고 있는 가마솥을 향해 다가가더니 발로 첸녠구이를 조금 밀치고는 옷섶에서 무엇인가를 꺼내 솥 안에 던져 넣었다.

다들 그것이 생강임을 알고 있었다. 쓰팡이 어린 남자아이와 생강을 가장 좋아하는 것을 알고 있었기 때문이다. 매번 이곳에 생선탕을 먹으러 올 때마다 그녀는 생강을 한 줌씩 가져오곤 했다. 그리고 남편도 자식도 없는 그녀는 늘 어린아이를 품에 껴안고서 쓰다듬기를 좋아했다. 생강을 넣고 난 그녀는 솥 가까이 앉아서 숨을 크게 몰아쉬더니 옆에 앉은 시창우를 곁눈질했다. 시창우가 짓궂은 표정을 지어 보였으나 그녀는 여전히 그를 곁눈질했다.

솥에서 물이 끓어오르는 소리가 났다. 첸녠구이가 참지 못하고 몸을 일으켰으나 쓰팡이 손을 뻗어 그를 제지했다……다시 반시간쯤 지나자 쓰팡이 솥뚜껑을 열었다. 그들은 함께 생선탕을 마시기 시작했다. 생강이 너무 많이 들어 있었다. 쓰팡을 제외한 다른 사람들은 모두 땀을 뻘뻘 흘렸다. 쓰팡은 두 손으로 사발을 부여잡고서 입으로 홀홀 김을 불더니 몸을 부르르 떨면서 연거푸 국물을 들이켰다. 너무 오랫동안 기갈이 들었던 것이다. 라오진터우는 그녀가 몸을 떠는 이유가 생선탕의 기묘한 맛을 온몸으로 느끼기 때문임을 알고 있었다.

배불리 먹고 나자 첸녠구이의 눈에도 조금씩 빛이 감돌기 시작했다. 기분이 좋아진 쓰팡이 손뼉을 치며 자리에서 일어났다. 그녀는 얼굴에 웃음을 띠우며 시창우에게 다가가더니 댓바람에 그를 붙잡았다. "요 길쭉한 녀석 같으니라고! 왜 날 놔두고 혼자서 도망친 거니?" 그녀는 아래턱을 시창우의 정수리에 고이고서 두 팔로 아이의 허리를 꼭 껴안더니 '으응' '으응' 하고 더없이 친근한 소리를 냈다. 시창우는 고개를 돌려 라오진터우를 쳐다보면서 "이건 또 뭐예요?"라고 볼멘소리를 했다. 쓰팡은 시창우의 앞머리를 한데 모으고서는 그의 이마에 입맞춤을 했다. 그러고는 "꼭 내 아들 같단 말이지"라고 했다.

시창우는 더는 참지 못하고 안간힘을 쓰더니 그녀의 품속에서 빠져나갔다.

첸녠구이가 보다 못해 "사람도 참, 흥! 내 생각이 이상한 건가?……"라고 했다.

쓰팡은 이번에는 어기적거리며 첸녠구이의 옆으로 다가
가더니 아예 그의 몸 위에 주저앉으며 말했다. "그게 무슨 말씀
이오? 얘기해보소!"

첸녠구이가 숨을 죽이며 등에 힘을 주었다. 그러고는 아
무 말도 하지 않았다.

라오진터우가 손을 내저으며 말했다. "마을의 큰 집 이야
기나 해보세. 간장은 어찌 되었는가?" 그는 위즈광이 한 차 가
득 쓸어 갔던 그 굴 껍질을 좀처럼 잊을 수가 없었던 것이다.

쓰팡이 몸을 곧추세우더니 여전히 첸녠구이의 몸을 타고
앉은 채 말문을 열었다. "흥! 말도 마소! 물은 얼마나 쓰고 석탄
은 또 얼마나 낭비했는지 모른다오. 끓이고 삶고, 나중에는 굴
껍질이 새하얗게 우러나고 솥의 물이 새까맣게 변했다오. 그리
고 거기에 소금을 부어 넣고서는 책임자가 냄새를 맡아보았는
데, 흙냄새가 좀 나긴 했지만 그래도 색깔만은 근사했다오. 그
래서 위즈광더러 맛보라고 했는데, 흐흐흐, 그걸 먹은 위즈광이
반 시간이 채 안 되어 토하고 싸고 야단도 아니었다오. 거기에
대고 책임자는 '다 됐어, 거의 성공했단 말이지' 하면서 이제 구
토 문제만 해결하면 된다지 뭐요. 그래서 지금도 큰 가마솥 몇
개에 나누어 그걸 끓이는 중이라오……"

그녀는 신이 나 너털웃음을 터뜨렸다. 말하는 도중에 연
방 손뼉을 치면서 가래질이라도 하듯이, 소매를 한 번씩 위로
걷어붙이곤 했다.

"한데 위즈광은 왜 바다로 나오지 않는 겐가?"

쓰광은 첸녠구이의 등의 탄력을 빌려 몸을 솟구치며 말했다. "떠날 수가 있어야지 말이오. 그가 자릴 비우면 마차는 누가 몰겠소? 그 큰 집 물건들 어느 하나 마차로 끌어들이지 않은 것이 없다오. 그 허우대 큰 사람이 지금은 얼마나 여위었는지 모른다오. 뼈만 남아서 눈은 쑥 들어가고. 사람이나 말이나 똑같이 버쩍 말랐다오. 그렇잖소? 첸녠구이."

"암…… 그렇고말고." 첸녠구이가 가까스로 내뱉었다.

"좋았어." 쓰광이 첸녠구이의 머리를 다독이더니 말을 이었다. "온 동네가 한데 모여 북적거리니 얼마나 신나는 일인지 모르오. 난 워낙 떠들썩한 걸 좋아하는 성미라 사람들이 모인 곳이라면 제 발로 찾아다니는 것 아니겠소. 사람이 산다는 것이 이리 사나 저리 사나 매한가지지. 그렇게 온 동네 사람들이 한데 모여 분주히 일하다가 잠잘 때도 다 그 큰 집에서 함께 잔다오. 김이 잔뜩 서려 있어서 사람이 서 있어도 몸통은 보이지 않고 다리만 보인다오. 그래서 일하다가 갑자기 팔을 뻗어 사람을 잡으면 그게 누군지도 모른다오. 얼마나 신나는 일이오. 그러니 장난기 많은 총각들이 걸핏하면 날 그러안고서 풀썩 나자빠지곤 했다오……"

첸녠구이가 고개를 비틀어 라오진터우를 바라보더니 눈을 찡긋거렸다.

시창우가 모래를 한 줌 쥐어 쓰광을 향해 뿌리며 외쳤다. "염병! 그런데 바닷가로는 왜 도망을 왔담?"

쓰팡은 첸녠구이가 몸을 움직거릴 수 있도록 잠깐 엉덩이를 들고 있더니 다시 주저앉으며 말했다. "난들 어쩌겠니. 나중에는 먹을 게 다 동나고 말았다오. 아무리 떠들썩해도 무슨 소용이 있겠소. 배가 고프면 사람은 졸리고 눕고 싶은 생각밖에 들지 않는 법인데 당최 잠이 들 수 있어야 말이지…… 더는 견딜 수가 없어 그냥 다 뿌리치고 여기 온 것이오."

"임자는 어딜 가나 화근이야." 라오진터우가 그녀를 바라보며 말했다.

"몸에 힘줄밖에 남지 않은 늙은이가 고약하긴." 쓰팡이 키득거리더니 말을 이었다. "내가 어디 손 좀 봐줄까? 아직 근력이 얼마나 남았는지……"

"근력이 이만저만이 아니라네." 첸녠구이가 나지막한 소리로 끼어들었다.

"웬 참견질!" 쓰팡이 힘을 주어 첸녠구이를 짓누르자 첸녠구이가 비명을 질렀다. 그녀는 라오진터우를 향해 눈을 흘기면서 말했다. "맛있는 게 있으면 꽁꽁 감춰두지 말고 다 내어놓으쇼. 하도 곯아 아무리 먹어도 보신이 될 것 같지가 않소. 나이가 드니 기침을 다 하지 않나…… 영감, 사람이 옛정을 잊어서야 되겠소? 물고기 장사를 할 때만 해도 내가 얼마나 많은 양식을 이리로 퍼다 날랐소?"

라오진터우가 몸을 일으키며 말했다. "언제 한 번 공짜였던가? 그 양식이라 해봤자 모두 내가 물고기로 바꾼 것이 아니었던가?"

쓰팡이 몸을 뒤로 젖히며 웃었다. "하하 하긴. 한데 영감이 전생에 무슨 덕을 쌓았는지 모르겠소. 이게 다 바다 덕분, 배 덕분이 아니겠소? 내가 여길 오지 않으면 영감이 무슨 수로 계속 덕을 쌓겠소?"

그녀의 말에 반주라도 하듯이 시창우가 '빽빽' 호루라기를 불었다.

갑자기 무엇이 떠오른 듯, 라오진터우가 고개를 들어 바다를 바라보더니 쓰팡에게 말했다. "여기 모인 사람들 가운데 임자가 제일로 힘이 세지 않은가? 그러니 놀고 있지 말게. 내가 배를 타고 나가 그물을 치고서, 그 한쪽 끝을 닻에 매어둘 터이니 임자가 천천히 당기게나. 난 첸녠구이와 장기나 두고 있을 터이니 그물이 차면 시창우를 시켜 날 부르게."

"에라, 내 한 번 봐주리다. 두 영감탱이는 장기나 실컷 두소." 쓰팡이 대꾸했다.

라오진터우는 시창우와 함께 그물을 가지러 움막으로 들어갔다. 그들이 움막에서 나와 보니 쓰팡이 여전히 첸녠구이의 등에 앉아 있었다.

"거북이 등에 천 근짜리 비석을 지고 있는 꼴이군!" 라오진터우가 한마디 내뱉었다.

두 사람은 그물의 한쪽 끝을 바닷가에 있는 닻에 매어두고서는 노를 저어 바다로 향했다. 그물이 쳐지면서 부표들이 수면 위에 활등 모양의 곡선을 보기 좋게 그렸다. 배가 다시 바닷가에 닿자 라오진터우가 큰 소리로 쓰팡을 불렀다.

쓰팡은 밧줄을 매듭져 허리에 감은 뒤 어기영차 어기영차 당기기 시작했다. 그녀의 펑퍼짐한 발바닥이 모래 더미에 깊숙이 파묻혔다.

두 늙은이는 움막 밖에서 장기를 두는 한편 그물을 당기는 쓰팡을 감독했다. 시창우는 그물을 구경하러 뛰어갔다가는 다시 늙은이들이 두는 장기를 구경하러 뛰어오곤 했다. 첸녠구이는 여전히 누워서 장기를 두었다. 장기짝을 옮기는 그의 팔은 마치 뼈가 없는 듯 흐늘거렸다. 장기짝을 내려놓을 때도 전혀 소리가 나지 않았다. 라오진터우는 절이라도 하듯이 바닥에 엎드려 정신을 집중하고 있었는데, 얼마 지나지 않아 이마에 땀이 송골송골 돋아났다. 그는 판을 눈여겨보고 있다가 장기짝을 한 걸음 위로 내밀었다. 문득 시창우가 외쳤다. "쓰팡 좀 보세요." 라오진터우가 고개를 들어보니 그녀는 일부러 엉덩이를 뺐다 넣었다 하면서 뒤로 물러서고 있었다. 그 바람에 버리* 가 줄었다 늘었다 하면서 심하게 뛰어놀았다. 라오진터우가 목을 빼들며 고함을 질렀다. "쓰팡, 좀 제대로 하게. 그물이 망가지네!" 그러고는 다시 고개를 숙여 장기를 두었다. 얼마 지나지 않아 시창우가 다시 나지막하게 "쓰팡 좀 보세요"라고 했다. 쓰팡이 몸을 한껏 뒤로 젖히고 있는 것이 눈에 뜨였다. 만약 밧줄을 매듭져 허리에 감지만 않았다면 그녀는 벌써 뒤로 넘어졌을 터였다. 라오진터우가 화가 나 소리쳤다. "무슨 해괴한 짓이여!

---

*   그물의 위쪽 코를 뗀 줄로 잡아당겨서 그물을 오므렸다 폈다 한다.

좀 제대로 하라니깐!" 그의 말이 끝나기 바쁘게 쓰팡은 기다렸다는 듯 온몸의 힘을 모아 벼리를 힘껏 앞으로 당기며 그물 당기는 노래를 시작했다.

"라오진터우 그 사람은 사람이 아니라네. 어기여차! 사람이 아니라 바다 요괴라네, 사람이 아니라 물고기 귀신이라네. 어기여차! 어기여차! 사람이면 누구나 먹는 날알을 먹지를 않는다네. 사람이면 누구나 하는 그 짓도 하지를 않는다네! 어기여차! 어기여차!……"

시창우가 히죽거리며 라오진터우를 바라보았다. 라오진터우는 장기짝을 힘주어 위로 밀었다. 그러자 첸녠구이가 급할 것이 없다는 듯이 느긋이 그 말을 잡았다. 이윽고 라오진터우가 초조한 눈빛으로 쓰팡을 바라보더니 첸녠구이를 향해 "그만 끝냅시다!"라고 했다. 첸녠구이가 "그러지" 하더니 삼사 보 만에 궁을 잡아 대국을 끝냈다.

라오진터우와 시창우가 달려가 그물에 매달리더니 쓰팡의 호령에 따라 힘을 썼다. 얼마 지나지 않아 그물이 바닷가로 끌려 나왔다. 은빛의 물고기들이 얕은 물속에서 팔딱였다. 라오진터우는 급히 물가로 달려가 그물 귀퉁이를 붙잡더니 다급한 목소리로 쓰팡과 시창우를 지휘했다. 첸녠구이도 달려와 물고기들을 버드나무로 엮은 광주리에 주워 담았다. 광주리 하나가 가득 찼다.

네 사람은 흥에 겨워 큰 것으로 몇 마리 골라 솥에 안치고 나머지는 모래 위에 널어 말렸다.

햇빛을 받아 모래사장 위의 물고기들이 반짝였다. 쓰팡이 움막을 바라보다가 다시 흰 빛을 띠고 있는 작은 배를 바라보며 입을 열었다. "우리 네 사람이 한집안 식구 같지 않소?"

쳰녠구이는 솥 가까이에 누워 아궁이에 장작을 넣고 있었다. 쓰팡이 그를 향해 웃으며 말했다. "나랑 라오진터우는 부부 같고, 시창우는 아들 같고. 영감은…… 기분 좋게 애 큰아버지라 해두지요……"

그녀의 말이 채 끝나기도 전에 라오진터우가 퉤 하고 침을 뱉었다.

시창우는 흙 알갱이를 주워 그녀의 몸을 향해 퉁겼다.

쓰팡이 입을 삐죽거리더니 말을 이었다. "좋으면 좋은 줄도 모르고! 흥, 제깟 것들이 어디 가서! 그럼 난 쳰녠구이랑 부부 할 거외다. 이 구질구질한 늙은이가 정말로 늘그막에 의지가 될지도 모르지." 그녀는 솥 가까이에 이르더니 옷섶에서 생강을 한 덩이 꺼내 솥에 던져 넣었다.

시창우는 모래사장 위에서 물고기 사이를 오가다가 가죽이 사포(砂布) 같은 물고기 두 마리를 발견하고서는 탄성을 질렀다. 그는 그것을 집어 들고서 라오진터우를 향해 외쳤다. "이놈을 또 잡았어요. 전처럼 그리하는 거죠?"

물고기를 들여다보던 라오진터우가 웃음을 띠며 "그럼, 그리하고말고"를 연발했다. 라오진터우는 움막에 들어가 둥근 나무통을 찾아내왔다. 시창우는 벌써 물고기의 사포 같은 가죽을 벗겨내고 있었다. 라오진터우가 자리에 앉아 물고기 가죽을 나무통에 씌우더니 팽팽히 잡아당겼다. 시창우가 그를 거들어 가는 가죽끈으로 물고기 가죽을 나무통 마구리에 단단히 동여 맸다. 쓰팡이 방실방실 웃으며 물었다. "북인가?"

그들은 손수 만든 작은 북을 햇볕에 말렸다. 이윽고 북의 막이 팽팽히 부풀어 올랐다. 시창우가 조심스레 손가락으로 팅기자 '둥' 하고 소리가 났다. 그때 첸녠구이가 소리쳤다.

"물고기가 다 익었네."

라오진터우는 오랜만에 흥이 났다. 그는 움막에서 술을 꺼내 오더니 여러 사람에게 돌렸다. 첸녠구이는 누워 술을 마시니 입꼬리로 술이 흘러내리곤 했다. 그때마다 라오진터우는 사정없이 입꼬리로 흐르는 술을 훔쳐 그의 입에 넣어주었다. 쓰팡은 술고래였다. 그녀는 매번 볼이 불룩해지도록 술을 입안에 들이켜서는 꿀꺽하고 소리를 내며 삼키곤 했다. 얼마 지나지 않아 그녀의 둥글넓적한 얼굴에 분홍빛이 감돌더니 양미간이 쭉 피었다. 그러나 그녀는 평소보다 과묵해졌다. 시창우는 라오진터우와 대작을 했다. 꼬마의 눈썹꼬리가 술기운으로 길어지기 시작하자 늙은이는 술을 그만하게 했다. 그들은 흥을 돋우기 위해서 일부러 쩝쩝 소리를 내기도 했다. 멀리 파도 소리가 들려왔다.

식사가 끝나자 해가 높이 솟아 모래사장을 따끈하게 달구고 있었다. 바람도 잦아들었다. 라오진터우는 나무 막대기를 들고 물고기 가죽으로 만든 북을 그러안은 채 책상다리를 하고 앉았다. '둥둥' 북이 울리기 시작했다. 손놀림이 점점 빨라지더니 눈에도 점점 강렬한 빛을 띠기 시작했다. 이내 그는 북소리에 맞춰 노래를 부르기 시작했다.

그는 지난 수십 년간 강과 바다에서 떠도니 강사람 바닷사람이 다 되었다는 이야기를 노래로 엮어 불렀다. 그는 늙은이 특유의 굵은 목소리로 늙은이만의 노래를 토해냈다. 주위의 모든 것이 소리를 잃었다. 다들 숨을 죽이고 노랫소리에 귀를 기울였다. 사람들의 상념은 아주 오래전의 세월 속으로 빠져들고 말았다.

땀이 얼굴과 목을 타고 흘러내렸다. 라오진터우는 목청이 터지도록 노래를 불렀다. 이마에 파랗게 핏줄이 섰다. 노래를 마치고 나자 그는 북채를 시창우에게 넘겼다. 시창우가 몸을 꼬며 부끄러워하자 늙은이가 고함을 질렀다. "어서! 이 얼마나 기쁜 날이냐! 오늘만큼은 모두 목청껏 노래를 불러보자꾸나! 어서!" 시창우는 더는 늦장을 부리지 못하고 '둥둥' 북을 두드리기 시작했다.

"북을 두드리니 북이 우네. 무엇을 노래할까? 내 마음이 착잡하네. 배가 고파 바다로 달려왔다네. 나는야 라오진터우와 함께 큰 그물을 건진다네. 어기여차, 어기여차!"

"노래 좋다!" 첸녠구이가 칭찬을 하면서 북채를 넘겨받았다. 그는 오래도록 북만 두드리다가 겨우 노래를 흥얼거리기 시작했다. 누워서 부르는 노래인지라 목소리가 유난히도 잠겨 있었다.

"북이 울리네. 북채를 쥐었으니, 오늘은 나 첸녠구이의 노래나 들어보세. 내 평생 외로이 지냈으니 온몸에 주름과 때뿐이라네. 살날도 며칠 남지 않았건만 가엾기도 하여라. 아무도 옆에 없네. 북이 울리네. 북채를 쥐었으니, 오늘은 나 첸녠구이의 노래나 들어보세⋯⋯"

라오진터우는 말없이 침묵을 지켰다. 북채가 쓰팡의 손에 이르러서야 그는 문득 상념에서 깨어나 그녀를 재촉했다. 그러나 만취하다시피 한 쓰팡은 평소와는 달리 전혀 입을 열려 하지 않았다. 그녀는 맥없이 북을 치면서 아무렇게나 몇 마디 흥얼거리고는 북채를 내려놓았다. "이건 아니지. 모래사장을 통틀어 자네밖에 단각(旦角)*이 없지 않은가? 제대로 한번 뽑아보게나!" 라오진터우가 말했다. 시창우와 첸녠구이도 제대로 노래를 부르라고 재삼 권했다. 쓰팡은 그들의 닦달에 화가 났는지 북채를 있는 힘껏 내리쳤다. 북의 막이 하마터면 찢어질 뻔했다. 그녀는 "좋아, 부르지, 불러! 부른다니깐⋯⋯!" 하고 고함을 질렀다. 그녀는 북채를 재게 놀렸다. '둥둥' 하는 소리가 귀청을 찢을 듯했다. 그리고 그녀는 노래를 부르기 시작했다. 거침이 없었다. 그 우렁찬 노랫소리에 나머지 세 사람은 입이 딱 벌어지고 말았다.

"나 쓰팡은 노래를 부를 줄 모른다네. 부를 줄 몰라도 불러야 한다네! 하늘을 노래하리? 땅을 노래하리? 아니면 아가씨 마음속의 시름을 노래하리? 내 세 살 적부터 모래사장에 나와 남자들의 벗은 등허리를 보았네. 이팔청춘 아가씨들도 보았

---

* 　중국 전통극인 경극(京劇)에서의 여자 역.

네. 에헤야 둥둥 그런들 어쩌리? 검은 머리 노란 피부, 열여덟이 되도록 한 끼 밥도 배불리 먹어보지를 못했네. 누가 날 못났다 하던가? 어디가 못났다 하던가? 치렁치렁 땋은 머리 까맣고 반지르르 했다네. 입에 풀칠이라도 하기 위해 종일토록 바닷가를 돌았더니 소문이 담을 넘어 시집을 못 갔네. 시집을 못 간들 무슨 걱정이랴. 흥청망청 먹고 마시고 물고기를 팔았네. 여자 몸이지만 소처럼 튼튼하고 힘이 넘쳤네. 누군들 감히 날 업신여기리. 소매를 걷어붙이고 상대 얼굴에 주먹을 날렸네. 아이고 아이고, 그 주먹이 문제였네. 나이가 들어도 거두어주는 사람이 없네. 너른 바닷가 이곳저곳 쏘다닌다고 마음이 찬 여자라 욕하지 말게. 이 내 마음속 뜨거운 피가 초 녹듯 흐르고 있다네! 그 누가 쓰쾅이 인간의 정을 모른다 하던가? 천하의 모든 아기 품속에 안아보고 싶어 하거늘. 아가야 잘 자라. 우리 아가 밤 내 내 달콤한 꿈을. 아가야 저기 저 큰 배를 보아라. 배 위에는 돛대 하나, 너희 아빠 순풍에 돛 달고 이제 금방 집으로 돌아온단다……"

쓰쾅이 뜨거운 눈물을 줄줄 흘렸다. 옆에서 세 남자가 숨을 죽이고 노래를 듣고 있었다.

7

바닷가로 도망 온 세 사람은 다시는 마을로 돌아가지 않았다. 기근이 더욱 많은 사람들을 위협하고 있었지만 마을 사람들은 여전히 분주히 돌아치고 있었다. 그사이 몇 안 되는 사람이 바닷가에 이르러 먹을 것을 찾긴 했지만, 그들은 배가 부르면 곧 마을로 돌아가 다시 나타나지 않았다.

네 사람이 한데 붙어 자니 따스하긴 했지만 아무래도 움막이 좀 비좁았다. 처음에 쓰팡은 첸녠구이의 옆에 누웠으나 두 사람은 잠을 자지 않고 떠들기만 했다. 하는 수 없이 라오진터우가 나서서 두 사람을 갈라놓았다. 쓰팡은 아기를 안듯이 시창우의 부드러운 몸을 껴안았다. 엄마가 된 셈이었다. 그녀는 시창우의 다리를 오므려 자기 배에 닿게 하고 그의 긴 손가락이 자기 겨드랑이에 닿게 했다. 그녀는 내내 시창우를 쓰다듬고 다독이면서 "그래. 응, 그래" 하는 소리를 연발했다. 처음에 시창우는 고분고분 말을 들으려 하지 않았지만 나중에는 그녀의 물렁물렁한 팔에 안겨 달콤히 잠이 들고 말았다.

날이 희붐히 밝아오자 주부라도 된 듯이 쓰팡이 맨 먼저 자리에서 일어나 허리에 방수포를 두르고 밥을 지었다. 밥이 다 되자 그녀는 움막 문어귀의 거적을 걷어 올리고서 안에다 대고 소리를 쳤다. 세 남자가 일어나 눈을 비비더니 몸에 묻은 모래 먼지를 털어내며 밥솥에 둘러앉았다.

네 사람은 의좋게 잘 지냈다. 정말로 한집안 식구 같은 훈훈함이 그들 사이를 감돌았다. 라오진터우와 시창우는 가끔 바다낚시를 나갔는데 매번 운이 좋았다. 그들이 배를 타고 떠나면 움막은 첸녠구이와 쓰팡의 차지가 되었다. 첸녠구이는 자주 몸을 일으키며 쓰팡과 얘기를 나누었다. 그는 쓰팡에게 장기를 가르쳤으나 그녀는 전혀 행마법을 지키지 않았다. 그녀는 포를 날려 단숨에 첸녠구이의 마 두 짝과 하나밖에 없는 차를 먹어치우기도 했다.

매일 싱싱한 물고기를 먹을 수 있었다. 더없이 유쾌한 생활이었다. 그들은 기분이 좋을 때면 북을 두드리며 아무렇게나 노래를 지어 불렀다. 가끔 한가할 때가 되면 그들은 마을에 대해 생각하곤 했다. 지금쯤 어떤 형편일지 알 수가 없었다. 엄동이 얼마 남지 않았다. 나뭇잎들이 분분히 떨어지고 있었다. 그들은 마을 사람들이 무슨 수로 추위를 이겨낼지 도통 알 수가 없었다. 날이 변해가자 시창우는 배불리 먹고 난 뒤로도 깊은 수심에 잠기곤 했다. 어른들이 그에게 왜 그러냐고 물어도 꼬마는 아무 대꾸 없이 그냥 남쪽을 향해 쇠 호루라기를 힘주어 불곤 했다.

그러던 어느 날, '삑삑' 하는 시창우의 호루라기 소리에 맞춰, 아이들 한 무리가 비틀거리는 걸음으로 바닷가를 향해 달려오는 것이 보였다. 멀리서 보기에는 개미 떼와도 같아 보였다. 그들은 떠들썩했다. 자주 나뒹굴곤 했는데 기어 일어났다가는 다시 넘어지곤 했다. 온몸이 하나같이 새까맸고 머리도 밤송이처럼 부스스했다. 시창우는 두 다리를 쩍 벌리고 서서 젖 먹던 힘까지 다하여 호루라기를 불어댔는데, 얼굴이 그만 온통 자홍색이 되고 말았다. 호루라기 소리가 점점 급박해지자 아이들이 허겁지겁 속도를 내어 달려왔다. 라오진터우가 두 사람을 돌아보며 말했다.

"시창우가 쟤네들 두목이었네."

아이들이 반은 구르고 반은 기다시피 하여 가까이로 다가왔다. 사람들은 깜짝 놀라고 말았다. 어린것들이 너무나도 여위어 있었던 것이다. 피골이 상접했고 물만 잔뜩 먹어 불룩 나온 배들이 이상하게도 윤기가 돌았다. 아이들은 움푹 꺼진 두 눈만이 살아서 반들반들 빛나며 등불이라도 되는 듯 사람들의 얼굴을 비추었다. "배고파요, 배가 너무 고파요!" 아이들이 아우성을 쳤다. 더럽고 엉클어진 머리카락이 아이들의 목덜미까지 길게 드리워 있었다. 그들 중에는 아이들처럼 왜소한 할머니도 하나 끼어 있었다. 그녀는 입을 오므리고 울었으나 눈물이 한 방울도 흐르지 않았다.

라오진터우가 손을 휘두르더니 "어서 생선탕을 끓이게나, 어서! 거푸 여러 가마 끓여야 할 걸세!"라고 했다.

쓰팡과 시창우는 급히 물고기를 솥에 넣었다. 첸녠구이가 아궁이에 대고 입으로 불을 불어댔다. 라오진터우는 원래 있던 움막 옆에 더 큰 움막을 새로 짓기 위해 분주히 뛰어다녔다.

생선탕이 끓었다. 쓰팡은 왼손으로는 쇠로 된 사발을 들고 오른손으로는 아이들을 하나씩 품 안에 껴안고 젖 먹이듯 국을 먹였다. 어린아이들 속에 끼인 할머니가 느릿느릿 다가와 망설이고 있자 쓰팡은 그녀 역시 꼭 껴안고 아이들이나 마찬가지로 조심스레 국을 한 그릇 먹였다…… 그렇게 모든 아이들에게 생선탕을 먹이고 나자 쓰팡의 불그스름하고 윤기가 흐르는 얼굴에서 땀이 줄지어 흘러내렸다. 아이들이 모두 모래사장 위에 쓰러져 편히 잠든 것을 보고서야 그녀는 손의 맥이 풀려 사발을 땅에 떨어뜨렸다. 그녀는 숨을 헐떡이며 쉬지 말고 얼른 생선탕을 한 솥 더 끓이라고 첸녠구이를 재촉했다. 그러고는 달려가 새 움막을 짓고 있는 라오진터우를 도와 장작을 날랐다.

햇볕이 따갑게 아이들을 내리쬐었다. 배불리 먹고 나서 한잠 자고 일어난 아이들은 모두 기운을 차렸다. 쓰팡이 아이들 무리 속으로 달려 들어가더니 무릎을 치며 안타까워했다. "이 녀석들, 왜 그리 바보냐! 이리 굶었는데도 바닷가로 내뛰지 않고 뭘 한 거니? 여긴 라오진터우가 있고, 배가 있지 않니? 바다로 와서 물고기를 잡아먹으면 될 것을!……" 아이들은 아직 잿빛이 감도는 얼굴로 첸녠구이를 바라보다가 다시 멀리서 분주히 돌아치는 시창우를 바라보더니 입을 열었다. "두목이 없으니 어쩌하면 좋을지 몰랐어요. 호루라기 소리가 나야 우리는 헤쳐 모여를 할 수 있거든요……" 쓰팡이 고개를 돌리더니 욕을 했다.

"망할 놈의 녀석! 혼자 도망칠 바에야 호루라기를 남기고 올 것이지."

라오진터우를 따라다니면서 분주히 돌아치던 시창우가 꼬마 친구들이 햇볕 아래서 뛰놀기 시작한 것을 발견하고는 목에 걸고 있던 호루라기를 들어 '삑삑' 불었다. 아이들은 일제히 기어 일어나더니 와르르 그에게로 달려갔다. 아이들 무리 속에 껴 있던 키 작은 할머니도 뒤질세라 함께 달려갔다. 시창우는 엄숙한 표정으로 손을 휘두르며 명을 내렸다. "어서 라오진터우를 도와야 해! 날이 어둡기 전에 이 움막을 다 지어야 한단 말이야!" 아이들이 대답을 하더니 흩어졌다.

햇볕이 나무 막대기며 풀단을 어깨에 메거나 품에 안은 아이들을 비추었다. 파도의 끝자락에서 부서져 빛나는 하얀 거품처럼 햇볕은 뉘엿뉘엿 느리게 움직였다.

생선탕을 다시 끓이고 있는 첸넨구이를 제외한 다른 사람들은 모두 새 움막을 만들기에 바빴다. 황혼 녘이 되자 넓고 큰 움막이 완성되었다. 아이들은 신이 나 움막 안으로 뛰어들어서는 벌렁 자빠져 눕더니 한데 뒹굴었다. 움막 안은 자리가 넉넉했다. 라오진터우가 첸넨구이와 쓰팡도 그리로 옮기라고 했다. 라오진터우가 시창우와 조용히 지내고 싶어 하는 것을 눈치챈 쓰팡은 속이 좀 언짢았다. 그러나 첸넨구이와 함께 밤을 지새우는 것도 즐거운 일인지라 그녀는 동의했다.

밤이 되었다. 잠이 오지 않자 라오진터우는 시창우와 함께 움막을 나섰다. 두 사람의 가늘고 긴 형체가 한데 붙어 느릿느릿 모래사장으로 걸음을 옮겼다. 늙은이는 묵묵히 아무 말도 하지 않았다. 시창우는 춥다는 듯 그에게 몸을 꼭 붙였다. 늙은이는 팔을 내밀어 아이의 여윈 어깨를 그러안았다. 달 없는 밤이었다. 오로지 바다의 인광만이 움집과 작은 배의 윤곽을 비추었다. 그들은 작은 배 가까이에 가서 웅크리고 앉았다. 라오진터우는 바람을 등지고 담뱃대에 불을 붙이더니 물부리를 시창우의 입안에 넣어주었다. 시창우는 가볍게 기침을 하더니 입을 다셨다. 바닷바람이 불어오자 대통의 불똥이 튀더니 깜박거리면서 어둠 속으로 날아갔다. 늙은이는 손을 내밀어 작은 배를 어루만졌다. 그는 마치 전기에라도 닿은 듯 흠칫흠칫 손가락을 움츠리곤 했다. 나중에 그는 아이의 두터운 머리카락 위에 손을 올려놓았다.

시간이 얼마나 흘렀는지 몰랐다. 그들은 작은 배 옆에서 오래도록 머물다가 움막으로 돌아섰다.

움막 안은 칠흑처럼 어두웠다. 아무것도 보이지 않았으나 더없이 아늑했다. 늙은이는 안도의 숨을 내쉬더니 자리에 누웠다. 그는 손으로 등을 두드리며 발을 뻗어 시창우를 걸어 넘어뜨렸다. 시창우는 늙은이를 따라 편히 긴 숨을 내쉬었다. 아이의 머리가 옆으로 스르르 미끄러지더니 반듯이 누운 채로 잠들고 말았다.

자정쯤 되었을 때였다. 라오진터우는 놀라 잠에서 깨어났다. 잠결에 누군가가 자기를 부르는 소리를 들은 듯싶었다. 그것은 첫 장기 친구이자 인어인 라오헤이의 목소리였다. 그는 일어나 앉아 한참 동안 담배를 태우고서야 다시 자리에 누웠다. 그러나 라오헤이가 계속하여 그를 불렀다. 라오헤이의 까맣고 반지르르한 옷이 눈앞에 보이기도 했다…… 라오진터우는 더듬더듬 움막 밖으로 나섰다.

하늘에는 별 무리가 반짝이고 있었다. 파도가 철썩이며 모래사장을 때렸다. 라오진터우는 바로 서 있을 수가 없어 작은 배에 기댔다. 배도 세차게 몸을 떨고 있었다. 오늘 밤, 배도 사람의 체온을 지닌 듯싶었다.

바닷물이 서서히 넘쳐왔다. 농염한 향기가 그를 엄습했다. 오늘 밤 바닷물은 부드럽고 다정했다. 여리고 보드라운 손이 그의 온몸을 어루만지는 듯했다. 바닷물이 넘쳐왔다. 물결이 그와 그의 작은 배를 높이 들어올렸다. 배가 날렵히 미끄러지더니 날아가듯 경쾌히 앞으로 달리기 시작했다…… 푸른 파도가 가없이 펼쳐졌고 작은 배는 먼 곳을 향해 항행하기 시작했다. 바닷바람이 갈수록 부드러워졌다. 맑은 향기가 갈수록 농염해졌다. 파란 물결조차 점차 빛깔이 변했다. 마치 금방 솟아오른 햇살이 비추듯 올올이 붉은색을 띤 물결이 찰랑이며 뛰어놀았다. 오색찬란한 그 빛이 호기심과 행복에 겨운 작은 배를 앞으로, 앞으로 이끌었다.

이곳의 모든 것은 핑크빛 꽃잎 빛깔을 띠고 있었다. 찬연하고 더없이 향기로운 세계였다. 파도 소리가 마치 거문고의 여운이 남풍에 실려 가듯 멀리로 사라지고 없었다. 이곳에는 핑크빛의 도톰한 꽃송이들이 만발하고 있었다. 꽃향기와 꽃 빛깔이 공간을 가득 메웠다. 사람들은 유유히 걸음을 옮기며 마치 구면이라도 되는 듯 서로에게 미소를 지어 보였다. 발아래에는 먼지 하나 없이 깨끗한 핑크빛 토양이 투명하게 빛났다. 그리하여 그것이 기르고 키운 모든 것은 토양과 마찬가지로 꾸밈없이 소박하고 순결한 빛깔과 성품을 지니고 있었다. 유일한 교통수단은 배였다. 각양각색의 배들이 있었다. 그 배들은 무한한 공간에서 자유로이 오갈 수 있었는데, 서로 부딪치거나 막히는 일이 없었다. 영원한 음악이 연주되고 있었다. 그 음악은 배와 꽃, 흙과 모든 생명체에서 비롯된 것이었다. 그 아름다운 음악 속에서 깃털처럼 가벼운 눈송이가 흩날리다가 꽃잎 위에 내려앉아 이슬이 되었다. 사람들의 몸에도 눈송이들이 가득 매달렸다. 사람들은 서로를 만나면 상대의 몸에 앉은 눈꽃을 털어주곤 했다. 아가씨들은 눈송이가 몸에 가득 매달린 것을 아름다움으로 여겼다. 그녀들의 머리와 눈썹 위에서 맑고 투명한 눈꽃들이 반짝였다. 길가에서 젊은이들이 아가씨들과 얘기를 나누고 있었다. 그들의 언어는 세상에서 가장 창조적이며 가장 자유로운 언어로, 간결하고 세련되고 순박했다. 아가씨가 "만약 노랫소리를, 야밤에 울려오는 노랫소리를 듣게 된다면 당신은 무엇부터 떠올릴 건가요? 해와 달은 전설 속의 사물이지요. 그 해와 달 그리고 별들이 인간 세상에 빛을 뿌리는 것은 무엇 때문인가요?"라고 물었다. 그러자 젊은이가 "만약 노랫소리를 듣게 된다면 나는 그대의 눈동자와 꽃잎을 떠올릴 것입니다. 나는 다른 사람들과 마찬가지로 지금까지 해와 달, 그리고 별을 본 적이 없습니다. 그것은 전설 속의 것이지요. 그것들이 빛을 인간 세상에 뿌리는 것은 인간 세상의 사랑이 어둠 속에 잠겨 있을뿐더러 너무나도 쉽게 사라지는 까닭이겠지요"라고 대답했다. 그러자 그녀가 다시 물었다. "만약 당신이 나를 사랑하게 된다면, 그러나 내가 당신과 멀리 떨어져 있다면, 당신은 내 어떤 모습을 상상할 건가요?" 젊은이는 "잠깐만 생각해보고요…… 아마도 당신은 다홍색 상의에 남색 멜빵치마를 입고 있을 것입니다. 또는 결 굵은 청색 융 바지를 입고 있을 수도 있습니다. 그러나 당신의 윗옷만큼은 양식이나 빛깔이 영원히 변하지 않을 것입니다"라고 대답했다. 그녀가 다시 물었다. "그럼 키스해도 될까요?" 젊은이는 "물론입니다"라고 대답했다. 그녀는 그에게 키스를 한 뒤 "평생 단 한 사람만을 사랑한다는 것은 너무나도 행복한 일인 것 같아요"라고 했다. 그는 고개를 끄떡이며 "그러나, 모든 사람을 사랑하는 것도 매우 행복한 일입니다"라고 대답했다. 아가씨는 젊은이의 손을 꼭 잡으며 말했다. "좋은 말씀이에요. 만약 우리가 대화를 나누지 않았다면 어찌 서로의 생각이 같은 줄을 알겠어요? 서로 대화를 나눈다는 것은 정말 중요한 것 같아요. 다른 사람들에게도 서로 많은 얘기를 나누라고 알려줘야겠어요!" 이로써 그들의 대화가 끝났다. 이와 비슷한 대화들이 도처에서 진행되고 있었는데, 그 대화들은 나중에 모두 핑크빛 꽃송이가 되었다. 그러나 이와 반대로 대화가 잘못된 방향으로 진행되거나 이상해질 때면 가까이에 있던 꽃송이들이 점차 시들고 말았다. 이곳에는 영민하고 귀여운 동물들이 많았다. 사람들과 친구로 지냈으며 꽃잎을 먹고 자랐다. 동물들이 사람들이 살고 있는 마을을 지날 때마다 집주인들이 머물며 놀다 가라고 초청하곤 했다. 사람의 마음도, 동물의 마음도 서로 간 접촉을 통해 촉촉이 젖어들었으며 그것은 더없이 유쾌한 일이었다. 이리와 같은 모양의, 그러나 이리라고 불리지 않는 동물이 귀엽고 반짝이는 코에 상처를 입고 말았다. 반바지를 입은 아이가 그것을 보고서 너무나 슬퍼 눈물을 흘렸다. 아이는 상처를 쓰다듬으며 위로해주었고 약을 발라주었다. 사람과 사람, 사람과 동물, 사람과 식물, 남자와 여자들은 결코 서로 거짓말을 하거나 저버리거나 기만하거나 침범하는 법이 없었다. 만약 그런 불미스러운 일이 생기면 표연히 흩날리던 핑크빛의 도톰한 눈송이들이 그의 얼굴과 손에 내려앉아 시꺼먼 물로 녹아버리곤 했다. 그리고 그것은 피부에 스며들어 씻어버릴 수가 없었다. 만나는 사람마다 더없이 가여운 눈길로 그를 바라보곤 했다. 그들은 마음속으로 "이 얼마나 창피한 일인가!"라고 생각하면서 스스로를 부끄럽게 생각했다. 그것은 함께 최선을 다하여 그러한 일이 더는 발생하지 못하도록 막지 못한 자신에 대한 커다란 죄책감 때문이었다. 검은 흔적이 남은 사람은 묵묵히, 그리고 끊임없이 노동을 해야만 했으며, 가장 큰 노력을 기울여 주변 사물들을 자상히 돌봐야만 했다. 그러노라면 그 흔적이 차차 사라지곤 했다. 이곳의 꽃들은 어느 하나 서로 같지 않았지만, 그 모든 꽃이 하나같이 아름다웠다. 사람과 사람도 꽃들과 마찬가지여서, 서로의 가장 근본적인 차이를 찾으려 한다면, 오로지 오래도록 상대를 주시하는 수밖에 없었다. 사람마다 눈동자가 달랐다. 사람마다 까맣게 빛나거나 바다의 푸른색을 띤 눈동자를 하고 있었지만, 그것이 담아내는 경물은 서로 달랐던 것이다. 이곳은 어디나 서로 멀리 떨어져 있다고 할 수 없었다. 배가 있기 때문이었다. 사람들이 뜻하는 바가 곧 배의 향방이었으므로 사람들은 배를 타고 주택구나 오색찬란한 들과 숲을 자유로이 오갈 수 있었다. 주택구는 자연스러우면서도 특이했다. 집은 있었으나 골목과 거리는 없었다. 널찍한 집들이 한데 이어져 있었고, 그 주변은 모두 오색찬란한 벌판이었다. 들에는 농작물과 꽃과 나무가 자라고 있었고, 시냇물이 돌돌 흐르고 있었다. 군데군데 드넓은 벌판에 널린 핑크빛 지붕들은 마치도 꽃밭에 둘러싸인 듯싶었다. 그리고 그 드넓은 벌판에 널려 있는 집들을 배가 서로 이어줬다. 그러니 모든 집들이 대자연을 마주하고 있었으며 사람들은 손을 내밀기만 하면 핑크빛 하늘과 땅을 만질 수가 있었다. 말하자면 주택구가 곧 벌판이었으며 벌판이 곧 도시였다. 사람들이 거주하는 각종 건물들은 여기저기 피어 있는 꽃들과 마찬가지로 다만 들을 수놓는 장식에 지나지 않았다. 주택구는 아주 드넓었지만 사람과 사람 사이의 연계는 빈번하고 밀접했다. 배가 있기 때문에 거리가 단축되었던 것이다. 주택구와 주택구 사이는 큰 숲으로 나뉘어 있었다. 그것은 동물들의 '주택구'였다. 숲은 무수한 종류의 나무들로 이루어져 있었다. 우뚝 치솟은 아름드리나무나 구불구불 뻗은 덩굴나무 등 신기한 식물들이 한데 얽혀 무성하기 그지없었다. 꽃은 등불마냥 나무숲 속에서 반짝였다. 꽃이 만개한 곳마다 빛이 찬연했다. 각양각색의 동물들이 숲속에서 노래를 불렀다. 그것들은 서로의 아름다운 무늬를 겨루며 마음껏 뛰어놀았다. 일을 하다 쉴 참에 사람들이 숲으로 들어오면 온갖 동물들이 신바람이 나 모여들었다. 동물들의 거주지인 숲에서 그것은 명절이나 다름없었다. 사람들은 숲에 안부 인사를 전하고 인간이 지닌 풀기 어려운 난제들을 수두룩이 가져왔다. 예를 들어 사람들은 질병을 치료해달라고 숲과 동물에게 부탁했는데, 특히 불면증과 안질을 부탁하곤 했다. 사람들의 눈은 멀리 볼 수가 없었는데, 오랫동안 숲에 오지 않으면 세상 끝까지 내다볼 수가 없었다. 그것을 유행어로 '내일을 볼 수 없다'라고 했다. 명확하고 분명히 내일을 내다볼 수 있는 것은 이곳 사람들만이 누리는 행복이었다. 이곳은 해와 달, 그리고 별이 없는 세상이었다. 흙과 식물에서 빛이 고르게 뿜어 나와 세상 만물을 따뜻이 비추고 있었다. 만약 태양을 받아들이게 된다면 모든 사물이 태양을 에워싸고 돌아야만 할 것이었다. 그렇게 된다면 세상이 기울지 않도록 모든 사물은 새로운 평형을 유지하는 데 혼신의 힘을 다해야만 할 것이었다. 특히 그들이 받아들이기 힘든 것은, 아무리 크다 하더라도 태양은 한낱 하나의 사물에 지나지 않는다는 점이었다. 세상 만물은 응당 평등해야 하며 그것은 곧 삶의 존엄이었다. 물론 태양이 있어 만물이 칭송하는 노랫소리에 귀 기울이는 세상도 있다고는 하나, 그것은 어디까지나 다른 곳의 사정이었다. 이 핑크빛 꽃과도 같이 맑고 투명한 세계에서는 오로지 생명만이 가장 빛나고 힘 있는 존재요, 가장 존경받고 고귀한 존재였다. 이곳에서는 모든 사물이 마음껏 자라고 당당히 자기만의 빛깔과 형태를 지니고 있었다. 토양이 빛나고 투명하기 때문에 티끌 하나 없었고 모든 것이 늘 새롭고 산뜻하며 생기발랄하기만 했다.

밀물이 밀려왔다. 물보라가 부서지며 작은 배를 덮쳤다. 물방울들이 라오진터우의 얼굴에까지 튀었다. 그는 뱃전에 몸을 바싹 기댄 채 앉아 있었다. 입에 문 담뱃대는 이미 오래전에 불이 꺼져 있었다. 별안간 바다에서 인광이 번쩍 빛을 뿌리더니 사라졌다. 작게 조각난 광점들이 물결에 실려 마치 모래사장으로 기어오르려는 듯했다…… 라오진터우는 눈을 비비더니 "라오헤이"하고 부르며 몸을 일으켰다.

동틀 무렵이었다. 동녘 하늘이 물고기의 배처럼 희붐히 밝아오기 시작했다.

그는 움막으로 걸음을 옮겼다. 두 다리가 마치 나무 막대기처럼 뻣뻣했다. 날씨가 싸늘했다. 동틀 무렵 부는 새벽바람이 뼈를 에일 듯했다. 이가 덜덜 떨렸다. 그는 몸을 부들부들 떨었다. 움막에 들어서니 마침 시창우가 깨어났다. 그러나 아이는 아직 다른 세계에 생각이 머물고 있는 듯했다. 그는 불현듯 라오진터우를 그러안더니 "잡았다, 잡았어"라고 했다. 라오진터우는 아이가 그렇게 안고 있도록 했다. 아이는 한참을 안고 있다가 실망한 듯이 풀어주며 말했다. "이게 아닌데……"

물어보니 아이는 방금 꿈에서 또 그 여자 귀신을 보았던 것이었다…… 늙은이는 잠자코 있었다. 그는 몸을 안쪽으로 웅크리더니 시창우를 품 안에 그러안았다. 날이 밝았다. 바람은 더욱 세찼다. 바람이 날카로운 비명 소리를 냈다.

"저 소릴 좀 들어보세요." 시창우가 말했다.

바람 소리가 점점 크게 들려오더니 움막 어귀를 막은 짚 거적이 부르르 떨리며 틈이 벌어졌다.

라오진터우는 얼굴이 새파랗게 질려 나지막이 말했다. "여자 귀신이……정말로 찾아왔구나……"

짚 거적이 펄럭거리더니 이내 조용해졌다.

라오진터우는 굳은 자세로 앉아 고개를 조금 비틀고서 움막 어귀를 쏘아보았다.

시창우도 그곳을 살펴보았지만 아무것도 보이지 않았다.

라오진터우가 가볍게 기침을 하더니 조심스레 담뱃대를 더듬었다. 손이 부들부들 떨리고 있었다.

8

창난은 앞으로 내달렸다. 그는 고개 한 번 돌리지 않고 내처 앞으로만 달렸다. 어지럽게 나 있던 발굽 자국들이 더는 보이지 않자 그제야 걸음을 멈추어 섰다. 길이 보이지 않았다. 어느덧 낯선 숲속에 들어서고 말았던 것이다. 굵고 가는 무수한 칡넝쿨이 종으로 횡으로 서로 얽혀 사처를 모두 막아서고 있었다. 그는 어디까지 왔는지 방향을 가늠해보려고 혼신의 힘을 다해 애썼다. 숲이 삽시간에 푸른 안개가 되어 흩날리는 듯싶었다. 멀리, 또 가까이에 있는 나무 그림자들이 모두 그 짙푸름 속에 묻히고 말았다. 창난은 절망한 듯, 한숨을 내쉬며 그 자리에 주저앉고 말았다. 두 눈을 내리감았다.

밤이 다가왔다. 한기를 막기 위해 창난은 모닥불을 크게 지폈다. 그는 큰 나무에 기대어 앉아 엽총을 오른쪽 무릎 옆에 기대 세웠다. 산짐승들이 멀지 않은 곳에서 어슬렁거리며 끊임없이 부스럭거리는 소리를 내곤 했다. 모닥불이 꺼지기만 하면 그것들은 당장이라도 덮칠 것이었다. 그는 종일 아무것도 먹거나 마시지 못했으나 전혀 배고프거나 목이 마른 줄 모르고 있었다. 불길이 한 길 넘게 솟아올랐다. 그는 화가 치민 듯 땔감을 더 던져 넣었다. 불길을 보노라니 까닭 없이 그 도시 교회당의 뾰족한 지붕이 떠올랐다. 그리고 그 달밤의 피 빛깔과 피가 손과 팔에 묻어나면서 뜨겁던 기억이 되살아났다.

불길이 활활 타올랐다. 어렴풋한 가운데 좡난은 자기들이 손수 만든 움집이 샤오훙하이의 날카로운 비명 속에서 불타버리는 광경을 보았다. 불길이 곧추 허공으로 치솟으며 세찬 불기운이 검은 조각들을 말아 올려, 불꽃이 탁탁 튕겼다. 그 옆에서 샤오훙하이가 땅에 주저앉아 울고 있었다. 문득 노새 방울 소리가 들려왔다. 누군가 그녀의 어깨에 가볍게 손을 올려놓았다. 그녀는 바로 눈에 광채를 띠더니 울음을 그쳤다. 사람들이 그녀를 노새의 등에 태우더니 느릿느릿 나무숲 깊숙한 곳으로 향했다…… 좡난은 쓴웃음을 지으며 고개를 가로저었다. 그는 문득 그간 마음속에 고이 간직하고 있던 움집이 이미 불타 사라졌음을 깨달았다. 땀 흘려 가꾸었던 그 보금자리를 이제는 완전히 잃어버리고 만 것이었다. 바람이 울부짖었다. 산짐승들도 참을성을 잃고 대놓고 으르렁거렸다. 그는 다른 한쪽 몸도 불에 쪼이기 위하여 돌아앉았다.

처량한 밤이었다. 좡난은 숲이야말로 자기 집이라는 것을 처음으로 깨달았다. 자신이 그 도시에서 벗어난 것은 새가 숲을 찾아 둥지를 튼 것과 다름없는 일이었다. 그는 다시는 그 움집에 돌아가고 싶지 않았다. 이제 진정 숲속에 발을 들여놓았던 것이다.

날이 밝자 챵난에게 처음으로 든 생각은 움집으로 돌아가는 것이 아니라, 큰 배낭을 만든 뒤 거처를 마련하는 일이었다. 조촐할수록 좋았다. 모닥불은 이미 잿더미가 되어 있었다. 자리를 뜨며 그는 나지막한 소리로 말했다. "움집은 이미 불타버린 거야."

그는 단숨에 많은 산열매들을 먹어치웠다. 물과 음식을 함께 해결한 셈이었다. 그리고 가능한 한 물과 가까운 곳을 찾아 자기가 거처할 곳을 만들기 시작했다. 너무나도 초라한 잠자리였다. 바람과 비조차 피하기 힘든 곳이었다. 그는 나중에 다시 천천히 손을 보기로 했다. 무엇보다 급한 것은 사냥이었다. 그것을 솥과 소금 그리고 화약으로 바꾸어야만 했다. 물론 움집에 돌아가서 가져오거나 그 중년의 사냥꾼에게 부탁해도 되었다. 그러나 오기가 솟아 도무지 그리할 수는 없었다.

그는 자신이 벌집과도 같은 도시와 작별하는 순간 이미 비장한 선택을 했음을 깨달았다. 마음속으로 자기들만의 움집이 이미 불타버렸다고 생각하는 순간 그는 다시금 자신이 새로운, 더욱 고된 여정을 시작했음을 알았다. 스스로도 자신을 알 수 없었다. 적어도 생각했던 만큼 고통스럽지는 않았다. 이상한 일이었다. 마치 이상한 힘이 등을 미는 듯싶었다. 그 힘은 그로 하여금 그 도시에서 이곳 망망한 임해에 이르도록 했으며, 다시 손수 만든 움집을 떠나게 했던 것이다. 워낙 사람이란 이처럼 최후의 승부수를 던져 모험하는 것을 선호하는지도 몰랐다. 또는 인간은 늘 이악스레 무엇인가를 끊임없이 증명하고자 하는 것인지도 몰랐다. 무엇을 증명하려는 것일까? 알 수 없었다. 증명을 한다는 자체가 중요했다.

그는 새롭게 안착했다. 모든 것을 새로 시작해야 했다. 이틀간 그는 아무 말도 하지 않았다. 모든 욕망을 오로지 엽총 하나를 통해 분출했다. 그는 하룻밤 사이에 산전수전을 다 겪은 사냥꾼이 된 것처럼 느껴졌다. 사냥은 아주 순조로웠다. 연이어 곰 한 마리와 노루 한 마리를 잡았다. 그는 조용히 숲속을 꿰뚫고 다녔다. 가끔은 멈춰 서서 숨을 죽이고 귀를 기울이기도 했다. 그는 자기도 왕바와 다름없이 직감으로 멀리 있는 큰 산짐승을 느낄 수 있다는 생각이 들었다. 그는 산짐승이 어떠한 자세로 엎드려, 참을성 있게 자기의 일거일동을 주시하고 있는지 거의 눈앞에서 보는 듯했다. 그가 앞으로 나아가면 산짐승도 몸을 일으켰다. 2리가 넘게 행진하고 나자 산짐승이 실망한 듯 입을 쩝쩝 다시며 다른 곳으로 떠나버리고 말았다…… 그는 꺼진 지 얼마 되지 않은 잿더미를 발견하면 조심스럽게 길을 에돌곤 했다. 낯선 사람을 만나기가 싫었다. 낯익은 사람 역시 만나기 싫었다. 그는 총소리가 울리거나 산짐승들의 절망에 찬 비명이 들려올 때마다 멀찍이 피하곤 했다.

그럼에도 어느 하루, 황혼 녘이 되어 한 사냥꾼이 그의 움막을 찾아왔다. 낯선 사람이었다. 창난은 전혀 놀라는 기색 없이 그냥 솥에 먹을거리를 평소보다 조금 더 집어넣었다. 그들은 모닥불을 피웠다. 두 사람 모두 아무 말이 없었다. 날이 차차 어두워지기 시작했고 불길이 점점 높이 치솟았다. 손님이 품에서 모하담배를 한 줌 꺼냈고 챵난은 그것을 받아 피웠다. 담배를 피우면서도 두 사람은 눈길조차 한번 주고받지 않았다. 음식이 익자 그들은 밥을 먹기 시작했다. 사냥꾼은 음식물을 아주 천천히 씹었다. 챵난이 그를 바라보며 손을 내밀자 사냥꾼은 급히 허리에 찬 호리병박을 꺼냈다. 그들은 술을 한 모금씩 돌려 마시며, 술을 삼킬 때마다 기분이 좋아져 '캬' 하고 숨을 내뱉곤 했다. 얼마 지나지 않아 그들은 얼굴이 불콰해졌다. 불더미 가까이의 모래흙들이 뜨끈뜨끈 달아올랐다. 챵난은 사냥꾼을 내버려둔 채 혼자 큰대자로 누워 기지개를 쭉 켜고서는 몸을 움직거렸다. 가까이 다가온 사냥꾼은 그의 얼굴에 먼지가 가득 끼어 있는 것을 발견했다. 해진 옷 틈새로 드러난 팔에는 상처 자국이 보였다. 사냥꾼이 그의 머리를 자기 무릎 위에 올려놓았다. 그는 편안한 자세로 누워 눈을 감았다. 그가 주먹을 틀어쥐고 있자 사냥꾼이 그의 손가락을 펴보았다. 아직 아물지 않은 상처가 있었다. 사냥꾼이 떨리는 손으로 호주머니를 들추더니 다시 옆에 있는 배낭을 뒤졌다. 그는 무엇인가를 찾아내 챵난의 상처에 발라줬다.

사냥꾼은 한밤중까지 앉아 있다가 돌아갔다. 그가 일어나 갈 때도 챵난은 여전히 누운 채 배웅하지 않았다. 그 후로도 사냥꾼은 한 번 더 다녀갔다. 그에게 담배와 오래 맛보지 못했던 건어물을 가져다주었다. 그는 움막을 견고히 해주기 위해 지니고 있던 큰 도끼로 나무를 찍어오려 했으나, 좡난이 그를 말렸다. 좡난은 사냥꾼이 도끼만은 남겨두고 가게 했다.

시간이 하루하루 흘러 지났다. 그동안 좡난은 눈에 띄게 늙어갔다. 아래턱에는 어지럽게 수염이 덮였고, 이마의 주름도 갑자기 깊어졌다. 그는 샤오훙하이와 함께 살던 움집을 떠올리지 않으려 했지만 그녀의 작고 연약한 모습이 늘 눈앞에 삼삼히 떠오르곤 했다. 그는 마음속으로 외쳤다. "샤오훙하이, 샤오훙하이! 날 홀로 이 숲속에 버려두고 어디까지 간 것이오? 기왕 이리됐으니 난 혼자서 지내리다. 이 또한 나쁘지는 않소. 난 새로 움막을 짓고 모든 걸 처음부터 다시 시작했다오……" 야심한 밤이면, 그 연약한 여자에게 이 깊은 나무숲은 너무나도 황량하고 무서운 곳이라는 생각이 들곤 했다.

사냥을 나갈 때도 그는 문을 잠그지 않은 채 쓸쓸한 황야의 숲속에 작은 움막을 버려두곤 했다. 날이 어두워진 뒤에야 그는 숨을 헐떡이며 움막으로 돌아와 피곤한 몸을 웅송그리고 눕거나 밥을 짓기 위해 바로 불을 지피곤 했다. 망망한 숲속에 자리한 작은 움막은 거의 눈에 띄지 않았다. 다만 움막을 지은 자만이 정해진 시간에 들렀다가 다시 떠나곤 하여, 그의 삶에 중요한 지표가 될 뿐이었다. 그리고 그는 숲속에 이 새로운 지표를 만듦으로써 그것을 중심으로 세상을 찾아 나서고 삶을 영위해갈 수 있었던 것이다.

좡난은 아직 위태로운 곰 사냥이 자신을 기다리고 있는

줄 모르고 있었다.

　그날따라, 황혼 녘이 되자 마치 색칠이라도 한 듯 풀들이 빨갛게 물들어 있었다. 그런 생각에 잠겨 땅 위의 풀들을 바라보던 챵난은 고개를 쳐드는 순간 불곰을 발견했다. 그놈은 엉기적거리며 굵은 참나무 밑동에서 앞발을 들어 옮기고 있는 중이었다. 곰은 몽롱한 눈빛으로 옆을 바라보고 있었는데, 아직 젊은 사냥꾼을 발견하지는 못했다. 그러나 총을 추켜들던 챵난이 바스락거리는 소리를 내는 바람에 그만 놈에게 들키고 말았다. 놈은 외마디 소리를 지르더니 바로 몸을 비틀어 참나무 뒤로 숨었다. 챵난은 침착하게 참나무 가까이로 다가갔다. 속으로 이놈을 잡았구나 하는 생각이 들었다. 그는 좀더 가까이 접근해야만 했으나, 아무리 에돌아도 그 늙은 참나무가 부러 그러는 듯 대부분의 유산탄을 먹어버릴 것만 같았다. 나중에 그는 나무에서 10여 보 떨어진 곳에서 걸음을 멈추었다. 기다리면 꼭 기회가 생기리라는 생각이 들었다. 생각이 적중했다. 5, 6분 정도 지나자 놈이 몸을 솟구치더니 참나무에서 벗어났다. 그러나 놈이 아직 총구와 나무 사이의 직선에서 얼마 벗어나지 못하였을 때, 그만 총소리가 울리고 말았다.

　불곰은 화들짝 놀라 몸을 곧추 일으켜 세우더니 다시 모로 쓰러졌다. 선혈이 목 근처에서 쏟아져 나오는 듯싶더니 새된 울부짖음이 사람을 전율케 했다. 챵난은 재빨리 허리춤의 칼을 뽑아 들었다. 그러나 거의 동시에 불곰이 불가사의한 속도로 몸을 솟구쳐 일어났다. 칼날이 놈의 목 아래를 찔렀으나 약간 빗

나가고 말았다. 쾅난은 몸을 참나무에 기댄 채, 줄기를 따라 아래로 미끄러져 내렸다. 불곰이 앞발로 후려쳤다. 쇠처럼 단단한 참나무 껍질이 벗겨져 나가면서 그의 어깨도 명중했다. 위팔의 피부와 살이 뭉텅 뜯겨져 나갔다. 인두에 닿기라도 한 듯했다. 쾅난은 아악 비명을 지르며 바닥에 나뒹굴었다. 놈은 다시 무쇠 같은 앞발을 쳐들었다. 그는 온몸의 피가 거꾸로 솟는 듯했다. 불꽃이 이마 위쪽에서 탁탁 튀었다. 엉겁결에 어떻게 칼을 내찔렀는지 몰랐다. 헝클어진 삼을 베듯이 젖 먹던 힘을 다해 그냥 위를 향해 쑤셨을 뿐이었다……

쾅난은 혼절하고 말았다. 날이 완전히 어두워진 뒤에야 그는 깨어났다. 코를 찌르는 피비린내가 풍겨왔다. 그와 불곰이 함께 흘린 피였다. 배가 찢긴 불곰은 이미 죽었으나, 독기 어린 눈으로 아직도 그를 노려보는 듯했다. 절체절명의 순간 참나무가 도왔던 것이다. 그는 신음하며 간신히 기어 일어나 늙은 참나무를 향해 절을 했다.

그는 아주 대단한 큰 불곰 한 마리를 잡았으나 그 대가로 부득이 움막에 누워 있을 수밖에 없었다.

그는 숲에 들어선 뒤 처음으로 한가한 시간을 가지게 되었다. 사냥하고 싶은 생각도 들지 않았다. 오로지 꺼질 줄 모르는 불길만이 몸을 덥혀주고 있었다. 눈을 감으면 몸이 물 위로 붕 떠오르는 것만 같았다. 작은 배에 탔을 때의 느낌이었다. 그는 그 배가 너무나도 그리웠다. 지금쯤 어디에 있는지, 아니면 이미 비바람 속에서 소리 없이 썩어 보드라운 흙이 되고 만 것인지 알 수가 없었다. 좋은 주인을 만나 파도를 헤치고 있는지도 몰랐다. "만약 그렇다면 얼마나 잘된 일인가!" 그는 혼잣말을 했다. 만약 주변이 온통 물뿐인데 홀로 배에 누웠다면, 너무나도 외로울 것만 같았다. 지금 자신의 심경과도 비슷할 것이었다. 물론 나쁜 일은 아니었다. 그런 생각에 잠겨 물고기를 찢어 불에 구운 뒤, 맛있게 씹기 시작했다. 그는 그러한 외로움이 너무나도 좋았다. 만약 한 사람이 평생 가도록 진정 고독이라 할 만한 시간을 가지지 못한다면 결코 재미있는 삶이라 할 수가 없을 것이라는 생각이 들었다.

가끔 자기가 태어난 도시가 떠오르기도 했다. 자신이 사람을 죽였다는 중요한 사실도 떠올렸다. 그러나 그 도시에서 도주한 이유가 단지 사람을 죽이거나 샤오훙하이 때문만은 아닌 듯싶었다. 무엇 때문이었을까? 딱히 알 수가 없었다. 삶이 너무 지루하여 그 도시가 싫었는지도 모른다. 그는 한 세대 또 한 세대 그 많은 사람들이 그곳에서 비좁게 산 이유가 무엇인지 묻고 싶었다. 그곳은 아주 오래전, 그 누군가가 망망한 황야에서 찍은 하나의 지표에 지나지 않을 수도 있었다. 그 누군가가 자기와 마찬가지로 작은 움막을 하나 지은 것이었는지도 모른다. 그가 자신의 생존을 위해 남긴 지표가 나중에 그 많은 사람들의 삶의 반경과 취미 그리고 성격에 영향을 주고 규정했을 터였다. 그런 생각이 들자 너무나도 속이 답답하고 화가 났다. 아마 그래서 그는 누군가를 사랑하게 되고 누군가를 미워하게 됐으며, 종내는 사람을 죽이고 말았는지도 몰랐다. 일부러 도망칠 구실을 만든 것인지도 몰랐다. 가장 표면적인 이유가 생기자 그는 작은 배에 올랐던 것이다.

제방을 벗어난 배는 푸른 파도 위를 떠다녔다. 작은 배였다. 멀리서 보면 하나의 작은 점에 지나지 않았다. 땅보다 훨씬 넓은 바다 위에서 그것은 움직이는 점이자 흔들리는 점이었으며 하나의 불가사의였다. 수시로 정박하거나 수시로 돛을 달고 멀리로 항행할 수도 있었다. 그것은 불변의 고정된 지표가 되기를 거부했으며 흐름을 멈추지 않았다. 배와 움막, 배와 차량, 그리고 배와 도시의 구별은 너무나도 분명한 것이었다.

나중에 그 작은 배가 숲속에 정박하자 그들은 작은 움집을 지었고 여러 해 동안 그것을 구심점으로 에워싸고 돌았다. 만약 그러한 삶이 계속되었다면 그들은 아이를 낳았을 것이며, 더 많은 움집들이 새로 모여들어 나중에는 마을로 변했을 것이며, 그보다도 더 오랜 세월이 흐르고 나면 다시 도시로 변했을지도 모를 일이다. 그렇게 새로운 벌집이 탄생하여 수백 년이 지나고 나면, 그 누구도 벌집의 존재 이유와 정당성을 의심하지 않을 것이다. 처음 시작할 때 그것은 한낱 두 젊은이의 선택에 지나지 않았음에도, 그 선택은 결국 수많은 사람들이 선택할 자유를 빼앗고 말 것이다. 너무나도 무시무시한 일이다. 이 무궁한 우주에서 인간은 결코 자신의 선택을 멈추거나 끝내서는 안 된다.

촹난은 퍽 안심이 되어 초라하기 그지없는 움막을 살펴보았다. 전에도 그러했다시피 그것은 언제고 버리고 떠날 수 있는 것이었다. 그때 가면 이 움막은 다른 사냥꾼들이 시름을 내려놓고 잠깐 다리를 쉬어갈 좋은 장소가 될 것이다. 그것이야말로 이 움막의 가장 좋은 쓰임일 수도 있다…… 팔에서는 새로운 근육이 쉼 없이 돋아나고 있었다. 가렵기 그지없었으나 상처가 잘 아물고 있어 한없이 기뻤다. 동상을 입을까 봐 상처 부위를 헝겊 조각으로 두텁게 감았더니 보기에 심히 우스꽝스러웠다. 움막에 장만해둔 음식들을 거의 다 먹어치웠기에 얼마 남지 않은 어포를 씹어야만 했다. 간혹 날짐승이라도 한 마리 잡을까 하여 그는 억지로 몸을 일으켜 총을 메고 부근의 숲을 돌곤 했다. 내심 입맛을 돋울 음식이 먹고 싶었다. 마침 멀지 않은 곳의 나뭇가지에서 꿩이 놀고 있었다. 그는 엽총을 나무 가장귀에 올려놓고 왼쪽 어깨로 받치고는 조준을 했다. 방아쇠를 당기자 유산탄이 발사되었다. 그러나 꿩은 날카로운 소리를 지르며 날아가버렸다.

그런 난처한 경우가 여러 번 있었다. 그때마다 그는 쓴웃음을 지으면서 간신히 총을 다시 어깨에 메고 움막으로 돌아오곤 했다.

어포를 구울 때, 그는 일부러 센 불에 굽곤 했다. 씹기가 쉬웠기 때문이다.

마침내 오른쪽 팔도 들어 올릴 수 있게 되었다. 고개를 돌려 들여다보던 그는 아직 전혀 손을 대지 않은 말린 물고기가 두 마리나 남은 것을 보고는 큰 소리로 웃었다…… 그는 부상을 당한 이후 처음으로 움막에서 멀리 떨어진 곳으로 나왔다. 그는 손쉽게 날짐승 몇 마리를 잡았다. 고깃국이 구수한 냄새를 풍겼다. 너무나도 맛있었다. 간만에 배불리 먹고 난 그는 움막을 나섰다. 해가 나무 정수리 위에서 빛나고 있었다. 그는 편안히 긴 숨을 내쉬고 나서 가볍게 어깨를 돌려보았다. 그간 무척 어려운 과정이었지만 마음속 깊이 자리하던 끈질긴 반항심이 어느덧 누그러진 듯싶었다. 그는 줄곧 뭔가를 증명하고 싶었던 것이다. 적어도 그는 사납기 짝이 없는 맹수의 발톱 아래에서도 목숨을 건질 수 있음을 증명한 셈이었으며, 어포만을 먹고서도 건강을 회복할 수 있음을 증명한 셈이었다.

태양이 불타오르고 있었다. 곁눈질만으로도 해가 그 어느 때보다 눈부신 것을 알 수 있었다…… 꿩이 나무 가장자리에 내려앉았다. 그러나 챵난이 미처 총을 겨누기도 전에 꿩은 다시 날아올랐다. 바로 그때 다른 한쪽에서 총소리가 울리더니 꿩이 나무 아래로 떨어졌다. 챵난은 놀라 얼른 총을 거두며 나무줄기에 바짝 기대어 섰다. 그때 건장한 사냥꾼이 나타났다. 왕바였다! 서로를 눈여겨보던 두 사람은 마주 고함을 지르며 한데 부둥켜안고 말았다. 왕바가 주먹으로 그를 두드리며 말했다.

"널 얼마나 애타게 찾았는지 몰라. 여기 숨어 있었던 거야? 샤오훙하이가 죽네 사네 얼마나 속을 썩였는지 모른다고!……"

"아니, 샤오훙하이가? 그럼 그녀는 지금 어디 있는 거야?"

"그녀는 도망친 것이 아니었어. 도중에 노새에서 뛰어내렸대. 꼬박 이틀을 밤낮으로 굶으며 달려왔으나 네가 보이지 않왔나 봐……"

챵난은 땅에 웅크리고 앉아 수북한 수염 속에 두 손을 파묻은 채 왕바를 올려다보았다.

왕바는 화가 나 발을 구르더니 뭐라고 욕을 해댔다.

"샤오훙하이! 어째서!" 챵난은 눈을 감으며 고개를 가로저었다. 몸을 일으킨 그는 왕바의 손을 잡아끌었다……

챵난은 샤오훙하이를 찾아 강가에 이르렀다.

그녀는 다른 사람이라도 된 듯 까무잡잡하고 왜소했다. 커다란 두 눈만이 살아 있었다. 그녀는 챵난을 보자 잠자코 눈물만 흘렸다. 챵난이 그녀를 안아 들었다. 짚단처럼 가벼웠다. 그녀는 고양이처럼 그의 어깨에 매달려 온밤 내 떨어지지 않았다. 챵난은 "당신이 떠나고 나서 난 제정신이 아니었소. 다시는 당신을 볼 수 없겠구나 생각했소. 우리 보금자리가 무너졌다고 생각했소"라고 말했다.

샤오훙하이는 말없이 그에게 키스했다. 그가 안정을 되찾고 조용해질 때까지…… 영원히 잊을 수 없는 밤이었다. 아늑하고 부드러운 화해의 밤이었다. 숲속의 모든 소란스러움과 불안이 멀리 사라지고 오로지 그들의 가벼운 숨소리만이 들렸다. 날이 밝자 샤오훙하이는 그를 위해 산 면도칼을 찾아냈다. 그의 가슴이며 어깨와 팔에 난 흉터를 발견한 그녀는 놀라서 새된 소리를 질렀다. 그녀는 그의 흉터를 어루만지며 말했다. "숲이 우리를 버린 거예요. 우리를 쫓아내려는 거예요…… 안달이 난 거예요." 챵난이 잠시 침묵을 하다가 "당신은 그 도시에서 도망쳐 나오지 말았어야 했는지도 모르겠소. 내가 당신을 끌고 나온 것이오……"라고 했다. 샤오훙하이가 화가 나 그의 입을 틀어막더니 몸을 일으켰다.

챵난의 상처가 다 아물었다. 샤오훙하이 역시 점차 살이 올랐다. 왕바와 중년의 사냥꾼이 자주 그들의 움막을 찾았다. 그리고 얼마 지나지 않아 그녀가 임신을 했다. 그들은 이 허허벌판에서 아이를 낳을 것이 걱정되었다. 그새 샤오훙하이는 두 번이나 몸져누웠으나 감히 마을 의원에게 도움을 청하지는 못했다. 날이 점차 따뜻해지기 시작하자 숲속에 곤충들이 성하면서 그들은 독충에 물려 몸이 온통 벌겋게 붓곤 했다. 밤낮 조용할 새가 없는 계절이 찾아온 것이었다. 챵난은 사냥을 나갈 생각을 하지 않았다. 그는 향이 나는 풀을 태워 연기로 방 안을 쏘이려 했으나 그녀가 기침을 하면서 눈물이 글썽해지는 바람에 그만두고 말았다.

어느 날 사냥을 나간 챵난이 노루를 한 마리 메고 움집으로 돌아와보니 샤오훙하이가 두 손으로 칼을 꽉 부여잡은 채, 울바자에 기대어 서 있었다. 챵난을 발견한 그녀는 그제야 안도의 숨을 내쉬며 그 자리에 주저앉고 말았다…… 표범 한 마리가 종일 주변을 어슬렁거렸는데, 움집 뒷벽에 난 창구멍으로 뛰어오르기도 했다는 것이다. 말을 마친 그녀는 챵난을 뚫어져라 쳐다보았다. 그녀의 이마에서 땀방울이 줄줄 흘러내리고 있었다. 챵난은 그녀의 손을 잡으면서 말했다.

"어서 말하오. 무슨 말을 하려는지 알 만하오. 이곳을 떠나고 싶은 것이 아니오?……"

샤오훙하이는 입술을 악물며 고개를 가로저었다.

왕바가 자주 움집에 들렀으나 챵난은 아내를 돌봐야 했기 때문에 거의 그와 함께 사냥을 떠나지 않았다. 왕바는 강 상류 지역에서 하루 종일 돌다가 저녁이 되면 다시 움집으로 찾아와 밥을 먹곤 했다…… 그날은 아직 해가 나뭇가지에 걸려 있을 때였다. 챵난과 샤오훙하이가 바삐 돌아치고 있는데 문득 움집 밖에서 숨소리가 들려왔다. 분명 아직 왕바가 돌아올 시간은 아니었다. 움집 밖으로 나온 그들은 깜짝 놀라고 말았다. 움집에서 두세 걸음 떨어진 곳에 왕바가 쓰러져 있었다.

그는 조용히 누워 있었다. 목에 상처가 났는데 피가 거의 다 흐르고 만 듯했다. 두 손에 선혈이 낭자한 것을 보니 조금 전까지만 해도 손으로 목의 상처를 틀어막고 있었던 게 분명했다. 그는 죽더라도 움집에서 죽기 위해 필사적으로 기어 왔을 것이다…… 챵난은 그 자리에 웅크리고 앉아 상처를 자세히 살펴보았다. 곰의 짓이었다. 결국 이 불세출의 사냥꾼조차 맹수의 발톱에서 무사할 수 없었던 것이다. 왕바는 얼굴에 핏기 하나 없이 조용히 누워 있었다. 수려한 눈썹이 더욱 길고 짙어 보였다…… 챵난은 이를 사리물며 몸을 일으켰다.

샤오훙하이는 낯빛이 하얗게 질려 챵난의 옷깃을 틀어쥐었다.

챵난은 그녀에게 기다리라 하고는 마을로 달려갔다.

숲은 온통 핏빛으로 물들어 있었다. 이윽고 챵난이 중년의 사냥꾼을 데리고 돌아왔다.

"해가 지기 전에 어서 묻어야겠네." 사냥꾼이 말했다.

샤오훙하이가 대성통곡을 했다. 챵난은 왕바를 품에 안고 한 걸음 한 걸음 앞으로 걸어갔다.

그들은 움집에서 별로 멀지 않은 소나무 아래에 왕바를 묻었다. 무덤은 자그마했다.

그날 밤 사냥꾼은 그곳을 뜨지 않았다. 세 사람은 무덤 옆에 큰 모닥불을 피우고서 밤 내내 말없이 왕바를 동무했다.

동이 터오며 햇살이 자그마한 봉분을 새빨갛게 물들였다. 사냥꾼이 몸을 일으키더니 고개를 숙이고 서서 한참 동안이나 뭐라고 중얼거렸다. 챵난과 샤오훙하이는 한 마디도 알아들을 수가 없었다. 그러나 그 비통하고 애절한 음조가 그들의 마음을 갈기갈기 찢어놓았다. 사냥꾼은 기진맥진한 몸을 끌고서 그곳을 떠났다. 잠시 후, 숲속에서 노랫소리가 끊길 듯 말 듯 들려왔다.

"오로지 엽총만이 나를 벗하였다오. 아아, 그것은 사냥꾼의 넋이라오. 날이 밝아 황혼이 깃들 때까지 호리병박을 메고서 원시림 속을 헤맨다오. 아아, 부디 이 불효자를 욕하지 마오. 제발 왜 이 숲속에 숨었는지를 묻지 마오……"

두 사람은 움집으로 돌아왔다. 그들의 아늑한 보금자리에는 아직 친근한 벗인 왕바의 숨결이 남아 있었다. 그러나 이제 그는 영원히 문밖의 소나무 아래 외롭게 잠들고 말았다……깊은 밤, 큰 바람이 날카롭게 울부짖을 때마다 그들은 잠들 수가 없었다. 그들은 날이 밝을 때까지 서로를 꼭 껴안고 있곤 했다. 낮이 되어 먼 곳에서 총소리가 들려오곤 하면 샤오훙하이는 "들리죠? 그가 사냥을 하는 거예요"라고 말하곤 했다.

창난은 움집에서 한 발자국도 떨어지려 하지 않았다. 그러나 사냥꾼이 사냥을 그만둔다는 것은 모든 것을 잃고 마는 일인지라, 그는 움집 부근을 돌면서 작은 산짐승들을 사냥하곤 했다. 가끔 마을로 옮겨 가 살까 하는 생각도 들었지만 샤오훙하이가 견결히 반대했다. 그 이유를 물어도 샤오훙하이는 아무 대답을 하지 않았다. 나중에야 그는 기왕에 이 움집을 뜰 바에야 차라리 이 무서운 황야를 뜨고 마는 것이 낫기 때문이라는 것을 깨달았다.

샤오훙하이는 하루하루 몸이 더 무거워졌다. 창난은 모든 힘을 다해 그녀를 보살폈다. 때마다 그녀를 위해 정성껏 음식을 마련했지만 그녀는 갈수록 낯빛이 노래졌고 기운도 없어졌다. 끝내 어느 날 그녀가 창난에게 애걸했다. "이젠 그만 돌아가요! 여기서 아기를 낳는다는 게 도무지 두려워서 견딜 수가 없어요! ……너무 두려워요!"

"그 도시로 돌아가자는 말이오?" 창난이 뚱하니 물었다.

"예."

"……아니요. 난 영원히 그 도시에 돌아가지 않을 거요."

"그럼 여길 떠요. 당신 맘대로 어디로든 떠나요. 제발 이곳만은 떠요. 제발……" 샤오훙하이가 다시 애걸했다.

창난은 그들이 정말로 이곳을 뜰 수밖에 없음을 깨달았

다. 그리 결정할 수밖에 없었다. 그러나 그는 그 도시에만큼은 돌아가고 싶지가 않았다.

시간이 긴박하여 다른 사람의 도움이 필요했다. 그래서 두 사람은 마을의 중년 사냥꾼에게 부탁했다. 그들은 먼저 처음 이 숲에 이르렀을 때 배를 버렸던 곳으로 이사했다. 그곳에서 배를 만들기 시작했다. 배를 완성하는 데 시간이 한 달 남짓 걸렸다.

이별의 시간이 되자 사냥꾼이 눈물을 흘렸다. 쉰 가까운 사내가 방성통곡을 하는 모습은 참으로 사람의 가슴을 아프게 했다. 사냥꾼이 말했다. "내가 죽고 나면, 마을 사람들에게 왕바와 함께 묻어달라 하겠네……"

올 때와 마찬가지로 또 한 척의 작은 배가 외롭게 바다를 떠돌기 시작했다.

그러나 이제는 두 사람 외에도 출생을 앞둔 새로운 생명이 함께 타고 있었다.

멀리 항행하기에는 마땅치 않은 날씨였다. 작은 배가 파도에 요동을 쳤다. 샤오훙하이로서는 너무나 견디기 힘들었다. 창난은 배를 몰면서 그녀도 보살펴야 했기 때문에 잠시도 숨을 돌릴 수가 없었다. 배가 갓 바다 어귀에 들어서자마자 그녀는 병들어 눕고 말았다. 창난이 뱃머리를 돌리려 했지만 그녀는 한사코 반대했다. 작은 섬이라도 나타나면 좋았겠지만 망망한 대해에는 아무것도 보이지 않았다. 배 위의 물건이라고는 담수를 담은 가죽 자루 하나와 깡통같이 생긴 작은 냄비가 고작이었다.

챵난은 온갖 방법을 다해 매일 물고기를 한 마리씩은 잡아 그녀에게 생선탕을 끓여주었다.

배는 꼬박 사흘을 표류했다.

나흘째 되던 날, 그녀는 갑판을 나뒹굴며 귀청이 찢어질 듯 애처로운 비명을 질렀다. 조산의 징조였다. 그녀는 두 손으로 챵난의 팔을 부서져라 붙잡으며 고함을 질렀다. 챵난은 몸과 얼굴이 온통 땀범벅이 되어 바로 대답하긴 했으나 어찌할 도리가 없었다. 그는 그녀를 안아들었다. 그러나 그녀가 고함을 지르는 바람에 가슴이 덜컥하여 다시 바닥에 내려놓고 말았다……

샤오훙하이는 오전 내내 그렇게 비명을 질렀으나 정오가 되자 기진맥진하여 소리를 죽이고 말았다. 그녀는 몸을 축 늘어뜨리더니 크고 아름다운 두 눈으로 챵난을 뚫어져라 쳐다봤다. 챵난이 나지막한 소리로 물었다. "샤오훙하이, 샤오훙하이! 좀 나아졌소?" 그녀는 고개를 끄떡였다. 그녀는 두 팔을 내밀어 그에게 안아달라고 했다.

챵난의 품에 안긴 그녀는 줄곧 눈을 감고 있었다. 잠이 든 듯했다…… 햇살이 작은 배를 붉게 물들였다. 바다 전체가 불타오르듯 붉게 물들자 그의 품에 안겨 있던 그녀가 깨어났다. "챵난!" 그녀가 힘겹게 불렀다. "당신…… 참으로 좋은 사람이에요……" 말을 마친 그녀는 다시 눈을 내리감았다. 두 눈에 눈물이 차올랐으나 챵난은 끝끝내 참고 말았다. 그는 그녀의 귓가에 대고 속삭였다. "샤오훙하이. 내가 당신을 황야로 내몬 것이요.

내 말은…… 날 원망해도 좋소……"그녀는 입꼬리를 실룩거렸으나 이미 말할 기운이 없었다. 그녀는 고개를 가로저었다.

쟝난은 눈물을 줄줄 흘리고 말았다. 그녀는 이미 그의 품속에서 숨을 거두고 만 것이다.

작은 배는 바다 위에서 정처 없이 떠돌았다. 배 위의 남자는 노를 젓지 않았다. 그는 오로지 그녀만을 품속에 꼭 그러안은 채 먹지도 마시지도 않았다…… 몇 날 며칠이 지났다. 배는 마침내 뭍에 도착했다. 배에서 뛰어내린 남자는 모래사장에 엎드린 채 오래도록 몸을 땅에 붙이고 있었다.

남자는 여자를 바닷가의 쓸쓸한 모래사장에 묻었다. 물고기를 잡기 위해 바다로 나갔다 돌아올 때면 언제나 그 뾰족한 무덤이 먼저 눈에 띄곤 했다. 그러나 언젠가 큰 바람이 불면서 무덤이 사라지고 말았다. 그 이후로 그의 눈앞에는 오로지 망망한 모래사장만이 펼쳐져 있을 뿐이었다……

9

손님들이 드문드문 바닷가로 찾아왔다. 그들은 밤늦게 와서는 아침 일찍 떠나곤 했다. 무엇이 그들을 재촉이라도 하듯이 늘 그렇게 총망히 다녀가곤 했다. 소문에 따르면 마을 상황이 더할 나위 없이 심각해 보였다.

첸녠구이가 장기를 두자고 여러 번 불렀으나 라오진터우

는 매번 사양했다. 그는 두 움막에 나뉘어 있는 사람들을 모두 불러 모았다. 그는 해괴하기 짝이 없는 사태에 대해 얘기했다. 한두 사람도 아니고 수많은 사람이 기아로 허덕이고 있는데 마을을 떠나기 싫어한다니, 도무지 이해할 수 없는 노릇이었다. 이미 적지 않은 사람이 한번 쓰러져서는 다시는 일어나지 못했다고 한다. 라오진터우는 바닷가 사람들을 두 패로 나누어 몸이 건장한 사람들은 서둘러 그물로 물고기를 잡거나 어포를 말리고 해초를 건지도록 했다. 물론 건장하다 할 만한 사람은 거의 없었다. 그리고 나머지 꼬마들은 마을로 돌아가 바다로 오도록 마을 사람들을 설득하기로 했다. 다들 급히 움직이기 시작했다.

시창우가 호루라기를 불자 꾀죄죄한 꼬마들이 비린내를 풍기며 모여들었다. 그들은 시창우를 따라 마을을 향해 달려갔다.

라오진터우는 노를 저어 바다로 나가 그물을 놓았다. 쓰팡과 좀 큰 두 아이가 그물을 잡아당겼다. 첸넨구이는 심히 안타깝다는 듯 한숨을 내쉬더니 바닷가를 따라 걸으면서 파도에 밀려온 해초를 주웠다.

크고 작은 물고기들이 그물에 가득 찼다. 쓰팡이 탄성을 질렀다. 그녀는 몇 해 전 광경을 다시 보는 듯싶었다. 그때에도 그녀는 이곳에서 많은 물고기들을 사 간 적이 있었다. 첸넨구이는 쇠갈고리로 해초를 건졌는데 얼마 지나지 않아 물이 줄줄 흐르는 해초들이 산더미처럼 쌓였다. 그는 손으로 검정 모자를 누르면서 움막으로 뛰어갔다. 잠깐 누울 생각이었던 것이다. 그러나 그만 쓰팡에게 저지당하고 말았다. 라오진터우는 그에게 솥에 물고기를 삶게 했다. 물고기를 어포로 말리려면 먼저 펄펄 끓는 솥에 넣고 반쯤 익혀야 잘 마를 뿐더러, 먹을 때도 달리 조리할 필요 없이 직접 먹을 수 있기 때문이었다.

쳰녠구이는 어기적거리며 아궁이로 옮겨가 불을 지피더니 그 자리에 드러누웠다.

바닷가가 처음으로 떠들썩해졌다. 쓰팡은 열심히 그물을 당겼을 뿐만 아니라 두 아이를 잘 지휘하기도 했다. 그녀는 영치기 소리를 내며 두 아이가 따라하도록 했다. 배에서 내리자마자 라오진터우도 그들을 도와 벼리를 잡아당겼다. 벼리에서 손이 미끄러지면서 쓰팡의 몸이 거의 라오진터우에게 닿을 뻔했다. "무더운 날 그물 당기는 맛 한번 좋구려. 홀딱 벗고 목욕이나 하고 싶소. 그냥 이대로 구르면 물속에 들어갈 수 있는 것을." 그녀가 말했다. 그러자 라오진터우가 "임자가 발가벗는다고 상관할 사람이 있다던가!"라고 했다. 쓰팡이 몸을 더 뒤로 젖히더니 머리를 라오진터우의 귀 가까이에 대고 뭐라고 속닥거렸다. 라오진터우가 "퉤!"하고 큰 소리로 침을 내뱉었다.

문득 모래사장에서 호루라기 소리가 들려왔다. 두 아이는 벼리를 잡고 있던 손을 놓고 고개를 돌렸다. 시창우가 아이 몇을 데리고 쏜살같이 달려오고 있었다.

라오진터우와 쓰팡도 손을 멈추고 그들이 달려오기를 기다렸다.

시창우가 숨을 헐떡이며 말했다. "에구머니!" 그는 침을 꿀꺽 삼키고서야 말을 이었다. "에구머니! 정말 귀신이라도 씌었나 봐! 아무리 권해도 마을 사람들이 떠날 생각을 하지 않았어요. 날 욕하기까지 한걸요. '망할 놈! 어딜 싸다니는 거냐!' 하고요…… 바다로 올 생각이 전혀 없었어요. 죽어도 마을을 뜨지 않는대요. 우리보고도 몽땅 남으라고 그랬어요. 내가 먹을 것도 없는데 하니 '우리 입도 매일 호강을 한다'라고 했어요. 그런데 왜 그리 많은 사람이 굶어 죽었냐고 물으니 '사람이 죽지 않는 법도 있다니? 바다로 도망을 해도 언젠가는 죽는 법이야. 이마에 피도 마르지 않은 어린놈이 까불긴!' 하고 욕을 했어요. 절대 마을을 떠날 리가 없어요……"

"한 사람도 오지 않겠다던?" 라오진터우가 물었다.

"그럼요. 그들은 '망할 놈, 어딜 싸다니는 거냐! 한 동네 사람들이 한데 모여 있으니 얼마나 흥성거리고 신나는데 그러냐?'라고 했어요. 늙은이들이 전혀 들으려 하지 않기에 젊은이들에게 말했더니, 나중에는 몇 사람이 마음이 동했어요. 그런데 공교롭게도 늙은이들이 그걸 알고서는 한참이나 닦아세웠지 뭐예요. 우리가 '망할 놈'들이라고 결박까지 하려 한걸요……"

쓰팡이 라오진터우의 귀에 대고 뭐라고 속삭였다. 그제야 아이들 몇이 사라졌음을 발견한 라오진터우가 큰 소리로 물었다. "애들이 정말 결박이라도 당한 거냐?"

시창우가 고개를 가로저으며 대답했다. "말이 그렇고 그냥 우리를 겁주려고 한 것뿐예요. 우리보다 어른들이 먼저 운걸요. 점점 슬프게 울더니 이러더라고요. '이 못난 것들아! 이

철없는 것들아! 동네 사람들이 이리 고생하는데 너희는 함께 할 생각을 하는 게 아니라 우리를 버리고 도망을 치다니! 아이고!……' 그들이 슬프게 우는 바람에 애들이 여럿이나 마을에 남아 다시는 도망치지 않겠다고 했어요. 너무 급해서 호루라기를 불었더니 애들이 몸은 움찔거리면서도 걸음만은 옮기지 않았어요. 그래서 젖 먹던 힘까지 다해서 호루라기를 불어 겨우 이 몇을 데려올 수 있었어요…… 라오진터우, 난 다시는 마을로 돌아가지 않을래요."

첸녠구이가 눈이 휘둥그레져 다가오더니 쓰팡을 바라봤다. 쓰팡은 라오진터우를 바라봤다. 아이들을 바라보던 라오진터우의 눈길이 그 키가 작은 할머니에게서 멈추었다. 그녀는 줄곧 아이들을 따라다녔던 것이다. 라오진터우는 자리에 앉아 담뱃대를 더듬더니 대통에 불을 붙여 물고서는 고개를 절레절레 흔들었다. 한참 멍해 있던 그는 고개를 돌려 아직 물에 흠뻑 젖어 있는 작은 배를 바라보았다. 배가 햇빛을 받아 반짝반짝 빛나고 있었다. 그는 몸을 일으키며 물었다.

"아직도 간장 시험을 하고 있던?"

시창우가 고개를 끄덕였다. "아직도 시험하고 있대요. 한 차나 되는 굴 껍질을 거의 다 써버렸나 봐요…… 육백육십여섯 번을 시험하면 성공한다나요."

쓰팡이 손을 털면서 말했다. "좋지. 성공하면 우리도 물고기를 삶을 때 간장을 쓸 수 있게 되었군그래……"

라오진터우가 시창우를 향해 "어서 애들을 데리고 해초를 건지고 그물을 당겨라. 게으름을 부려서는 안 된다"라고 당부하더니 고개를 들어 하늘을 바라보며 길게 탄식했다. 그는 다시 웅크리고 앉아 눈을 감고 졸기라도 하듯이 몸을 흔들거리다가 나직이 "쓰팡!" 하고 불렀다. 쓰팡이 바로 다가갔으나 그는 아무 말도 하지 않았다. 이윽고 눈을 뜬 그는 몸을 일으켰다.

무엇을 잃어버리기라도 한 듯이 라오진터우는 고개를 푹 숙이고 모래사장을 거닐었다. 아이들이 분주히 뛰어다녔으나 그는 그들을 잊은 듯했다. 쓰팡이 말없이 그의 뒤를 따랐다.

고개를 든 라오진터우는 바닷가를 둘러보았다. 그는 모래사장이 이토록 드넓은 것을 난생처음 발견하기라도 한 듯했다. 나무가 없어 허허로운 해변은 다만 더부룩한 잡초가 나 있는 한쪽만이 뿌연 장기(瘴氣)*가 어려 시선을 가렸다. 보이지 않는 먼 곳에는 마을이 있었다. 모래사장은 마을과 바다 사이의 경계였다.

라오진터우는 마을에 들어가본 적이 거의 없었다. 그는 오랜 세월 소란스러운 곳을 피해 살았다. 거리나 골목에 들어서면 눈앞이 어지러워지며 몸이 이상해지곤 했다. 어쩔 수 없이 마을을 지날 수밖에 없을 때면 그는 눈을 반쯤 감고 행인들 사이를 급히 뚫고 지나곤 했다. 마을이 가까워올 때면 늘 마을 특유의 소란스러움이나 냄새가 그를 긴장케 했다. 그는 쓰팡을 바라보았다. 쓰팡 역시 멀리 있는 마을을 바라보고 있었다.

---

*   축축하고 더운 땅에서 생기는 독한 기운.

누구나 느낄 수 있는 것은 아니었지만, 모든 마을은 공기 덩어리에 휩싸여 있는 법이다. 그것은 멀리서 보면 달무리와도 같아 보였다. 그 공기 덩어리는 한 마을의 모든 생명과 사물이 함께 방출하는 숨결과도 같은 것이었다. 사람들의 호흡과 식물이 발효하는 냄새, 음식을 만들 때 생기는 연기와 증기, 그리고 마구간과 뒷간의 냄새…… 그러한 것들이 혼합되어 위로 솟아서는 마을을 느슨히 감싼 채 오래도록 사라지지 않곤 했다. 날씨가 청명한 날 연푸른 하늘을 배경으로 그 공기 덩어리는 보다 뚜렷이 눈에 띄곤 했으나, 사람들은 흔히 그것을 발견하지 못하곤 했다. 특히 한 마을에 큰 재앙이나 변고가 닥칠 때면 그 빛깔이 평소와 달랐는데, 라오진터우는 그것을 한눈에 알아볼 수가 있었다. 그의 눈은 바다에 익숙해 있었기 때문에 마을을 감싼 공기 덩어리 변화에 유난히 민감했던 것이다.

마을 상공의 공기 덩어리를 눈여겨보고 섰던 라오진터우는 "아뿔싸!" 하면서 눈이 휘둥그레졌다.

공기 덩어리가 검붉은 빛을 띠고 있었기 때문이다. 공기 덩어리는 탁하고 농밀했으며 윤곽도 뚜렷하지가 않았다. 게다가 가장 바깥쪽의 변두리는 검은 자줏빛을 띠고 있었다.

쓰팡이 그를 불렀으나 라오진터우는 듣지 못한 듯이 족히 4, 5분이나 멈춰 있었다. 그는 무릎을 치면서 한탄했다. "저걸 어쩌면 좋단 말인가!……"

"왜 그러우?" 쓰팡이 물었다.

라오진터우는 고개를 갸웃하더니 주의 깊게 귀를 기울였

다. 마을 쪽에서 '윙윙' 하는 소리가 들려왔다. 들릴 듯 말 듯한 그 소리는 파도 소리처럼 한참 지나서야 한 번씩 들려오곤 했다. 마을이 갈수록 신비에 싸이고 있음을 그도 알고 있었다. 특히 '큰 집'에 대해서는 아무리 해도 그 용도나 근본을 알 수가 없었다. 그는 다만 상상 속에 그것의 모양을 그려보았을 뿐이다. '윙윙'거리는 소리도 그 큰 집과 관계가 있어 보였다.

큰 집은 분명 마을 한가운데에 위치해 있을 것이다. 창문과 문어귀로는 언제나 새하얀 김이 새어 나오고 증기로 몽롱한 가운데, 마을 사람들은 다들 고양이처럼 허리를 굽히고 그 안에서 활동하거나 몰려다닐 것이다. 그 모든 것이 소리 없이, 그러나 질서정연하게 진행되고 있을 터였다.

언젠가 쓰팡이 자기가 마지막으로 큰 집으로 돌아갔을 적의 광경을 들려준 적이 있었다. 그녀가 들어가보니 넓은 집 안에 사람 그림자가 보이지 않았다. 그녀는 증기가 잔뜩 서려 있는 한가운데로 들어가 배가 홀쭉 꺼져 있는 한 젊은이를 귀를 잡아 끌어냈다. 그녀가 큰 소리로 "자네도 첸넨구이를 배우고 싶은 건가! 젊은 녀석이…… 똑바로 서 있지 못할까? 사람들은 다 어디로 간 거니? 응?" 하고 꾸짖자 젊은이는 숨을 헐떡이며 사람들이 별로 줄어든 게 아니라며, 다들 구석에 누워 있기 때문에 보이지 않는 것이라고 대답했다. 그는 손가락을 들어 구석을 가리켜 보이기까지 했다. 그녀가 몸을 숙여 사방을 살펴보았더니 정말로 사람들이 두셋씩 나뉘어 바닥에 기대거나 누워 있었다. 그들은 누워서도 부지런히 손을 움직이고 있었다. 그녀가 무슨 영문이냐고 물었지만 그들은 눈길 한 번 주지 않았다.

그날 일을 그녀는 지금까지도 똑똑히 기억하고 있었다. 그날 그녀가 소리를 지르려 할 때 갑자기 수증기 속에서 티격태격하는 소리가 들렸다. 아이들 몇이 구석에서 도망쳐 나오다가 어른들에게 다시 불려가 일하게 되었던 것이다. 그러나 아이가 말을 듣지 않자 누군가가 매를 들었다. 조금 지나 소란이 그치더니 수증기 속에서 애들이 몇 명 걸어 나왔다. 그들은 고개를 숙인 채 무엇인가 무거운 물건을 옮기고 있었다……

라오진터우는 남쪽을 바라보며 힘주어 고개를 끄덕였다. 그는 무엇인가를 깨달은 것이다. 일찍부터 이상한 느낌이 들긴 했으나, 처음에는 희미하던 것이 이제는 점차 또렷해졌다. 어떤 무형의 힘이 마을 사람들을 좌지우지하고 있었다. 온 마을이 하나의 기계처럼 돌고 있으며 사람들은 그 기계의 부속품에 지나지 않는 것이었다. 그리고 그 큰 집은 바로 그 거대한 기계의 심장인 셈이었다. 마을의 모든 것이 점차 그 큰 집에 집중이 되면서 얼기설기 복잡한 경락과 혈맥들이 큰 집에 흘러들어 하나로 엉켜버리고 말았던 것이다…… 그는 자기도 모르게 마차를 떠올렸다. 그러자 허우대가 큰 사내의 모습이 번개같이 떠올랐다.

"쓰팡, 요새 위즈광을 본 적이 있는가?"

쓰팡이 손뼉을 치며 "정말 먹보가 따로 없소. 그치는 마차를 몰고 달리면서 채찍을 휘둘러 나무 끝에 매달린 잎을 한 줌 따 입안에 말아 넣은 적도 있다오. 마치 전병을 먹듯이 말이오.

언젠가는 얼마나 배가 고팠는지 더운 물*을 연거푸 여덟 사발이나 들이키지 않았겠소. 다들 그의 위가 적어도 물동이만큼은 클 것이라 생각한다오"라고 대답하더니 큰 소리로 웃었다. 그러나 라오진터우는 아무 말 없이 깊은 생각에 잠기더니 나중에야 "먹성이 큰 사람일수록 고생이 아니겠나! 벌써 바닷가로 달려왔을 사람이 대체 어디 간 건가!"라고 했다.

꼬마들이 그물을 당기며 영치기, 하는 소리가 들려왔다.

라오진터우는 몸을 돌려 바닷가에서 분주히 움직이는 아이들의 모습을 쳐다보더니, 다시 고개를 숙이고 계속 앞으로 걸음을 옮겼다. 부지불식간에 두 사람은 딱딱한 흙길에 올라섰다.

차차 뒤에서 들려오던 영치기, 하는 소리가 멀어져갔다. 길에는 바큇자국이 어지럽게 나 있었다. 나무 바퀴 마차의 흔적이었다. 그중 두 갈래 또렷이 나 있는 새로운 바큇자국이 보였다. 그들은 그것을 따라 걷기 시작했다.

우불구불한 흙길이 그들을 서남쪽으로 이끌었다. 길이란 참으로 그 방향을 가늠하기 힘든 것이었다. 자주 길에 나서는 사람들은 다 아는 도리지만, 워낙 이쪽 방향을 가리키던 길도 한참 따라 걷노라면 부지불식간에 상반되는 방향으로 가고 있음을 발견하게 된다. 꿈틀거리는 뱀처럼 밭 사이로 뻗은 길은 그 시작점만 가지고서는 도무지 그 종점을 가늠할 수가 없는 법

---

* 중국의 대부분 지역에서는 수질 문제로 생수를 그냥 마시지 않고 반드시 끓여 마신다.

이었다. 그들이 걷고 있는 그 길도 마찬가지였다. 남으로 향하
다가 다시 서로, 서로 가다가 다시 동남으로 향했으며 종국에는
빙빙 돌아 다시 북으로 방향을 틀었다. 바다로 통하는 길인가
싶었지만 바다로 가는 길이라면 처음부터 직접 북으로 가면 되
었을 것이었다. 라오진터우는 도통 이해가 가지 않아 쓰팡을 곁
눈질해보았다. 그들은 길에 난 바큇자국을 따라 계속 앞으로만
걸었다. 참으로 길이란 사람의 사고의 흔적이나 마찬가지였다.
사람의 생각이란 곧은 것이 아니기 때문에, 길 역시 마땅한 거
리보다 더 많이 걷게 되어 있는 것이다. 바다로 통한 길 역시 마
찬가지였다. 처음 이 길을 낸 사람은 아마 이리 생각했을 것이
었다. 남쪽으로 가보자. 아니 조금만 더 앞으로 가보자. 바다가
어디 있지? 북쪽에 있을까? 그럼 북쪽으로 가보자…… 그의 사
고의 흔적이 이렇듯 땅 위에 나 있는 것이었다. 그리고 그것은
바로 지금 눈앞의 이 길이 되었던 것이다.

　　바퀴 흔적이 얕아졌다 깊어졌다 하더니 어떤 곳은 마차
바퀴가 빠져 깊은 웅덩이가 되고 만 곳도 보였다. 보기만 해도
마차가 얼마나 고생했을지 짐작이 갔다. 마차를 모는 사내가 아
무리 채찍을 휘두르며 고함을 질러도 마차는 빠져나오지 못했
을 것이었다. 사내의 이마에 땀이 빠질빠질 돋고 등도 후줄근히
젖었을 터였다. 그래서 오직 마을에서 가장 용맹하고 억센 사나
이만이 마차를 몰 자격이 있는 것인지도 몰랐다. 바큇자국으로
봐서는 마차가 어렵게 다시 앞으로 나아간 듯했다…… 라오진
터우는 연방 탄식을 해댔다. '삼산육수일분전'이라고 한낱 1할

에 지나지 않는 밭에서 사람들은 그토록 분주히 돌아치고 있는 것이었다……

갑자기 쓰팡이 부르는 바람에 라오진터우는 깊은 생각에서 깨어났다.

그녀가 가리키는 곳을 바라보니 길 위 먼발치에 검은 그림자가 보였다. "위즈광!" 라오진터우가 소리를 지르며 그리로 달려갔다.

그러나 그 검은 그림자는 미동도 하지 않았다…… 가까이 다가가서야 차 후미가 높이 들려 있는 것이 보였다. 말 두 마리가 죽어 있었다.

"위즈광, 위즈광!" 두 사람은 소리쳐 부르면서 사방을 찾아보았다. 말이 늑골만 두드러져 있는 것을 봐서는, 더는 걸음을 옮길 수가 없게 되어 그 자리에 쓰러져 죽은 것이 분명했다. 그러나 말 주변에는 사람이 보이지 않았다.

나중에 두 사람은 길옆 들판에서 위즈광의 시신을 발견했다.

그는 최후의 순간에야 마차를 버렸던 것이다. 아마 그는 가까운 길로 바다를 향해 달리려 했을 것이다. 그러나 가엾게도 그는 몇 걸음 옮기지 못하고 쓰러져 다시는 몸을 일으키지 못했다. 팔이 앞으로 뻗어 있었다. 입에 모래가 가득 차 있었고 머리는 바다를 향해 있었다.

바닷가에서 불과 반 리밖에 떨어지지 않은 곳이었다.

10

그들은 비린내가 나는 큰 그물주머니에 시신을 담아 바닷가로 옮겼다. 늙은이와 어린애들이 올망졸망 늘어선 가운데 위즈광을 묻었다.

바닷가에 작은 봉분이 생겼다.

라오진터우는 마지막으로 다시 봉분의 흙을 두드렸다. 더욱 견고하고 매끈해지도록 봉분을 손질하고 나서 삽을 내려놓는 순간, 다른 한 사내가 떠올랐다. "두 사람 다 참사내였지." 그렇게 중얼거리고 나서 그는 무덤덤한 표정으로 움막으로 들어가버렸다.

그날 시창우는 종일토록 아이들을 데리고 많은 물고기와 해초를 장만했다. 첸녠구이는 아궁이 옆에 누워 쉴 새 없이 불을 때니 얼굴에 온통 검은 재가 묻고 말았다. 워낙 있던 땟자국 위에 몇 겹씩 덧칠이 되니 눈과 코가 통 분간되지 않았다. 그러나 그는 그 많은 물고기들이 다 자기가 삶은 것이라는 생각에 몹시 기뻐했다. 시창우의 목에 걸린 쇠 호루라기가 큰 공을 세웠다. 끊임없이 울리는 '빽빽' 하는 소리는 아이들이 긴장을 잃지 않도록 했을 뿐만 아니라 그들에게 즐거움을 주기도 했다. 키가 작은 할머니는 작은 발을 부지런히 움직이며 모래사장을 돌아다녔다. 송곳처럼 뾰족한 발이 자주 모래에 빠지곤 했으나 그녀는 다른 사람의 도움 없이 혼자서 몸을 일으키곤 했다. 배불리 먹고 난 뒤라 힘이 넘쳤다.

작은 무덤이 석양 속에 잠겼다.

많은 사람들이 이 황혼 녘의 장례를 지켜봤다. 만약 이들이 지켜보지 않았다면 아무도 그가 이곳에 영원히 잠들었음을 믿을 수 없었을 것이다. 이미 많은 마을 사람들이 쓰러진 뒤였지만 이번만큼은 마을에서 가장 허우대가 크고 강건한 사내가 쓰러진 것이었다. 이처럼 죽음이란 모든 것을 압도했으나, 죽음조차도 사람의 고집만큼은 어쩔 수가 없었다. 마을 사람들은 도무지 마을을 떠나려 하지 않았다.

날이 완전히 어두워지고 작은 무덤은 어둠의 장막 속에 묻히고 말았다. 바닷가 사람들은 모두 아무 말 없이 멍하니 서 있었다. 솥이 비어 있었으나 다들 밥 생각이 없어 누구도 불을 지필 생각을 하지 않았다.

파도가 철썩이며 모래사장을 때렸다. 어둠 속에서 하얗게 피었다 지는 물보라의 흰빛이 사람들의 마음을 울렸다. 하늘의 별무리들이 바다에 드리우고 바다는 다시 끝없이 펼쳐진 먹물로 하늘가를 물들였다. 바람도 파도도 잦아든 봄밤이었다. 별로 춥지가 않았다. 어디선가 미풍에 그윽하고 깊은 향기가 실려 왔다. 봄기운이 짙은 바닷가에 서 있노라면 자연히 바다 깊은 곳에서도 한창일 매혹적인 봄날이 떠올랐다. 그곳에는 하얀 자두꽃들이 나뭇가지가 휘어지도록 피어 있을 것이었다. 빨간 옷을 입은 반바지 차림의 포동포동한 아기가 손을 내밀어 나비를 잡고 있을 터였다. 아이의 굼뜨고 서툰 모습이 너무나도 귀여웠다…… 바닷물은 늘 다른 세상의 기운을 몰아오는 것이었다.

사람들은 모두 멍하니 바닷가에 서 있었으나 라오진터우만은 춥다는 듯 몸을 움츠리며 움막 안으로 들어가버렸다.

　움막 안에는 장기짝들이 어지러이 널려 있었다. 라오진터우는 한 손으로 머리를 고이고 앉아서 다른 한 손으로 장기짝들을 배열하기 시작했다. 차가 하나 부족했다. 그는 홍을 선택했다. 그러고는 가볍게 장기짝을 들어 조심스레 앞으로 한 걸음 내밀었다. 문득 맞은편 어둠 속에서 누군가가 손을 뻗쳤다. 가늘고 부드러운 손가락에는 오래된 흉터가 있었다. 그 손이 짝을 하나 집어 들더니 침착하게 앞으로 한 걸음 내밀었다. 졸이었다. 라오진터우의 손이 떨려왔다.

　데당뚜당 장기짝이 울렸다.

　그 소리를 들은 첸녠구이가 움막 안으로 몸을 반쯤 들이밀었다. 움막 안은 칠흑같이 어두웠다. 판과 짝이 전혀 보이지 않는데 어떻게 장기를 두는지 알 수가 없었다. 그러나 장기짝은 데당뚜당 울리고 있었다. 신나는, 그리고 치열한 싸움이었다……첸녠구이는 흠칫 몸서리를 치더니 움막 밖으로 물러났다.

　데당뚜당 장기짝이 계속 울렸다. 장기짝을 집는 라오진터우의 손이 점차 평정을 되찾았다. 그는 너무나도 오랜만에 만나는 상대인지라 이기고 싶은 생각이 굴뚝같았다. 그는 담뱃대에 불을 붙여 뻑뻑 빨면서 오로지 장기에만 몰입했다. 그동안의 이별의 애틋함을 기억하기라도 하는 듯이 청과 홍으로 나뉘었던 장기짝들이 종으로 횡으로 오가며 한데 뒤섞이고 얽히고 말았다. 그것은 마음과 마음의 대화이기도 했다. 끝내 흉터가 난 검고 긴 손가락이 장기짝을 집어 들더니 멋진 곡선을 그리며 뚜당 하고 홍의 수(帥)*를 때렸다. 판이 끝났다.

희열에 휩싸인 라오진터우의 이마에는 땀이 줄줄 흘렀다. 그는 감격에 겨워 담뱃대를 맞은편으로 건넸다. 그 순간 갑자기 문어귀의 짚 거적이 바람에 흔들리더니 한 가닥 찬 기운이 움막 안에 스며들었다. 라오진터우는 속으로 "그녀가 왔구나, 또 그녀가 왔어"라고 중얼거리며 급히 담뱃대를 거둬들였다. 어느새 붉은 옷을 입은 왜소한 여인이 구석에 앉아 있었다. 새하얀 얼굴에 이마에는 빨간 곤지가 찍혀 있었다. 갑자기 그녀가 찾아오는 바람에 모두 침묵에 잠기고 말았다. 검고 흉터가 난 손은 그대로 조용히 드리워 있었다. 세 사람은 모두 말없이 서로를 주시했다. 이윽고 붉은 옷을 입은 여자가 가벼운 웃음을 띠더니 검은 손이 드리운 방향으로 몸을 돌렸다. 그녀는 그 흉터가 난 손을 조심스레 잡더니 잠시 입아귀를 실룩이다 말고 몸을 일으켰다. 움막 문어귀의 짚 거적이 바람에 펄럭이자 두 사람은 서로의 손을 잡은 채 문밖으로 나섰다.

라오진터우는 잠깐 멍하니 앉았다가 곧 문밖으로 쫓아나갔다.

밖은 칠흑같이 어두워 아무것도 보이지 않았다. 앞으로 몇 걸음 내딛던 라오진터우는 그만 쓰팡과 부딪치고 말았다. 다시 기어 일어나보니 사람들이 놀란 기색으로 그를 쳐다보고 있었

---

* 중국 장기의 왕은 청이 '장(將)'으로, 홍이 '수(帥)'로 표기되어 있다.

다…… 그는 차가운 모랫바닥에 주저앉았다. 바닷바람이 차고 날카로웠다. 몸이 와들와들 떨렸다. 그는 이를 덜덜 떨며 말했다.

"생선탕을 끓이게. 뜨끈뜨끈할수록 좋네……"

첸녠구이가 가마솥에 물을 붓더니 생선탕을 끓이기 시작했다. 달이 서서히 떠오르며 모래사장이 새하얀 달빛 속에 가라앉았다. 물결이 모래 기슭을 쳤다. 구슬같이 반짝이는 흰 물방울들이 튕겨 올랐다가는 바로 모랫바닥 위를 구르며 사라지곤 했다. 표주박만 한 작은 배가 달빛 아래에서 희미하게 빛나며 마치 즐거운 율동을 하는 것 같았다. 아무도 입을 열지 않았다. 그 순간만큼은 바닷가가 그토록 고요할 수 없었다.

가마솥이 끓기 시작하자 다들 반가워하며 솥을 에워싸고 앉거나 둘러섰다. 유독 첸녠구이만이 몸을 늘어뜨린 채 누워 라오진터우를 엿보았다. 사람들도 첸녠구이의 눈길을 쫓았다. 라오진터우는 우울한 기색으로 핏줄이 퍼렇게 두드러진 자기의 두 손을 바라보더니 손을 바꾸어 맞쥐었다.

쓰팡이 다가가 "라오진터우, 물고기 가죽으로 만든 북이나 두드리는 게 어떻소? 기분도 바꿀 겸"이라고 했다.

라오진터우가 고개를 끄덕였다.

사람들은 북을 가마솥 옆으로 옮겨왔다. 쓰팡이 북을 두드리기 시작했다. '둥둥' 북소리가 사람들의 마음을 울렸다. 쓰팡의 손이 점점 빨라졌다. 북소리가 빠르게 울리는 가운데 갑자기 가마솥의 김이 세차게 뿜어 나왔다. 그녀의 기운이 다하자 먼저 시창우가 북을 넘겨받고 나중에는 아이들이 차례로 이어갔다…… 북소리가 급해졌다가는 다시 느슨해지곤 했다. 사람들은 라오진터우의 눈에서 투명하게 빛나는 무엇인가가 반짝이는 것을 발견했다. 그들은 서로를 마주보았다.

북소리 장단이 느려졌으나 낮으면서도 힘차게 울렸다. 라오진터우는 호리병박을 찾아내더니 목을 뒤로 젖히고 술을 마시기 시작했다. 쓰팡이 뭐라고 외쳤으나 그는 들은 척 만 척 계속 술만 마셨다. 아궁이의 불 탓인지 아니면 술을 마셔서인지 알 수 없었으나 그는 얼굴이 불콰해졌다. 호리병박에서 술이 한 방울도 더는 나오지 않았다. 그는 화가 난 듯 그것을 아궁이 속에 처넣었다. 이윽고 그는 짙푸른 밤하늘을 올려다보며 고함을 지르더니 북소리에 맞춰 노래를 부르기 시작했다. 그 노래는 첸녠구이와 쓰팡, 그리고 시창우가 들은 적이 있는 노래였다. 그의 상념은 다시금 아주 오래전 옛일에 사로잡히고 말았던 것이다.

"……강의 길이만큼 먼 길을 걸어왔다오. 바다의 넓이만큼 오랜 세월 자맥질을 했다오. 나는 본시 물 위를 떠돌던 요정이었소. 나는 본시 한 척의 배였소. 강가의 아주머니는 나더러 죽을 마시고 가라 하네. 마을의 아저씨는 나더러 담배를 피우고 가라 하네. 못 보았소, 번개같이 노 젓는 이 손놀림을. 아아, 나는 하늘가 저 끝까지 떠돌 예정이거늘!……"

그는 굵은 목청으로 노래를 불렀다. 조금은 갈라진 늙은이 특유의 목소리였다. 아이들은 숨을 죽인 채 눈 한 번 깜박이지 않고 노래를 들었다. 아이들 속에 묻혀 있던 키가 작은 할머니가 눈물을 흘렸다. 아궁이 가까이에 누워 있던 첸녠구이는 불똥이 튀기라도 한 듯이 몸을 뒤척거렸다. 오로지 쓰팡만이 입을 오므리고 있다가 라오진터우의 노래가 끝나는 대로 노래를 이어받았다.

그녀의 노랫소리는 마치 깊은 밤 뒤척이며 흐르는 강물과도 같이 분노와 오열이 섞여 있었다. 죽은 위즈광을 애도하는 노래 같기도 했고, 그보다는 무엇인가를 저주하는 노래 같기도 했다. 장년의 여인이 부르는 처량한 노랫소리가 물결처럼 밀려왔다. 파도 소리보다도 거센 그 노랫소리에 눌려 찬물을 끼얹기라도 한 듯 솥 아래 불길이 모락모락 검은 연기를 내뿜었다…… 첸녠구이가 얼른 아궁이에 장작을 한 아름 얹었다.

다시 타오른 불길이 솥 밑굽을 핥았다. 북소리가 처음처럼 빨라지더니 쓰팡이 노래를 그쳤다. 그녀는 머리를 헝클어뜨린 채 모래사장을 거닐다가 가끔 시창우를 다독여주었다. 라오진터우는 그 자리에 쓰러져 바로 잠이 들고 말았다. 라오진터우 곁에 웅크리고 앉아 있던 시창우가 몸을 숙여, 늙은이의 잠든 모습을 들여다보았다. 깊고 잘게 파인 주름에 끼어 있는 모래알을 발견한 그는 손을 뻗어 털어주었다. 라오진터우는 콧구멍을 벌렁거리며 힘겹게 숨을 내쉬고 있었다. 옷깃 사이로 반쯤 드러난 가슴과 팔이 달빛에 차갑게 씻기고 있었다. 그것을 들여다보던 시창우가 늙은이의 옷깃으로 손을 넣어 그의 흉터가 가득한 따뜻한 몸을 쓰다듬어주었다.

누워 있던 첸녠구이는 그만 모래사장을 오락가락하던 쓰팡에게 밟히고 말았다. 그는 벌떡 몸을 일으켜 앉더니 눈을 비비며 하늘의 별무리를 올려다보았다. 그는 다시 아궁이의 불을 뒤적이고서는 생선탕을 몇 번 휘저어두었다. 조금 지나 가마솥에서 다시 흰 김이 솟기 시작했다.

생선탕 냄새 때문이었는지 얼마 지나지 않아 라오진터우가 잠에서 깨어났다. 늙은이는 한 손으로는 시창우를 그러안고 다른 한 손으로는 하늘을 가리키며 물었다. "들었느냐?" 잠깐 귀를 기울이고 있던 꼬마가 고개를 가로저었다. 늙은이가 다시 입을 열었다. "방금 말발굽 소리가 들렸단다. '또각또각', 멀리서 가까이로 오다가 다시 가까이서 멀리로 가면서 우리들 머리 위로 지나갔지……" 시창우가 흠칫하더니 눈이 휘둥그레져 물었다. "위즈광의 마차였나요?"

라오진터우의 눈이 자그마한 봉분을 찾았다.

사람들은 생선탕을 마시기 시작했다. 다들 밤을 샐 예정인 듯싶었다. 쓰팡이 생선탕 두 사발을 라오진터우와 시창우에게 가져다주더니 조용히 자리를 떴다. 아이들은 그릇이 없었기 때문에 한 사람이 소라 껍질을 하나씩 들고서 생선탕을 담아 후루루 하고 들이마셨다. 쓰팡은 키 작은 할머니를 특별히 대우하여 자루가 긴 국자를 그녀에게 주었다.

낮에 말려둔 물고기들이 달빛 아래서 반짝였다. 산더미처럼 쌓인 해초가 모래사장에 검은 그림자를 드리웠다. 시창우가 "위즈광이 죽지 않았더라면 얼마나 좋았겠어요. 마차로 이것들을 마을로 옮길 수 있었을 것인데"라고 했다. 라오진터우가 고개를 가로저었다. 생선탕을 다 먹고 난 시창우가 빈 사발을 손가락 위에 올려놓고 빙그르르 돌리면서 말했다. "그럼 조금씩 나누어 마을로 가져가요." 라오진터우가 여전히 고개를 가로저었다.

"그보다는 사람들이 마을을 떠나 바다로 오게 하는 것이 가장 급한 일이란다."

생선탕을 배불리 먹고 난 첸녠구이가 입을 쓱 닦으면서 어정어정 다가왔다. 그는 퍽이나 득의양양한 기색으로 "자네가 평소 나를 두고 큰 지혜가 있는 사람이라 하지 않았던가? 그럼 나한테 그 지혜를 좀 써달라고 부탁을 해야지. 한번 생각해보게. 여기서 마을에 이르기까지 몇 걸음에 한 마리씩 물고기를 던져두면, 마을 사람들이 날이 밝는 대로 물고기를 따라 바다까지 올 것 아닌가……"라고 했다.

라오진터우는 귀가 번쩍 뜨여 몸을 벌떡 일으켰다. 그는 첸녠구이를 바라보며 웃음을 짓더니 곧 몸을 돌려 솥 주변에 있는 아이들을 향해 외쳤다. "큰일 한번 해보자꾸나! 어서 다들 시창우를 따라가거라."

그의 말이 끝나기 바쁘게 시창우가 급히 호루라기를 불어댔다. 아이들이 초롱초롱한 눈으로 한껏 기대에 부풀어 시창우를 바라봤다. 아이들은 횃불을 만들어 들고 채롱에 물고기를 담아 지고서, 깊은 어둠 속으로 총망히 사라졌다.

횃불들이 달밤의 어둠 속에서 사처로 퍼졌다. 호루라기 소리도 점차 멀어져갔다.

쓰꽝이 다시 물고기 가죽을 씌운 북을 두드리기 시작했

다. 맑고 고운 북소리가 더없는 격정을 담고서 빠르게 울려 퍼지더니 차가운 달빛과 함께 밤하늘 속에서, 멀리, 그리고 닿지 않는 깊이로 부서져갔다. '둥둥'…… '둥'…… 북소리는 차차 느리고 낮아지더니 바닷가의 서늘한 밤공기를 흔들었다. 그러나 그것은 잠시뿐이었고 다시 북소리가 다급해지면서 쏜살같이 달빛이 무더기로 쏟아져내렸다.

북소리가 드넓은 모래사장을 가득 메우는 가운데 표주박만 한 작은 배가 달빛 속에서 다시 즐거운 율동을 시작했다.

북소리에 놀라 깨어난 밤 갈매기들이 파도 위에서 끼룩끼룩 울다가 사람들의 머리 위로 비껴 지났다. 티끌 하나 묻지 않은 깃털이 아름다웠다……

시간이 얼마나 흘렀는지, 먼 곳에서 아이들이 법석대는 소리와 시창우의 호루라기 소리가 들려왔다. 라오진터우가 쓰팡을 향해 고함을 질렀다. "더 크게 때리게!" 북소리가 번갯불에 콩 볶듯이 잦게 울렸다. 휘영청 둥근 달이 북소리 속에서 조금씩 아래로 기울더니 나중에는 온 누리를 환하게 비추어 금속처럼 빛나게 했다. 아이들이 가까이로 달려왔다. 달빛 아래서 땀이 줄줄 흐르는 얼굴들이 하나하나 커다란 꽃처럼 피어났다.

동이 트기 시작했다. 바다 안개가 움막의 뾰족한 지붕 위를 감돌았다. 사람들은 모두 우두커니 서 있었다. 아궁이 옆의 첸녠구이마저 몸을 일으켜 세웠다. 그들은 눈이 빠지도록 마을이 있는 남쪽만을 바라봤다.

맨 먼저 시창우가 손가락을 들어 앞을 가리키며 말했다. "저기!"

분간하기 힘든 사람들의 검은 형체가 먼 들판에서 꿈틀거리며 떼 지어 몰려오고 있었다. ……"끝내는 오는구나! 끝내 바다로 오는구나!" 라오진터우가 큰 소리로 외쳤다.

들판에서 사람들의 형체가 점차 뚜렷해지면서 가까워졌다. 웅얼거리며 떠들어대는 소리도 소란스레 들려왔다…… 불현듯 그들이 낯설어 보였다. 그들은 해진 옷과 긴 장발을 바닷바람에 나부끼면서 곧장 바닷가로 달려왔다.

사람들 무리는 끝이 보이지 않았다. 한 마을이 아니라 모든 마을의 사람들이 바다를 향해 달려오기라도 하는 듯했다. 밀물처럼 까마득히 모여드는 사람들의 거대한 함성이 파도 소리마저 삼키고 말았다.

라오진터우는 점점 가까워오는 그들을 바라보며 큰 소리로 웃더니 "끝내 왔구려. 자네들이 왔으니 이젠 난 떠나야겠네! 난 본디 강의 사람이요, 바다의 사람이네!……"라고 외쳤다.

그는 주변 사람들의 의아해하는 시선을 마다하고 몸을 돌이켜 작은 배를 향해 뛰어가더니, 허리를 굽히고 배를 바다로 밀었다.

가까이에 다가온 사람들의 무리를 바라보던 시창우가 겁먹은 듯이 외마디 소리를 지르더니, 작은 배를 향해 뛰어갔다.

쓰팡, 첸녠구이와 아이들은 멍하니 바다와 사람들 무리 사이에 끼여 있었다. 그들은 잠시 머뭇거리다가 모두 작은 배를 향해 달려갔다. 본래 기껏해야 세 사람이나 태울 수 있을 줄 알

왔던 배가, 그 모든 사람을 태우고도 이상하게 평소나 다름없이 자리가 남아돌았다. 시창우는 기쁨에 겨워 놀란 눈길로 배를 둘러보다가 다시 노 젓고 있는 라오진터우를 쳐다보았다.

사람들이 바닷가로 몰려들었다.

어느새 작은 배가 파도 속으로 들어섰다. 물이랑 속으로 모습을 감추었던 배가 잠시 후 물결을 타고 파도의 꼭대기로 올라섰다. 배에 탄 사람들이 바닷가를 향해 팔을 휘둘렀다.

아침 햇살에 바다가 붉게 물들었다. 바람이 거세지더니 바다 전체가 온통 활활 불타올랐다. 그 넘실대는 불길이 긴 혀로 흔들리는 작은 배를 핥고 있었다.

작은 배는 뱃머리를 잔뜩 쳐든 채 노도와도 같은 화염 속을 헤치며 먼 항행을 시작했다.

                              1986. 12~1987. 4, 제남에서

원
두
막
의

밤

1

저녁놀이 떨어지며 강물을 붉게 물들였다. 강물은 넘칠
듯이 잔뜩 부풀어 올라서는 오히려 느긋이 흘러내리고 있었다.
강둑 가까이에 있는 여울목에는 빼곡 우거진 갈대와 억새풀들
이 한들거리고 있었는데, 강줄기를 따라 멀리까지 뻗어 도도한
강물과 마찬가지로 또 하나의 푸른 내를 이루었다. 안개가 솟아
갈대 잎을 감돌더니 차차 짙어지면서 수만 갈래를 이루어 나뭇
가지들을 올올이 감돌았다. 급기야 두터운 안개가 강줄기를 삼
켰다. 새들은 분주히 지저귀며 둥지로 돌아갈 의논을 했다. 날
이 어두워질 무렵마다 불안해하곤 하는 까마귀들은 떼를 지어
이쪽에서 저쪽 버드나무로 휙휙 옮겨 다녔는데, 그때마다 억새
풀 위로 연기 모양의 검은 그림자가 날리곤 했다. 빼곡한 풀숲
멀리에서는 늦도록 돌아오지 않는 새끼들을 재촉하는 꿩들의
잠긴 목소리가 울려왔다. 부드러운 바람이 한결 서늘해졌다. 강
기슭을 스치는 바람은 강의 습기를 몰고 와 강둑 너머의 풍요로

운 가을밭을 적시고 있었다.

　강변 마을의 밥 짓는 연기가 허공의 안개와 뒤섞였다. 게으른 걸음으로 나무 주변을 어슬렁거리던 개들이 가끔 짖어댔고 닭과 거위가 소란스레 떠들어댔다. 밥 짓는 향기가 아득히 풍겨왔다. 결코 느끼하거나 지나치지 않은 그 부드러운 향기에는 농가의 자연스러움과 순박함이 깃들어 있어, 나름 유혹적이었다. 밭에서 일하던 늙은이와 젊은이들이며, 마을 밖까지 나갔던 닭과 오리, 거위며 개들조차 그 향기를 쫓아 돌아오기 마련이었다. 사람들은 온 집안이 식탁에 둘러앉아 각자 음식을 한 그릇씩 덜어 먹었다. 사람들은 가끔 먹을거리를 집어 뒤로 던지기도 했다. 닭이며 개가 기다리고 있었기 때문이다. 그러나 늦도록 귀가하지 않는 사람들도 있었다. 이들은 밭에 대한 애정 때문에 담배밭이나 수수밭 속에 쭈그리고 앉아 하던 일을 손에서 놓지 못했다. 땀이 마지막 남은 옷자락마저 흥건히 적셨다. 곡식이 자라는 소리마저 분별해내는 이들이었지만, 집으로 들어오라고 가족이 부르는 소리만큼은 종종 놓치곤 했다.

　젊은이들은 대개 식탁에 둘러앉아 저녁을 먹는 것을 싫어했다. 늙은이들로서는 큰 골칫거리였다. 농부의 체력과 끈기는 저녁 식사와 큰 관련이 있는 만큼, 매 한 끼가 모두 중요했다. 밤에 먹은 것을 충분히 소화해야만 이튿날 밭일을 제대로 할 수 있기 때문이었다. 그러나 젊은이들은 삶에서 가장 자랑스러운 시절인 젊음만을 믿고 늙은이들의 말을 도통 들으려고 하지 않았다. 식탁에서 대충 마른 음식을 하나 집어 들고서는 우적우적

씹으며 집을 나서곤 했다. 웃옷을 아무렇게나 어깨에 걸치고서 콧노래를 흥얼거리며 음식을 씹는 모양새가 도무지 제대로 끼니를 때운다고 할 수가 없었다. 그들은 이 집 저 집 마을을 휩쓸었는데 어느 집에서나 젊은이들이 한둘씩 호응해 뛰쳐나오곤 했다. 그렇듯 젊은이들은 저녁만 되면 괜히 마음이 들떠 조용히 있지를 못하고 서로 머리를 맞대고 쑥덕거리거나 강변에 있는 각자의 밭을 지키러 우르르 떼 지어 몰려가곤 했다. 그들은 엽총이나 곤봉을 손에 들거나 개를 끌고서 집을 나서기 마련이었는데, 비록 밭을 지키기 위해서 필요하다곤 하지만 늙은이들로서는 그들이 사고라도 칠까 봐 뒷모습을 지켜보면서 은근히 걱정을 해쌓기 마련이었다.

2

　채소를 심는 것이 곡식 심기보다 나았다.

　취유전(曲有振)이 경영하는 강변 채전은 많은 사람의 시샘을 자아냈다. 멋진 채전이었다. 말이 채전이지 오이나 부추 등 여러 채소 외에도 포도와 무화과가 자라고 있었다. 그는 무릇 맛 좋은 것이라면 모두 관심을 두었는데, 닥치는 대로 심고 심는 대로 풍작을 거두곤 했다. 가을인데도 커다란 해삼인 양 오이들이 노란 꽃과 흰 가시 하나 상하지 않고 싱싱한 그대로 섶*에 달려 있었다. 자줏빛이 감도는 알 큰 포도는 분칠이라도 한

원두막의 밤　　　　　　　　　　345

듯이 뽀얀 가루가 묻어 있었고, 푸른 잎사귀 아래서 살며시 얼굴을 내밀고 있는 모양새가 마치 수줍음이라도 타는 듯했다. 각색 채소와 과일들이 이리 잘 자라는 것은 그리 흔한 일은 아니었다. 물 주기가 편리한 루칭허(蘆靑河) 강가 바로 옆에 자리하고 있어, 무엇이나 생기를 머금고 잘 자라는 듯했다. 취유전과 그의 딸 다전쯔(大貞子)는 종일 밭에서 쉴 새 없이 맴돌아야 했다.

일하다 힘이 들면 다전쯔는 노래를 불렀다. 그녀가 유일하게 부를 줄 아는 노래는 갓 배운 「젊은 친구들이 한자리에 모였네」[**]였다.

취유전은 젊은이들이 채전에 오는 것을 반기지 않았다. 그들은 채소밭에 뛰어들어 오이를 먹고 나서는 포도를 먹으려 했고, 무화과의 과육이 채 빨갛게 익기도 전에 뜯어먹곤 했다. 그걸 보면서도 다전쯔는 줄창 "젊은 친구들이 한자리에 모였네. ……아, 사랑하는 친구들이여, 아름다운 봄빛은 누구 것이런가?"라고 노래만 불렀다. 그러면 오이를 우적거리거나 포도 껍질을 내뱉으면서 웃어대던 젊은이들 중 누군가가 "나의 것이어라"라고 노래를 받았고, 또 다른 누군가는 "너의 것이어라"라

[*]   덩굴지거나 줄기가 가냘픈 식물이 쓰러지지 않도록 지지하기 위해 세워 묶는 막대기.

[**]   1980년 장메이퉁(張枚同)이 『사간(詞刊)』 3기에 발표한 「영광스러운 80년대 신세대(光榮的八十年代新一輩)」라는 가사에 작곡가 구젠펀(谷建芬)이 작곡하여 '젊은 친구들이 한자리에 모였네(年輕的朋友來相會)'라는 제목으로 바꾸어 발표한 노래이다. 구젠펀은 중국음악가협회 부주석을 지낸 바 있으며, 경쾌하고 활달한 곡조의 이 노래는 널리 유행되어 1983년에 유네스코 아시아 태평양 지역 음악 교재로 채택되었다.

고 화답하곤 했다. 그럴 때면 취유전은 "다전쯔, 이 채소밭은 내 것이란 말이야, 내 것! 그만 닥치고 당장 꺼져!" 하고 고함질렀다. 그러면 다전쯔는 "꺼지자니 바닥이 너무 더러워 옷을 버리지 말이에요"라고 맞받아치곤 했다.

취유전은 밤에 채전을 지키기 위해 원두막을 하나 지었다. 밤이 되면, 그는 원두막 기둥에 쑥으로 된 화승을 하나 불붙여 달아놓고 자리에 눕곤 했다. 쑥 향기를 맡노라면 어느새 마음이 편안해졌다. 기둥에는 개가 한 마리 매여 있었다. 채소밭에서 자그마한 동정이라도 감지되면 개는 컹컹 짖어댔다. 키운 지 꽤 오래된 개였는데, '하'라는 이상한 이름을 가지고 있었다. 취유전은 미동도 하지 않은 채 누워서 음영 속에 누운 개와 한참씩 이야기를 나누곤 했다. "하, 배가 고픈 거니? 오늘 밤따라 왜 그리 소란을 떠니?" "하, 정말 배가 고픈 거니? 낮에 빙***을 반쪽이나 먹었으니 배가 고플 리는 없는데……" "하, 별일도 없는데 수선 그만 떨고 어서 자거라."……

하는 잠이 적었다. 취유전 역시 별로 잠이 없었다. 소란스러운 가을밤이었다. 사람들이 각자 책임전(責任田)****을 지키기 위해 수수밭과 담배밭의 두렁을 돌고 있었다. 그중에는 오밤중

*** 밀가루로 동그랗게 빚어 만든 떡의 일종.

**** '개혁개방' 이후, 중국에서는 촌 단위로 경작 면적의 1/3을 인구수에 따라 각 농가에 나눠주어 기본생활을 보장토록 했는데 이를 '자류지(自留地)'라고 한다. 나머지 2/3는 도급제로 농가에 나눠주었는데, 세금을 납부해야 하는 이 땅을 '책임전'이라고 한다.

에 원두막을 향해 노래를 부르는 젊은이들도 있었다. 분명 채전을 노리는 수작이었다. 취유전은 속으로 "허참, 목구멍이 근질거리면 루칭허의 강물이나 퍼먹을 것을! 굶주린 고양이가 비린내라도 맡은 듯이 사방에서 몰려들긴! 그래봤자 별수 없을걸! 내가 지키고 있는 한, 하가 있는 한 도적질할 생각일랑 말아라"라고 뇌이곤 했다. 그는 모깃불 화승이 다 타고 나자 새것으로 바꾸어 달았다.

멀리서 붉은 불빛이 비쳤다. 젊은이들이 한데 모여 무엇인가 끓이는 중이었다. 걸신이라도 들렸단 말인가! 밤새 밭을 돌다가 이제 모여 밤참을 끓이기 시작한 것이었다. 각자 자기 밭에서 옥수수나 땅콩이나 고구마를 가져왔다. …… 그렇게 한데 넣고 끓이는 음식은 유난히도 구수한 법이었다. 바람에 제법 구수한 냄새가 풍겨올 때마다 취유전은 몸을 뒤척이며 끙끙 신음하곤 했다. 요즘 들어 다리가 부쩍 아팠다. 잠을 자고 일어나면 움직이기 힘들 정도로 다리가 무거웠다. 강변은 습기가 많은데다가 연이어 며칠 밤 동안 잠을 설쳤으니 다리에 무리가 왔던 것이다. 뜨끈뜨끈한 음식 생각이 간절했으나 그는 마당에 솥을 걸지 않았다.

다전쯔가 여러 번 원두막 야경을 서겠다고 자진해 나섰으나 취유전은 매번 그 청을 거절하곤 했다. 그녀는 5척이나 되는 나무 몽둥이를 깎아 들고서는 "원두막을 지키게 되면 이걸 메고 다닐 거예요. 저라면 하를 데리고 한시도 쉬지 않고 채전 주변을 돌 거란 말예요. 에이, 아빠처럼 마냥 침상에 누워 있어서야……"라고 대들곤 했다.

그러나 나무 몽둥이가 눈에 띌 때마다 취유전은 이맛살을 찌푸리곤 했다.

1년 전 일이었다. 다전쯔는 해변의 멧대추를 지키는 일에 자진해 나섰다. 그리고 그때도 그녀는 이런 몽둥이를 하나해 들고 사방으로 돌아다녔다. 그녀는 몽둥이로 해변의 풀목향*들을 헤치면서 걸음을 옮겼는데, 호신용이기도 했다. 많은 사람이 그녀가 몽둥이를 어깨에 메고 바닷가 모래사장을 기운차게 활보하면서 「젊은 친구들이 한자리에 모였네」를 부르는 모습을 목도했다. 말하자면 그녀는 몽둥이를 메고서 모래사장을 온통 누비며 '아름다운 봄빛은 누구의 것이런가?'를 캐물었던 것이다. 정말 창피하기 짝이 없는 일이었다. 게다가 하는 일없이 빈둥거리던 대장** 싼라이(三來)가 이틀에 한 번 꼴로 감독에 나섰다. 그는 다전쯔의 뒤를 쫓아 절뚝거리며 숲속을 돌아다니다가는 땅에 떨어진 벌레 먹은 멧대추를 주워 먹곤 했다. 사람들이 뒤에서 다들 쑥덕거렸지만 그녀만은 들은 척 만 척했다. 그 후, 얼마 지나지 않아 선거에서 떨어져 더는 대장 노릇을 할수 없게 된 싼라이가 해변에서 어성초를 뜯게 되었는데, 그때도 그녀는 그를 도와 풀단을 묶어주었다. 취유전으로서는 몽둥

이를 와락 빼앗아 그 자리에서 딸을 두들겨 패고 싶은 심정이었다. ……

하여간 다전쯔는 제법 밭을 지킨 경험이 있는 셈이었다. 나무 몽둥이가 반들반들했다. 취유전은 그 나무 몽둥이를 노려보며 고함을 질렀다.

"또 몽둥이를 메고 다닐 셈이냐? 다 큰 계집애가 이게 무슨 짓이야!"

"안 될 게 또 뭐예요? 작년에도 이걸로 멧대추를 지켰단 말예요. 하루에 하루 반이나 되는 공푼(工分)*을 벌었는데, 안 될 게 뭐람……" 다전쯔가 받아쳤다.

취유전은 화가 나 더는 말을 건네지 않았다. 그는 담뱃대를 입에 문 채 원두막 기둥에 기대어 앉았다. 그는 두 다리를 움직여보고선 주먹으로 두어 번 두드렸다. 자신의 두 다리가 한스러울 뿐이었다.

'하'는 다전쯔를 맴돌며 즐겁게 뛰어놀았다. 분홍색 혓바닥으로 다전쯔의 손을 핥으면서 킁킁 콧소리를 내기도 했다. 취유전은 담배를 한참 빨고 나서야 가라앉은 목소리로 말을 건넸다.

"밭일에 마음을 좀 붙이려무나. 채전을 지키는 것은 네가 할 일이 아니다. 알겠느냐?"

---

* 국영 농장 시기 농업생산합작사에서 소속 노동력의 일당을 계산하는 방법으로 1점, 즉 한 공푼이 기본 단위였다.

다전쯔는 대답 대신 몽둥이로 원두막 기둥을 호되게 쳤다. 살이 많이 올라 넓적하고 둥근 얼굴이 빨갛게 상기되어 원망스러운 눈빛을 내뿜고 있었다. 그녀는 뾰로통하여 "두고 보세요. 어디 채소밭을 몽땅 털리지 않나"라고 내뱉었다.

"그럴 리 없으니 걱정 말아."

"하여튼 두고 보세요."

"걱정 말라니깐."

취유전은 다시 담배를 대통에 재워 들고 깊숙이 들이켰다. 사위의 수수밭이며 고구마밭에 눈길이 머물렀다. 그곳에서는 사람들이 밤마다 돌아다니며 수군거리곤 했다. 대개 간 큰 젊은이들이었기 때문에 언제 무슨 일을 벌일지 몰랐다. 취유전이 지키는 것 또한 바로 이들 때문이었다. 그들은 도롱이를 입고서 끼리끼리 무리를 지어 강가를 돌다가 피곤하면 그 자리에 드러눕기도 했고, 아무 때나 집에 돌아가버리기가 일쑤였다. 취유전으로서는 힘이 넘쳐 어쩔 줄을 모르는 그 녀석들이 실은 채전을 지키기 위해서가 아니라, 일부러 자기를 골려주기 위해서 돌아다니는 게 아닌가 싶을 정도였다.

그가 생각에 잠겨 있는 사이에, 다전쯔는 몽둥이를 들고 어디론가 사라져버리고 없었다.

벌판을 둘러보던 취유전은 그리 멀지 않은 곳의 고구마밭에 누군가가 지어놓은 나지막한 오두막을 발견하고 퍼뜩 놀랐다. 아니, 이 녀석들이 이곳에서 밤을 새우겠다는 것인가. 매일 밤 두 눈을 부릅뜨고 꼬박 새워야 한단 말인가. 젊은이들인 만 큰 녀석들의 몸에는 루칭허 강물과도 같이 세차고 도도한 피가 흘렀다. 도무지 피곤이라고는 모르는 녀석들이었다. ……취유전은 몇 번이고 다시 목을 빼고 그 오두막을 자세히 관찰했다. 기둥이 그리 굵지는 않았지만 밀짚으로 얹은 지붕을 견고히 받친 도도한 모습이, 마치 자신의 원두막과 부러 맞짱이라도 뜨는 듯했다.

낮에 일을 하는 동안에도 취유전은 자주 고개를 들어 맞은편 오두막을 건너다보곤 했다.

오두막은 비어 있는지 사람 그림자가 보이지 않았다. 취유전은 무척 궁금했다. 허수아비도 아니고, 일부러 사람을 놀래기라도 하기 위해 지어놓았단 말인가? 오두막 주인이 머리가 좀 잘못된 사람일지도 모른다는 생각이 들었다.

어느 하루, 취유전과 다전쯔가 함께 밭일을 하고 있는데 누군가가 기척도 없이 채전에 들어섰다. 설핏 고개를 들던 취유전은 깜짝 놀라고 말았다. 동네에서 유명한 건달인 '라오훈훈'* 이었기 때문이다.

라오훈훈은 나이가 마흔 남짓했다. 그는 색 바랜 남색 옷을 입고 있었는데, 단추를 채우지 않고 그냥 새끼줄로 허리를 질끈 동여매고 있었다. 그리고 새끼줄에 부추를 캘 때 쓰는 녹슨 칼을 차고 있었다. 라오훈훈은 뒷짐을 진 채 가까이 다가와 허리를 숙이더니 한쪽 눈을 감고서 다른 한쪽 눈으로 주위에 있

* '늙은 건달'이라는 뜻의 별명이다.

는 오이와 토마토를 살펴보았다. '어흥' '어흥', 그는 입으로 이상한 소리를 냈다. 가끔 걸음을 멈추고 고개를 갸우뚱하고 하늘을 올려다보다가는 눈을 질끈 감기도 했으며, 다시 앞으로 몇 발자국 걸음을 옮기면서 공연히 사람을 어리둥절하게 만들었다. 그는 취유전 가까이로 다가와 걸음을 멈추더니 한참이나 그를 훑어보았다. 그러고는 큰 소리로 "제법일세!" 했다.

"허허" 취유전은 겸연쩍게 웃으면서 호주머니 안에서 담뱃대를 꺼내어 라오훈훈에게 건넸다.

라오훈훈은 본척만척 자기 옷섶을 뒤지더니 궐련을 꺼내 물었다. 그는 담배를 한 모금 빨고서는 한쪽 눈을 찌푸리며 다시 큰 소리로 말했다.

"제법일세!"

취유전은 물부리를 되돌려 입에 물고서는 담배를 피우기 시작했다. 라오훈훈이 담배를 꺼낼 때 살펴보니 가슴팍에 주머니가 달려 있는 모양이었다. '하여간 수상한 놈이야. 옷섶 안쪽에 주머니를 달았단 말이지.' 그는 이런 생각을 하며 라오훈훈이 자기를 찾아온 속셈이 무엇일까 궁리했다.

라오훈훈은 담배를 피우다 말고 고개를 돌리며 물었다. "'하'는 어디 갔는가?"

취유전은 손가락을 들어 원두막을 가리키며 말했다.

"자는가 보오, 밤새 밭을 지키더니."

"그렇군." 라오훈훈은 소리 없이 웃었다. "참 대단하네. 이리 큰 채전에다가 산더미만 한 곱슬머리 사냥개까지. 자네

눈 깜짝할 사이에 이곳 강변의 갑부가 되지 않았는가! 제법일세!"

'하'는 흔한 누렁이에 지나지 않았다. '산더미만 한 곱슬머리 사냥개'는 또 무엇이란 말인가! 취유전은 그가 자신을 비꼬고 있음을 눈치채고 고개를 가로저었다. "나야 고작 땀을 흘린 만큼 버는 것이 아니겠나. 부자는 웬 부자."

라오훈훈이 꽁초를 바닥에 뱉으며 말했다. "자네가 흘린 땀은 돈이 되는데, 왜 내 건 돈이 안 되는지 모르겠네. 저기 저 내 고구마밭 말일세. 엄청 땀을 많이 흘렸건만 허 참, 내 땀은 돈이 안 된단 말일세."

취유전은 잠자코 대꾸를 하지 않았다. 정말로 이자가 허리춤에 찬 부추 칼로 사람을 상하게 할런지는 몰라도 마을에서 누구 하나 감히 그를 건드리는 사람이 없었다. 그가 생산대에서 챙겨 가는 몫은 취유전보다 결코 적지 않았지만, 언제고 한 번도 그가 땀방울을 흘리는 모습을 본 적은 없었다. 그 후, 도급을 하게 되자 라오훈훈은 저 편하자고 밭에 고구마만 잔뜩 심어 놓고 한 번도 김을 매거나 풀을 뽑아준 적이 없었다. 아마 지금쯤 밭에는 풀이 한 뼘은 넘게 자라 있을 터였다. 그러나 이제는 더는 어디 가서 자기 몫을 내놓으라고 손 내밀 곳이 없어지고 말았다. 비록 여전히 옆구리에 부추 칼을 차고 다니긴 하지만. ……취유전은 머리를 긁적이며 말했다. "자네 고구마가…… 하여간 잘 자라고 있지 않는가."

라오훈훈이 웃으며 말을 이었다. "으흐흐, 아무래도 달리

대책을 세워야겠네. 자네한테서 채소밭을 가꾸는 걸 배우면 어떻겠나? 저어기." 그는 손을 들어 멀지 않은 곳에 있는 오두막을 가리키면서 말했다. "저건 내가 지어놓은 걸세. 아무래도 자네에게 채소밭 가꾸는 것을 배워야겠네……"

취유전은 깜짝 놀라고 말았다. 그제야 그는 그 오두막이 잡초가 무성한 고구마밭에 지어져 있음을 깨달았다. 취유전은 급히 손사래를 쳤다. "어이쿠, 내가 어찌 감히. 자네야말로 재주가 대단한 사람이 아닌가. 자네 혼자서 하게나. 꼭 큰 부자가 될 걸세."

라오훈훈은 궐련을 한 대 건네며 말을 이었다. "겁먹을 거 없네. 내가 어디 밭에 들어가 빼앗기라도 하겠단 말인가. 난 저쪽에, 자네는 이쪽에 있으니, 서로 힘을 합치면 그 세가 더 커지지 않겠나. 밤엔 동무가 되기도 하고 말일세. 자네 밭은 온통 물 좋은 것들뿐이니 다들 군침을 흘리며 눈독을 들이는 게 아닌가! 자넨 파수꾼들만 무서운지 알았지, 강 건너편 사람들도 탐내는 걸 모르지? 내 친구 중에 싼라오헤이(三老黑)라는 자가 있는데 그자 말로는 강 건너편의 젊은 녀석들이 강을 건너와 서리를 할 속셈인 모양이더군."

"어허……" 취유전은 그만 놀라고 말았다. "그런데…… 왜 강을 건너오지 않았단 말인가."

"그게 다 싼라오헤이 덕분이네!" 라오훈훈은 손가락을 곧추세워 내저으며 말했다. "내가 싼라오헤이에게 말해두었지. 단 한 사람이라도 강을 건너 도둑질을 하러 온다면, 싼라오헤이에게 그 죄를 묻겠다고 말일세. 하물며……" 라오훈훈은 말을 멈추더니 허리춤에 찬 부추 칼을 꺼내 흔들어 보였다. "그 녀석들도 이게 무서웠던 것이여."

눈이 휘둥그레졌던 취유전은 낙심한 듯 고개를 떨어뜨리고 말았다.

이때, 다른 한편에서 포도 덩굴을 올리다가 돌아선 다전쯔가 라오훈훈을 발견했다.

"라오훈훈, 언제 왔어라?" 그녀는 큰 소리로 외쳤다.

라오훈훈은 고개를 끄떡이고 나서 "이제 오는 길이다, 이제" 하고 대답했다.

딸이 거리낌 없이 라오훈훈의 별명을 부르는 것을 보자 취유전도 얼마간 안심이 되었다.

"얘도 원, 아저씨라 불러야지." 취유전은 그렇게 우물거리고 말았다.

다전쯔는 들은 척 만 척 말을 이었다. "라오훈훈은 너무 게을러요. 매일 빈둥거리기만 하니 고구마밭에 풀이 한 뼘이나 자랐더군요."

표정이 굳어진 라오훈훈은 쿡 하고 힘주어 부추 칼을 다시 허리춤에 찼다.

생각에 빠져 고개를 떨어뜨리고 담배를 피우던 취유전은 그제야 돌연 엄한 표정을 지었다. "어른들 말에 끼지 말고 어서 '하'에게 먹이나 줘라." 그는 다전쯔에게 원두막을 가리켜 보였다.

3

밤이 되자 루칭허의 물소리는 유난히도 요란했다. '좌르르 콸콸, 좌르르 콸콸……' 그 소리는 마치 묵직한 노랫소리와도 같았다. 우수수 곡식 잎사귀들을 흔들고 지나는 가을바람 소리도 그 물결 소리를 삼키지는 못했다. 간혹 공중을 지나며 새들이 날카롭게 우짖는 소리가 강가의 밤경치에 한결 신비감을 더했다. 묵직한 밤이슬이 곡식 잎사귀들을 적시다가 뾰족한 잎 끝으로 흘러내리며, 들릴 듯 말 듯 가벼운 소곤거림을 이루기도 했다.

취유전은 잠을 이루지 못했다. 귓가에서 온갖 소리들이 맴돌았다. '하'는 길쭉한 아래턱을 다리 위에 얹은 채 원두막 기둥 아래에 엎드려 있었다. '하'는 가끔 위협조로 으르렁거리곤 했는데, 그때마다 취유전은 일어나 앉아 경각심을 높여 사위를 둘러보곤 했다. 그러나 채전은 사람 그림자 하나 없이 조용하기만 했다. 멀리 벌판에서 가끔 사람들의 웃음소리와 인기척이 들려올 뿐이었다. '하'는 그들을 경계하고 있는 것인지도 몰랐다.

맞은편 어둠 속에서 작은 불씨가 살아났다. 라오훈훈이 오두막에서 모깃불 화승을 붙인 것이었다. 보아하니, 그도 이제부터는 밭에서 파수를 설 생각이었다. ……취유전은 너무나도 불쾌했다. 그 작은 불씨가 얼마나 눈에 거슬리는지 몰랐다. 한 번씩 그것이 눈에 띌 때마다 그는 오래도록 속이 불편했다.

"아~라야라~"

먼 곳에서 누군가가 부르는 노랫소리가 들려왔다. 젊은이였다. 함께 고함도 들려왔지만 분명하지가 않았다. 소리들이 어렴풋이 멀리로 사라지고 말았다. 그 모든 것이 밭에 파수꾼들이 아주 많음을 알려주고 있었다. 그러나 취유전은 이들이 도적이 될 수도 있음을 누구보다 잘 알았다. 그 자신도 젊은 시절에는 밭을 지킨다는 구실로 친구들과 무리지어 다니며 서리하던 일이 아직도 기억에 생생했다. 떼를 지어 다니면서 얼마나 많은 황당하면서도 재미나는 일들을 벌였는지, 지금도 그 불면의 밤들을 떠올리면 얼굴이 달아오르며 다시 뜨거운 피가 혈관 속에서 용솟음치는 듯했다. 그래서 들판에서 들려오는 소리들이 그에게는 너무나도 익숙했다. 그리고 바로 그 때문에 그는 더욱 근면해지고 경각심이 높아졌으며, 두 눈을 더욱 크게 부릅뜨게 되었다. 가끔 그는 영민한 '하'조차 믿지 못해서, '하'가 조용히 있을 때면 자리에서 일어나 귀를 기울이곤 했다.

맞은편 오두막에서 라오훈훈이 기침을 삼키며 모닥불을 피워 올렸다. 그는 아직도 새파란 생담배 잎을 불에 굽더니, 다시 작은 솥을 모닥불 위에 올려놓았다. ……이윽고 솥에서는 김이 솟아올랐다. 그러자 라오훈훈은 기침을 하면서 소리를 질렀다. "어이, 라오유전, 유전이!"

취유전은 아무 대꾸도 하지 않고 얼굴을 잠자리에 파묻었다.

라오훈훈이 뭐라고 욕지거리를 하더니, 이곳으로 다가왔다.

취유전은 일부러 드렁드렁 코 고는 소리를 냈다. 라오훈
훈은 손가락으로 그를 쿡쿡 찌르며 "그만 자는 척하고, 어서 나
랑 가서 삶은 고구마나 맛보세"라고 말했다. 취유전은 고개를
가로저었다. "아니, 아닐세. ……난 밭을 지켜야 하네."

라오훈훈은 이맛살을 찌푸리더니 "지금 날 얕보는 것인
가!"라며 벌컥 화를 냈다.

취유전은 하는 수 없이 다리를 침상 가장자리로 드리워
바닥에 있는 신을 찾아 신었다. 풀이 죽어 자리에서 일어난 그
는 원두막 기둥을 지나며 "'하', 금방 돌아올 테니 정신 똑바로
차리고 밭을 지켜야 한다"하고 한마디 던졌다.

두 사람은 작은 솥을 마주하고 앉았다. 라오훈훈은 금방
구워낸 담뱃잎을 취유전에게 권하더니 다시 솥에서 작은 고구
마 한 덩이를 꺼내 건넸다. 소금을 살짝 쳐서 조금 짰다. 라오훈
훈은 담배를 붙여 물고서 웃으며 말했다. "어때, 라오유전! 밤참
도 먹을 수 있고, 나 라오훈훈과 이웃을 하니 좀 좋은가? 저길
좀 보세……" 그는 주변을 가리키며 말을 이었다. "이쪽 반은 내
가 이미 고구마를 캐냈네. 여물고 말고가 뭐 있겠나. 고구마를
캔 자리에 가을 오이나 강낭콩을 심을 생각이네. 자네가 내 스
승이네! 내가 왜 오두막을 여기 지었겠나? 배우고 싶거든 스승
님과 함께 자라는 말이 있지 않은가. 그래서 나도 이젠 자네처
럼 오두막에서 잘 터이니, 진심으로 날 제자로 거둬줘야겠네."

취유전은 심장박동이 빨라지는 것을 느꼈다. 그는 고구마
를 씹지도 않고 대충 꿀꺽 삼키면서 아연하여 듣고만 있었다.

도대체 이자가 무슨 꿍꿍이인지 알 수가 없었다. 분명한 것은 이자가 워낙 벌겋게 단 쇳덩이와 마찬가지여서, 누구든 가까이 하면 성치 못하리라는 것이었다.

라오훈훈은 고구마를 거푸 여러 개 먹더니 입을 쓱 닦으면서 말했다. "목이 컬컬하구먼. 포도나 한 송이 뜯어 먹으러 가세." 그러고는 곧장 채전으로 걸음을 옮겼다.

'하'가 사납게 짖어댔다. 아마 라오훈훈이 포도를 뜯기 시작한 모양이었다. 취유전은 가슴이 아려왔다.

이윽고 라오훈훈이 손에 포도 몇 송이를 뜯어 들고서 돌아왔다. 그는 포도를 뜯어 먹으면서 말을 건넸다. "자네 정말 대단한 개를 두었네. 과연 산더미만 한 곱슬머리 사냥개다웠네! 와락 나한테 덤벼들지를 않겠나. 그래서 내가 말했지. 이 녀석, 냉큼 물러서지 못할까! 너희 주인이 보냈단 말이다. 한데 놈이 도무지 믿으려 들지를 않았네……"

'빌어먹을 놈! 보내긴 누가 널 보냈단 말이야!' 취유전은 속으로만 욕을 퍼부었다.

너무나도 운 나쁜 밤이었다. 취유전이 원두막에 돌아왔을 때는 이미 먼동이 틀 무렵이었다. 견디기 힘들 정도로 두 다리가 아파왔고, 두 눈도 퉁퉁 부어 침침했다. 그럼에도 그는 감히 잠을 청하지 못했다. 그자가 딴 포도송이들이 계속 머릿속을 감돌았다.

날이 밝자 채전에 온 다전쯔가 라오훈훈에 대해 물었지만 취유전은 별로 말하고 싶지 않았다. "그자는 그자대로 자고 나는 나대로 자면 되지, 나랑 무슨 상관이라더냐!"

"흥, 나대로 자요? 잠이 오던가요? 그냥 봐도 한잠도 못 주무셨구먼. 눈에 빨갛게 핏줄이 섰어요. 목이 다 쉬고요."

취유전은 잠자코, 대꾸를 하지 않았다.

"차라리 제가 지킬게요. 이웃집 샤오쌍(小霜)을 데려다 동무를 하면 되잖아요."

취유전은 다리를 두드리며 볼멘소리로 말했다. "내가 누워서라도 지킬 거다. 나쁜 궁리를 해? 어림도 없지. 내가 이 자리를 비우는 일은 절대로 없을 거다. 암, 그렇고말고. 나 원, 땅 파먹고 사는 농민이 어쩌다 좀 건졌다고 도처에서 손을 내밀어……!"

"그래서 몽둥이가 있어야 한다니까요." 다전쯔가 취유전의 말을 가로챘다. "몽둥이로 그자들 손을 내리치란 말예요. 포도 덩굴로 손이 오기만 하면, 그냥 획! 토마토 줄기에 손이 닿기만 하면, 바로 획! 하하하……" 그녀는 큰 웃음을 터뜨렸다.

'이 말괄량이를 어쩐담.' 취유전은 속으로만 꾸짖었다. 살이 잔뜩 올라 둥글넓적한 딸의 얼굴을 보면서 취유전은 고개를 절레절레 내저었다. 그는 속으로 '잘났다, 잘났어! 라오훈훈이 어디 그 몽둥이로 내려칠 수 있는 만만한 자라던가' 하고 생각했다.

이때 마침 가까운 오솔길을 지나는 두 젊은이가 눈에 띄었다. "싼시(三喜), 싼라이, 여기 들러 놀다가!" 다전쯔가 소리쳤다.

부름 소리를 들은 두 젊은이는 가까이로 다가오더니 채전에 들어섰다. 그들은 취유전은 본체만체하며, 다투어 반갑게 다전쯔와 인사를 나누었다.

취유전은 젊은이들이 반갑지 않았다. 라오훈훈이나 마찬가지로 혐오스러웠다. 취유전은 머리 한가운데에 가르마를 탄 젊은이를 향해 말했다. "싼라이, 담부터는 작작 드나들게. 반갑지가 않네. 특히 자넨."

싼라이는 두 손을 호주머니에 찌른 채, 왼발로 박자를 밟으며 대꾸했다. "제가 뭐 훔치기라도 할까 봐서요? 그리고 다전쯔가 절 부른 거잖아요."

"맞아요. 제가 불렀어요" 하고 다전쯔가 맞장구를 쳤다.

"내 마음이지. 여차하면 너까지 쫓아낼 거다!" 취유전은 딸을 향해 투덜거렸다.

옆에 섰던 싼시가 웃으며 말을 건넸다. "아저씨, 절대 '여차하면' 안 되겠어요."

젊은이들은 얘기를 나누며 '하'를 데리고 놀았다. 싼라이가 다전쯔를 구석으로 조용히 부르더니 말했다. "난 네가 이곳을 지키면 좋겠어. 너희 아빠도 이젠 늙지 않았니. 연세가 많은 분이 밤을 새워선 안 돼. 앓아눕겠다 싶으면 예고도 없이 바로 앓아눕거든. 내 말을 믿거나 말거나." 그러자 다전쯔는 "아빠가 안 된다잖아. 나야 야경을 서고 싶지. 난 밖에서 밤을 새우는 게 신난단 말이야. 달빛 아래서 얼마나 즐거운 일이니. 한데 아빠가 안 된다는 걸 어쩌겠어. 어휴……" 하고 대꾸했다.

싼라이는 취유전의 곁으로 다가가더니 "아저씨, 이젠 파수 보러 나오지 마세요!"했다.

"나 원, 자네들이 싹쓸이라도 하게!"취유전이 어이없다는 듯 대꾸했다.

취유전은 손으로 가르마를 탄 머리를 다듬으며 말을 이었다. "제 뜻은요. 아저씨가 이젠 이런 어려운 일은 저희 '새 세대'에게 맡기면 좋겠어요."

"에끼, 네놈의 잔꾀를 내가 모를 것 같더냐!"취유전은 허리를 굽혀 토마토 지지대를 매다 말고 싼라이를 흘겨보며 면박을 주었다. "네깐 녀석이 뭐라고, 흥, '새 세대'? 다 큰 처녀에게 해변의 멧대추를 지키는 일을 맡길 때는 언제고, 그것도 '새 세대'의 짓이었더냐?"

싼라이는 그 자리에서 얼굴이 벌겋게 달아올랐다. 싼라이가 대장을 맡았을 때의 일이었다. 다전쯔가 혼자서 모래사장의 멧대추를 지키는 틈을 타, 싼라이는 하루가 멀다 하고 '현지 시찰'에 나서곤 했다. 어느 날엔가는 다전쯔 옆에 쭈크리고 앉아 희떠운 소리를 하다가, '정곡'을 잘못 찌르는 바람에 그녀의 몽둥이에 왼쪽 팔꿈치를 얻어맞은 적이 있었다. 지금도 가끔 그때 맞은 자리가 알알해지곤 했기 때문에 싼라이는 사람들이 그 일을 입에 올리는 것을 가장 꺼려했다. 싼라이는 화가 잔뜩 나 "그래요. 제가 대장이었지요. 그때만 해도 아저씨가 제게 굽실거리며 '다첸먼'* 궐련을 권하던 생각은 나지 않으세요?"라고 뇌

---

*　'大前門', 베이징 정양문의 속칭인 '첸먼'에서 명칭이 유래된 궐련 브랜드이다.

까렸다.

취유전은 갑자기 목에 핏대를 세우며 큰 소리로 다전쯔를 꾸짖기 시작했다. 두 젊은이는 서로 눈을 찡긋거리더니 채전을 떠나고 말았다. 다전쯔는 그들의 뒷모습을 바라보며 여전히 노래를 불러댔다. "젊은 친구들이 한자리에 모였네! 한자리에 모였네……" 그날 종일토록 취유전은 기분이 울적했다. 맞은편 오두막에 주인이 보이지 않는 것이 내내 마음에 걸렸다. 라오훈훈이 일부러 낮에는 도처로 싸다니다가 밤이 되면 자기를 찾아와 못살게 구는 듯싶었다. 그가 강 서쪽 친구 몇몇과 함께 장사를 시작했다는 소문도 있었다. 취유전은 당장이라도 원두막을 훌쩍 떠나버리고 싶었으나 도무지 마음이 놓이지 않았다. 자기가 자리를 비우기만 하면 젊은이들이 우르르 몰려들어 과일들을 작살낼 것만 같았다. 걱정이 한두 가지가 아니었다.

밤이 되자 라오훈훈은 예외 없이 오두막을 찾아와 드러누웠다.

취유전은 어둠 속에서 깜빡이는 건너편의 빨간 불씨를 발견하고는 속이 꿈틀댔다. 그는 오두막 주인이 또다시 자기를 찾아와 삶은 고구마를 먹자고 청할까 봐 더럭 겁이 났다. 그렇게 된다면 또다시 포도 몇 송이를 공짜로 빼앗길 판이었다.

'에라, 게으른 놈! 포악한 놈! 게걸스러운 놈……' 취유전

1916년, 영국의 브리티시아메리칸토바코British American Tobacco사가 상해에서 생산을 시작하여 상하이 궐련 시장의 60퍼센트를 점했고, 1949년 중화인민공화국 수립 이후 436종 궐련 브랜드 중 유일하게 국영화되어 명맥을 유지했다.

은 속으로 수없이 욕을 해댔다. 일이 꼬이려니 공교로웠다. 그는 두 집의 책임전이 이토록 가까울 줄을 미처 몰랐던 것이다.

취유전의 속내가 어떻든 간에 건너편 오두막의 라오훈훈은 몸을 한번 뒤척여 눕더니 제법 쾌적한 듯, 콧노래를 흥얼거렸다.

갑자기 '하'가 으르렁거렸다. 취유전은 얼른 손을 뻗어 '하'의 머리를 어루만져주었다. 건너편 오두막 주인이 그 소리를 들어서는 안 될 일이었다. 라오훈훈이 깨면 큰일이었다.

자정쯤 되었을 때였다.

"라오유전, 자고 있나?" 건너편 오두막의 주인이 갈린 목소리로 고함을 질렀다.

취유전은 잠들 리 없었으나 응대하지 않았다.

"제기랄, 잠든 척하는 데는 선수구먼. 기다리게, 내 어디 칼로 푹 찔러 깨우지 않나."

취유전은 잠자코 그가 건너오길 기다렸으나 한참 지나도 채전에 사람이 들어서는 기척이 들리지 않았다.

이윽고, 맞은편 오두막이 갑자기 웅성거렸다. 사람들이 네댓 명 모인 듯싶었다. 작은 가마솥이 내걸리더니 금방 흰 김을 내뿜기 시작했다.

"라오유전, 강 건너 친구들이 자라를 가져왔네. 우리는 자라나 삶아 먹을 테니 자넨 그냥 나자빠져 잠이나 자게. 대곡주*

---

*　　大曲酒, 누룩과 엿기름으로 발효시켜 제조한 백주(白酒)의 일종.

도 한 병 있는데, 자넨 참 먹을 복도 없네그려." 라오훈훈이 이쪽 원두막을 향해 고함을 질러댔다.

취유전은 여전히 마이동풍이었다.

라오훈훈의 오두막 근처에서 사람들이 분주히 오가며 땔감을 줍는 모양이었다. 얼마 지나지 않아 그들은 정말로 술을 마시기 시작했다. 그들은 불빛 속에 앉아 차례로 병나발을 불었다.

"카, 좋다. 술맛 참 좋고!" 라오훈훈이 연이어 감탄을 해댔다.

사람들은 오래도록 떠들다가 늦게야 자리를 떴다. 불길이 사그라지고 어둠 속에는 다시 빨간 불씨만이 남았다.

취유전은 자리에서 일어나 '하'를 데리고 채전 주변을 돌기 시작했다. '하'는 많이 피곤한지 몸이 늘어져 연이어 하품을 해댔다. 취유전은 "에잇, 쓸모없는 녀석!" 하고 나지막이 꾸짖었다. 그러나 취유전 자신도 한잠 자고픈 생각이 간절했다. 두 다리가 휘청거렸기 때문이다.

어둠 속에 포도향이 짙었다. 상큼한 오이 냄새도 맡을 수 있었다. 중천에 떠오른 달은 오늘따라 불그스레해 보였다. 참으로 너른 채전이었다. 무엇이든 심기만 하면 잘 자랐다. 밤이슬이 떨어지면서 다른 잎사귀로 옮겨 가 마저 적시며 취유전의 손에까지 튀었다. 과일이나 채소를 심기에 알맞은 땅이었다. 밤이슬만 해도 어지간한 가랑비에 못지않았다. 작년에 적지 않은 소득을 올렸기에, 취유전은 큰 결심을 하고 올해에는 아예 두 배가까이 재배 면적을 확장했던 것이다. 취유전은 올해는 기어이 큰돈을 벌리라 벼르고 있었다. ……취유전은 '하'를 향해 중얼 중얼 말을 건넸다.

　"'하', 네 공도 크다. 이제 포도나 다른 과일들을 다 팔고 나면 겨울이 온단다. 겨울이 무엇인지 너도 기억하지? 겨울에 는 큰 눈이 내려 네 보금자리까지 다 뒤덮고 말지. 올 겨울에는 너에게도 살이 많이 붙은 뼈다귀를 사줄 거다. 그렇게 겨울을 나고 나면 너도 살이 통통 오르겠지. 그러니 지금은 좀 참고 견 디자꾸나. 아직은 힘을 낼 때야. 날 봐라. 밤에 두어 번도 눈을 붙이지 못하지 않니. 곤하고 힘들지. 한 걸음 걷고 나서는 두번 째 걸음을 옮기기가 싫어지지. 그러나 무슨 수가 있겠니. 큰돈 을 벌자면 고생을 해야 하는 거야. 그래, 겨울을 기다리자꾸나. 겨울이 오면 너에게도 살이 많이 붙은 뼈다귀를 사줄게……"

　그때 별안간 '하'가 위협조로 으르렁거렸다. 이상한 일이 었다. 취유전은 몸을 돌려 잠자코 동정을 엿들었다. 발소리가 들려왔다. 취유전이 고함을 지르려는 참에, 맞은편에서 먼저 입 을 열었다.

　"라오유전!"

　취유전은 흠칫 놀라고 말았다.

　라오훈훈이 비틀거리며 다가오더니 취유전을 보자 나무 토막 위에 털썩 주저앉았다.

　"으흐흐, 술맛 참 좋다! 그런데 자넨 어찌 그리 불러도 오 지 않는가? 자네 정말 먹을 복도 없단 말일세. 내 친구들이 다 모인 걸 자네도 보지 않았는가? 강 건너 서쪽 사람들 말일세.

으흐흐, 그들도 나처럼 다들 마을에서 으뜸가는 사내들이지. 꺼억, 으흐흐, 술맛 참 좋다."

라오훈훈은 몸을 비칠거리며 일어나려다가 하마터면 쓰러질 뻔했다. 그는 포도 말뚝을 잡고 몸을 일으키더니 내친김에 포도를 한 송이 뜯어 먹기 시작했다.

취유전은 고주망태가 된 라오훈훈을 쳐다보았다. 생각 같아서는 당장이라도 덤벼들어 그의 손에서 포도를 빼앗고 싶었다. 그러나 그는 묵묵히 두 손을 떨어뜨린 채, '하'를 맨 쇠사슬만을 꼭 잡고 있었다…… 라오훈훈은 마을에서 유명한 건달이었다. 작은 토담집에서 홀로 사는 그는 가난하기 짝이 없었다. 구들에 깐 돗자리마저 동강 난 것이었다. 언젠가 마을에 내려와 머물던 간부*가 그를 방문했는데, 그는 "이건 '억고'** 잠을 자는 걸세"라고 강변했다. 그는 마을의 부농이나 부유한 중농 출신 집들에 자주 기습적으로 들이닥치곤 했다. 그래서 사람들은 누구나 다 그를 두려워했고, 가끔 남몰래 술과 고기를 가져다주었으나, 그는 얼마 지나지 않아 그것들을 몽땅 먹어치워 버리곤 했다. 그럼에도 마을에 머물던 간부는 그를 '계급 각오가 매우 높은 사람'이라며 자주 칭찬을 했다…… 그 후, 경작지를 집마

---

* 　중국에서는 행정 관리자를 간부라 하는데, 이들은 농장 실태를 살피고 사회 생산을 지도하기 위해 마을로 내려가 한동안 머물기도 했다.

** 　憶苦, 고난을 되새긴다는 뜻으로 '문화대혁명' 시기인 1970년대 초반 전개된 사상·생활 운동이다. '억고' 밥 먹기, '억고' 잠자기 등으로 지난날의 가난하고 고생스러웠던 생활을 되새겨 몸소 체험하는 국민 교육 차원의 운동이었다.

다 도급하게 되면서 더는 '지주'니 '부농'이니 존재하지 않게 되자 라오훈훈은 종일 길거리에 나와 고래고래 욕지거리를 해댔다. "흥, 내가 굶어 죽을 줄 알아? 부잣집을 털 거야!"

라오훈훈이 포도를 한 움큼씩 입안에 몰아넣는 것을 보며 취유전은 '부잣집을 털 거'라던 그의 말이 떠올랐다. 취유전은 눈에 노기가 서렸으나, 끝내는 참고 말았다.

실컷 포도를 먹고 난 라오훈훈은 다시 나무토막 위에 걸터앉았다. 그는 숨을 헐떡이며 취유전을 자세히 훑어보더니 입을 열었다.

"으흐흐, 라오유전, 자네가 가꾼 포도가 다르긴 달라. 달콤한 게, 꿀맛이네! 이리 손재주가 좋으니 큰돈을 벌지! 내가 왜 자네처럼 채전을 붙였겠나. 자네에게 배워 오두막을 지은 것도 다 자네랑 합작하여 공동으로 책임전을 청부하기 위해서가 아니겠는가! 으흐흐, 라오유전! 공동 청부 말일세."

라오훈훈은 너털웃음을 터뜨리며 몸을 일으키더니 비틀거리며 채전을 나섰다.

취유전은 멍하니 그 자리에 서 있었다. 취중 진담이라고, 비록 술김이었지만 라오훈훈은 분명 속셈을 드러낸 것이다. 그동안 내내 머릿속을 감돌던 의문이 풀렸다. 취유전은 저도 모르게 손이 떨려왔다…… 그는 비틀거리며 겨우 원두막으로 돌아와 쓰러지듯 털썩 돗자리에 누워서는 인사불성이 되듯 잠에 빠지고 말았다.

이튿날 채전에 이른 다전쓰는 병들어 쓰러진 아버지를 발견하고는 급히 부축하여 일으켰다. 취유전은 다리조차 운신을 못 했다. 그녀는 아빠를 등에 업고 집으로 돌아가 의사에게 보였다. 의사는 반드시 조용히 안정을 취해야 한다며 다리에 침을 놓기로 했다.

취유전은 더는 채전에 나가 파수를 설 수 없게 되었다. 처음에 다전쯔는 아빠의 병환 때문에 눈물을 흘렸지만 의사의 말을 듣고 한결 안심이 된 데다, 채전에서 파수를 설 수 있다는 데 생각이 미치자 저도 모르게 웃음이 흘러나왔다.

마누라가 따뜻이 덥혀놓은 구들에 누워 있던 취유전은 딸아이의 둥글넓적한 얼굴에 교활한 웃음이 감도는 모습을 발견하고는 화가 잔뜩 나 고함을 질렀다.

"똑똑히 들어둬! 절대 라오훈훈을 건드려서는 안 된다, 그리고 그 젊은 녀석들을 채전에 작작 끌어들이란 말이야! 특히 싼라이라는 녀석은 조심해야 해!"

4

밤이 되자 다전쯔는 이웃집 여자애인 샤오솽을 데리고, 5척 길이의 나무 몽둥이를 메어 들고서는 채전에 들어섰다. '하'가 풀쩍 뛰어오르며 이들을 반갑게 맞이했다.

더없이 맑고 고요한 밤이었다. 밤하늘 가득 뭇별들이 반짝이고 있었다. 손을 뻗으면 당장이라도 만져질 듯 가까웠다.

구름 한 점 없이 청명한 날씨였다. 공기 속에는 사람을 취하게 하는 향기가 가득했다. 수수 이삭이며, 담뱃잎이며, 조며, 옥수수며…… 남풍이 불어올 때마다, 강변 모든 곡식들의 향기가 한데 어울려 가볍게 풍겨오곤 했다. 너무나도 상쾌했다. 그리고 아득한 바닷가 파도 소리가 수풀의 흐느낌과 하나가 되어 낮고 묵직하게 다가왔으며, 출렁이며 흐르는 루칭허 물결 소리 또한 한결 친근하게 들려왔다. 루칭허는 언제나 그러하듯이 강변 사람들이 가장 익숙하고 좋아하는 가락을 연주하고 있었다. 베짱이들은 아무 거리낌 없이 노래를 불렀고 귀뚜라미들은 조심스레 속삭이고 있었다. 멀리 빼곡한 수수밭 너머로는 사람들의 연이은 외침이 들려왔다. 파수꾼들의 소란이었다.

다전쯔는 높은 자두나무에 올라 사방을 둘러보다가 크게 숨을 들이켰다. 너무나도 상쾌했다. 그녀는 어둠 짙은 들판을 향해 고함을 질렀다.

"어, 어~이!"

'하'는 함께 고함이라도 지르려는 듯, 원두막 기둥 근처에서 퐁퐁 뛰어오르곤 했다. 자리에 웅크리고 누워 있던 샤오쌍도 유쾌한 웃음을 터뜨렸다.

다전쯔는 들판에서 들려오는 메아리에 귀를 기울이더니, 옆구리에 끼고 있던 몽둥이를 꺼내 빙빙 돌리기 시작했다. 한참 뒤에야 그녀는 나무에서 내려왔다.

방금 전까지만 해도 어두컴컴하던 맞은편 오두막에서 모깃불 화승이 타오르며 빨간 불씨가 보였다. 다전쯔는 라오훈훈이 있는 것을 알고 그의 오두막으로 향했다. 그녀는 멀리서부터 소리를 질렀다.

"라오훈훈, 오셨소?"

라오훈훈은 오두막에서 뭔가 몸을 움직이고 있었는데, 어둠 속에서 마치 곰과도 같아 보였다. 그는 "그려" 하고 대충 대답했다.

"하하, 오두막이 왜 이리 돼지우리 같아 보여요." 다전쯔는 오두막 앞에 이르자 몽둥이를 짚고서 걸음을 우뚝 멈추어 섰다.

이불을 펴던 참이었던지 라오훈훈은 두 손을 탁탁 털며 오두막 밖으로 나왔다. 그는 한쪽 눈을 찌푸리며 다전쯔를 건너다보더니 물었다.

"채전에서 밤을 새울 작정이냐?"

"그럼요."

"흠!" 라오훈훈은 숨을 들이켜며 말했다.

"대단하다, 참으로 대단해!"

"뭐가요?"

"흠!" 라오훈훈은 손가락을 들어 강 건너 서쪽을 가리키며 말했다. "저 건너편 젊은이들이 종일 강을 건너와 밭의 물건들을 서리질 할 궁리를 한다더라. 내친김에 말이다……"

그는 다시 "흠!" 하고 숨을 들이켰다.

"그럼 이 몽둥이로 작살낼 거예요." 다전쯔가 웃으며 대꾸했다.

"흐흠! 강 건너 서쪽에 있는 내 친구도 강변에 오두막을 짓고서 파수를 서는데, 저기, 저쪽을 한번 보거라." 라오훈훈은 손가락을 들어 가리키며 말했다. "저기 빨간 불씨가 보이지?"

다전쯔는 힐끗 건너다보다 말고 이내 고개를 흔들었다.

"바로 저기라니깐. 싼라오헤이라고 하는데, 쿵후 실력이 이만저만이 아니란다. 완전히 소림사* 수준이지. 언젠가 그 젊은 녀석들과 한판 붙었었는데, 하마터면 패할 뻔했다는구나. 그래도 어렵사리 그들을 항복시켜 수하에 두었는데, 지금은 다들 고분고분 그의 말을 잘 듣는다는구나." 라오훈훈은 성냥을 그어 땅 위에 있는 밀짚더미에 불을 붙이더니 둥그런 담뱃잎을 굽기 시작했다.

"다들 싼라오헤이의 말을 잘 듣는다니, 라오훈훈이 싼라오헤이에게 잘 말해두면 되겠네요."

"내가 말해 무슨 소용이 있겠니. 누구나 좋은 물건을 보면 욕심이 생기는 법, 이처럼 탐나는 것들을 눈앞에 두고서 어찌 눈에 심지를 켜고 덤벼들지 않겠니? 나라고 뾰족한 수가 있겠 나. 아무렴." 어느덧 담배를 한 대 말아 피우면서 라오훈훈은 팔 짱을 낀 채 말했다.

"까짓 거! 그럼 '하'를 풀어 쫓을 거예요."

"'하'? 한방이면 날아갈걸."

"병사가 오면 장수가 막는다고 했어요! 겁날 게 뭐예요.

---

*   少林寺. 중국 허난성(河南省) 덩펑 시(登封市) 쑹산(嵩山)에 있는 사찰로 495년에 설립되었으며, 불교 선종의 본산이자 중국 무예의 본고장으로 널리 알려져 있다.

난 그따위 것들이 무섭지 않아요." 다전쯔는 손에 든 나무 몽둥이를 휘두르며 말했다.

"그것도 네가 '장수'여야 말이지." 라오훈훈은 콧구멍으로 담배 연기를 내뿜으며 시답잖다는 듯 그녀를 바라보았다.

"난 목계영(穆桂英)*이란 말예요!" 다전쯔가 발을 구르며 말했다.

라오훈훈은 배를 잡고 낄낄댔다. 그 곁에 새끼로 동여맨 부추 칼이 땅바닥에 떨어지고 말았다. 다전쯔는 손을 내밀어 칼을 집어 들고서 자세히 살펴보더니 말했다.

"이따위 낡은 칼이 무슨 쓸모가 있다고……"

"건드리지 마!" 라오훈훈이 급히 몸을 일으켜 칼을 빼앗으며 호되게 나무랐다.

다전쯔는 그런 라오훈훈이 무척 흥미로워 조금 더 노닥거리고 나서야 '하'를 끌고 채전으로 돌아왔다.

밤 날씨가 싸늘했다. 다전쯔와 샤오솽은 이불을 몸에 두르고 침상에 앉았다. 그녀는 아빠가 왜 다리를 못 쓰게 되었는지를 깨달았다. 이곳은 습기가 너무 많았다. 바람이 칼바람은 아니었지만 찬 기운이 사람의 뼛속까지 스며들었다. 강변에서 야경을 선다는 것은 늙은이들이 할 일이 아니었다. 그녀는 조금 더 일찍 아빠를 집에 돌아가게 하지 못한 것을 후회했다. 물론

* 중국 고전소설에 나오는 허구의 인물. 북송 시기(960~1127) 거란과의 전투에서 수훈을 세운 명장 가문인 양가장(楊家將)의 손부로, 무예와 병법이 출중한 여성 영웅의 상징이다.

그녀의 잘못은 아니었다. 남 탓할 것이 아니라, 아빠 자신이 그녀를 못 미더워했던 것이다. 생각이 이에 미치자 다전쯔는 다시 웃음을 지으며, 샤오촹을 품에 안고 침상에 누웠다.

밤이 깊어지자 그 많던 소리들이 서서히 먼 곳으로 사라지고 마는 듯싶었다. 들판에서 밤을 새자니 딱 한 가지가 불편했다. 너무나도 외로웠다. 파수를 서는 젊은이들이 모두 어디로 가버렸는지 인기척을 느낄 수가 없었다. 만약 다 함께 모여 밤을 샌다면 얼마나 즐거울까? 다전쯔로서는 그 적막함을 견디기가 힘들었다.

공중에서 기러기 울음소리가 들려왔다. 가없는 어둠이 그 긴 울음소리를 감돌다가 마침내 칠흑 같은 어둠 속으로 삼켜버리고 말았다. 소름이 끼쳤다. 삼라만상은 또다시 더욱 깊은 고요 속에 잠기고 말았다. 바다의 파도 소리나 강의 물결 소리마저 갑자기 아득히 먼 곳으로 사라지고 만 듯싶었다…… 무엇인가 작은 벌레가 강낭콩 덩굴시렁** 아래에서 기어가고 있는지 사르륵사르륵 하는 소리가 났다. 오소리가 숨어 과일을 갉아 먹고 있는지 토마토 덩굴 아래에서는 사각사각 하는 소리가 들려왔다……

"'하', 너라도 좀 짖어봐." 다전쯔가 손을 내밀어 '하'의 등을 쓰다듬었다. 어느새 잠들어 있었는지 '하'는 갑자기 놀라 깨어 어둠 속에서 그녀를 바라보았다.

** 덩굴식물을 올리기 위해 기둥을 세우고 나무를 가로세로로 엮어 만든 설치물.

"좀 짖어보라니깐." 다전쯔는 '하'의 얼굴을 들여다보며
말했다.

'하'는 몸을 일으켜 앉더니 머리를 곤추세우고 경계 태세
를 취하면서 앞을 바라보았다.

'하'의 눈길을 쫓던 다전쯔는 문득 붉은 불빛이 비추는 것
을 발견했다. 라오훈훈의 오두막 근처였다. 화광 속에서 라오훈
훈이 바삐 돌아치고 있는 모습이 보였다. 뜰에 건 작은 가마솥
에서 흰 김이 무럭무럭 새어 나오고 있었다. 라오훈훈은 솥에
고구마를 집어넣다가 손을 데었는지 손가락을 입에 넣고 빨아
댔다…… 그가 왜 구태여 들판의 오두막에서 혼자 머물고 있는
것인지 다전쯔는 영문을 알 수가 없었다. 잡초가 가득 자라 있
는 고구마밭에 뭘 지킬 것이 있다는 것인지 알 수가 없었다. 라
오훈훈이 가을 채소를 심으려 한다는 소문도 있었지만, 정작 가
을 채소는 아직 지킬 때가 되지 않았다. 다전쯔는 라오훈훈의
낡은 토담집과 반토막짜리 돗자리를 떠올리고는, 집이나 오두
막이나 별다를 것 없겠다는 생각이 들고 말았다.

조금 지나자 라오훈훈은 삶은 고구마를 먹기 시작하더니,
다 먹고 나서는 자리에 드러누워 손으로 배를 슬슬 만지며 노
래를 흥얼거리기 시작했다. 달이 솟을 무렵이었지만 대지는 여
전히 무겁고 어두컴컴했다. 나른한 노랫소리가 남풍에 실려 사
처로 펴져갔다. 어딘가 애달픈 노래였다. "……나 라오훈훈으로
말하자면, 전대미문 사나이 대장부라네. 토담집 구멍 숭숭한 돗
자리에, 술이며 고기로 1년을 보낸다네. 주전부리 또한 심심치

가 않으니……"

다전쯔는 그 끊어질 듯 말 듯 이어지는 노랫소리를 들으며 라오훈훈의 과거를 떠올렸다.

강변 마을에서 라오훈훈은 가히 인물이라 할 수 있었다. 그는 지금까지 생산대에서 중노동을 한 적이 없으며 매일같이 술을 퍼마시고는 얼굴이 불콰한 채 부추 칼을 허리에 지르고 돌아다니곤 했다. 마을의 간부들조차 퍽이나 그를 두려워했는데, 그는 늘 허리춤의 칼을 툭툭 두드리며 "나 라오훈훈은 다른 건 몰라도 죽는 것 하나만큼은 두렵지가 않네. 그러니깐 무엇이든 의좋게 의논을 하자고. 힘으론 날 당하지 못하네"라고 하곤 했다. 그렇게 '의좋게 의논'한 결과는, 무엇이든지 그가 공짜로 가져가더라도 그냥 눈감아주는 것이었다. 그는 생산대 버드나무 목재를 내다 팔아버린 적도 있었다. 마을 간부가 벌을 주려 하자 그는 "나야 혼자 몸이니 알아서 해보게. 나 같은 빈농을 억압하는 것은 혁명을 억압하는 것이네! 이건 결코 내가 한 말이 아니지. 그러니 어디 한번 두고 보세. 자네 대가 끊기고 짚더미에 불이 나지 않는가……"라고 맞섰다. 결국 그 간부는 끝을 맺지 못하고 흐지부지하고 말았다. 쌴라이가 대장을 맡았을 때도 라오훈훈은 자주 그와 함께 술을 마셨다. 그러나 쌴라이가 대장에서 낙선되자마자 그는 술값 5백 위안을 갚으라며 쌴라이를 협박했다. 딱히 변명할 도리가 없는 쌴라이는 어쩔 수 없이 그 돈을 빚진 것으로 해둘 수밖에 없었다.

"사람은 멋쟁이이지만, 집은 서 발 막대 거칠 것 없이 가

난했네. 싸다니며 계집질할 겨를은 있어도 장만해둔 양식이라 곤 두 되도 안 되었네……" 라오훈훈은 또다시 노래를 부르기 시작했다.

수상한 가락이 하도 우스꽝스러워 다전쯔는 더는 참지 못하고 "라오훈훈……" 하고 불렀다.

금시 노랫소리가 멈추더니 잠깐 작은 불씨가 흔들렸다. 아마 라오훈훈이 화승 불에 담뱃불을 붙인 모양이었다. 그는 한참 동안 담배를 피우더니 다시 띄엄띄엄 노래를 부르기 시작했다.

"……열이레 맑은 밤하늘, 통통한 아가씨는 건너편에 있네…… 사나이는 허리에 칼을 차고 아가씨는 어깨에 몽둥이를 메었네……" 즉흥적으로 자작한 노래였다. 마지막 구절에 이르자 라오훈훈은 스스로도 제법 운이 맞는 것 같아서 너털웃음을 터뜨렸다.

5

이튿날, 다전쯔는 싼시와 싼라이를 만나자마자 다짜고짜 왜 파수를 나오지 않았냐고 캐물었다.

"우리 밭은 라오훈훈과 마찬가지로 고구마를 심었으니 지키나 마나지." 싼라이가 대꾸했다.

"난 채전에 네가 있는 줄은 모르고 유전 아저씨인 줄로만 알고 들르지 않았어." 이번에는 싼시가 대답했다.

두 사람은 모두 이제부터는 매일 파수를 서겠다고 약속했다.

다전쯔는 신이 나 "어젯밤 얼마나 적적했는지 몰라. 샤오 샹은 엎드려 잠만 잘 줄 알았지, 함께 있으나 마나였어. 밤새 라오훈훈이 부르는 엉터리 노래나 들었다고"라고 했다.

그들이 떠난 뒤, 다전쯔는 집에 들러 아버지를 문안했다. 병이 호전되고 있었으나 의사는 반드시 한동안 집에서 안정을 취해야 한다고 당부했다. 취유전이 채전의 일을 물었다.

"아빠, 마음 놓고 집에 계세요. 채전은 아무 일 없어요. '하'도 잘 있고, 샤오샹도 얌전하고, 라오훈훈도 얼씬거리지 않아요." 다전쯔의 말에, 특히 라오훈훈이 얼씬거리지 않는다는 말에 취유전은 퍽 마음이 놓였다. 뛰는 놈 위에 나는 놈 있다고, 라오훈훈도 다전쯔만큼은 두려워하는 듯싶었다. 다전쯔가 채전을 지키는 한 라오훈훈이 더는 소란을 피우지 못할 것 같았다. 공동 청부에 대해서도 다시는 말을 꺼내지 못할 것 같다…… 생각이 여기에 미치자 취유전은 더는 걱정 않고 눈을 편히 내리감으며 말했다.

"그럼 네가 계속 채전을 지키려무나. 병이 낫거들랑 다시 너랑 교대하마. 그러나 두 가지만큼은 반드시 주의해야 한다. 첫째, 라오훈훈을 잘못 건드려서는 안 되고, 둘째 싼라이를 멀리해야 한다!"

다전쯔는 기분이 날 듯하여 집을 떠나 채전으로 돌아왔다. 그녀는 내친걸음에 작은 가마솥을 하나 가지고 돌아와 채전에 도착하자마자 뜰에 걸었다. 밤이 오면 뭐든지 삶을 생각이었다. 그것은 라오훈훈에게서 배운 방법이었는데, 사람은 누구에게나 배울 점이 있는 법이다.

아마 가마솥 때문이었을 것이다. 그녀는 한시바삐 어둠이 내리기만을 기다렸다.

황혼 녘이 되자 다전쯔는 솥에다 감자 몇 개를 삶아 저녁을 대신했다. 저녁을 먹고 나니 곧 날이 어두워졌다. 샤오솽은 채전에 늦게 나와서 감자를 얻어먹지 못했다. '하'는 잔뜩 호기심을 품고 가마솥 밑굽을 핥는 불꽃을 바라보다가 가끔 발을 뻗어 건드려보곤 했으나, 그때마다 얼굴을 찡그리며 비명을 지르곤 했다. 다전쯔는 '하'를 무척이나 아꼈다. 그녀는 몸을 반쯤 침상 밖으로 뻗어 '하'를 가까이로 끌어당기며 말을 건넸다. 아빠에게 몇 대나 얻어맞았는지, 채전에 기어든 도둑을 몇이나 보았는지, 밤에 발이 시리지는 않은지. '하'는 머리를 곧추세운 채 열심히 들었으나 결국 그 뜻을 이해할 수가 없자 초조한 듯 앞발을 부스럭거렸다. '하'는 두 눈을 슴벅이며 제법 어른스레 다전쯔를 쳐다보았다. 그녀는 손가락으로 '하'의 코를 꼭 누르며 "괜찮아, 알아들을 필요까지는 없어……"라고 하고는 손바닥을 비틀며 웃음을 터뜨렸다.

얼마 지나지 않아, 싼라이가 찾아왔다.

이상한 향내가 풍겨와 몸을 돌린 다전쯔는 싼라이가 앉아 있는 것을 발견했다. 그는 얼굴에 분을 바른 듯했다. 다전쯔는 화가 나서 "너 또 분을 바른 거니?" 하고 물었다.

"아니!" 싼라이는 얼굴이 빨개서 고개를 가로저었다. 그 때마다 머리 한가운데 가르마를 낸 긴 머릿결이 양옆으로 흔들렸다. "이건 타고난 체향이란 말이야."

향내로 하여 다전쯔는 해변에서 멧대추를 지킬 때의 일이 떠올랐다. 싼라이는 틈만 나면 해변으로 달려오곤 했는데 그때도 분을 바르고 나타났었다. 싼라이는 사람의 키만큼 높은 파초 사이를 헤치며 다전쯔의 꽁무니를 졸졸 따라다녔는데, 입으로는 쉴 새 없이 달콤한 말들을 주워섬기곤 했다. 그 후, 민주 선거가 있으면서 싼라이는 생산대 대장직에서 해임되고 말았다. 다전쯔는 그것이 그가 분을 바르고 다닌 것과 무관하지 않다고 생각했다. 그때 선거를 주관한, 위에서 내려온 간부가 이런 말을 했기 때문이다. "인민들은 결코 겉만 번지르르한 사람이 생산대장직을 잘 수행할 수 있으리라 믿지 않습니다……"

침상에 걸터앉은 다전쯔는 혐오스럽다는 듯 입을 비쭉거렸다.

샤오왕이 잠든 것을 본 싼라이는 이불을 덮어주고는 '하'를 데리고 한참 놀다가, 다시 가마솥 근처로 가 불을 뒤적였다. 그는 솥뚜껑을 열어보고 가마솥 안에 맑은 맹물만 있는 것을 보고서는 바로 몸을 일으켰다.

"우리 집 밭에 가서 고구마를 좀 주워 올게."

다전쯔는 줄곧 고개를 숙인 채 발치에 있는 흙만 바라보면서, 싼라이가 자리를 뜨는데도 고개조차 들지 않았다. 그녀는 싼라이가 자리를 비우고 나서도 그 향내가 계속 풍기는 듯하여 입이 뾰로통해 있었다. 어둠이 짙어지기 시작했다. 강낭콩 덩굴 시렁이며 포도덩굴이며 토마토 줄기며 멀고 가까이에 있는 곡식들이 모두 어둠 속에서 실루엣이 흐려지면서 검은 그림자로 뭉쳐졌다. 띄엄띄엄 빼곡히 얽혀 있는 덩굴들은 어둠에 묻혀 산더미와도 같아 보였다…… 다전쯔는 문득 떠오르는 것이 있어 고개를 들고 맞은편 오두막을 건너다보았다. 오두막은 거무스레한 윤곽만 보일 뿐, 쥐죽은 듯 고요했다……

'하'가 갑자기 고개를 쳐들고 으르렁거리더니 이내 꼬리를 흔들었다. 어깨에 엽총을 멘 싼시가 채전에 들어섰던 것이다.

"싼시!" 다전쯔는 기뻐서 소리를 질렀다. "어디 나도 한번 만져보자. 이렇게 밤에 총을 가지고 다녀도 괜찮은 거지?"

싼시는 겸연쩍게 웃으며 총을 벗어 내려놓았다. "우리 아버지야 가지고 다니지 말라 하지. 자기 물건은 누구도 손대지 못하게 하니까. 그런 걸 내가 몰래 갖고 나왔어."

다전쯔는 기분이 들떠 총을 매만지다가 아예 받쳐 들고 조준을 했다.

"한 방 쏠까? 저기 맞은편 오두막에 대고 말이야. 라오훈 훈이 토끼라 생각하고. 하하하!" 그녀는 웃음을 터뜨리는 바람에 그만 총대를 놓쳐 땅바닥에 떨어뜨리고 말았다.

싼시는 조심스레 총을 주워 다시 어깨에 메었다.

"너희 아버지 얼라오후이(二老回) 말이야. 아주 나빠."

다전쯔의 말에 놀란 싼시는 눈이 휘둥그레져 그녀를 바라보며 물었다. "왜?"

"우리가 총을 갖고 놀지 못하게 하잖아."

"그거야……" 싼시는 입술을 잠깐 깨물더니 대꾸했다.
"어른들을 나쁘다고 해선 안 돼. 예의라는 게 있잖아."

다전쯔는 입을 비쭉거리며 "별걸 다 무서워하네. 난 기분
내키면 우리 아빠도 나쁘다고 해. 내가 그래도 우리 아빠는 화
내지 않아. 기껏해야 대통으로 내 머리를 두드리지. 아주 가볍
게 말이야"라고 했다.

싼시는 웃고 말았다. 그는 다전쯔와 함께 밭고랑에 들어
가 포도 한 송이와 토마토 몇 개를 따 먹었다. 싼시는 웃으면서
"너희 아빠가 봤으면 기분 나빠하실 걸"이라고 했다. 그러나 다
전쯔는 유쾌한 목소리로 대답했다.

"마음 놓고 먹어. 전혀 아깝지 않으니까. 작년에 아빠랑
룽커우전(龍口鎭)에 과일을 넘겼는데, 엄청 돈을 많이 벌었어.
5위안짜리도 있고 10위안짜리도 있고, 모두 빳빳한 새 돈이었
지……"

마침 밭머리에서 싼라이가 외치는 소리가 들려왔다. "난
봤거든."

싼시가 목소리를 낮춰 다전쯔에게 물었다. "뭘 봤다는 거
지?"

다전쯔는 고개를 가로저었다.

"난 봤거든." 싼라이가 또 한 번 소리를 질렀다.

그는 가마솥 곁에 쭈그리고 앉아 고개를 숙이고 불더미를
살피면서 소리 지르고 있었다. 곁으로 다가온 싼시와 다전쯔는

함께 "싼라이" 하고 그를 불렀다. 그러나 싼라이는 일부러 못들은 척 불더미 속의 장작만을 뒤적이다가, 다시 솥뚜껑을 열고 들여다보며 고개를 끄떡였다.

"하하, 너도 참." 다전쯔가 웃음을 터뜨렸다.

싼라이는 가르마를 탄 자기 머리를 가리키며 싼시를 향해 눈을 찡긋거리더니, 소리를 낮춰 "두 사람이 덩굴시렁 뒤에 숨어 있는 걸 봤거든, 히히히" 하고 놀려댔다.

싼시가 싼라이를 꼬집었다.

솥의 물이 부글부글 소리를 내며 끓어올랐다. 공교롭게도 다전쯔는 바로 그때 맞은편 오두막에서 빨간 화승 불씨가 살아난 것을 발견했다.

고구마가 알맞게 익었다. 이들이 솥을 둘러싸고 금방 자리에 앉는데 라오훈훈이 들이닥쳤다. 그는 다짜고짜 갈린 목소리로 "먹을거리가 생겼는데 날 찾지 않고 너희끼리만 먹을 작정이었더냐? 난 먹을거리가 생길 때마다 라오유전을 불러 함께 먹곤 했단 말이다……"라고 하면서 솥 옆에 쭈그리고 앉았다.

다전쯔가 몸을 일으키더니 '하'를 끌어다 앉히며 "개야, 너도 함께 먹자꾸나!"라고 했다.

그 말에 싼시가 웃음을 터뜨리고 말았다. 싼라이도 웃었다.

고구마 껍질을 벗기다 말고 라오훈훈은 싼라이를 지그시 노려보며 "이 녀석! 넌 왜 남을 따라 웃는 거니? 응?!" 하고 뇌까렸다.

싼라이는 황급히 웃음을 거두며 "훈훈 아저씨, 아저씨도 밭에서 밤을 새우세요?"라고 물었다.

"뭘 웃는 거냐고?" 라오훈훈은 노기 띤 눈으로 그를 노려보았다.

"제가 뭘…… 샤오촹이 고구마를 먹는다는 게, 손가락까지 먹을 뻔해서 웃었어요." 싼라이는 말을 얼버무리고 말았다.

그러자 다전쯔가 "라오훈훈을 보고 웃은 거예요! 그래서 어쩔 건데요?"라고 쏘아붙였다.

라오훈훈은 싼라이를 한 번 더 노려보고 나서야 고구마를 입에 넣었다. 그는 고구마를 연거푸 몇 개 먹고 난 뒤, 다시 솥에서 물까지 한 국자 떠서 마셨다. 그는 몸을 일으키더니 기름이 번지르르 도는 뱃가죽을 슬슬 만지면서 어기적어기적 무화과나무 아래로 걸어가 열매를 하나 따 들었다.

다전쯔가 급히 몸을 일으키며 나무 몽둥이를 주워 들었으나 이미 한발 늦은 뒤였다. 그녀는 "채 익지도 않은 열매를 왜 따는 거예요?"라고 소리를 질렀다.

라오훈훈은 무화과 껍질을 눌러 틈을 내더니, 그 틈으로 흘러나오는 흰 즙을 혀로 핥으면서 "술맛이구나!" 하고 감탄했다.

"앞으로 여기 와서는 얌전히 굴라고요!" 다전쯔가 그의 귀에 대고 고함을 질렀다.

라오훈훈은 입을 쩝쩝 다시며 다시 "술맛이란 말이야……" 하고 중얼거렸다.

다전쯔는 화가 나 몽둥이를 아무렇게나 내던지며 "정말

늙다리 훈훈 같으니라고!"라고 뇌까렸다.

무화과를 먹고 난 라오훈훈은 굵다랗게 담배를 한 대 말아서는 담배 연기를 굵게 토해내더니, 고개를 돌려 쌴라이를 향해 일부러 목소리를 길게 늘어뜨리며 물었다.

"쌴라이, 자네 그 500위안은 언제쯤 돌려주려나?"

쌴라이는 잠자코만 있었다.

"협잡꾼 같으니라고." 이번에도 다전쯔가 끼어들었다.

라오훈훈은 그녀의 말은 들은 척 만 척하며 "땅을 다 책임전으로 나누고 말았는데, 수확도 별로니 이 라오훈훈이 술 마실 돈조차 없단 말이야…… 세월이 하도 수상하니 빈농을 다 억압하고……"라고 했다.

"그냥 빈농이어야 말이죠. '적빈(赤貧)'이지." 쌴시가 웃으며 말했다.

라오훈훈은 아랑곳하지 않고 자기 말만 늘어놓았다. "세월이 수상하다니깐. 아무래도 노선이 잘못된 거여. 이것 좀 보라니까……" 그는 삿대질을 하며 말했다. "과거에는 지주라 해도 이 정도 채전에 지나지 않았을 거야!"

"함부로 뭐라고 하는 거예요!" 다전쯔가 펄쩍 뛰며 대들었다.

"무슨 뜻이냐 하면!" 라오훈훈은 몸을 벌떡 일으켰다. 그는 오른손을 부추 칼에 가져다 대며 말했다. "나 라오훈훈은 굶어 죽는 한이 있더라도 다른 사람을 착취하는 노선은 걷지 않는단 말이지. 내 나이 올해 쉰이 다 됐지만 아직도 그 말을 잊을 수가 없단 말이야. '사람은 늙어도 마음은 붉어라!'"*…… 그는 목을 빳빳이 세우고 북녘 하늘의 빛나는 별들을 한참이나 바라보고서야 자리에 앉더니 큰 돌을 찾아 비스듬히 몸을 기댔다.

쌴시가 그만 웃음을 터뜨리고 말았다.

라오훈훈은 눈을 가늘게 뜨고서 나른한 목소리로 말을 이었다.

"어휴, 난 그 누구도 두렵지 않지만, 라오후(老忽)에게 만큼은 감복을 하네."

"라오후는 해방 전 우리 마을의 무뢰한이었어. 제격하면 아무에게나 죽기 살기로 대들었대……" 쌴라이가 어둠 속에서 나지막한 소리로 다전쯔에게 일러주었다.

"라오후는 대단한 사내였어…… 남촌(南村)에 대지주 집이 있었는데 한번은 그 집 사람들에게 물매를 맞은 적이 있었지. 그는 '내 필시 사흘 내에 너희 밀밭을 태워버리고 말 것이다!'라고 맹세를 했지. 그 말에 잔뜩 겁먹은 그 대지주는 연회를 차리고 그를 청했지. 그 후로는 그가 마음에 두었다 하면, 뉘 집물건이든 말 한마디만 남기고 가져갈 수 있게 되었지…… 으흐흐, 그러니 라오후야말로 참사내가 아니겠나. 내가 감복할 수밖에……!"

라오훈훈은 다시 부추 칼을 매만졌다.

---

* '문화대혁명' 당시인 1975년 상하이영화제작사에서 제작한 영화 「사람은 늙었어도 마음은 붉어라(人老心紅)」를 가리킨다. 이미 퇴임한 공산당원 여성이 한 젊은이를 '자본주의'적 타락에서 구출하는 이야기를 담고 있다.

"사람이 어쩌면 그리 나쁜 놈을 본보기로 삼아요!"짠시가 비꼬았다.

"'빈농'이 어찌 나쁜 사람이라더냐!" 라오훈훈이 몸을 벌떡 일으키며 말했다.

그 말에 다들 웃음을 터뜨리고 말았다. '하'는 웬 영문인가 싶어 놀란 표정으로 여러 사람의 얼굴을 번갈아 보았다. 그 바람에 샤오쌍도 웃고 말았다……

이윽고 라오훈훈은 채전을 떠나 자기 오두막으로 돌아갔다.

나머지 사람들은 가마솥을 둘러싸고 앉아 있었다. 짠라이는 불길이 사그라지고 있는 솥 아래 숯을 뒤적거렸고 다들 한동안 말이 없었다. 문득 짠시가 "이웃 마을에 라오더(老得)라는 내 친구가 있어……"하고 말을 꺼냈다.

"포도밭을 지키는 라오더 말이니?"짠라이가 끼어들었다.

짠시는 엽총을 무릎 위에 올려놓으며 고개를 끄떡이더니 다시 고개를 저었다.

"지금은 바다에서 큰 그물을 쳐…… 라오더한테도 쌍대 엽총이 있는데, 이것보다 훨씬 좋지. 그는 '시인'이어서 시도 지을 줄 알아. 어떤 시든 다 지을 줄 알지……"

다전쯔는 부쩍 구미가 동해 "시를 짓는다……"하고 혼잣말로 되뇌었다.

짠시는 하늘에 가득 찬 별무리를 바라보며 말했다. "해가 떠오르는 걸 보면 '일출이여!'라고 짓고 날이 어두워지면 '칠흑 같은 어둠이여'라고 짓지. 라오더는 참으로 유식해. 시가 많이 모이면 봉투에 넣어서 도시로 보내지. 도시에서 사람들이 읽은 다음에 다시 돌려보내거든…… 물론 시가 마음에 들면 기계로 찍는대."

"그래서 그들 마음에 들었대?" 싼라이와 다전쯔가 거의 동시에 물었다.

"아직은……" 싼시가 고개를 떨어뜨리며 대답했다.

싼라이가 불더미에 마른 나무를 몇 토막 던져 넣었다. 불길이 다시 살아나기 시작했다. 싼시는 호주머니를 뒤져 사탕 몇 알을 꺼냈다. 다들 사탕을 녹이기 시작했다.

"라오더는 참으로 재미난 사람이야. 그는 나쁜 짓이나 나쁜 자들, 예컨대 라오훈훈 같은 자들을 단 한 마디로 콕 집어 표현하고 있지."

"뭐라고?" 싼시의 말에 다전쯔가 다그쳐 물었다.

"한번 맞춰봐." 싼시가 대답했다.

다전쯔와 싼라이는 모두 잠자코 있었다. 한참 기다려도 그들이 맞추지 못하는 것을 보고 싼시는 몸을 일으키더니 집게손가락으로 단호히 바닥을 가리키며 말했다. "'어두운 것들'이라고!"

……

6

싼시는 매일 밤, 다전쯔네 채전에 들렀다가 떠날 때마다 루칭허 제방을 따라 걷곤 했다. 그의 책임전도 강변에 있었다.

참으로 풍요로운 땅이었다. 곡식들이 잘 자라고 있었다. 작년보다 더 좋아 보였다. 혹시 내년에는 이보다도 더 좋아질 수 있을까? 무릇 농군이라면 '그렇소, 해마다 더 좋아진다오'라고 대답할 것이었다. 수확 철을 앞둔 곡식들은 이삭을 낮게 드리우고 있었는데 묵직한 옥수수들은 간신히 대에 매달려 있었고, 수수 이삭들은 빨갛게 익어 달빛 아래에서도 선명히 보였다. 싼시네 밭에는 조와 옥수수, 수수와 잎담배가 몇 이랑 심겨 있었다.

도급을 하면서 땅이 개인 손에 맡겨지자, 땅은 바로 아름다움을 뽐내기 시작했다. 사람들은 열심히 밭을 가꾸었고, 흙은 방금 빗어 넘긴 머릿결처럼 검고 기름졌다. 사람들은 서로 다투어 두 번, 세 번, 심지어는 네 번씩이나 김을 맸으며 그 결과는 그대로 곡식들 모양새에서 드러났다. 추수가 다가오자 사람들의 욕심도 부풀기 시작했다. 참농군들은 한 해 농사가 성에 차지 않고 불만스럽더라도 그냥 조용히 마음속에 묻어두고 다음 해를 기약했으나, 일부 사람이 다른 사람의 밭이랑을 넘보는 것도 그리 이상한 일이 아니었다.

싼시가 제방에 내려서자 풀숲에 숨어 자던 토끼가 놀라 도망을 쳤다. 강변 참죽나무 위로 새들이 날아오르며 힘껏 날갯

짓을 하더니 두어 번 우짖기도 했다…… 제방 아래쪽에서는 등불들이 움직이고 있었다. 야경을 서는 파수꾼들이 바람막이 램프를 들고 밭두렁 사이를 돌아다니는 것이다. 모닥불이 여기저기 널려 있었고 그 곁에 사람들이 한 명씩 앉아 고개를 숙이고 무엇인가를 끓여 먹고 있었다. 밤이슬이 찼기 때문에 야경을 서는 사람들은 모두 모닥불을 피우기 좋아했다. 싼시는 불빛이 있는 곳을 지날 때마다 사람들과 반갑게 인사를 나누었다. "혹시 무슨 동정이라도 없던가?" 사람들은 그렇게 물어왔고 그때마다 싼시는 "무사하답니다"라고 대답하곤 했다…… 넓은 수수밭 언저리에 큰 모닥불이 타오르고 있었다. 사람들 한 무리가 불가에 둘러앉아 먹고 마시며 큰 소리로 떠들고 있었다. 싼시가 다가가자 그들은 반겨 맞으며 잘 구운 토끼 다리를 하나 건네주었다. 싼시는 불빛을 빌려 그들의 얼굴을 살펴보았다. 모두 같은 마을이나 이웃 마을에 사는 사람들이었는데 젊은 총각이 대부분이었고, 가끔 아가씨들이나 노인네도 섞여 있었다. 그들은 싼시의 엽총을 건네받아 살펴보더니 혀를 차며 칭찬을 했다. 누군가 말했다. "얼라오후이의 이 총은 참 묵직하기도 하이, 사냥을 하기에 제법이란 말이야"라고 하자, 또 누군가 "이 총은 사격 거리가 멀어 어지간한 보총이나 마찬가지여. 몇 년 전에 얼라오후이랑 함께 허터우(河頭)에 토끼 사냥을 갔었는데, 멀리 도망친 토끼도 한 방에 쓰러뜨렸다니깐!"이라고 했다.

그들은 몸소 사냥한 물고기와 토끼, 새 등을 모두 불에 구워 소금을 뿌려서는 골고루 나눠 먹고 있었다. 늙은이들의 앞에는 술병이 놓여 있었는데, 그들은 자주 목을 젖혀 한 모금씩 마시곤 했다. 그들은 "싼시, 한잔하게!"하면서 술을 권했다. 싼시는 술을 받아 한 모금 들이켰으나 그만 사레가 들려 기침을 해대고 말았다. 다들 웃음을 터뜨렸다. 누군가 "싼시, 자네 밭이 있는 북쪽은 별일 없는가?"라고 물어왔다. "며칠 돌아다니긴 했지만, 뭘 잃거나 하지는 않았어요." 싼시는 잠깐 멈췄다가 다시 말을 이었다. "한데 강 서쪽 사람들이 강을 건너와 서리질을 할 작정이라고 합니다."

그 말에 다들 조용해졌다.

일찍이 해방 전에 강 서쪽 사람들이 강을 건너와 곡식을 도적질해 간 사건이 있었다. 참으로 참혹한 약탈이었다. 그들은 익은 옥수수들을 깡그리 따 갔을 뿐만 아니라 옥수수 대들을 이리저리 짓밟아놓았다. 조는 이삭을 모조리 따 갔고 수수들은 도처에 넘어지고 말았다. 강 동쪽의 사람들은 재래식 엽총과 화포며 삼절곤 등을 들고 강변으로 달려갔으나 강 위의 작은 나무다리는 이미 파괴되어 사라지고 없었다. 이 일은 강 동쪽 마을 사람들에게 너무나도 침통한 기억이 되었다. 비록 이제는 세월이 오래되어 그때의 젊은이들은 이미 걸음을 옮기기조차 힘든 늙은이가 되었지만, 그들은 자식들에게 그 재난을 일러주는 것을 잊지 않았다.

불길을 마주하고 앉은 채 다들 침묵에 잠겨 있었다. 누군가가 싼시에게 물어왔다.

"누가 그러던가?"

"라오훈훈이 다전쯔에게 말했다고 합니다."

"라오훈훈의 말은 믿을 게 못 돼요."한 젊은이가 소리를 높여 말했다.

"그래도 대비해야 하네. 지금은 집집마다 도급을 맡았으니, 나쁜 놈들이 그 틈을 탈 수도 있네……"한 노인이 수염을 내리쓸며 말했다.

"북쪽 룽커우(龍口) 영림서에서 목재를 잃었는데, 경찰서에 신고했대요."

그 말에 다들 놀라 말한 이를 쳐다보았다.

불길이 위로 타오르면서 장작이 불 속에서 탁탁 튀었다. 불똥이 밤하늘로 높이 솟았다가 다시 서서히 사라졌다. 달이 구름 속을 헤엄치며 대지는 밝아졌다 어두워지기를 거듭했다. 구름 틈새로 성긴 별들이 하나둘 보였다…… 누군가 모닥불 가까이로 자리를 옮기더니 도롱이를 두르고 누웠다. 대부분은 반쯤 기대어 눕거나 엎드려 말없이 옆 사람들의 동정을 살폈다.

'털북숭이 원숭이'로 불리는 젊은이가 침묵을 깼다.

"다전쯔가 채전을 지킨다던데 정말인가?"

싼시는 고개를 끄떡였다.

"그것도 몽둥이를 만들어 메고서 말이다."누군가 거들었다.

"그럼 싼라이가 또 '현지 시찰'을 나가야 하니 그것도 일거리군."'털북숭이 원숭이'가 농담을 던졌다.

모여 앉은 많은 사람들이 웃음을 터뜨렸다. 다들 싼라이에 대해 관심이 많은 듯 그에 대한 이런저런 얘기로 떠들썩했다. 싼라이가 해변에 '현지 시찰'을 나갔다가 다젠쯔의 몽둥이에 얻어맞은 일, 싼라이가 생산대장을 맡고 있을 때 라오훈훈이 매일같이 그를 찾아 술을 마시던 일…… 라오훈훈에게 얘기가 미치자 사람들은 그의 옆구리에 찬 부추 칼을 떠올리며 또 한바탕 웃었다.

이야기가 활기를 띠었다. 싼시는 사람들에게 "라오훈훈도 파수를 서요. 자기 책임전에 오두막까지 지어놓은걸요"라고 알려주었다.

그러자 한 늙은이가 말을 받았다. "그자가 파수라니! 남들이 다 분주하고 즐겁게 보내니까 자기만 그냥 박혀 있기가 답답하여 바람을 쐬려는 거겠지. 밭에다 오두막을 세웠으니, 서리질도 쉽겠군."

싼시는 손뼉을 치며 '옳거니'를 연발했다. 그는 내심 늙은이의 식견에 탄복했다. 젊은이들이 아무리 생각해도 깨닫지 못하는 것을 늙은이들은 단 한마디로 짚어내는 경우가 많았다. 싼시는 늙은이에게 "혹시 싼라오헤이라는 자를 아세요?"라고 물었다.

노인은 불더미에서 작은 불덩이를 꺼내 담뱃불을 붙여 물고서는 한 모금 깊숙이 빨아들였다.

"물론 알지. 강 건너 서쪽 마을의 소문난 건달이 아닌가. 일은 하지 않고 만날 몸깨나 쓴다고 행패를 부리는 자이지. 그자는 라오훈훈과 죽이 잘 맞네. 사람이란 참, 그렇게 끼리끼리

만나는 법이여……"

별안간 새 한 마리가 이들의 머리 위를 넘어 푸드득거리며 불더미 속으로 날아들었다. 사람들은 놀라 손뼉을 치며 고함을 질러댔다. 그 바람에 불더미 가까이에서 몸을 웅크리고 자던 사람이 갑자기 놀라 잠에서 깼다. 그는 눈을 비비더니 물고기가 수면 위로 뛰어오르는 소리를 들었다며 물고기를 잡으러 강으로 향했다. 젊은이 몇도 그를 따라나섰다……

달이 한쪽으로 기울기 시작했다. 싼시는 총을 메고 오던 길로 돌아섰다.

키 높이로 자란 양옆의 농작물들 때문에 밭두렁은 더욱 어두웠다. 좁은 골목에라도 들어선 느낌이었다. 사위로 빛이 들지 않고 오로지 밤 들판의 온갖 기괴한 소리들만 들려올 뿐이었다. 어쩌다가 농작물들을 잘못 건드리기만 하면 이슬이 온몸을 적시곤 했다. 밭두렁을 지나며 싼시는, 만약 누군가 이런 곳에서 농작물을 훔친다면 그야말로 식은 죽 먹기로구나 하는 생각이 들었다. 한 길이 넘는 농작물이 늘어선 넓은 밭에 몸을 숨긴다면 누구도 찾아낼 방법이 없을 것이었다.

자기 집 밭에 이르자 그는 주변을 한 바퀴 돌면서 자세히 살펴보았다. 쭈그리고 앉아 한참 귀를 기울여보기도 했지만 별로 이상한 소리가 들리지 않았다. 마음 놓고 자리를 뜨려던 그는 발치에 떨어져 있는 옥수수 잎사귀들을 발견했다. 누군가 옥수수를 열 몇 이삭이나 뜯어 갔던 것이다. 자세히 살펴보니 옥수수 고랑 사이에 심어둔 콩도 여러 포기 사라지고 없었다……

쌴시는 속으로 놀라고 말았다.

뒤편에서 이상한 곡조가 들려왔다. 라오훈훈이 오두막에서 부르는 노랫소리였다. 쌴시는 불현듯 무엇인가가 떠올라 오두막 기둥의 화승 불씨를 향해 걸음을 옮겼다.

아니나 다를까 라오훈훈은 가마솥에 옥수수와 콩꼬투리를 삶고 있었다. 쌴시는 한눈에 파악했으나 밭에서 사라진 것들이 고작 그 정도만은 아니었다. 그는 라오훈훈에게 "이것들은 다 어디서 난 것이에요?"라고 물었다.

"자네 밭에서. 왜? 이 정도 '의리'도 지키지 않을 셈이냐?" 라오훈훈은 고개도 들지 않고 솥 안의 것들을 저으면서 대답했다.

"얼마나 딴 거예요?"

"솥 안의 것이 다다."

쌴시는 몸을 숙여 오두막 침상 아래를 살펴보았다. 어두 컴컴하여 아무것도 보이지 않았다.

"이 아저씨 말도 믿지 못하는 거냐?" 라오훈훈이 뒤에서 그의 등을 한 대 때리며 말했다.

'아저씨'라는 말에 쌴시는 역겨움을 느꼈다. 그는 "어느 후레자식이 당신을 '아저씨'라 부른다고 그러세요?"라고 말했다.

"쌴라이가 그리 부르는 걸 듣지 못했니?" 라오훈훈이 히죽거리며 웃었다.

"내가 쌴라이인가요?" 쌴시는 볼이 부어 퉁명스레 내뱉었다.

라오훈훈은 끓는 물 속에서 옥수수를 하나 꺼내 홀홀 불더니 싼시에게 건넸다. 싼시가 거절하자 그는 혼자서 뜯어 먹기 시작했다. 하나를 다 뜯고 나서 그는 속대를 멀찌감치 내던졌다…… 옥수수를 뜯는 한편 라오훈훈은 "볼 테면 실컷 보거라. 내가 이게 무슨 꼴인지. 그저께 마을 어귀 방앗간에서 지주 라오쿠이(老奎)의 손자인 푸하이(福海)를 만났거든. 그놈의 자식이 감히 날 째려보더군. 그래 실컷 봐라. 내가 이게 무슨 꼴인지!……"라고 중얼거렸다.

그 말에 싼시는 웃고 말았다.

"오래전 일인데 말이야. 나는 정부 지시에 따라 '억고' 밥을 만들기 위해 씀바귀를 뜯으러 밭으로 갔지. 수박밭과는 멀찍이 떨어져 있었는데도, 푸하이란 놈이 얼굴에 웃음을 발라가며 수박을 먹으라고 부르는 거였어. 그놈이 직접 큰 수박 한 덩어리를 골라주었는데, 첫번째 걸 쪼개보니 덜 익지 않았겠나. 그래서 그놈이 던지려는 걸 내가 '잠깐만, 먼저 억고 수박을 하나 먹자고'라고 말렸지." 라오훈훈이 말을 이었다.

싼시는 더는 참지 못하고 큰 소리를 내어 웃었다. 그러나 라오훈훈은 제법 정색을 하며 말을 이었다. "웃어? 이게 무슨 꼴람. 여전히 놈은 그놈인데, 지금은 감히 눈을 찌푸리고 날 째려보더라니까…… 어휴!" 라오훈훈은 길게 탄식하며 몸을 일으키더니 멀거니 서북쪽 별하늘을 올려다보았다. 그는 그렇게 오래도록 있다가 갑자기 목소리를 가늘게 내며 노래를 부르기 시작했다. "……북두칠성을 바라보니, 가족이 그립네, 가족이 그리워……"

그 가락은 슬프고 처량했다. 싼시는 그의 굽은 등과 허리를 동여맨 새끼줄을 바라보며 왠지 마음이 애잔해졌다.

멀지 않은 곳에서 '하'가 짖는 소리가 들려왔다. 다전쯔가 한참 무언가를 얘기하는 중이었고 싼라이가 요란한 웃음을 터뜨렸다…… 싼시는 채전에 대고 "'하'! '하'!" 하고 불렀다.

멍멍, 멍멍! '하'가 반갑게 응답했다.

"냉큼 가봐라. 솥에 맛있는 걸 잔뜩 삶았는데, 싼라이 저 밥벌레 혼자서 다 먹어치우려는 속셈일 걸." 라오훈훈이 싼시를 재촉했다.

"다전쯔! 싼라이!" 싼시는 성큼성큼 채전을 향해 걸음을 옮겼다.

라오훈훈은 재촉이 먹혀들어간 것 같아 너털웃음을 터뜨렸다……

7

취유전은 많이 호전되었다. 그는 채전에 나와 딸과 함께 오이, 토마토, 동부콩 등을 뜯고, 부추도 한 두렁 캐어 시내의 야채 가게에 팔아넘겼다…… 채소를 실은 차가 떠나고 나자 그는 땅에 난 바큇자국을 바라보며 낮은 목소리로 딸에게 말을 건넸다.

"아무래도 이번이 마지막일 것 같구나."

"예? 시책이 변하기라도 했나요?" 다전쯔가 놀라며 다그쳐 물었다.

"시책이 변한 건 아닌데, 라오훈훈 그 자가 우리랑 공동 청부를 하겠다는구나!"

"꿈 깨시지!" 다전쯔는 손에 든 나무 몽둥이로 가을 강아지풀을 후려쳐 끊어 던지더니 맞은편 오두막을 향해 고함을 질렀다.

"라오훈훈, 콱 죽어버려라!"

아쉽게도 오두막은 텅 비어 있었다.

"그자가 며칠 전 집에 찾아와 나랑 의논을 하더구나. 그래서 좀더 생각을 해보겠다고 했지." 취유전은 무거운 마음으로 말했다. 다전쯔는 잔뜩 화가 나 아빠에게 대들었다.

"뭘 '조금 더 생각'을 해요. 아빠는 언제까지 그렇게 남에게 업신여김이나 당하며 살 거예요. 생각하나 마나죠. 돼지랑 공동 청부를 할지언정 그자랑은 안 해요…… 라오훈훈, 콱 죽어버리라지!"

"그자를 잘못 건드려선 안 돼. 살길이 막히면 목숨조차 내걸 자야. 게다가 강 건너 서쪽에 단짝들도 한 패거리가 있다지 않나……" 취유전은 쭈그리고 앉아서 담뱃대에 불을 그었다.

"건드리지 못할 게 뭐람. 이 몽둥이로 작살내고 말 거예요." 다전쯔가 대꾸했다.

취유전은 잠자코 딸의 얼굴을 바라보았다. 살이 잔뜩 오른 불그스레한 얼굴이 햇볕을 받아 반지르르 빛이 돌고 있었다. 무지개 모양의 두 눈썹 사이는 멀리 떨어져 있었다. 사람들은 마음이 넓은 면상이라며 걱정 없이 살 팔자라고들 했다. 까맣고 큰 두 눈동자는 움직일 때마다 웃음을 머금곤 했다. 화를 낼 때도 웃는 모습이었는데, 그녀에게는 마냥 즐거움밖에 없는 듯했다. 마음은 물처럼 맑으나 꾀가 없었기에, 어른들은 그녀가 이런 성정 때문에 나쁜 일이 닥치면 손해를 보지 않을까 걱정을 많이 했다. 그러나 기이하게도 그녀는 늘 '전화위복'을 하곤 했다. 작년의 멧대추 밭을 지키는 일만 해도 그랬다. 분명 싼라이가 나쁜 심보를 품고 있었으나 오히려 그 자신이 몽둥이에 얻어맞았을 뿐만 아니라, 나중에는 생산대장 선거에서도 떨어지고 말았다. 이런 일이 한두 번이 아니었다. 그래서 취유전은 늘 속으로 다행스러워했다. 전쟁터로 치면 운이 좋아 늘 싸움에서 이기는 '복장(福將)'인 셈이었다. 그러나 이번만큼은 걱정이 줄지 않았다. 취유전은 딸을 바라보면서 속으로만 '이 말괄량이를 어쩐담. 라오훈훈이 어디 그리 함부로 대할 수 있는 자라던가!'라고 나무랐다. 그는 다리를 두드리며 몸을 일으켰다.

"하여튼, 그자가 채전에 오거들랑 넌 그냥 '난 어려서 잘 모르니 우리 아빠를 찾아가 얘기하세요'라고만 해라!"

다전쯔는 웃음을 터뜨렸다. 그녀는 몽둥이를 어깨에 메고서 깡충깡충 뛰면서 노래를 부르듯 "'난 어려서 잘 모르니 우리 아빠랑 얘기하세요.' 하하하……" 하고 소리쳤다.

박장대소를 하느라 그녀는 어깨까지 요란히 떨었다. 그녀는 강낭콩 덩굴시렁 뒤로 달려가 숨더니 머리만 살짝 내밀고 노래를 불렀다. "젊은 친구들이 한자리에 모였네! 한자리에 모였네……"

"어휴!" 취유전은 한숨을 내쉬며 다리를 두드리더니 하는 수 없이 집으로 돌아서고 말았다.

아빠가 떠나자 다전쯔는 '하'를 끌고 채전을 나섰다. 그녀는 곧바로 라오훈훈의 오두막에 이르러 한참 살펴보더니 '하'에게 당부했다.

"'하', 잘 봐둬. 라오훈훈이 밤마다 여기 누워서 나쁜 궁리를 한단다."

'하'는 코로 쿵쿵 냄새를 맡더니 혐오스럽다는 듯이 낑낑댔다.

"'하' 너 저 잠자리에 오줌이나 갈겨봐." 다전쯔가 명령을 했다.

'하'는 웬일인가 싶어 그녀를 올려다보다가 꼬리를 흔들었다. 다전쯔는 몽둥이를 침상 아래에 찔러 넣고서는 위로 힘껏 제쳤다. 침상이 옆으로 기울고 말았다…… 신이 난 다전쯔는 '하'를 끌고 채전으로 달음박질쳐 돌아왔다……

밤이 되었으나 라오훈훈은 늦도록 돌아오지를 않았다. 이날따라 싼라이가 일찍 찾아왔다. 그는 품에서 무엇인가 꺼내 가마솥에 넣었다. 다전쯔가 솥뚜껑을 열어보니 계란이 두 개 들어 있었다. 그녀는 "어떻게 계란을 다 가져왔니?"라고 했다. 싼라이는 웃으면서 아래로 흩어져 내려온 앞머리를 손으로 힘주어 쓸어 올리더니 "하나는 네 것, 하나는 내 것"이라고 했다.

"그럼 샤오촹과 싼시는?" 다전쯔가 물었다.

"글쎄……걔네는 먹지 않을 수도 있잖아. 누굴 주고 안 주고는 내 마음 아니겠어. 내 마음을 모르는 건 아니지?" 싼라이는 얼버무리며 대답했다.

"몰라" 하고 다전쯔가 면박을 줬다.

싼라이는 가마솥에 불을 지폈다. 불길이 세차게 일면서 주변을 붉게 물들였다. 싼라이는 불빛에 비친 다전쯔를 눈 한 번 깜짝이지 않고 뚫어져라 쳐다보았다.

그러나 다전쯔는 모르는 척했다. 그녀는 나무 몽둥이를 무릎 아래에 가로지르고서는 앞머리를 만지작거리며 말했다.

"어휴, 덥다." 그러고는 뒤로 몇 걸음 물러섰다.

싼라이는 어기적어기적 가마솥 맞은편으로 자리를 옮겼다. 다전쯔와의 거리가 다시 가까워졌다.

"참 신기해. 난 너랑 함께 있으면 졸리지도 않거든."

다전쯔는 잠자코 있었다.

"전혀 졸리지가 않거든." 싼라이가 한마디 더 보탰다.

다전쯔는 '하'의 등을 가볍게 매만졌다.

불을 뒤적이던 싼라이가 동작을 멈추더니 입가에 웃음을 띠며 다전쯔를 향해 말했다.

"이렇게 뜰에서 단둘이서 솥으로 밥을 끓여 먹으니 새살림을 차린 부부 같잖아……"

"고만." 다전쯔가 말렸다.

"고만, 우리 정말 그리할까." 싼라이가 어깨를 쭉 펴며 말했다.

"고만, 맞을 때가 되었다고." 다전쯔가 손을 내밀어 몽둥이를 잡으면서 말했다.

쌴라이는 황급히 뛰어 일어나 도망가면서 반사적으로 오른손으로 왼쪽 팔꿈치를 부여잡았다.

다전쯔는 웃음을 터뜨리고 말았다……

계란이 익을 즈음하여 샤오솽과 쌴시가 채전에 들어섰다. 다전쯔는 계란 하나를 샤오솽에게 건네고 다른 하나는 쌴라이에게 주었다. 쌴라이는 계란 껍질을 벗기며 다전쯔를 칭찬했다. 그는 계란을 먹으면서 우물우물 쌴시를 향해 말을 건넸다.

"봐봐. 다전쯔가 너보다 나에게 더 잘한단 말이야."

"그래, 좋겠다." 쌴시가 비아냥거렸다.

그들이 한참 이야기를 나누고 있는데 문득 어둠 속에서 라오훈훈의 욕지거리가 들려왔다. 라오훈훈이 한밤중에 이리새된 목소리로 욕지거리를 해대는 것도 처음 있는 일인지라 다들 무척 궁금해했다. 그는 "어느 돼먹지 못한 녀석이 내 오두막을 뒤집어놓은 거야!"라고 욕을 해댔다.

다전쯔가 입을 틀어막고 웃었다. 쌴시와 쌴라이는 어찌된 일인지 바로 눈치챘다.

"감히 날 업신여겨! 내가 남을 업신여길 수는 있어도 이런 법은 없지!" 라오훈훈이 계속 욕을 해댔다.

"솔직하긴 하군." 쌴시가 비꼬았다.

"어느 눈먼 자식이 감히 호랑이 수염을 건드려!"

원두막의 밤

"흥! 더는 다른 사람을 업신여길 생각을 말아. 그래, 실컷 어둠 속에서 노발대발해봐. 시를 쓴다는 라오더의 말이 옳았어. 저자야말로 뭐더라, 그 무엇이야!" 다전쯔가 몽둥이를 가지고 놀며 말했다.

"'어두운 것들'이지." 싼시가 거들었다.

라오훈훈은 한참 욕을 해대고 나서 가마솥의 불을 지피더니 그 불빛을 빌려 오두막을 정리하기 시작했다. 이윽고 그는 비틀거리는 걸음으로 채전을 향해 걸어왔다. 그는 먼발치서부터 "싼라이 너 이 녀석, 오늘도 여기서 기웃거리고 있는 거냐?"라며 말을 걸어왔다.

"훈훈 아저씨……" 싼라이가 인사를 했다.

채전에 들어선 라오훈훈은 다전쯔와 싼시를 번갈아 보다가 싼라이에게 물었다.

"어느 자식이 내 오두막을 뒤집은 거냐?"

"날이 어두워서 보여야 말이지요……" 싼라이가 대답했다.

"설사 봤다 해도 말하지 않을 거예요." 다전쯔가 해죽거리며 끼어들었다.

라오훈훈은 씩씩거리며 땅에 주저앉더니 이를 갈며 말했다. "잡기만 해봐라. 내가 그놈의 손모가지를 잘라 던지나 안 던지나. 흥! 계급의 적이 그랬을지도 모르는 일이야. 암 그럼, 경각심을 늦춰서야 안 되고말고…… 싼라이!"

"예……" 싼라이가 대답했다.

"넌 내 오두막에 가서 불이나 좀 봐줘." 라오훈훈은 고개도 쳐들지 않고 싼라이에게 심부름을 시켰다.

싼라이는 잠시 머뭇거리다가 자리를 떴다.

라오훈훈은 으쓱하여 다전쯔와 싼시를 건너다보더니 담배를 말아 피우기 시작했다. 그는 담배를 한 대 다 피우고 나자 이번에는 "목이 제법 마른걸……" 하면서 몸을 일으켜 포도나무 쪽으로 걸음을 옮겼다.

"누구 맘대로! 당신 채전이 아니란 말이야!" 다전쯔가 그의 앞을 가로막으며 말했다.

라오훈훈은 낯선 사람이라도 바라보듯이 고개를 들어 힐끗 한번 쳐다보더니 발을 굴렀다.

"이 강변의 것들은 무릇 내 마음에 들었다 하면 못 따 먹을 게 없지. 여태껏 감히 내 앞을 가로막는 자는 없었다."

"여기 있거든요!" 다전쯔가 몽둥이를 쳐들며 말했다.

"에끼! 난 너희 아비랑 함께 이 밭을 청부했단 말이다. 먹든지 가져가든지 다 내 마음대로야. 앞으로 부자가 되든, 가산을 탕진하든 이제부터는 두 집이 함께하는 거다." 라오훈훈이 옷소매를 걷어붙이며 고함을 질렀다.

한 걸음 앞으로 나서던 싼시가 놀란 눈으로 라오훈훈을 쳐다보았다.

"함께 청부를 해? 그만 꿈 깨고 어서 저기 돼지우리로 돌아가 자빠져 있기나 해요! 내친김에 알려드리지요. 저 오두막은 내가 뒤집어놓은 거예요. 이 몽둥이로 아래를 질러 와락 들어 올렸더니 기울더군요…… 쌤통!" 다전쯔는 큰 소리로 고함을 질렀다. 그녀는 몽둥이로 바닥을 짚고서 몸을 날려 뛰어올랐다가는 다시 두 발로 쾅, 하고 땅을 밟았다……

라오훈훈은 너무 화가 나 두 눈이 다 빨갛게 충혈되었다. 그가 악악 소리를 지르며 펄쩍 뛰자 싼시가 달려들어 그를 말렸다. 라오훈훈은 싼시를 밀치고 포도덩굴이 있는 곳으로 달려가더니 발로 있는 힘껏 포도나무를 내찼다.

다젼쯔도 달려들어 몽둥이를 휘두르더니 그의 등을 냅다 내리쳤다.

라오훈훈은 너무 아파 땅바닥에서 데굴데굴 굴렀다. 그참에 그는 허리춤의 칼을 뽑아 들더니 "어디 칼 맛 한번 보거라!"하고 큰 소리로 외치면서 녹이 잔뜩 슨 부추 칼을 다젼쯔를 향해 던졌다. 다젼쯔는 날래게 옆으로 몸을 날려 칼을 피했다. 라오훈훈이 다시 달려들어 칼을 주워 또 한 번 던지려 할 때 싼시가 총으로 그를 막고 나섰다.

"오냐, 오냐! 어디 한번 두고 보자. 이놈들이!" 라오훈훈은 너무 화가 나서 몸을 덜덜 떨며 소리를 질렀다.

고함 소리에 놀라 깬 샤오솽이 겁을 먹고 울음을 터뜨렸다. '하'는 잔뜩 흥분하고 화가 나 줄곧 라오훈훈에게 덤벼들려 했으나 안타깝게도 사슬에 매여 있었다…… 이때 마침 불을 살피러 갔던 싼라이가 돌아왔다. 그가 온 것을 본 라오훈훈이 큰 소리로 외쳤다.

"싼라이, 어서 날 돕게!"……

8

몽둥이로 등을 얻어맞은 라오훈훈은 다시는 채전에 얼씬거리지 않았다. 싼라이도 나타나지 않았다.

채전은 이상하리만치 조용했다. 맞은편 오두막에는 화승 불씨가 줄곧 켜 있었는데, 신비한 눈동자와도 같아 보였다. 침상에 드러누운 라오훈훈의 기침 소리가 시도 때도 없이 자주 들려왔다…… 싼시는 엽총을 메고서 자주 채전에 들르곤 했다. 그는 올 때마다 싼라이를 '배신자'라고 욕했다. 다전쯔는 그날 이후로 단 하룻밤도 눈을 붙이지 못했다. 바스락거리는 소리만 나도 그녀는 '하'를 끌고 채전 주위를 한 바퀴 둘러보곤 했다. 채전도 원두막과 다름없이 적막하기만 했다. 그녀는 일부러 소리를 높여 「젊은 친구들이 한자리에 모였네」를 부르기도 했으나, 노래가 그치는 대로 바로 사방에서 적막이 찾아들어 그 자리를 메우고 말았다…… 자정이 되어 가을바람이 한결 거세지더니, 무엇을 건드렸는지 귀청이 찢어질 듯 날카로운 소리를 냈다. 샤오쌍은 자다가 깜짝 놀라 깨어서는 "악몽을 꿨어요. 누군가 칼을 들고……"라고 했다. 다전쯔는 "겁내지 마. 그건 부추를 캘 때 쓰는 칼일 뿐이야. 온통 녹이 슨 칼이잖아"라고 안심시켰다. 그러나 샤오쌍은 고집스레 "아니요, 번쩍번쩍 광이 나는 칼이에요. 깊은 홈이 패여 있었어요……"라고 도리머리를 흔들었다.

'하' 역시 전과 달리 조용해졌다. 더는 소란을 떨지 않고, 총기 있는 눈으로 하늘을 올려다보거나 바람에 흔들리는 나뭇

잎과 다전쯔를 쳐다보곤 했다. '하'는 바닥에 바짝 엎드린 채 앞
발로 힘주어 땅을 디디고 있었는데, 마치 주인의 명이 떨어지기
만 하면 당장이라도 달려 나가 적을 덮칠 태세였다. 평소에 '하'
는 멀리서 다른 개가 짖는 소리가 들릴 때면 부드러운 소리로
응답하곤 했으나, 지금은 전혀 상관치 않았다.

그러던 하룻밤, 검은 그림자 하나가 몰래 채전으로 숨어
들었다. '하'가 사납게 짖어댔다.

다전쯔는 바짝 경계하며 몽둥이를 들고 쫓아 나갔다. 검
은 그림자는 결국 도망치지 못하고 붙잡히고 말았는데, 알고 보
니 쌴라이였다.

쌴라이는 느릿느릿 다전쯔를 따라 원두막으로 들어서더
니 쭈크리고 앉아 조용히 가마솥에 불을 지피고는 호주머니에
서 고구마 몇 개를 꺼내 솥에 넣었다…… 다전쯔는 화난 기색으
로 물었다.

"그동안 왜 오지 않은 거니?"

"라오훈훈이…… 못 가게 해서." 쌴라이는 불더미를 뒤적
이며 대꾸했다.

"넌 왜 그리 라오훈훈을 무서워하니?" 다전쯔가 큰 소리
로 나무랐다.

쌴라이가 목소리를 낮추라고 손시늉을 했으나 그녀는 오
히려 더 큰 소리로 다그쳐 물었다. "뭐가 그리 무서운 거니? 난
전혀 두렵지 않건만. 넌 배신자야!"

쌴라이는 연신 고개를 가로저었다. 그는 "내가 언제 라오

훈훈과 한편이라 했니? 난 언제고 너의 편이야"라는 말만 남기고는 채전 밖으로 종적을 감추었다.

다전쯔는 멀어져가는 싼라이의 뒷모습을 보며 멍하니 서 있다가 건너편 오두막의 작은 불씨를 쳐다보며 생각했다. "라오훈훈, 참 대단하기도 해. 도대체 무슨 수로 싼라이를 꼼짝달싹 못하게 한 거지?" 분명 뭔가 남모르는 영문이 있으리라는 생각이 들었다.

다음 날, 취유전이 채전을 찾아왔다. 다전쯔는 라오훈훈과 다툰 일을 알려주고 싶었으나, 아빠가 걱정할까 봐 목구멍까지 올라온 말을 다시 삼키고 말았다.

그러던 어느 날 저녁, 다전쯔는 싼시에게 "야경을 서는 파수꾼들을 모두 원두막으로 불러 함께 노는 건 어때? 도무지 적적해서 못 견디겠어. 나도 샤오솽처럼 두렵단 말이야……"라고 부탁했다.

과연 이튿날 저녁이 되자 젊은이들이 채전으로 몰려들었다. 다전쯔는 신이 나, 포도를 가득 따다가 그들에게 나누어주었다. 사람들은 원두막 가까이에 커다란 불더미를 피워놓고 둘러앉아 함께 웃고 떠들며 이야기꽃을 피웠다. 다전쯔는 너무나도 기뻐 어쩔 줄 몰라 했다. 그녀는 몽둥이를 어깨에 메고 기운차게 팔을 흔들며 성큼성큼 걸어다녔다. 손님들과 금시 친해진 '하'도 주인의 열정에 감염되어 이리 뛰고 저리 뛰며 연이어 멍멍 짖어댔다. 불꽃이 하늘 높이 솟더니 불똥들이 밤하늘 멀리로 사라져갔다.

"야호, 야호! 너무 신난다. 불길이 채전을 반 넘게 밝혀주고 있잖아……" 다전쯔가 연이어 환성을 질렀다.

정말로 즐거운 밤이었다.

그러나 사람들의 책임전이 대부분 남쪽에 있었기 때문에 그들은 다전쯔의 채전에 자주 들를 수가 없었다.

채전은 다시 정적에 빠지고 말았다. 싼시를 만난 다전쯔는 다짜고짜 그를 나무랐다.

"넌 정말 고리타분해. 싼라이가 없다고 너 혼자서는 채전에 오래 머물 수도 없는 거니. 뭐가 그리 무서운데?"

싼시는 우물쭈물하며 고개를 끄떡였으나, 그날도 시간이 얼마 지나지 않아 채전을 떴다…… 그는 사람들이 자기와 다전쯔를 두고 험담을 할까 봐 두려웠던 것이다.

그러던 어느 날 밤, 싼라이가 채전으로 와서 "다전쯔, 다전쯔!" 하고 불렀다. 다전쯔가 급히 달려가보았더니 싼라이는 "요 며칠 밤은 각별히 주의해야 할 것 같아. 강 서쪽 싼라오헤이가 요즘 여러 번 다녀갔어. 라오훈훈과 둘이서 술을 마시며 뭔가 쑥덕공론을 했거든"이라고 알려주었다.

다전쯔는 그 말을 명심해두었다가 싼시에게도 알려주었다. 그날 밤 싼시는 채전을 떠나지 않고 줄곧 구석에 앉아 있었다.

그들은 가마솥에 불을 지폈으나 불길이 사그라지고 난 뒤에는 그냥 내버려두었다. 아직 달이 떠오르지 않았다. 뜰 안에는 어둠뿐이었다. 바람이 찼다. 가을이 깊었던 것이다.

밤이 깊어졌다. 떨어져 앉아 있던 싼시가 문득 조심스레 다전쯔가 있는 쪽으로 다가오더니 목소를 낮춰 말했다.

"서북쪽이야, 밭 언저리 쪽에 검은 그림자들이 꼼짝도 않고 엎드려 있어……"

다전쯔는 입술을 사리문 채 말을 하지 않았다.

싼시는 다시 조용히 구석으로 옮겨 갔다.

다전쯔는 말없이 흙덩이와 벽돌 조각 등을 주워 원두막 가까이에 모아두었다. 그녀는 몽둥이를 틀어쥔 채 미동도 하지 않고 칠흑 같은 어둠만을 노려보았다.

이윽고 싼시가 다시 조심스레 다가왔다.

"확실해. 검은 그림자들이 엎드려 있는데, 까딱하지 않고 그냥 엎드려만 있어……"

다전쯔는 갑자기 아랫입술을 악물더니 흙덩이와 벽돌조각을 주워 들었다. 그녀는 고함을 지르며 돌격이라도 하듯이 밭 변두리 쪽으로 달려갔다. 그녀가 무엇이라 고함을 지르는지 아무도 알아들을 수 없었다. '하' 역시 노기충천하여 그녀를 뒤따라 달려갔다.

바로 그때, 어둠 속에서 검은 그림자 네댓 명이 함께 뛰쳐나왔다. 그들이 시시덕거리며 던진 마른 흙덩이들이 다전쯔의 얼굴과 몸을 맞췄다. 다전쯔는 비명을 지르며 바닥에 쓰러졌다. 달려가 그녀를 부축하던 싼시도 머리에 흙덩이를 된통 얻어맞고 말았다. 샤오솽이 울음을 터뜨렸다…… 그자들은 채전에 들어와 포도 덩굴시렁 아래와 채소 두렁 위를 돌아다니며 막대기로 후려치거나 발로 짓밟았다. 그중에는 허리춤에서 긴 자루를 꺼내 과일과 야채를 뜯어 담는 자도 있었다…… 다전쯔가 나무 몽둥이를 휘두르며 소리를 질렀다. "어두운 것들아, 올 테면 와라, 어서 덤벼……!" 그러나 그자들은 뜰 안에서 날렵하게 이리저리 뛰어다니며 몽둥이를 피했는데, 덩굴시렁 아래 몸을 숨겼다가는 다시 밭두렁에서 구르기도 했다. 그 바람에 숱한 밭이랑이 짓밟히고 말았다. 그자들은 짓이겨진 가지며 토마토를 손이 가는대로 주워 다전쯔와 싼시, 그리고 원두막을 향해 내던지면서 웃음을 터뜨렸다. 다급해난 다전쯔는 울음을 터뜨렸다. 그녀는 "싼시" 하고 부르더니 그의 엽총을 빼앗아 "탕!" 하고 총을 놓았다.

흰 연기가 오래도록 뜰 안을 감돌았다. 자욱한 연기 속에서 검은 그림자들이 허겁지겁 도주하는 광경이 보였다. 잠깐 사이에 채전은 다시 고요해졌다. 싼시와 다전쯔는 멍하니 그 자리에 멈추어 있었다. 밤바람이 불어오면서 연기가 흩어졌다. 다전쯔의 눈물 자국도 말랐다. 그녀는 문득 정신을 차리고 급히 고개를 숙여 땅 위를 살펴보았다. 바닥에는 덩굴시렁이 어지러이 넘어져 있었으나 총에 맞아 쓰러진 사람은 없었다…… 다전쯔는 안도의 숨을 길게 내쉬었다. 싼시는 방금 잠에서 깨어난 사람처럼 연이어 "천만다행이야! 하마터면 인명 사고를 칠 뻔했구나. 총구를 위로 했기에 망정이지……"라고 말했다.

다전쯔는 발을 탕 하고 구르며 말했다. "죽어도 쌤통이지. 죽였어야 하는 건데! 죽일 놈의 라오훈훈 같으니라고." 그녀는

고개를 들어 맞은편 오두막을 바라보았다. 여전히 빨간 불씨가
보였다……

"가자, 라오훈훈한테." 그녀는 싼시를 잡아당기더니 '하'
를 끌고 앞장섰다.

라오훈훈은 오두막에서 드렁드렁 코를 골고 있었다.

다전쯔는 나무 몽둥이를 휘둘러 침상 한 귀퉁이를 힘껏
내리쳤다. 침상이 갑작스레 흔들리자 라오훈훈은 황급히 자리
에서 일어나 앉았다. 그는 다전쯔인 것을 발견하고는 후닥닥 침
상에서 뛰어내리며 부추 칼을 집어 들었다.

"악당들과 패거리를 무어? 도저히 용서할 수가 없어. 싼
시 총으로 쏴버려……" 다전쯔가 몽둥이로 라오훈훈을 가리키
며 말했다.

싼시는 위엄 어린 눈으로 라오훈훈을 쏘아보았으나, 총을
벗어 겨누지는 않았다.

라오훈훈은 비실비실 뒷걸음치며 말했다. "쏴라, 쏴. 가난
한 사람이 억압받는 세월이니 난들 어쩌겠나…… 악당들과 패
거리를 무어? 그게 내 탓이냐! 누가 너더러 예쁘장하게 생겨서
강 서쪽 망나니들이 몰려들게 하라더냐!"

다전쯔가 몽둥이를 휘두르자 라오훈훈은 얼른 몸을 피해
도망을 쳤다. 그는 멀리서 외쳐댔다. "야밤에 흉기를 휘둘러 사
람을 해치려 들다니! 상급 정부에 고발하고 말 테야!……"

다전쯔는 라오훈훈을 때릴 수 없게 되자 아예 그의 오두
막을 뒤집어버리고 말았다.

"오냐, 오냐! 눈에는 눈, 이에는 이라 했다!"라오훈훈이 멀찍이 서서 말했다.

'하'가 사납게 짖어댔다……

다전쯔와 싼시는 채전으로 돌아왔다. 누군가 넘어진 덩굴 시렁을 다시 세우고 있었다. 다전쯔가 호된 소리로 "누구야!" 하고 물었다…… 그러나 그 사람은 아무 말이 없었다. 화가 난 다전쯔는 한달음에 달려가 그의 옷 덜미를 잡고서 힘껏 뒤로 당겼다. 그제야 그 사람은 어쩔 수 없이 몸을 돌렸다. 그의 얼굴을 보고 난 다전쯔는 성이 나 씩씩거리면서 손에 든 몽둥이를 내던지고 말았다.

싼라이였다.

9

파수꾼들은 무참히 짓밟힌 다전쯔의 채전을 보고 모두 무안해했다. 수십 명의 장정이 강 동쪽 땅을 지켜내지 못했으니 실로 난감한 일이었다. 마을은 마을로서의 존엄이 있고 직업은 직업으로서의 명예가 있는 법이었다. 밭을 지키는 자로서 도둑을 맞았으니 그 손실이 단지 물건이나 수익만의 문제가 아니었다.

사람들은 다전쯔를 도와 함께 채전을 손봤다. 넘어진 시렁을 다시 세우고 무너진 두렁을 다시 붙였다. 어쩔 도리가 없이 훼손된 채소밭은 아예 있던 채소를 뽑아버리고 새로 가을 채소를 심었다……

"내가 강 서쪽 그자들을 주의해야 한다 하지 않았는가? 싼라오헤이 그자는 정말 악당이군……" 한 늙은이가 씨를 뿌리며 말했다.

"저기 오두막에 누워 있는 놈은 팔꿈치가 바깥으로 돌아도 한참은 돌았어. 끌어내다 물매라도 치자고. 절대 무고하지 않을 터이니." 한 젊은이가 턱으로 맞은편 오두막을 가리키며 말했다.

다전쯔는 여러 가지 과일을 따다가 사람들을 대접했다. 하룻밤 사이에 그녀는 많이 야위고 초췌해진 듯했다. 머리카락이 어지럽게 흩어져 있었고 늘 불그스레하게 빛나던 얼굴도 어딘가 창백해진 듯싶었다. 동그란 눈썹 아래 진주처럼 빛나던 까만 눈동자에도 원한이 잔뜩 서려 있었다……

"우리 아빠에게는 어젯밤 일을 말하지 마세요." 그녀는 사람들에게 주의를 주었다. 과일을 먹다 말고 다들 고개를 끄떡였다.

그 후로 사람들은 밤이 되면, 일부는 남아 다전쯔와 함께 채전을 지켰고 일부는 벌판에 나가 순찰을 돌곤 했다. 비상 시기인 만큼 사람들은 잠자는 것조차 잊고 있었다.

며칠 동안 아무 일도 일어나지 않았다. 채전이 정리되어 다전쯔도 쾌활함을 되찾았다. 그녀는 사람들과 함께 온밤 내내 얘기를 나누었는데, 거의 조는 사람이 없었다. 가끔 누가 조는 모습이 눈에 띄면 다전쯔는 몽둥이로 그를 찔렀고 그때마다 사람들은 웃음을 터뜨렸다. '하'도 사슬을 풀어놓았다. '하'는 사람들 사이를 오가면서 가끔 무엇인가 말이라도 하려는 듯, 기다란 입을 사람들의 귀 가까이에 가져다 대곤 했다……

달이 평소보다 일찍 떠올랐다. 채전은 노란 물결에 잠긴 듯했다. 잎에 매달려 있던 이슬들이 땅 위로 떨어지는 소리가 감미로웠다. 벌레들의 줄기찬 울음소리가 한데 어울려 시골 밤은 더욱 신비롭기만 했다. 정작 누구도 "밤 들판의 저 신비로운 소리에 귀 기울여봐"라고 하는 사람은 없었지만, 누군가가 그렇게 귓속말로 속삭이기라도 하는 듯 사람들은 약속이라도 한 양 모두 입을 다물고 귀를 기울였다…… 지나치게 길게 이야기를 나눈 탓인지 춥기도 하고 목이 마르기도 하여, 모두들 모닥불을 피우고 먹을거리를 삶기 시작했다. 파수꾼들은 땅콩과 고구마로 부족해서 생선탕을 끓여 먹자고 제안했다. 누군가 생선탕은 반드시 생강을 넣어야 제맛이 난다고 했다. 그러자 손더듬이에 능한 두 사람이 자진해 나섰다. 그러고 나서 반 시간이 채 되지 않아 이들은 드렁허리 두 마리와 잉어 한 마리, 그리고 붕어 네댓 마리를 잡아 들고 나타났다…… 국을 끓일 차례였다.

생강이란 참으로 기묘한 식자재였다. 속을 후끈 달게 할 뿐만 아니라 몸에 기운이 뻗고 정신도 맑게 해주기 때문에, 야경을 서는 동안 피부에 스민 한기와 습기를 모두 몰아낼 수 있었다. 사람들은 모두 모닥불 주변에 둘러앉았다. 젊은이들도 책상다리 하는 법을 배웠다. 누군가 술을 꺼냈다. 사람들은 큰 사발에 술을 부어 활활 타오르는 불길을 향해 높이 쳐들었다. 몇

순배 술이 돌자 얼굴이 빨개진 사람도 여럿이었다. 그들이 미주
알고주알 수다를 떠는 바람에 좌중에서는 유쾌한 웃음이 터지
곤 했다.

쌴시만은 줄곧 원두막에 앉아 밖의 동정을 주의 깊게 살
피고 있었다. 그는 시름이 놓이지 않아 채전 언저리의 수풀 속
에 혹여 검은 그림자가 엎드려 있지 않나 살피곤 했다. 샤오솽
은 잠들어 있었다. 쌴시는 잠깐 그의 숨소리에 귀를 기울이다가
고개를 돌려 모닥불가를 바라보았다. 다전쯔는 사람들과 함께
어울려 웃고 떠들다가 신이 나면 손뼉을 치거나 배를 잡고 웃곤
했다. 그녀는 도무지 불과 며칠 전에 채전을 도둑맞은 사람 같
지가 않았다. 그녀는 그렇게 마음에 원한을 묻어두는 법이 없이
마냥 쾌활한 사람이었다.

사람들은 몇 번이고 원두막에 혼자 앉아 있는 쌴시를 불
렀다. 그러나 그는 한밤중이 되어서야 불가로 가 도롱이를 펴고
누웠다……

"하루는 밤에 강변에서 길을 잃고 헤매다가 억새풀에 걸
려 넘어져 그대로 잠들었는데 무엇인가 혀로 내 얼굴을 핥는 것
이 아니겠나? 난 너무 놀라서 소리조차 지르지 못했네……" 쌴
시의 귀에 누군가의 가는 목소리가 들려왔다.

"설마 이리였니?" 다전쯔가 손뼉을 치며 웃었다.

"뭔지 모르지. 지금도 몰라. 정말 모른다니깐. 털이 부
스스한 손으로 내 겨드랑이를 건드렸지. 무엇을 찾는 낌새였
어……"

싼시는 눈을 뜨고 말 임자를 찾아보았다. 마을 남쪽에 사는 잡담으로 유명한 '털북숭이 원숭이'였다. 싼시는 다시 눈을 감았다.

"널 간질이고 싶었나 봐." 다전쯔가 웃으며 끼어들었다.

"그러게. 내가 웃으니 그 놈은 손을 멈추는 것이었어. 눈을 감고 있다가 나중에 떠보니 아무것도 보이지 않았어…… 정말 귀신이 곡할 노릇이었지! 허 참."

다전쯔가 웃음을 터뜨리며 옆 사람에게 "이렇게 모여 북적북적 들끓으니 얼마나 좋아요"라고 하더니 다시 몸을 돌려 '하'에게 말했다. "'하', 들었지? 북적북적 들끓으니 너무 신난다, 그치."

"역시 그해였어." '털북숭이 원숭이'가 이야기를 계속했다. "밤에 게를 사러 바다로 갔는데, 이건 정말이거든. 아직 그물이 올라오지 않은 거였어. 사람들은 기다리기가 힘들어, 각자 쉴 자리를 찾게 되었지. 바닷가라는 게, 죽은 고기나 새우가 많아서 파리나 모기떼가 많이 몰리잖아. 그것들은 머리 위에서 떼를 지어 굴러다니지."

"머리 위에서 떼를 지어 굴러다니지!……" 다전쯔는 그 말이 재미나 곱씹었다.

"그럼 굴러다니는 거지. 난 한잠 자고 싶은데 잘 자리가 마땅치 않아 이리저리 찾아 헤매다가 물고기 가게 부근에서 낡은 돛으로 만든 천막을 하나 발견했지. 안에 빈자리가 보이기에 기어 들어갔는데, 흐흐흐, 이미 안에서 자는 사람이 있었어.

고개를 숙이니 치렁치렁한 외로 땋은 머리채가 보였지. 아가씨였어. 난 일부러 못 본 척하고 그녀 옆에 드러눕고 말았지. 너무 곤했던 거야."

"허허, 참!" 사람들이 놀라며 숨을 길게 들이켰다.

다전쯔는 입이 뽀로통하여 "망나니 건달 같으니라고!" 하고 화를 냈다.

'털북숭이 원숭이'는 마뜩지 않다는 듯 다전쯔를 흘겨보더니 말을 이었다. "이건 성인군자야말로 가능한 일이야. 난 잠에 빠져 아무것도 몰랐지. 깨어나서 옆자리를 만져보니 아무도 없었어. 몸이 무거워 살펴보니, 내가 추울까 봐 그 아가씨가 돛천조각을 덮어두지 않았겠나. 그리고 향기가 나 고개를 돌려보니 왼쪽에 작은 꽃을 수놓은 손수건이 놓여 있었어…… 난 지금도 그 손수건을 보관하고 있는데, 딱히 일이 없을 때면 꺼내 보곤 하지……"

다전쯔는 잠자코 손을 비틀며 불꽃을 들여다보았다.

"좋은 일이란 좋은 일은 다 자네한테만 가는군." 누군가가 투박한 소리로 면박을 주었다.

"딱히 일이 없을 때면 꺼내 보곤 하지……" '털북숭이 원숭이'는 들은 척 만 척 혼잣말로 중얼거렸다.

솥의 물이 끓어 넘쳤다. 누군가가 솥뚜껑을 열었다.

문득 싼시를 발견한 다전쯔는 반갑게 그의 등을 밀며 말했다.

"싼시, 너도 이야기 하나 해봐. 재미나는 일이 있을 거 아니야.”

“난 없어.” 쌴시는 도롱이 속에서 몸을 움직거리며 말했다.

“그럼 라오더는? 라오더는 네 친구잖아. 시를 쓰는 사람이라면서……” 다전쯔가 재촉했다.

쌴시는 일어나 앉더니 눈을 비비며 말했다.

“그야 물론이지. 라오더는 보통 사람이 아니야. 그런데 아직 장가를 들지 않았어.”

“다전쯔가 시집가면 되겠네.” 누군가가 키득거리며 말했다.

쌴시는 그 사람을 한번 쳐다보더니 딱히 누구라 할 것 없이 모두를 향해 이야기를 이어갔다.

“라오더는 키가 아주 크거든. 우리 중 누구보다도 더 크지. 그런데……” 쌴시는 입술을 잠깐 물더니 말을 계속했다. “그런데, 허리가 물뱀 허리여서 걸을 때면 휘청휘청 꼬이지……”

좌중에 웃음이 터졌다.

쌴시는 정색하여 다전쯔에게 말했다.

“정말 한번 잘 생각해봐. 라오더는 기개가 있는 사람이야. 워낙은 우리랑 마찬가지로 파수를 섰는데 포도원을 지켰지. 그런데 나중에 포도원을 책임진 사람이 그를 업신여기자 ‘이곳이 아니어도 내가 살 곳은 많소. 이만 가겠소’라며 몸의 먼지를 털고 일어서서는 그길로 큰 그물을 끌러 바다로 갔지. 나중에 그를 한 번 만났는데, 알몸이었어. 햇볕에 그을려 검붉게 탄 몸이 햇살이 비추자 눈부시게 빛났지. 기름칠이라도 한 것 같았어……”

"과연 사내군!" 누군가가 감탄을 했다.

다전쯔는 입을 비쭉거리며 몸을 일으키더니 밤하늘의 달과 별들을 올려다보았다. 그녀는 힘주어 몸을 뒤로 젖히며 "야, 얏!" 하고 소리를 질렀다. 그리고 나무 몽둥이를 주워 들더니 노래를 부르기 시작했다. "젊은 친구들이 한자리에 모였네……아, 사랑하는 친구들이여, 아름다운 봄빛은 누구의 것이런가?"

'털북숭이 원숭이'가 고개를 흔들거리며 노래를 받았다. "나의 것이어라. 너의 것이어라!" ……

달이 서쪽 하늘로 기울기 시작했다. 이미 자정이 넘었던 것이다. 파도 소리가 멀리서 들리더니 바닷물이 차차 가까이로 다가오는 듯싶었다. 바닷가 사람들은 이를 두고 바다가 넘친다고 했다. 채전 주변 나무 위의 새들이 인기척에 놀라 깨어서는 성가시다는 듯 구구구 하더니, 날개를 파닥거리며 다른 나무로 옮겨 갔다. 루칭허 강물이 출렁이며 흐르다가 불시에 세차게 철썩이는 물결 소리를 전해오곤 했다……

맞은편 오두막 기둥에서는 여전히 빨간 화승 불씨가 타오르고 있었다. 달빛이 흐릿하여 라오훈훈이 오두막에 있는지 없는지 알 수가 없었다. 그는 모닥불을 지피지도 가마솥을 내걸지도 않았다. 다만 단 한 번 그의 기침 소리가 들렸다.

다전쯔는 '하'를 끌고 채전을 한 바퀴 돌 준비를 했다. 싼시도 자기 밭으로 가기 위해 도롱이를 걸쳤다. 이들이 막 자리에서 일어나는데 원두막에서 샤오쌍이 부르는 소리가 들려왔다. 무엇에 놀라 깼는지 겁먹은 소리로 다전쯔를 다급히 불렀다.

'하'는 잔뜩 긴장하여 코를 킁킁거리더니 채전 언저리의 어둠 속을 향해 달려갔다.

싼시는 갑자기 무엇이 떠오른 듯 황급히 원두막으로 달려갔다. 그는 이곳저곳 뒤지더니 자기 손바닥을 때리며 안절부절못했다. 다들 웬일이냐고 물었지만 그는 대답도 못하고 '하'가 달려간 곳을 향해 달려갔다……

이윽고 싼시는 다전쯔와 함께 '하'를 끌고 돌아왔다. 무엇에 긁혔는지 '하'의 귀에서 피가 흐르고 있었다.

"총이요, 누군가 엽총을 훔쳐 갔어요." 싼시가 울적한 목소리로 말했다.

10

강변의 곡식들은 풍년을 맞았다. 기쁜 일이었지만 걱정이 되기도 했다. 파수꾼들이 갈수록 늘었다. 그들은 몸에 도롱이를 걸치고 손에는 몽둥이를 들고서 벌판에서 잠을 잤다. 이미 곡식을 도난당하는 일이 여러 차례 발생했다. 밤마다 거친 욕지거리와 고함 소리가 들려오곤 했다.

평화롭지 못한 가을이었다……

취유전은 강 서쪽 사람들이 채전을 덮친 일을 어떻게 알았는지 다리를 절뚝이며 허둥지둥 채전으로 달려왔다. 그는 다전쯔를 한바탕 호되게 꾸짖고 나서는 라오훈훈을 찾아가 사정했다.

라오훈훈은 오두막에 드러누운 채 고개도 들지 않고 해바라기 씨만 까더니 "그러게 말일세. 워낙 이리 어른들끼리 의논해야 하는 일이 아닌가! 내가 자네 딸이랑 의논할 일이야 아니지"라고 했다.

"그럼, 옳은 말일세." 취유전은 다첸면 담배를 한 갑 꺼내더니 라오훈훈에게 담배를 권했다.

"이 오두막을 다젼쯔가 두 번씩이나 엎어버렸네. 자네도 알고 있는가?" 라오훈훈은 담배를 받아 피우며 취유전을 곁눈질하면서 말했다.

취유전은 속으로 '이 말괄량이를 어쩌나' 하고 개탄했다. 그는 "감히 라오훈훈의 오두막을 부수다니……"라고 역성을 들고서는 "이보게 훈훈, 그게 다 다젼쯔가 철이 없어 그런 게 아니겠는가……"라고 했다.

"그렇다고 설마 자네도 철이 없는 거야 아니겠지. 나 라오훈훈은 성심성의로 자네랑 공동 청부를 맡으려 하는 것이네! 자네 걸 훔치거나 빼앗으려는 것이 아니란 말일세!" 라오훈훈은 몸을 일으켜 앉으면서 옆에 놓인 부추 칼을 허리춤에 찼다. 그는 다시 "일이 이리되었으니 설사 내가 자네 것을 훔치고 빼앗는다 해도 법에 어긋나지 않을걸세. 자네가 부자가 되었다고 가난한 사람들이 부잣집을 털지 말라는 법은 없지 않나. 빈농을 억압하는 것은 바로 혁명을 억압하는 것이라 했네. 이건 내가 한 말이 아니지!……"라고 했다.

'부잣집을 턴다'라는 말에 취유전은 가슴이 철렁하여 숨만 가쁘게 내쉬면서 아무 대꾸도 하지 못했다.

"난 라오후 한 사람에게만은 감복을 하네. 그는 한다면 하는 성격이 아닌가. 평생 누구한테 허리 한번 굽힌 적이 없었기에 지주도 그를 두려워했고 해방 후에는 마을 간부들도 그를 두려워했지. 그는 죽기 하루 전날 밤에도 술을 마시며 개다리를 뜯었다 하지 않는가……" 라오훈훈은 생 담뱃잎으로 굵다랗게 담배를 말며 말했다.

취유전은 다리가 하도 후들거려 오두막 기둥을 짚으며 침상에 걸터앉았다. 그는 라오후가 과거 강 양안에 모두 소문난 무뢰한임을 알고 있었다. 그는 한 해에 서너 번쯤은 다른 사람과 죽기 살기로 싸웠기 때문에 그자를 두려워하지 않는 사람이 없었다고 한다.

라오훈훈은 취유전에게 직접 만 담배를 권했다. 취유전은 그것을 한 모금 빨다가 그만 사레가 들려 연이어 기침을 해대더니 더 피울 엄두를 내지 못했다. 라오훈훈은 너털웃음을 웃으며 "어떤가? 난 항상 이 잎담배를 피우다 보니 성질머리 또한 그것과 닮게 되었네. 날 삼키려 들면 이리 욱하고 내지르는 법이지……" 라고 했다.

"너무 독하네……" 취유전이 대꾸했다.

라오훈훈이 손을 내저으며 말했다.

"난 자네 채전에 손댈 생각이 없네만 강 서쪽 사람들이 손대는 건 막을 도리가 없네. 쌴라오헤이가 비록 내 친구라고는 하지만 눈독을 들였다 하면 혈안이 되니 나도 도리가 없네. 만약 우리가 공동 청부를 한다면야 그자도 내 체면을 봐줄 수밖에 없겠지만……"

취유전은 더는 응대를 하지 않고 오두막을 떠나 비틀거리며 채전으로 돌아왔다. 다전쯔는 아빠가 몸을 휘청거리고 낯빛도 어두운 모습을 보고서는 급히 부축하여 집으로 향했다. 집으로 가는 길 내내 취유전은 입으로 쉴 새 없이 '라오훈훈', '공동 청부' 하고 중얼거렸다.

채전에 돌아오자마자 다전쯔는 라오훈훈을 향해 소리를 질렀다.

"라오훈훈, 꿈 깨! 돼지랑 공동 청부를 할지언정 당신이랑 하지는 않을 거야!……"

라오훈훈은 들은 척 만 척 몸을 한 번 뒤척이더니 쿨쿨 잠만 잤다.

엽총을 잃어버린 싼시는 줄곧 울상이 되어 있었다. 아버지가 총을 찾을까 봐 걱정되는 한편 누군가 나쁜 놈이 그 총으로 사고라도 칠까 봐 걱정되었던 것이다. 밭두렁에서 싼라이를 만난 그는 총을 잃어버린 얘기를 해주었다. 싼라이는 누군가가 그 총을 들고 다니는 것을 본 것도 같다고 우물거리며 말했다. 싼시가 성을 내며 다그쳐 물은 뒤에야 그는 라오훈훈이 총을 가져갔다고 솔직히 털어놓았다. 그는 라오훈훈이 강굽이 후미진 곳에서 꿩 사냥을 하는 장면을 보았던 것이다.

싼시는 싼라이더러 그 총을 돌려받아 오라고 했으나 싼라이는 도무지 대답을 하지 않았다. 그는 하는 수 없이 싼라이를 끌고 채전으로 갔다.

다전쯔는 화가 나 펄쩍 뛰더니 몽둥이로 싼라이를 가리키며 "넌 배신자야!"라고 소리를 질렀다.

싼라이는 기어들어가는 소리로 "다전쯔……"하면서 그녀를 바라보았다.

"넌 영락없는 배신자야!" 다전쯔가 거듭 말했다.

"내가 그걸 돌려받을 수가 있어야지." 싼라이가 난처해하며 말했다.

다전쯔와 싼시는 모두 말을 잃고 말았다. 한참 지나서 다전쯔가 다시 입을 열었다.

"넌 사내로서 기개가 꼬물만치도 없어. '싼라이'*라고 부르지도 마. 여기 오지도 마. 세 번이 아니라 단 한 번도 다시는 내 눈앞에서 얼씬거리지도 마. 이제부터는 서로 모르는 사이로 지내자. 가. 라오훈훈한테나 가. 넌 그자랑 한패잖아……"

"이태 전에 너랑 함께 멧대추를 지키기도 했잖아." 싼라이는 고통스러워하며 땅에 웅크리고 앉더니 손가락을 비틀었다.

"그런 옛정 따위는 없어. 넌 그냥 멧대추를 뜯어 먹으러 다녔던 것뿐이야." 다전쯔가 손을 획 내저으며 말했다.

"난 총을 돌려달라는 말을 꺼내기가 두려운 게 아니야. 문제는 돌려주지 않는다는 거지. 다전쯔, 일이 어찌 되었든 나는

---

* 이 이름은 '세 번 오다'라는 뜻이다.

너랑 친하게 지내고 싶어. 난 라오훈훈이 증오스럽단 말이야."
싼라이가 우물쭈물 말을 내뱉었다.

마침, 싼시가 좋은 생각이 떠올라 들려주었다. 다전쯔는
신이 나 박수를 쳤다.

"참 묘한 수구나. 싼라이 어서 가봐."……

싼라이는 라오훈훈을 찾아갔다.

그는 목소리를 낮춰 오두막에 누워 있는 라오훈훈을 불
렀다.

"훈훈 아저씨, 일이 커졌어요."

"뭐가?"

"어쩐 영문인지 아저씨가 총을 훔친 일이 소문이 새고 말
았어요. 신문에까지 실렸어요……"

싼라이는 바지 주머니에서 꼬깃꼬깃 구겨진 신문을 한 장
꺼내 읽기 시작했다.

"……총을 훔치는 것은 범법행위다. 총을 훔친 라오훈훈
은 그 죄를 면치 못할 것이다. 상급에서는 그가 총을 훔쳐다가
무엇을 하려는지 똑똑히 알고 있다. 만약 가까운 시일 내에 주
인에게 돌려주지 않는다면 반드시 법으로 다스릴 것이다……"

"법으로 다스린다는 게 감옥에 넣는다는 뜻이니?"라고 캐
묻더니 라오훈훈은 몸을 일으켜 신문을 빼앗았다.

"어디 한번 보자."

그러나 라오훈훈은 일자무식이었다.

"보세요. 이게 아저씨 이름이잖아요. '라오훈훈'……!"싼

라이는 손가락으로 굵은 글씨로 된 표제를 가리키며 말했다.

라오훈훈은 하늘을 떠도는 구름을 올려다보며 담배를 붙여 물었다.

"훈훈 아저씨, 일이 이리되었으니, 그들이 없는 틈을 타 총을 채전에 버리는 게 어떻겠어요? 괜히 일을 키울 것 없잖아요……"

라오훈훈은 무덤덤한 표정으로 담배를 한 대 다 피우고 나서야 몸을 뒤로 비틀더니, 둘둘 말아둔 이불 속에서 총을 꺼냈다.

"가져가거라. 그 녀석들이 물으면 그냥 밭두렁에서 주웠다고 해. 젠장! 퉤, 퉤. 재수 더럽게 없네……"

……

달이 구름에 가려진 밤이었다. 사람들이 채전에 둘러앉아 예전이나 다름없이 이야기를 나누고 있는데, 문득 '하'가 큰 소리로 사납게 짖어댔다. 놀라 멍해 있던 사람들은 검은 그림자 몇이 채전으로 뛰어드는 광경을 발견했다.

"또 그자들이다!……" 다전쯔가 큰 소리로 외쳤다.

사람들은 고함을 지르며 그 검은 그림자들을 쫓아 나섰다. 그러나 그자들은 두려운 기색이라고는 전혀 없이 사람들이 휘두르는 몽둥이를 피하여 덩굴시렁 아래로 파고들었다. 그들이 강낭콩 덩굴시렁 아래에서 달리는 바람에 몽둥이로 때릴 수가 없었다. 그중에는 덩굴시렁 아래 몸을 숨기고 큰 소리로 '다전쯔'하고 부르며 약을 올리는 자도 있었다……

싼시는 들판 남쪽에 있는 파수꾼들을 불러오기 위해 채전 밖으로 달려갔다.

이윽고 야경을 서던 파수꾼들이 횃불을 들고 고함을 지르며 사방에서 모여들었다. 그들은 모두 손에 몽둥이를 높이 추켜들고 있었다.

채전에 숨어들었던 자들은 일이 잘못된 것을 깨닫자, 도망치기 위해 모두 덩굴시렁 아래에서 뛰쳐나와 우거진 곡식밭으로 뛰어들었다. 그러나 그중에서 한 자만은 채전 언저리에 있는 큰 나무 위에서 미끄럼질 쳐 내려오더니 흉악한 웃음을 지었다. 그자는 태연자약하게 울타리를 차 넘어뜨리더니 강가로 걸음을 옮기려 했다. 서너 사람이 달려들어 에워쌌으나 그자는 본체만체 고개도 돌리지 않았다. 사람들이 가까이에 접근했을 때에야 그자는 바람같이 몸을 날려 발과 주먹을 휘두르며 여럿을 본때 좋게 때려눕히고는, 어느새 곡식밭으로 몸을 피했다.

쿵후에 능한 자였다.

사람들은 횃불을 든 채 아연실색하여, 그자가 유유히 어둠 속으로 사라지는 모습을 바라보고만 있어야 했다……

그러나 얼마 지나지 않아, 사람들이 이제 막 헤어지려고 하는 참에 불현듯 멀지 않은 곳에서 고함 소리와 함께 서로 치고받는 소리가 들려왔다. 그들은 새된 비명을 질렀는데, 마치 두 마리 야수가 서로 물고 뜯다가 부상을 당하여 지르는 소리와도 같았다. 어두운 밤하늘 아래 메아리치는 그 소리는 기괴할 정도로 무시무시했다…… 사람들은 고함 소리가 나는 곳으로 달려갔다.

두 사람이 옥수수밭에서 한데 뒤엉켜 나뒹굴고 있었는데, 그 바람에 주변의 많은 옥수숫대가 넘어져 있었다.

사람들이 모여들었으나 그들은 여전히 한데 엉켜 나뒹굴었다. 그중 한 사람은 상대의 머리카락을 잡아당기고 있었고 다른 한 사람은 상대의 목을 비틀고 있었다. 두 사람의 옷은 흙과 피투성이였고 얼굴에도 선혈이 낭자했는데, 피가 코에서 나는 것인지 입에서 나는 것인지 알 수가 없었다…… 다전쯔가 그중 한 사람이 싼라이인 것을 맨 먼저 발견하고는 비명을 질렀다.

사람들이 달려들어 두 사람을 갈라놓았다. 그중 낯선 자가 비틀거리며 몸을 일으키더니 옥수수밭으로 몸을 숨기려 했다. 싼라이가 땅에 누운 채 갈라진 목소리로 외쳤다.

"저자가 바로 싼라오헤이예요!"

한쪽 귀에서 피가 흘러내리고 다리도 절뚝거렸으나 싼라오헤이는 여전히 사나운 눈빛으로 자신을 에워싼 사람들을 노려보았다.

사람들은 싼라오헤이를 결박했다.

싼라이의 가르마를 탄 긴 머리 5분의 1 정도가 착실히 뜯겨나가고 없었다. 그는 몸에도 여러 곳 부상을 입었기 때문에 들것으로 메고 갈 수밖에 없었다. 들것은 다전쯔와 다른 한 사람의 몽둥이에 윗옷 두 벌의 소매를 꿰어 만든 것이었다. 다전쯔는 자진하여 들것을 메며 말했다.

"싼라이는 영웅이야!"……

11

그날 밤, 사람들은 다시 채전에 모여 두 가지를 결정했다. 우선 싼라이를 병원에 입원시키기로 했고 다음으로 싼라오혜이를 경찰서에 넘기기로 했다.

싼라이는 처음에는 몸을 움직이지 못했으나, 신기하게도 한참 숨을 몰아쉬더니 비틀거리며 걸음을 옮길 수 있었다.

"병원에 갈 필요 없어요. 그냥 여기 있을 거예요. 오장육부가 상한 것도 아니고. 그냥 보라색 약을 좀 바르면 곧 나을 거예요!" 하고 싼라이가 고집을 부렸다.

그가 기어이 고집을 부리자 사람들은 그냥 그의 말에 따르기로 했다. 동틀 무렵 사람들은 싼라오헤이를 경찰서에 끌고 갔다.

다전쯔는 샤오솽을 마을로 보내 소독약과 붕대를 가져오도록 시키고, 다시 싼시에게 강에 나가 물고기를 몇 마리 잡아오도록 했다. 그녀는 손수 싼라이의 얼굴을 씻기고 다시 그를 안아 원두막 침상 위로 옮겼다.

'하'는 싼라이가 핏자국을 씻고 침상에 누울 때까지 줄곧 그만 지켜보았다. 싼라이는 마치 깊은 잠에 빠진 철없는 아이처럼 온전히 다전쯔에게 몸을 내맡기고는 그녀가 하는 대로 몸을 움직여 누웠다. 그는 잠들었는지 눈을 감고 있었다.

"잠든 거니? 어떻게 그자를 붙잡았는지 한번 말해봐!" 다전쯔가 그를 흔들었다.

원두막의 밤 431

"그야……"쌴라이는 핏자국이 난 두 손으로 눈을 비비며 우물거렸다.

"난 라오훈훈이 가증스러웠지만, 매일 채전 주변을 돌면서도 널 도와 나쁜 놈들을 물리칠 엄두를 내지 못했어……"

"넌 담이 작았으니까." 다전쯔가 나지막한 소리로 말했다.

"응." 쌴라이가 고개를 끄떡이며 말을 이었다.

"어젯밤에는 밭을 돌고 있는데 채전에서 고함 소리가 들렸어. 조바심이 나 손만 비비고 있었지. 좀 지나니 횃불들이 채전으로 모여들기에 마음이 좀 놓였지…… 그리고 다시 좀 지나 웬 놈이 채전에서 내가 있는 쪽으로 달려오더군. 난 한눈에 쌴라오헤이인 것을 알아보고는 그자의 허리를 그러안았지."

"정말 대단해!" 다전쯔가 거들었다.

"나도 내가 어떻게 그자를 꺼안을 생각을 했는지 모르겠어. 그자는 쿵후를 할 줄 알았지만, 내가 두 손으로 꽉 꺼안고 몸을 놔주지 않으니 힘을 쓸 수가 없었어. 손이 얼마나 억센지 몇 번이나 내 갈비뼈를 파고들었는데 너무 아파서 혼절할 뻔했어. 그래도 손을 풀지 않았지. 그자는 이번에는 나를 물어뜯었어. 이것 봐. 볼에 난 이 자국이 그자가 문 자국이야. 나도 그자를 물었지. 그자의 귀를 물어뜯었어. 그랬더니 그자가 나를 안고서 미친 듯이 바닥에서 나뒹굴었어. 나를 깔아뭉개려 했던 것 같아. 그자랑 엉켜서 옥수숫대를 몇 개나 부러뜨렸는지 몰라. 여기 내 목에 핏자국 보이지? 이건 옥수수 잎에 베인 자국이야…… 그래도 나는 이를 악물고 손을 풀지 않았어. 그자들이 얼마나 많은 곡식들을 파괴했는지, 그리고 네가 울던 모습도 떠올렸지. 넌 아기처럼 울었잖아. 내가 얼마나 너한테 미안했는데. 그래서 이를 악물고 그자가 도망치지 못하도록 했어. 오늘 밤만큼은 진정한 사내가 되어야지 하고 단단히 결심했지……"

바람이 쏴 하고 불어왔다. 채전 가득 잎사귀들이 우수수 떨렸다. 루칭허의 물결이 거세지면서 철썩철썩 제방을 쳤다. 물결 소리가 끝없는 어둠 속에서 메아리쳤다. '하'는 먼 허공을 올려다보고 있었다. '하'의 코가 가장 빛나는 별을 가리켰다.

다전쯔는 두 손으로 볼을 고이고 앉아서 기억을 더듬어 말하는 싼라이를 바라보았다. 눈물이 두 볼을 타고 쉼 없이 흘러내렸다…… 그녀는 볼에서 흐르는 눈물을 힘주어 훔쳐내면서 말했다.

"싼라이, 넌 정말로 사내다워……"

그녀는 몸을 낮추어 부드러운 눈빛으로 싼라이를 내려다보았다. 싼라이는 힘에 겨웠는지 살포시 눈을 감고 있었다. 다전쯔는 그의 눈썹과 속눈썹, 입을 쳐다보았다. 그의 입은 선이 뚜렷하고 고집스러워 보였다. 그녀는 다시 그의 이마를 쳐다보았다. 문득 그의 미간이 무척 준수하게 생겼다는 생각이 들었다…… 그녀의 마음속에서는 무엇인가 뜨거운 것이 울컥하고 사무쳐 올랐다. 가슴이 빠르게 뛰었다. 그녀는 주변을 재빨리 둘러보고 나서 고개를 숙여 싼라이의 미간에 가볍게 입을 맞추었다……

싼라이가 울음을 터뜨렸다. 어깨가 흔들린다 싶더니 온몸을 떨면서 아기같이 울었다. 그는 두 손으로 다전쯔의 어깨를 부여잡으며 말했다.

"다전쯔, 난 영원히…… 널 잊지 않을 거야. 넌 이 세상에서 가장 좋은 사람이야. 나랑 사귀자. 만약 네가 거절하면, 기왕 부상을 당한 거 콱 죽어버리고 말 거야……"

다전쯔는 겁을 먹은 듯이 침상을 떠나 몇 걸음 뒤로 물러섰다. 싼라이가 몸을 벌떡 일으켜 앉더니 열띤 눈으로 그녀를 뚫어져라 쳐다보았다.

"싼라이, 그런데 넌 왜 그리 라오훈훈을 두려워하는 거니?" 그녀가 물었다.

그 말에 싼라이는 그만 서리 맞은 배춧잎처럼 자리에 되눕고 말았다.

다전쯔는 앞으로 다가가 싼라이의 얼굴을 만지며 말했다.

"두려울 게 뭐니? 넌 싼라오헤이도 두려워하지 않잖아. 넌 영웅이야. 그런데 왜 라오훈훈이 그리 두려운 거야? 넌 진정한 사나이가 되겠다고 했잖아."

"내가 실토해도 나랑 사귀는 거지?" 싼라이는 두 눈에 눈물이 글썽하여 떨리는 목소리로 물었다.

다전쯔는 고개를 끄떡였다.

싼라이는 엉엉 울음을 터뜨리더니 길고 가는 손가락으로 얼굴을 가렸다. 잠시 후, 그의 손이 조금씩 아래로 내려오더니 입가에 이르자 손바닥을 얼굴에서 뗴었다. 그는 문득 울음을 그치더니 자리에서 일어나 눈물을 닦으며 입을 열었다.

"룽커우 영림소에서 목재를 도난당한 사건 알지?"

다전쯔는 고개를 끄떡였다.

"그건 라오훈훈이 싼라오헤이랑 결탁해서 벌인 일이야. 그날 밤따라 바람이 세차고 루칭허의 물결이 한 길 넘게 솟았는데, 그자들은 나무로 뗏목을 뭇고는 강에 띄웠지. 나는 그자들에 의해 억지로 끌려들긴 했지만, 아마 형벌을 면치 못할 거야……"

"그런데도 왜 그자들을 도운 거니? 정말 그자들을 돕긴 한 거야?"

"그건…… 흑, 라오훈훈이 자기들과 함께 그 일을 하면 내가 진 빚 500위안을 탕감해준다고 했기 때문이야. 그 말에 마음이 동해 그자들을 도왔어…… 흑!" 싼라이는 다시 손으로 얼굴을 가렸다.

다전쯔는 입술을 깨문 채 아무 말도 없었다.

"나중에 내가 소문을 낼까 봐 라오훈훈이 날 협박했어. '화딱지가 나면 경찰서에 가서 자수하고 말 거야. 나야 언제든 자수해야 할 사람이 아닌가? 난 혼자 몸에 집도 직장도 없이 외롭게 사는 사람이 아닌가? 오래전부터 공짜 밥을 먹여줄 곳을 찾고 있었네. 자네 한 사람 더 끌고 가지 못할 것 없지. 두렵나? 자넨 아직 젊으니까 한번 감옥에 들어갔다 오면 인생 종치고 말지. 색시도 얻지 못할 거고……'"

"넌 왜 맨날 색시 타령이니?" 다전쯔가 화가 나 소리를 질렀다.

싼라이는 스스로가 한스러워 손으로 다리를 두드리며 말했다. "내가 얼마나 바보스러운지 봐. 그자의 얄은 꼼수에 다 넘어가고. 난 그자가 정말로 '공짜 밥을 먹여줄 곳'을 찾아가려는 줄 알았어⋯⋯"

"그자를 신고하자. 마침 싼라오헤이도 경찰서에 잡혀갔잖아." 다전쯔가 단호히 말했다.

"그럼 나도 잡히는 게 아닐까?" 싼라이가 멍하니 다전쯔를 바라보며 말했다.

"그럴 리가 없어. 이건 공을 세워 죄를 더는 거잖아. 만약, 네가 잡혀 들어가면 돌아올 때까지 널 기다릴게." 다전쯔가 말끝을 흐리며 말했다.

싼라이는 다시 자리에 누우며 제법 우렁찬 목소리로 "그럼 나한테 맡겨" 하고 말했다.

"뭘?"

"라오훈훈을 신고할 거야. 그리고 자수할 거야."⋯⋯

샤오솽이 붕대를 갖고 돌아왔다. 다전쯔는 싼라이의 상처를 싸매주었다.

이윽고 싼시가 물고기를 들고 채전에 들어서더니, 솥 앞에 웅크리고 앉아서 생선탕을 끓이기 시작했다. 불길이 활활 타올랐다. 물고기를 삶는 구수한 냄새가 풍겼다. 아침노을이 비낀 채전은 물고기 삶는 냄새와 서서히 서려오는 김 때문에 한결 아늑한 정취를 느낄 수 있었다. 가마솥 아래의 불더미를 뒤적이던 싼시가 원두막을 향해 큰 소리로 외쳤다.

"드렁허리야. 보신 한번 제대로 해보자!"……

12

쌴라이가 유력한 증거를 제보한 탓에 쌴라오헤이는 경찰
서에서 모든 것을 털어놓을 수밖에 없었다. 라오훈훈과 어떻게
결탁을 했으며, 그들이 어떻게 새로운 시대적 부름에 호응한 강
양안 사람들의 생활을 파괴했는지, 국영 영림소의 목재를 어떻
게 도적질했는지 등 죄행이 낱낱이 드러나고 말았다.

곧이어 라오훈훈을 포함한 주범들이 체포되었다. 쌴라이
는 주동해 이들을 적발한 데다가 악당을 생포하기까지 했으므
로 유공자가 되었다.

라오훈훈이 체포되는 장면을 목격한 쌴시는 흥분을 참지
못하고 채전으로 달려와 다젠쯔에게 알려주었다. 다젠쯔는 그
의 말을 조용히 들었다.

"라오훈훈이 오두막에 드러누워 쿨쿨 자고 있는데 공안
전사* 두 명이 오더니 쇠고랑을 꺼내는 거야. 그자는 몸을 벌떡
일으키더니 욕지거리를 하면서 부추 칼을 뽑아 들었지. 지난
번 채전에서처럼 '어디 칼 맛 한번 보거라!' 하면서 칼을 내던졌
어…… 그자는 아마 칼을 날리는 게 장기였나 봐. 보나마나 중

---

*   公安戰士. 경찰을 지칭하는 말로, 중국에서는 경찰서를 공안국이라고 한다.

죄일 거야." 싼시가 말했다.

"왜?"

"칼을 그리 던지는 게 무슨 죄인지 알아?" 싼시가 되물었다. 다전쯔는 고개를 가로저었다.

싼시는 엄숙하고도 단호하게 집게손가락으로 바닥을 가리키며 말했다.

"그건 체포 항명죄야!"

다전쯔는 고개를 끄떡였다. 싼시가 말을 이었다.

"결국 라오훈훈은 쇠고랑을 차고 말았지. 한데 그자는 오히려 너털웃음을 웃으며 빙 둘러싸 구경하는 사람들에게 이렇게 말했어. '나 라오훈훈이 공짜로 밥 먹여주는 데를 정말로 찾은 게 아닌가!'……"

"염병하고 자빠졌네!" 다전쯔가 욕을 내뱉었다.

참으로 신통한 일이었다. 취유전이 갑자기 병이 다 나은 것이다. 라오훈훈네 패거리가 잡혀 들어갔다는 소식을 듣자마자 금방 두 다리가 가벼워진 그는, 지팡이를 던져버리고는 곧장 집을 나섰다. 휘청거리긴 했지만 내처 채전까지 온 뒤 입구에 서서 큰 소리로 외쳤다.

"다전쯔야!"

다전쯔는 어깨에 나무 몽둥이를 멘 채로 뛰쳐나왔다. 그녀는 방실방실 웃으며 물었다.

"야경을 서려고요?"

취유전은 고개를 가로저으면서 말했다.

"아니다, 네가 지켜라. 장하다."

"저보다는 싼라이가 장해요!"

"그렇긴 한데…… 하여간 싼라이는 마음이 놓이지 않아. 머리도 쪽 가르마를 내고 말이야……" 취유전이 채전 안으로 걸음을 옮기며 말했다.

"그럼 짧게 깎으면 되죠." 다전쯔가 쾌활하게 대답했다.

취유전은 말없이 고개를 흔들더니 느릿느릿 채전에 들어섰다.

아빠에게 국을 끓여드리기 위해 다전쯔는 솥에 불을 지폈다. 그러고 나서 그녀는 '하'를 연거푸 부르며 뜀박질을 했다. '하' 역시 주인의 정서에 전염되어 높이 뛰어오르고는 숨을 헐떡이며 다전쯔에게 매달리곤 했다. '하'는 참으로 사람의 마음을 읽을 줄 아는 충견이었다.

저녁 무렵이 되자 싼시와 싼라이가 채전을 찾아왔다. 취유전을 본 싼라이가 이내 몸을 돌려 꽁무니를 빼려 하자 다전쯔가 불러 세웠다.

"아저씨, 좀 괜찮으세요?" 싼라이가 취유전의 곁으로 다가와 겸연쩍게 물었다.

"자넨 좀 괜찮나?" 취유전이 그를 훑어보며 물었다.

싼시가 웃음을 터뜨렸다.

싼라이는 다전쯔를 한번 쳐다보고 나서는 가마솥으로 가 국을 휘저었다.

"아빠, 싼라이가 얼마나 부지런한가 보세요!……" 다전쯔가 취유전에게 말했다.

취유전은 원두막 기둥에 걸어둔 쑥으로 된 화승을 바라보았다. 그것은 한 달 전 그가 태우던 그대로였다. 그는 놀라 화승을 집어 들고 자세히 살펴보았다. 그러고 보니 그간 다전쯔가 밤에 모기 쑥불을 켜지 않았던 것이다. 야경을 서는 사람으로서는 흔치 않은 경우였다. 그러나 달리 생각해보면 워낙 채전에 모기나 벌레가 그리 성한 것도 아니고, 다전쯔가 담배를 피우는 것도 아니니 굳이 화승을 태울 필요는 없었을 것이다. 대신 그녀는 뜰에다 모닥불을 지폈고 가마솥을 걸었다. 이 또한 젊은이들과 늙은이들이 서로 다른 점일 것이었다…… 그는 손으로 원두막 네 귀에 세운 반질반질한 나무 기둥들을 쓰다듬으면서 말없이 담배를 피우다가 맞은편 오두막을 바라보았다. 그 오두막 기둥의 모기쑥 화승불도 꺼져 있었다. 이제 저 화승불은 다시는 켜지지 않겠지 하는 생각이 들었다.

'하'가 다가와 그의 다리에 머리를 기대고 부드럽게 문질렀다…… 취유전은 손으로 '하'의 등에 난 긴 털을 내리쓸면서 나지막이 말했다.

"라오훈훈이 너를 뭐라 불렀는지 아니? '산더미만 한 곱슬머리 사냥개'라고 했지. 비웃는 말이었어. 그러나 넌 정말로 좋은 개야. 내가 채전에 없는 동안 너도 고생 많았다. 전에 내가 겨울이 오면 고기가 많이 붙은 뼈다귀를 사주겠다고 했지. 그때 가면 넌 살이 오를 거야. 그러나 지금은 아니야. 아직은 힘낼 때야. 나나, 다전쯔도 모두 힘을 내야 할 때야."

'하'는 고개를 주억거리더니 꼬리를 흔들었다……

그날 밤, 취유전은 채전에 남아 함께 야경을 섰다. 모닥불을 지필 무렵이 되자 평소와 마찬가지로 많은 젊은이들이 채전으로 몰려들었다. 그들은 불꽃을 에워싸고 앉아 웃고 떠들며 병나발로 술을 들이켜기도 하고, 시간이 되면 밭두렁으로 순찰을 나가기도 했다. 그중 더듬이질로 물고기를 잡을 줄 아는 사람은 물고기를 잡으러 가고, 총을 쏠 줄 아는 사람은 토끼를 잡으러 갔다…… 얼마 지나지 않아 채전은 토끼 고기와 물고기의 구수한 냄새로 가득 찼다. 젊은이들은 모두 취유전을 깍듯이 대했다. 그들은 그에게 술을 권하기도 하고 가장 맛있는 부위를 골라 구운 고기를 권하기도 했다. 취유전은 입가를 닦으면서 "이리 파수를 서니 졸리지도 않는구나"라고 했다.

좌중의 기분이 한껏 고조되었을 때 '털북숭이 원숭이'가 갑자기 물었다.

"다전쯔와 싼라이는 어디 간 거지?"

싼시가 그를 흘겨보며 말했다. "순찰을 나가는 걸 자네도 보지 않았나?"

……

두 사람은 정말로 순찰에 나선 것이었다. 그들은 먼 길을 에돌기로 했다. 두 사람은 '하'를 끌고 채전을 벗어나 강둑에 올랐다. 줄기찬 강물이 구불구불 멀리로 뻗은 제방을 때리고 있었다. 갈대와 억새풀이 달빛 아래에서 물결처럼 흔들리고 있었다. 다전쯔는 몽둥이를 휘두르며 성큼성큼 앞장서 걸었고 싼라이는 잰걸음으로 겨우 그녀를 뒤따랐다. 싼라이는 쉴 새 없이 입을 놀렸는데 말머리마다 먼저 "다전쯔!" 하고 부르곤 했다……
다전쯔는 가슴을 쭉 펴고 씩씩하게 걷다가 가끔 '하'를 맨 사슬을 잡아당기면서 "'하', 어서 가자!……" 하고 다그치곤 했다.

가을 벌판의 향기가 매혹적이었다. 무르익은 과일들은 달빛을 받아 마치 엷고 노란 면사포로 얼굴을 가리고 스스로를 뽐내는 듯했다. 루칭허! 이 얼마나 아름다운 강인가! 넓은 들을 감돌아 흐르며 곡식들을 풍요롭게 적시고 있었다. 수면 위에서 안개가 솟아 사처로 퍼지면서 수수, 옥수수며 조와 콩, 그리고 고구마의 잎에 이슬로 맺혔다. 그래서 수수나 옥수수대를 잘못 건드리면 좌르르 이슬이 떨어지곤 했고, 콩밭이나 고구마밭을 지나다니면 바짓자락이 흠뻑 젖고 말았다…… 싼라이가 "난 이 세상에서 농군이 가장 행복해 보여"라고 말했다. "그러나 농사짓는 것이 보통 힘든 일이 아니잖아…… 물론 이젠 재미가 쏠쏠하지. 하하하, 라오훈훈이 어떻게 우리 집이랑 공동으로 청부 맡을 생각을 다 했을까? 결국 소란만 피우다 말았지만." 다저쯔가 말을 받았다. 청부에 대한 말이 나오자 다전쯔는 갑자기 생각이 떠오른 듯 발걸음을 멈추더니 싼라이에게 물었다.

"너 우리 집이랑 함께 청부를 맡지 않을래?"

싼라이가 고개를 저었다.

다전쯔가 화가 나 "함께 청부해!"라고 했다.

싼라이는 다시 고개를 가로저었다.

"아직 그럴 자격이 없어서 그래. 좀더 기다려줘. 내손으로 직접 멋진 농사를 지을 거야. 그때 가서 다시 공동 청부를 하자." 그는 고개를 들어 하늘의 별들을 올려다보며 혼잣말을 하듯이 중얼거렸다.

다전쯔는 한참 잠자코 있다가 몽둥이로 싼라이를 툭툭 치면서 말했다.

"넌 진정한 '사내'야……!"

도롱이를 걸친 야경꾼들이 하나둘 밭두렁 위에 모습을 드러내기 시작했다. 낯익은 사람도 보였고 낯선 사람도 보였다. 그들은 모두 호기심에 차 개를 끌고 가는 두 사람을 눈여겨보았다. 다전쯔는 큰 소리로 외쳤다. "전 다전쯔고요, 여기는 싼라이예요!" 싼라이가 고함을 지르지 말라고 하자 그녀는 이번에는 노래를 부르기 시작했다. "젊은 친구들이 한자리에 모였네……" 그녀는 손에 든 몽둥이가 창이라도 되는 듯 노래 박자에 맞춰 앞으로 내찌르곤 했다……

두 사람은 이슬에 온몸이 흠뻑 젖고 말았다. 싼라이가 "도롱이를 걸치고 올 걸 그랬어"라고 하자 다전쯔가 "그럼 고슴도치 같아 보이잖아!"라고 했다. 싼라이는 그 말에 동의하지 않았다.

"내가 본 영화에, 이름은 잘 기억나지 않지만, 여자들이 모두 도롱이를 입고 있었는데 얼마나 멋져 보였는지 몰라. 난 영화를 보는 내내 그중 어느 누구나 색싯감으로 나무랄 데가 없구나 하고 생각했지…… 히히히."

다전쯔가 몽둥이로 가볍게 그의 팔꿈치를 때렸다. 그제야 그는 입을 다물었다.

그들은 발길을 돌렸다. 채전의 상공에서 휘날리는 불꽃이 멀리서도 보였다. 모닥불이 활활 타오르고 있을 터였다. 그들은 약속이라도 한 듯이 채전을 향해 달음박질하기 시작했다.

"다전쯔, 어서 돌아오너라!" 취유전이 들판을 향해 큰 소리로 외쳐 부르는 소리가 들려왔다.

두 사람을 뒤쫓아 '하'도 달렸다. 취유전이 외치는 소리를 듣고서 싼라이가 다전쯔에게 말했다.

"너희 아빠 말이야. 아직 사상이 채 해방이 되지 않았어."

13

그 후로 취유전은 채전을 떠나려 하지 않았다. 싼시 등 젊은이들도 채전에서 머물기를 좋아했다. 다전쯔와 싼라이는 사람들 속에서 오히려 말이 없었다. 다전쯔의 윤이 나는 얼굴은 늘 빨갛게 상기되어 있었고, 싼라이는 긴 머리를 짧게 깎았다. 그래서인지 취유전도 항상 그에게 상냥한 어투로 말을 건네곤 했다.

사람들은 이야기꽃을 피웠고 그 가운데 당연히 '털북숭이 원숭이'가 중심이 되곤 했다. 그는 귀신 이야기를 수두룩이 늘어놓았는데, 야경꾼들은 귓맛 당겨 하면서도 늘 겁에 질려 혹시라도 밭두렁에서 그가 말한 해괴한 일들을 당할까 봐 두려워했다. 그러나 그의 이야기에 나오는 아가씨들은 하나같이 아름다웠고 총각에게 적극 호감을 표하곤 했기 때문에 젊은이들은 다들 신나 했다. 물론 이야기가 끝날 때에 이르면 그 아가씨들이 여우가 둔갑한 것임을 알게 되지만 그 때문에 사람들의 흥이 깨지는 법은 없었다. 사람들은 "멋지군. 설사 여우가 변한 것이라 해도 후회치 않을 것이네"라고 했다.

다전쯔가 싼시더러 이야기를 하라고 졸랐다. 그녀는 진중하고 성실한 싼시야말로 누구보다 진실한 이야깃거리가 있을 거라고 믿었다. 그러나 아쉽게도 딱히 다른 이야깃거리가 없는 싼시는 자기 친구인 라오더의 이야기만을 했다. 라오더는 그들 가까이에 있는 농민 시인이었기 때문에 사람들은 각별한 흥미를 보였다. 그래서 얼마 지나지 않아 사람들은 모두 라오더에 대해 익숙히 알게 되었다. 취유전이 싼시에게 "자네 언제 라오더를 우리 채전에 청해 올 수 없겠나?"라고 물었다. 싼시는 "저랑 친한 친구인데, 왜 안 되겠어요. 그럴게요"라고 대답했다.

이야기가 '털북숭이 원숭이' 차례가 되면 다전쯔는 싼라이를 불러 함께 순찰을 나가곤 했다. 피곤이 무엇인지 영원히 모르는 듯이, 두 사람은 밤 내내 벌판을 돌고서도 여전히 두 눈을 반짝이곤 했다.

그러던 어느 날, 다전쯔와 싼라이는 날이 곧 밝을 때가 되어서야 채전으로 돌아왔다. 그들이 채전에 들어서자 싼시와 젊은이들이 못내 안타까워하며 손으로 무릎을 쳤다. 두 사람은 무슨 일인지 캐물었다. 그제야 그들은 시인 라오더가 밤이 기울도록 채전에 머물며 놀다가 방금 전에야 떠났음을 알게 되었다.

라오더는 사람들과 어울려 구운 토끼 고기를 먹고 술도 마셨는데 고슴도치 고기볶음도 곁들여졌다고 했다. 그러나 그는 물고기는 별로 먹지 않았는데, 어부였던 까닭에 별로 물고기가 당기지 않았다고 했다. 그는 사람들이 파수를 서던 얘기를 전해 듣고 라오훈훈과 쌴라오헤이가 체포된 경위도 알게 되었다고 했다. 그는 몹시 흥분해서, 뚫어지라 한곳만을 쳐다보며 "오, 오!" 하고 감탄을 연발하더니 즉석에서 시를 한 수 지었다고 했다.

"어떤 시를요?" 다전쯔가 다그쳐 물었다.

정작 그렇게 물으니 다들 대답을 하지 못하고 쌴시의 얼굴만을 쳐다보았다. 쌴시는 헛기침을 한 번 하고 나서 앞으로 한 걸음 나서더니 집게손가락으로 단호히 바닥을 가리키며 시를 읊기 시작했다. "……굵은 땀방울은 땅을 적시고/사람들은 새로운 삶을 맞이하였네./밭을 지켜 야경을 서는 사람들은 용감도 하여라./신성한 노동의 성과를 지켜냈다네!……"

"멋져. 너무 멋진 시야……!" 다전쯔가 손에 들고 있던 몽둥이를 내려놓으며 박수를 쳤다.

쌴라이도 "좋소!" 하고 외쳤다.

다전쯔가 다시 "이런 것도…… 우리 생활도 시로 쓸 수 있는 거야? 라오더는……" 하며 말을 잇지 못했다. 그녀의 뇌리에는 그동안의 불면의 밤들이 떠올랐다. 핏자국이 낭자하던 쌴라이의 얼굴이 떠올랐고, 총소리에 뒤흔들리던 자정의 밤하늘이 떠올랐다…… 눈물 한 방울이 굴러 내리며 그녀의 얼굴을 적셨다. 그녀는 "라오더가 금방 떠난 거지? 한번 쫓아가볼까?"라고 싼시에게 말했다.

"그럴까?" 싼시가 대답했다. 다전쯔, 싼시, 싼라이 셋은 함께 채전 밖으로 달려 나갔다. 발이 자주 무엇엔가 차이고 숨도 차올랐으나 싼시는 "바다에 나가야 할 시간에 쫓기지만 않았다면 라오더는 원래 너희 둘을 기다리려 했어. 새벽 첫 그물을 건져야만 해서 어쩔 수 없나 봐……"라고 말했다.

얼마 지나지 않아 그들은 온몸이 땀에 흠뻑 젖고 말았다.

동녘에서 누군가가 급히 걸음을 다그치고 있는 것이 보였다. 싼시가 목청을 높여 그를 불렀다. "라~오~더!"

외침을 들은 그는 걸음을 멈추더니 몸을 돌려 이쪽을 바라보았다.

아쉽게도 동녘 하늘의 아침노을이 너무나도 눈부셨다. 불길처럼 타오르는 노을을 마주하고서 도무지 그의 얼굴을 똑똑히 볼 수가 없었다. 그들은 오로지 라오더의 실루엣만을 볼 수 있었는데, 그 모습은 아침 햇살을 받아 더욱 뚜렷이 드러났다. 다전쯔와 싼라이도 그의 호리호리한 몸매와 무척 큰 키를 똑똑히 볼 수 있었다. 아침 햇살 속에서 그는 몸을 곧추세우고 고개를 쳐든 채, 옅은 아침 안개 너머로 이쪽을 바라보고 있었다. 그의 모습은 준수하고 늘씬하며, 꿋꿋하고 고집스러워 보였다…… 세 사람은 거의 동시에 외쳤다. "라오더~, 라오더~!"

그 높다란 형체가 손을 높이 추켜들더니 힘주어 흔들었

다. 그렇게 손을 젓다가 그는 몸을 되돌려 멀어져갔다……

다전쯔와 싼라이는 오래도록 그의 뒷모습을 지켜보았다.

"아무래도 돌아설 시간도 없나 봐. 빨리 가서 새벽 첫 그물을 떠야 하거든. 첫 그물이 가장 중요하대. 동틀 무렵의 그물 말이야"라고 싼시가 말했다.

"전혀 본 적이 없는데도 아주 오래전부터 알고 지냈던 사람 같아……"다전쯔가 오래도록 그의 뒷모습을 바라보며 중얼거렸다.

싼라이도 고개를 끄떡였다.

"노래로 바래다주자……"다전쯔는 어깨에 메고 있던 몽둥이를 내려놓고서 두 팔을 들어 흔들며 노래를 부르기 시작했다. "젊은 친구들이 한자리에 모였네…… 하늘도 새롭고 땅도 새롭네. 맑고 아름다운 봄빛이여!…… 아, 사랑하는 친구들이여, 아름다운 봄빛은 누구의 것이런가?……"

라오더의 뒷모습은 끝내 아침노을 속에 녹아들고 말았다.

세 사람은 그 자리에 한참 동안 서 있다가 아쉬운 마음으로 발걸음을 돌려세웠다.

아침노을이 들을 주황빛으로 물들이고 있었다. 들이여, 가을의 들이여, 노을에 물든 그대의 모습을 상상해보라. 노을에 물든 그대의 운치를 상상해보라! ……안개가 피어오르고 있었다. 유백색의, 그리고 다홍빛의 안개가 실실이 날려 나무 우듬지와 수수밭이며, 보일 듯 말 듯 먼 산 그림자를 감돌아 흘렀다. 눅눅한 향기가 바람에 실려오고 아득한 외침과 달콤한 노랫소리 등 온갖 음성들이 밭두렁 사이에서 오래도록 메아리 쳤다……

채전까지는 아직 거리가 남아 있었지만, 왁자하게 떠드는 소리가 멀리까지 들려왔다. 파수꾼들이 희희낙락하는 소리인지 아니면 자신들을 부르는 소리인지 종잡을 수가 없었다. 다전쯔는 다시금 그 불면의 밤들을 떠올렸다. 모닥불이며, 엽총이며, 도롱이며…… 그녀는 라오더가 파수꾼들을 위해 지은 시를 큰 소리로 읊고 싶었으나 외울 수가 없었다. 그래서 마지막 한 구절만을 외웠다. "신성한 노동의 성과를 지켜냈다네, 신성한 노동의 성과를 지켜야 한다네!……"

'하'가 멀리서부터 그들을 반겨 짖어댔다.

"하! 하하하하……" 다전쯔가 마주 대고 외쳤다.

웃음을 터뜨린 것인지 '하'를 부르는 것인지 알 수가 없었다.

1983년 7월 24일 황다오(黃島)*에서

---

* 　중국 산둥성(山東省) 칭다오(靑島) 시 서남부의 아름다운 섬이다.

옮긴이의 말

좋은 소설에는 영혼이 있는 법이다.

이 책에 실린 세 작품은 작가의 초·중·후반 창작을 대표하는 만큼 서로 다른 문체적 특징과 영혼의 빛깔을 지니고 있다.

'개혁개방' 초기의 시대적 변화와 젊은 세대의 열망을 담고 있는 「원두막의 밤」은 소박하면서도 익살스런 언어로 구수한 흙냄새를 풍긴다면, 집단적 수난사와 개인의 인생담을 아우르며 바닷속 세상이라는 유토피아를 그려낸 「바닷가 호루라기」의 낭만적이면서도 환상적인 문체는 바다의 냄새, 혹은 요정의 언어를 닮았다. 한편 최근작인 「어신(漁神)을 찾아서」는 간결한 문체와 담담한 어조로 자연과 가장 가까이에 근접해 있는 인간의 정과 소망을 그려내 산과 물이 아우르는 노숙함과 친근함이 배어 있다.

"저 바다와도 같이, 나의 글이 이루 종잡을 수 없는 환상과 낭만으로 넘친다면 그 또한 당연한 것이다."

작가 스스로 자부하듯이 그의 중후하면서도 유려한 문체를 한국어로 옮기는 것은 어려운 작업이었다. 이 번역서가 그 영혼의 빛깔을 미처 담아내지 못하였음은 언어라는 장벽을 넘기 힘든 번역의 원죄라 굳이 변명해본다.

*

장웨이는 온갖 수난을 겪는 한 부둣가 마을의 장구한 역사와 '개혁개방' 이후의 시대적 변화를 살핀 첫 장편소설 『고선(古船)』(1986)으로 작가적 명성을 얻었으며, 700만 자에 달하는 10부작 대하소설 『고원에 서다(你在高原)』(2010)로 중국 최고의 문학상인 제8회 마오둔(茅盾)문학상을 수상하며 중국 문단의 대표적 작가로 인정받는다. 특히 그의 소설은 농촌사회의 쇠퇴, 자연과 환경의 파괴, 하층민들의 고난을 다루고 있으며 위안과 온기(溫氣)로서의 전통에 대한 갈망을 그려냄으로써 생태주의 문학의 효시가 된다.

이렇듯 장웨이의 문학이 중후한 전통문화에 기대어 있음은 우연이 아니다. 그가 노벨문학상 수상자로 널리 알려진 모옌과 함께 중국에서 가장 전통성을 강조하는 지역인 산둥(山東)에서 태어나고 자란 까닭이다. 산둥은 공자, 맹자를 배출하고 인의예지(仁義禮智)와 중용(中庸)을 강조하는 노(魯)나라 문화와 전

국칠웅(戰國七雄)의 하나로서 도가사상과 음양학, 혁신·변통에 능했던 제(齊)나라 문화로 크게 나뉜다. 옛 제나라 땅인 옌타이(煙臺) 출신의 작가로서 장웨이는 실제로 제 문화를 논의하는 인문서 『불꽃과도 같은 처녀의 마음(芳心似花)』(2009)을 펴낸 바 있다.

나는 주로 제 문화의 영향을 크게 받았는바, 내가 태어난 곳은 고대에는 응당 동이(東夷)에 속했을 것이다. 그곳은 바다를 마주하고 있으며 민풍(民風)이 개방적인 고장이었다.

이러한 전통성은 읽기에 따라 박경리의 『토지』나 황석영의 『손님』, 이문열의 『황제를 위하여』 등과 비교되기도 한다. 또한 장웨이의 소설에서 수난과 '전통'은 과거로서가 아니라 '현재'로 자리한다. 즉 그의 소설에서 전통이란 사라진 역사나 그에 대한 향수, 혹은 소설적 장치로서가 아니라 집단적 기억과 삶의 원리로서 '현재'의 속살이 되며, 미래로 이어지는 역동성으로 기능한다. 다시 말해 전통문화는 삶을 둘러싼 외재적 세계나 '박물'적 세계일 뿐만 아니라 오늘에 있어서도 삶의 의미를 가능케 하는 기제이며, 역사적 부채에서 벗어나 본연의 삶을 개척하고자 하는 혁신적 의지로 작동되기도 하는 것이다.

＊

　　시골 마을의 첫 대학생이자 의대생이었던 나의 큰누님은 문학이 꿈이었다. 1980년대 초반, 초등학교를 다니던 어느 날, 나는 빼곡히 글씨가 적힌 두터운 원고지를 발견했다. '만주'에서 방랑하는 한 한국인 소년을 그린 중국 근대소설의 한국어 번역문이었다. 그것은 누님의 첫 문학 작업이자 마지막 문학 작업이었는지도 모른다. 우리말로 된 책을 구하기 힘든 시대였고, 나에게는 경이로운 세계가 열리는 순간이었다. 한국문학 연구자로서 내가 굳이 중국문학 작품을 번역하게 된 것은 그 기억과 무관하지 않을 것이다. 이에 가만히 입속말을 해본다. "삼가 이 책을 큰누님께 드립니다."

＊

　　『신열하일기』(1993)를 시작으로 중국과 깊은 인연을 맺어온 문학과지성사의 홍정선 선생님은 내가 오래도록 사숙해온 스승님과 다름없는 분이시다. 번역을 당부하신 큰 믿음에 진심으로 감사의 말씀을 올린다.

　　끝으로 편집을 맡아주신 문학과지성사 김은주 팀장님의 노고에 감사를 드리고자 한다. 번역서는 무엇보다 독자에게 쉽게 다가가야 한다는 것이 옮긴이의 소신인 만큼 혹시라도 이 책이 '친절한' 번역서가 되었다면 그것은 온전히 한국어의 어감에 맞도록 글을 잘 만져주신 편집자 덕분일 것이다.

중국 난징(南京)에서 최창륵